那不勒斯四部曲

# STORIA DI CHI FUGGE E DI CHI RESTA

Elena Ferrante

# 离开的，留下的

〔意大利〕埃莱娜·费兰特 / 著

陈英 / 译

人民文学出版社
PEOPLE'S LITERATURE PUBLISHING HOUSE

著作权合同登记：图字 01-2017-4893 号

STORIA DI CHI FUGGE E DI CHI RESTA

by Elena Ferrante



**图书在版编目(CIP)数据**

离开的，留下的/(意)埃莱娜·费兰特著；陈英译. —北京：人民文学出版社，2017. 8(2024. 10 重印)
(那不勒斯四部曲)
ISBN 978-7-02-013200-3

Ⅰ. ①离… Ⅱ. ①埃… ②陈… Ⅲ. ①长篇小说-意大利-现代 Ⅳ. ①I546. 45

中国版本图书馆 CIP 数据核字(2017)第 198504 号

责任编辑　卜艳冰　潘爱娟
封面设计　吉　洋

出版发行　人民文学出版社
社　　址　北京市朝内大街 166 号
邮政编码　100705
印　　制　凸版艺彩(东莞)印刷有限公司
经　　销　全国新华书店等
字　　数　250 千字
开　　本　889 毫米×1194 毫米　1/32
印　　张　13. 375
版　　次　2017 年 10 月北京第 1 版
印　　次　2024 年 10 月第 24 次印刷
书　　号　978-7-02-013200-3
定　　价　78. 00 元

# 目　录

# 人物表

## 前两本情节介绍

**♦ 赛鲁罗一家**（鞋匠的家人）

费尔南多·赛鲁罗：鞋匠，莉拉的父亲。莉拉小学毕业之后，她父亲没有继续供她读书。

农齐亚·赛鲁罗：莉拉的母亲，她支持女儿，但没有足够的权威对抗自己的丈夫。

拉法埃拉·赛鲁罗：所有人都叫她莉娜，只有埃莱娜叫她“莉拉”。她出生于1944年8月，小学时期，她就表现得非常聪明、才华横溢，十岁时写了一个名为《蓝色仙女》的故事。小学毕业后，她开始学做鞋子。她很年轻就嫁给了肉食店老板斯特凡诺·卡拉奇，先是成功地经营了新城区的肉食店，随后经营马尔蒂里广场上的一家鞋店。在去伊斯基亚岛度假时，她爱上了尼诺·萨拉托雷，并为他离开了丈夫，但她和尼诺的同居生活以失败告终。儿子詹纳罗出生之后，她发现艾达·卡普乔怀了斯特凡诺的孩子，就彻底离开了丈夫。她和恩佐·斯坎诺搬到那不勒斯郊区圣约翰·特杜奇奥居住，开始在布鲁诺·索卡沃的香肠厂工作。

里诺·赛鲁罗：莉拉的大哥，也是鞋匠。因为莉拉设计的鞋子，也因为斯特凡诺·卡拉奇的投资，他和父亲费尔南多创办了“赛鲁罗”皮鞋品牌，他和斯特凡诺的妹妹皮诺奇娅·卡拉奇结婚，生了儿子费尔南多，小名迪诺。莉拉的第一个孩子取的是他舅舅的名字，也叫里诺。

其他孩子。

**♦ 格雷科一家**（看门人的家人）

埃莱娜·格雷科：也叫莱农奇娅，或者莱农。她出生于1944年8月，是我们正在读的这本小说的作者。当埃莱娜得知，她小时候的朋友——她称之为“莉拉”的莉娜·赛鲁罗失踪了，她便开始写发生在她们身上的故事。小学毕业之后，埃莱娜继续学习，学业一帆风顺。上高中的时候，她学习成绩优异，在和宗教老师关于圣灵问题的争辩中，她得到了加利亚尼老师的袒护。她从小就爱着尼诺·萨拉托雷，但一直没有表白，在尼诺的邀请下，并在莉拉的帮助下，她把和宗教老师的冲突写成了一篇小文章，但文章后来没有得到发表。埃莱娜的优异成绩，使她得以到比萨高等师范就读，并在那里结识了世家子弟彼得罗·艾罗塔，还发表了第一部小说，讲述的是发生在伊斯基亚岛的事儿。

佩佩、詹尼和埃莉莎：埃莱娜的弟弟、妹妹。

埃莱娜的父亲：市政府门房。

母亲：家庭主妇，她走路一瘸一拐的，让埃莱娜无法忍受。

**♦ 卡拉奇一家**（堂·阿奇勒的家人）

堂·阿奇勒·卡拉奇：童话中吃人的怪兽，黑帮成员，放高利贷的，后来被人杀死。

玛丽亚·卡拉奇：堂·阿奇勒的妻子，是斯特凡诺、皮诺奇娅和阿方索的母亲，在家里开的肉食店里工作。

斯特凡诺·卡拉奇：已故堂·阿奇勒的儿子，莉拉的丈夫，管理着他父亲积累的财产，因为两家肉食店，以及马尔蒂里广场上和索拉拉兄弟合作经营的一家鞋店，一时间成了一个成功的商人。和莉拉糟糕的婚姻生活，让他感到很不满，他和艾达·卡普乔开始了一段婚外恋，并在情人怀孕之后和她同居，随后，莉拉搬到了那不勒斯郊区圣约翰·特杜奇奥居住。

皮诺奇娅：堂·阿奇勒的女儿，先是在肉食店里工作，然后在鞋店工作，她和莉拉的哥哥里诺结婚了，跟他生了一个孩子费尔南多，小名迪诺。

阿方索：堂·阿奇勒的儿子，埃莱娜的同桌，和玛丽莎·萨拉托雷订婚了，后来成为马尔蒂里广场上的那家鞋店的经营者。

**♦ 佩卢索一家**（木匠的家人）

阿尔佛雷多·佩卢索：木匠，共产党员，被控是谋杀堂·阿奇勒的凶手，后来被关进监狱。

朱塞平娜·佩卢索：阿尔佛雷多的妻子，烟草厂女工，为了自己的孩子，还有关在监狱里的丈夫，她投入了全部精力。丈夫死后，她自缢身亡。

帕斯卡莱·佩卢索：阿尔佛雷多和朱塞平娜的长子，泥瓦匠，共产党积极分子。是他第一个发现了莉拉的美貌，并且向她示爱。他痛恨索拉拉兄弟，后来和艾达·卡普乔订婚。

卡梅拉·佩卢索：也叫卡门，帕斯卡莱的妹妹，杂货店售货员，后来被莉拉雇用，在斯特凡诺的新肉食店里做售货员，她和恩佐·斯坎诺订婚，但是服完兵役之后，恩佐无缘无故和她分手了。她随后和一个在大路上的加油站工作的人订婚。

其他孩子。

**♦ 卡普乔一家**（疯寡妇的家人）

梅莉娜：寡妇，莉拉母亲农齐亚的一个亲戚，她在老城区里清洗楼梯，曾是多纳托·萨拉托雷——尼诺父亲的情人，因为这段情感，梅莉娜几乎丧失了理智，萨拉托雷全家人因此不得不离开城区。

梅莉娜的丈夫：菜市场卸货工，死因不明。

艾达·卡普乔：梅莉娜的女儿，从小就帮助母亲清洗楼梯。在莉拉的帮助下，她成为老城区肉食店的售货员，一直是帕斯卡莱·佩卢索的女朋友，后来成为斯特凡诺·卡拉奇的情妇。怀孕后和斯特凡诺同居，并生下女儿玛丽亚。
安东尼奥·卡普乔：艾达的哥哥，技工，曾是埃莱娜的男朋友，他非常嫉妒尼诺·萨拉托雷。要服兵役的消息让他非常焦虑，但当埃莱娜去找索拉拉兄弟帮忙，想免除他的兵役，他感到非常耻辱，就和埃莱娜分手了。在当兵的过程中，他患上了严重的神经衰弱，提前退役，为生活所迫，他成了米凯莱·索拉拉的伙计，被派到德国，完成一项神秘、漫长的工作。
其他孩子。

♦ **萨拉托雷一家**（铁路职工兼诗人的家人）

多纳托·萨拉托雷：检票员、诗人兼记者，情场老手，行为不检点，他曾是梅莉娜·卡普乔的情人。埃莱娜去伊斯基亚岛度假时，和多纳托全家人住在同一所房子里，为了避免多纳托的骚扰，不得不很快离开了那里。但在第二年夏天，埃莱娜在海滩上委身于他，以减轻莉拉和尼诺在一起的事实带给她的伤害。为了消除这件事情给她带来的伤痛，她写了一本小说，最终这本小说得以出版。
莉迪亚·萨拉托雷：多纳托的妻子。
尼诺·萨拉托雷：多纳托和莉迪亚五个孩子中的老大，他非常痛恨自己的父亲，是一个非常出色的学生，他和莉拉保持了很长时间的秘密情人关系，他们同居了很短一段时间，最后莉拉怀孕了。
玛丽莎·萨拉托雷：尼诺的妹妹，是阿方索·卡拉奇的女朋友。
皮诺、克莱利亚以及西罗：多纳托和莉迪亚家较小的几个孩子。

♦ **斯坎诺一家**（卖水果的一家人）

尼科拉·斯坎诺：卖水果的男人，死于肺炎。
阿孙塔·斯坎诺：尼科拉的妻子，死于癌症。
恩佐·斯坎诺：尼科拉和阿孙塔的儿子，也是卖水果的，莉拉从小就对他有好感，他们的缘分开始于小学时的一次竞赛，恩佐在数学方面表现出惊人的天分。他后来成为卡门·佩卢索的男朋友，但他服完兵役后，就和卡门分手了。在服兵役时，他自学了工业制造方面的课程，并获得了文凭。当莉拉决定彻底离开斯特凡诺，他把莉拉还有她的孩子接到圣约翰·特杜奇奥去居住。
其他孩子。

♦ **索拉拉一家**（他们家有一家酒吧兼点心房）

西尔维奥·索拉拉：索拉拉酒吧和点心房的主人，法西斯分子，独裁主义者，克莫拉黑社会组织成员，在城区从事各种非法交易，他试图阻挠"赛鲁罗"鞋作坊的建立。

曼努埃拉·索拉拉：西尔维奥的妻子，放高利贷的，整个城区的人都害怕她手里的一个红本子。
马尔切洛和米凯莱：西尔维奥和曼努埃拉的儿子，非常嚣张霸道，但城区里的姑娘都很喜欢他们，当然，除了莉拉。马尔切洛爱上了莉拉，遭到拒绝。弟弟米凯莱和他年龄相差不大，但更加冷酷、聪明和暴力，他和点心师傅的女儿吉耀拉订婚，但对莉拉怀有一种病态的迷恋。

**♦ 斯帕纽洛一家**（糕点师傅的家人）

斯帕纽洛先生：索拉拉酒吧和点心房的糕点师傅。
罗莎·斯帕纽洛：糕点师傅的妻子。
吉耀拉·斯帕纽洛：糕点师傅的女儿，米凯莱·索拉拉的女朋友。
其他孩子。

**♦ 艾罗塔一家**

艾罗塔：古希腊文学教授。
阿黛尔：在米兰一家出版社工作，出版了埃莱娜的第一本小说。
马丽娅罗莎·艾罗塔：艾罗塔教授的大女儿，在米兰大学教艺术史。
彼得罗·艾罗塔：埃莱娜的大学同学，成为她的男朋友，在大学里前途无量。

**♦ 几位老师**

费拉罗：小学教师，兼任图书馆管理员，在莉拉和埃莱娜很小时，就一直表扬她们热爱读书。
奥利维耶罗：小学女教师，她是第一个发现莉拉和埃莱娜潜力的人。莉拉十岁时，写了《蓝色仙女》。埃莱娜非常喜欢这个故事，把它拿给奥利维耶罗老师看，但老师当时很生气，因为莉拉的父母决定不供她上中学，所以老师没对这个故事发表任何看法。不仅如此，她还不再关心莉拉，只侧重于支持埃莱娜的学业。在埃莱娜大学毕业时，奥利维耶罗老师死于一场漫长的疾病。
杰拉切：中学教师。
加利亚尼：中学教师。一个文化素养非常高的老师，共产党员，她很快被埃莱娜的聪明所打动。她借书给埃莱娜看，在学校里保护她，使她免受宗教老师的批评，并邀请她来家里，参加为几个孩子举办的舞会。后来，她和埃莱娜的关系变得冷淡，因为尼诺离开了她女儿娜迪雅，对莉拉产生了狂热的激情。

**♦ 其他人物**

吉诺：药剂师的儿子，埃莱娜的第一个男朋友。

内拉·因卡尔多：奥利维耶罗老师的表姐，住在伊斯基亚岛的巴拉诺镇。有一年夏天，埃莱娜在伊斯基亚岛海边度假的，就住在她家。

阿尔曼多：医学专业的大学生，加利亚尼老师的儿子。

娜迪雅：女学生，加利亚尼老师的女儿，尼诺的女朋友，尼诺在伊斯基亚岛爱上莉拉之后，给她写了一封分手信。

布鲁诺·索卡沃：尼诺·萨拉托雷的朋友，圣约翰·特杜奇奥地区一个富商的儿子，他把莉拉安置在他的工厂里。

弗朗科·马里：大学生，埃莱娜大学时期最初几年的男朋友。

# 中 年

# - 1 -

我上一次见到莉拉是五年前，二○○五年冬天，我们一大早就沿着大路散步。有很多年，我们在一起都找不到那种自在的感觉。只有我一个人在说话，我记得，她嘴里哼唱着什么，跟别人打招呼，但那些人根本就没有回应，偶尔有几次，她会用简短的感叹句打断我的话，但和我说的并没什么联系。那些年里，发生了很多糟糕的事情，有些事非常可怕，我们要找回之前的那种亲密感，就要说出我们内心的秘密，而我没有心力去讲，她倒是有力气说，但她不想说，可能她觉得说了也没用。

无论如何，我依然很爱她，每次到那不勒斯，我都会尽量抽时间去看她。尽管，我不得不说，我有点儿害怕她。我们两个人都老了，她变化很大，我不停地发胖，需要不断地和自己的体重做斗争，她则一直都瘦得皮包骨。她留着短发，是她自己剪的，头发已经雪白了，她并非特意要这样，而是不在意这些。她脸上皱纹很多，越来越像她父亲老年时的样子。她笑起来有些神经质，声音有些刺耳，说话时声音太大。她不停地做手势，动作带着一种凶狠的决心，就好像要把眼前的楼房、街道、路人，还有我切成两半。

我们走到小学门口时，有一个我不认识的年轻人气喘吁吁地超过了我们，对她大声喊道：教堂旁边的花坛里有一具女尸。我们加快脚步，走到小花园，莉拉把我拉到了围观的人群边上，很不客气地挤了进去。那女人侧身躺着，非常肥胖，身上穿着一件深绿色、样式过时的风衣。莉拉马上就认出她来，那是我们小时候的朋友吉耀拉·斯帕纽洛，她是米凯莱·索拉拉的前妻，我却没认出来。

我已经有几十年没有看到过吉耀拉了，她那张漂亮的脸蛋已经毁了，脚踝变得很肥大，以前她的头发是黑色的，现在成了火红色，头发还是当姑娘时的长度，但非常稀疏，在松动的泥土上散开。她只有一只脚上穿着鞋子，是低跟的，很破旧；另一只脚上只穿着一只灰色的羊毛袜子，大脚趾破了一个洞，她的另一只鞋子在一米以外的地方，就好像在她试图踢开痛苦和恐惧时，鞋子从脚上滑落了。我当时忍不住失声痛哭，莉拉很厌烦地看着我。

我们俩坐在距离花坛不远的一条长椅上，默默地等着有人把吉耀拉抬走。发生了什么事？她是怎么死的？我们当时都不知道。我们去了莉拉家里，也就是莉拉父母以前住的老房子，房子很小，她现在和她儿子里诺生活在那里。吉耀拉是我们共同的朋友，我们谈到了她。莉拉说了吉耀拉的生活、她的心存幻想和阴险的性格，总之，没什么好话。但这时我没法专心听她说话，我想着那张倒在地上的侧脸，还有那稀疏的长发，能看到吉耀拉头颅上的白色头皮。有多少我们儿时的玩伴都已经不在人世了？他们从这个世界上消失，有时候是因为疾病，有时候是因为他们的神经承受不住生活的磨炼，或者因为他们被人放了血。我们俩在厨房里待了一会儿了，都有些倦怠，不想收拾桌子，最后我们没有收拾餐具，又出去了。

那是一个晴朗的冬日，阳光使得周围看起来很清新。这个老城区和我们不一样，我们老了，而它保留了原来的模样。那些低矮的灰色房子依然矗立着，我们小时候做游戏的院子、大路、隧道黑漆漆的入口，以及那里的暴力，一切都没变。但城区周围的风景变了，以前那些发绿的池塘已经没有了，那家罐头厂的老厂房也消失了。在那些地方，修建了一些玻璃外墙熠熠生辉的摩天大楼，象征着过去我们从来没人相信的灿烂未来。在过去那些年里，我记下了这个城区的所有变化，有时候是带着好奇，有时候是漫不经心。小时候，我想象着在我们的城区之外，那不勒斯有一些非常神奇的地方，比如说，火车站的摩天大楼，在几十年之前曾让我觉得很震撼，它一层一层在增高，那时候，在火车站旁边，这个建筑的框架让我们觉得高极了。经过加里波第大街时，我总会惊异地对身边的人说："你看看，这楼多高啊！"我对莉拉、卡门、帕斯卡莱、艾达和安东尼奥说，当时我和这帮朋友一直走向海边，走在富人区边上。我想，那栋楼上一定住着天使，他们一定能欣赏到整个城市的风景。如果能爬到那栋楼的顶层，我一定会很高兴。尽管它不在我们的城区里，但那是我们的摩天大楼，是我们看着它一天天增高，但后来这栋楼停工了。当我从比萨回到家里，火车站的那栋大楼已经不再是这个城市日新月异的象征，而是成了低效无能的巢窠。

在那段时间，我觉得我们城区和那不勒斯其他城区没什么差别，罪恶从我们的城区蔓延到整个那不勒斯，没有任何地方得以幸免。每一次我回到那不勒斯，都会觉得这个城市像一潭烂泥，它无法承受季节的变化——寒冷和炎热，尤其是无法应对暴雨：不是加里波第广场被水淹了，就是博物馆前的走廊倒塌了，要么就是某些地方滑坡了，一直停电，那些黑黢黢的、充满风险的街道，一直保留在我的记忆里。交通越来越混乱，路上坑坑洼洼，还有大片很难跨过去的水坑，下水道往外冒脏水，流得到处都是。山上全是新建的房子，非常不结实。脏水、垃圾和病菌都流入海里，腐蚀着地下的世界。人们因为得不到眷顾，因为腐败、欺压而死去，但每一次选举时，他们还是充满热情，支持那些让他们的生活变得难以忍受的政客。我下了火车，回到这个我曾经生活的地方，我一直都在说方言，表现得小心翼翼，就好像在说：我和你们是一起的，不要伤害我。

大学毕业时，我一气呵成写了一部小说。出人预料的是：在短短几个月时间里，这部小说变成了一本书。我出生的那个世界，让我觉得越来越糟糕了。这时候，在比萨或者米兰，我生活得很好，有时候，甚至会觉得很幸福；而在我的城市，我每次回家时，都会担心发生什么意外的事情，让我无法逃离，我害怕会失去好不容易获取的东西。我担心再也见不到快要和我结婚的彼得罗，害怕被排除在干净整齐的出版社之外，再也接触不到高雅的阿黛尔——我未来的婆婆，她比我母亲更像一个母亲。在过去，那不勒斯已经非常拥挤了，加里波第广场、福尔切拉街、公爵街，还有拉维娜尼奥区、雷蒂费洛区，到处都挤满了人。在六十年代末，我觉得人群越来越拥挤，越来越蛮横失控，让人不堪忍受。有一天早上，我一直走到了迈佐卡农内街上，几年前，我在那条街上的一家书店当过售货员。我去那里，完全是出于好奇，我想看看，我吃过苦头的地方现在怎么样了，尤其是为了看一眼那里的大学，我从来都没有进过那所大学，我想拿那里和比萨高等师范比较一下，我甚至希望能遇到加利亚尼老师的几个孩子——阿尔曼多和娜迪雅，好向他们炫耀一下。但那条街道，还有大学校园都让我很焦虑，那里挤满了那不勒斯本地和来自整个南方的学生，他们都穿得很好，非常自信，吵吵嚷嚷，一方面表现得有些鲁莽，同时也有些羞怯。他们都挤在教室门口或教室里，在秘书处前面经常排着很长一条队，他们之间冲突不断。有三四个学生，在距离我几步的地方，一言不合就打了起来，好像只是相互看着不顺眼就开始了对骂、拳打脚踢，都是脾气暴躁的男生，用一种我很难听懂的方言在对骂。我马上就离开了，我之前想象那儿是一个安全、充满理性的地方，但现在好像成了一个充满威胁的地方。

总之，我觉得那不勒斯每况愈下，变得越来越糟糕了。进入雨季之后，这个城市又一次崩溃了，有一栋楼从中间倒塌了，就好像一个人靠在一把被虫蛀过的沙发扶手上，扶手塌了，造成了很多死伤。随之而来的是叫喊、斗殴、报纸上的唇枪舌剑。就好像这个城市的内心有一种无处发泄的怒火，她的内部喧腾着，起伏不定，表面有毒疮涌冒出来，内部则布满了毒药。她对所有人都充满仇恨：孩子、成人、老人、其他城市的人、北约的美国人、任何一个国家的游客，还有那不勒斯人。他们怎么能忍受这个混乱、充满风险的地方？在郊外、市中心、小山上，维苏威火山下面，到处都一样。圣约翰·特杜奇奥给我的印象真是太糟糕了，还有去那里的旅途、莉拉工作的工厂、莉拉自己——她儿子和她住的那套破房子，以及她和恩佐生活在一起，但还没有同床共寝的事实——这一切都让我觉得太糟糕了！莉拉说，恩佐想学习电子计算机操作，她想帮他。她的声音深深地刻在了我的脑子里，她想掩盖丑陋的圣约翰·特杜奇奥、香肠、工厂的味道以及她的处境，她装出一副很在行的样子，对我提到了一些机构，还有它们的简称：米兰国家计算机研究中心（CCSM）、计算机应用于社会科学苏维埃研究中心（CSACSS）。她想让我相信，在那不勒斯很快也会有这样的研究中心。我当时想：在米兰也许有可能，在苏联一定会有，但在这里不可能！这只是你脑子里无法控制的狂想，你现在还要把可怜的、忠心耿耿的恩佐也拉下水。

离开这里！彻底远离这里！永远离开我们自出生以来所过的生活，要在一个一切皆有可能、有秩序的地方扎根，这就是我奋斗的目标，而且，我认为自己已经完胜了。

但在后来的几十年里，我发现我错了！这世界上的事情一环套一环，在外面有更大的一环：从城区到整个城市，从城市到整个意大利，从意大利到整个欧洲，从欧洲到整个星球。现在我是这么看的：并不是我们的城区病了，并非只有那不勒斯是这样，而是整个地球，整个宇宙，或者说所有宇宙都一样，一个人的能力，在于能否隐藏和掩盖事情的真相。

二〇〇五年冬天，那天下午，我和莉拉谈了这些事情，我带着一种决绝的语气，就好像在进行严厉的抨击。我想告诉她，她其实从小就已经明白这一点了，只是她从来都没有离开过那不勒斯，但我马上就觉得很羞愧，因为我从自己的语气里，听到了一个老女人让人不堪的怨气，我知道她讨厌我的语气。后来，她的确对我笑了一下，露出了老化磨损的牙齿，做了一个神经质的表情，说：

"你在充当智者，想要揭示真理？你有什么意图？你要写我们？你想写我？"

"没有。"

"说实话吧！"

"那太复杂了。"

"你已经考虑过了，是不是？你还在考虑？"

"有点儿。"

"你要放过我，莱农！你要放过我们所有人。我们不值一提，我们应该消失，吉耀拉和我，所有人都不值一提。"

"这不是真的。"

她做了一个不满的表情，很难看，她眯着眼睛，用眼珠子审视着我，嘴唇半闭着。

"好吧，"她说，"你实在想写，就写吧，你写吉耀拉，想写谁，就写吧，但不要写我，你要答应我，你要是敢写我的话……"

“我谁都不写，也不写你。”

“你要小心点儿，我盯着你呢。”

“是吗？”

“我会进到你的电脑里，看你的文件，会把文件删除。”

“算了吧！”

“你觉得我做不到？”

“我知道你能做到，但我会保护自己。”

她还是像之前那样，很邪恶地笑了。

“但你防不住我。”

## - 2-

我一直无法忘记她最后说的那句话，那是她对我说的最后的话：“但你防不住我。”我已经写了好几个星期了，我没浪费时间去重读自己写的东西，我状态很好。假如莉拉还活着的话——我一边喝着咖啡，一边看着波河的水流冲击着伊莎贝拉公主桥的桥柱——她一定会忍不住来我的电脑里窥探，她会看到我写的东西。那个疯疯癫癫的老太婆，一定会因为我不听话而发火，她一定会介入，会修订，加入一些自己的东西，会忘记她对于“人间蒸发”的狂热。喝完咖啡，我洗了杯子，回到了写字台前，重新开始写作，我从米兰那个寒冷的春天接着写。那是四十多年前的一天晚上，在一家图书馆里，那个戴着厚眼镜的男人，当着所有人的面，用讽刺的语气谈论我，还有我的书。我当时浑身发抖，语无伦次地回答了他的话。后来，尼诺·萨拉托雷忽然冒了出来，他一脸黑色的大胡子，我当时几乎没有认出他来，他用非常不客气的语气，抨击了那个对我说三道四的家伙。从那时候开始，我心里一直都在默默呼喊着他的名字——尼诺·萨拉托雷。我已经有多长时间没见到他了，有四五年了吧——我紧张得浑身发冷，但脸却滚烫。

在尼诺说完了之后，那个男人举手示意要发言。很明显，他有些恼怒，但我过于激动，头脑混乱，没马上明白为什么他会恼怒。但我意识到，尼诺的发言把话题从文学转移到了政治上，而且他用了一种非常霸道、几乎有些失敬的方式。在当时，我没有太留心他们说的什么，因为我陷入自责，我无法原谅自己不能掌控住那种针锋相对的局面，我无法原谅自己在一些非常有文化的人面前语无伦次，虽然我口才不错。高中的时候，我就经历过这种对我不利的局面，那时候，我选择了尽量模仿加利亚尼老师，运用她的语气和语言。但在比萨的时候，面对更加咄咄逼人的对手，加利亚尼老师身为女性的楷模已经行不通了。弗朗科、彼得罗，所有出色的学生，当然还有高等师范那些优秀的老师，他们都用一种非常复杂的表达方式，他们写东西也非常考究，他们有很强的分析能力，有清晰的逻辑，那都是加利亚尼老师所没有的。这时候，我开始训练我自己，我想和他们一样，我感觉自己有时候能做到，我觉得我能运用自己的语言，能克服我面对这个世界时的种种不适，也能控制自己的情感，避免仓促、草率的表达。总之，我已经掌握了一种讲话和写作的方式，通过非常考究的用词，还有稳重、深思熟虑、紧贴主题的句子，以及干净、正式、高雅的文体，常会让我的对手无话可说。但那天晚上，事情并没有向着我所希望的方向发展。首先，阿黛尔和她的朋友们对小说进行解读，但后来那个戴着厚镜片眼镜的先生，让我觉得羞怯，我又被打回原形，又成了那个来自于贫民区的小女人，那个门房的女儿，操着一口的南方腔，很惊异自己能走到这一步，在那儿扮演一个年轻、有文化的女作家形象。最后，我失去了自信，我的表达变得紊乱，语无伦次。尼诺的出现，让我失去了所有控制，他对于我的捍卫，又一次证实了我的溃败，忽然间我失去了表达能力。我们都来自相同的环境，我们都非常努力地掌握了那种高雅的语言，但尼诺能非常从容地使用那种语言，不仅仅能很自如地反驳眼前的这个对手，而且能时不时地，在他觉得有必要时，在那种考究的意大利语里加入其他一些成分，而且是用一种潇洒、带着鄙视的语气，让人觉得，那个戴着厚镜片眼镜的老教授的腔调有些可笑。结果是，我看到那个老教授要发言，我想：他现在肯定非常生气，他之前批评了我的书，现在一定会用更糟糕的话来评判我、羞辱捍卫我的尼诺。

但那个男人谈的是别的事情：他没有提到我的小说，再也没有提到我的书。他只是针对尼诺提到的一些话，尼诺虽然说了好几遍，但那不是他发言的核心，比如说——贵族般的傲慢、反权威文学。我只知道，让那个男人生气的是那段话里的政治影射，他不喜欢那些说法，他一改低沉的声音，用一种充满讽刺的假声重复了那些表达（因此，现在对于知识的自豪已经被定义傲慢，因此，就连文学也变成反权威的了？）然后他仔细地谈起了“权威”这个词。

“感谢上帝，”他说，“要提防那些没什么教养的小年轻，他们对任何事情都会信口开河，他们会引用不知道是哪位轻狂大学教授说的蠢话。”他围绕着那个主题又说了很久，他是对着公众说的，都不是针对尼诺或者我。他开始针对坐在我旁边的那位年老的批评家，然后直接针对阿黛尔，那才是他最初的批判目标。

“我并不是针对这些年轻人，”他总结说，“而是想指出，那些有学问的成年人，他们出于利益，见风使舵，追随那些愚蠢的时尚。”说到这里，他做出要离开的样子，低声说：“对不起，让一下，谢谢。”

在场的那些人都站起来让他过去，虽然有些敌意，但都表现得有些漫不经心。这时候我彻底明白了：他是一个大人物，他那么重要，以至于阿黛尔也用一种有些沮丧的手势，很客气地说：“谢谢您，再见，您走好。”也许正因为他是一个大人物，让所有人吃惊的是，就在这时候，尼诺用一种霸道，甚至让人讨厌的方式展示出，他知道在和谁打交道，他称呼这个人为教授，他说：“教授，您去哪儿啊？请不要走。”尼诺腿很长，几步过去就站到了他面前，挡住了教授的路，他用那种新语言对教授说了些什么，在我的位子上，我有点听不清楚，也有些听不明白，但那些话应该像大太阳底下的钢丝一样明确。那位老先生一动不动地站在那儿听，没有马上失去耐心，过了一会儿，他才做了一个手势，意思是：你让开一下。他向门口走去。

## -3-

离开那张桌子时，我的思绪非常混乱。我很难相信尼诺真的在那里，在米兰的那间大厅里。看吧，他脚步沉稳，微笑着向我走来。我们握了握手，他的手非常热，我的手很冰凉。我们都说，经过那么长时间，能再见面真是开心啊。我知道，那天晚上最糟糕的时刻已经过去了，他现在站在我面前，真真切切，我非常激动，坏心情也逐渐平复。我把尼诺介绍给那个热情赞美了我的小说的评论家，我说，这是我在那不勒斯的朋友，我们是高中同学。这位评论家教授，虽然他刚才也受到了尼诺的影射和抨击，但他表现得很客气。他说，尼诺做得很好，刚才那个人的确应该那么对付，他非常热情地提到了那不勒斯，他对尼诺说话的语气，就好像尼诺是一个非常出色、值得鼓励的学生。尼诺解释说，他在米兰已经生活了多年，他在研究经济地理学，他微笑着说，他属于大学里等级最低的老师，也就是助教。他这话说得风趣，并没有他小时候身上的那种愤世嫉俗。我觉得，现在他像穿上了新盔甲，比我在上中学时迷恋的那层盔甲要轻盈一些，就好像他甩掉了那些不必要的负担，让他可以更优雅、更迅猛地出击。看到他手上没有戴婚戒，我松了一口气。

就在这时，阿黛尔的一位女性朋友走过来，让我在一本书上签名，这是一件让我很激动的事，第一次有人要我签名。我犹豫了一下，因为我不想错过尼诺，一小会儿也不想错过，但我也想改变一下我留给他的印象，让他觉得，我不再是那个笨手笨脚的傻姑娘。他在和那位老教授聊天——那位教授名叫塔兰塔诺——我很客气地接待我的那些读者。我想赶快签完名，但那些书很新，散发着油墨香，和我跟莉拉小时候在城区图书馆借的那些破旧难闻的书一点儿也不一样，我觉得不应该用圆珠笔匆忙地破坏这些新书。我炫耀着奥利维耶罗老师教给我的漂亮书法，写了一些精心构思的赠言，这让后面等待的几位太太很不耐烦。我在写赠言时，心跳得很快，我用眼睛瞄着尼诺，我很害怕他会离开。

尼诺没有离开。现在阿黛尔也走到了他和塔兰塔诺教授跟前，他带着敬意和阿黛尔说话，同时也很潇洒。我的脑海里浮现出了高中时，尼诺在学校的走廊里和加利亚尼老师说话的情景，但转眼间，他就从之前那个出色的高中生转换成了眼前这个年轻男人。我满心感慨，当时他真不该走那段弯路，让我们所有人都很痛苦：伊斯基亚岛的大学生，我已婚的朋友的情人；那个迷失的男孩，藏在马尔蒂里广场上商店的厕所里；詹纳罗的父亲，但却从来没有见过那个孩子。当然，莉拉的闯入让他迷失了自己，很明显，在当时的情况下，那段经历只是一个插曲，尽管激动人心，对他的身心产生了很大影响，但那已经结束了，尼诺重新找回了自己，这让我很高兴。我想：我应该告诉莉拉，我见到尼诺了，他现在很好。但我最终还是改了主意：不，我不能告诉她。

等我写完赠言，大厅里的人几乎都走光了。阿黛尔轻柔地拉着我的一只手，她赞扬了我，说我在介绍小说时讲得很好，在回应糟糕的发言时——她就是这么形容那个戴眼镜的男人的——也表现很好。她看到我否认了这一点（我很清楚，她说的不是真的），便让尼诺和塔兰塔诺作证，他们俩当然都说了我很多好话。尼诺最后甚至很认真地看着我说："你们不知道，这姑娘在上高中时就非常聪明，读过很多书，而且非常勇敢，也很漂亮。"我觉得脸上发烫，这时候，他用一种温文尔雅的语气，风趣地说起了我早年和宗教老师的冲突。阿黛尔在那里听着，时不时笑一下。她说："在我们家，大家马上就发现了埃莱娜的品质。"然后她宣布说，她在距离那儿很近的地方定了餐馆，要我们一起去吃晚饭。我有些忧虑，尴尬地嘟哝说，我累了，肚子不饿。我想让他们明白，我和尼诺已经很长时间不见了，我希望回宾馆前能和尼诺出去走走，聊一聊。我知道，那顿晚餐是给我庆祝，为了感谢塔兰塔诺支持这本书，如果我不去的话，实在很不应该，但我无法克制我自己。阿黛尔用一种讥讽的表情看了我一眼，她说，她当然也邀请我的朋友一起去，然后就好像要补偿我做出的牺牲似的，她神秘兮兮地说："我给你准备了一个惊喜。"我不安地看着尼诺：他会接受邀请吗？他说，他不想打扰我们，他看了一下手表，最后接受了。

## - 4 -

我们离开了那家书店。阿黛尔非常谨慎，她和塔兰塔诺走在前面，我和尼诺跟在后面。我马上发现，我不知道对他说什么好，我担心一张口就说错话。尼诺打破了僵局，为了不冷场，他又一次赞美了我的书，然后用敬仰的语气提到了艾罗塔家人（他把他们定义为"意大利最重要、最文明的家庭之一"），他说他认识马丽娅罗莎（"她总是占据思想前沿，两个星期前，我们大吵了一架。"），他说他从阿黛尔那里得知，我和彼得罗订婚了，他对我表示恭喜。让我惊异的是，他表现得对彼得罗那本关于酒神崇拜的书很熟悉，尤其是，他带着敬意谈到了艾罗塔家的一家之长——圭多·艾罗塔教授。"他真是一位非常了不起的男人。"他知道我已经订婚了，这让我有些不自在，我意识到，他对我的小说的赞美只是一个引子，让他得以赞美彼得罗全家，还有彼得罗的书，这让我更加不舒服。我打断了他的话，我问他现在怎么样，但他的回答很模糊，只是提到了他正要出版的一本小书，他觉得那本书写得很乏味，但他不得不将之出版。我接着问他刚到米兰时的生活，有没有遇到困难。他泛泛地回答了我，说到了他刚从南方来、口袋里没有一分钱时遇到的问题。他忽然问我：

"你回那不勒斯生活了？"

"目前是。"

"在老城区生活?"

"是的。"

"我彻底和我父亲断绝了关系,我和家人也不再见面。"

"真是遗憾。"

"这样也好。只是再也没有莉娜的消息,让我觉得很遗憾。"

我当时想:我错了,莉拉从来都没有从他的生命中消失,他来这个书店并不是因为我,而是为了打听莉拉的消息。我又转念一想:在这些年里,假如他真的想知道莉拉的消息,他一定能找到办法。我一时冲动,用一种不想再谈论此事的干脆语气说:

"她现在离开了丈夫,和另一个男人生活在一起。"

"她生了一个男孩还是女孩?"

"一个男孩。"

他做了一个不高兴的表情,说:

"莉娜非常勇敢,甚至过于勇敢。但她没有办法接受现实,她没有办法接受别人,也没有办法接受自己。爱她是一件非常艰难的事情,是非常痛苦的体验。"

"什么意思?"

"她不知道什么是献身。"

"可能你太夸张了。"

"不,她的确有很多问题:脑子和身体都有问题,性方面也是。"

他说的最后那几个字——"性方面也是",最让我感到惊异。尼诺对于他和莉拉的关系的评价居然是负面的?他刚才对我说的话,还涉及性的方面?这真让我感到不安。我看了看走在前面的阿黛尔和她的朋友黑黢黢的身影,我的不安变成了焦虑。我感觉,他提到性事也是一个引子,他现在一定是想要说得更明了一些。很多年前，斯特凡诺在他婚后也跟我说过类似的事，他对我说了他和莉拉之间的问题，但他说的时候，并没有提到性。我们整个城区的男人，在谈起自己爱的女人时，永远都不可能涉及性方面的问题。比如说，帕斯卡莱给我讲他和艾达之间的性问题，这真是令人难以想象！更进一步说，安东尼奥更不可能和卡门或者吉耀拉，谈论我在性方面的问题。男人之间可以说这些事儿，而且是通过一种非常粗俗的方式，而我们姑娘家不在意这些，但男女之间是绝对不会谈论这些问题的。我感觉，尼诺——这个全新的尼诺，他认为和我谈论他和我的朋友莉拉之间的性关系，这是一件稀松平常的事。我觉得非常尴尬，马上就绕开了话题。我想，他提到的这些，我也不会告诉莉拉。这时候，我装出一副很潇洒的样子说："都是过去的事儿，我们也不要太难过。说说你吧，你在研究什么课题？你在大学里的前景怎么样？你住在哪里？一个人住吗？"但我在说这些时，肯定是过于热烈了，他应该能感觉到，我回避了他的话题。他带着戏谑的表情，微笑了一下，正要回答，这时候我们到了餐馆，我们走了进去。

## -5-

阿黛尔给大家分配了座位：我坐在尼诺旁边，在塔兰塔诺对面，她坐在塔兰塔诺旁边，尼诺对面。我们点了餐，这时候，我们的话题转到了那个戴眼镜的男人身上，他是一位意大利文学教授——我现在明白了——他长期给《晚邮报》撰稿，他是天主教民主党的人。无论是阿黛尔还是她的朋友，他们现在都彻底放开了，不像在书店里那样克制自己，他们畅所欲言。他们说了那个人的很多坏话，然后大力赞扬了尼诺，说他做得好，就是应该挤兑那个老头。尤其让他们觉得愉快的是那老头离开大厅时，尼诺对他说的话，那是他们都听到，但我没听到的话。他们每个字都记得，尼诺笑着说他不记得了。但后来那些话被复述出来了，也可能是当场改编的，大概是这么说的：您呢？为了捍卫权威，还有权威的言论，您甚至可以把民主搁置到一边。从那时候起，只有他们三个人在说话，谈得非常热闹。他们说到了间谍、希腊问题、秘密审判和酷刑、越南问题，还有意大利、欧洲甚至是全世界的学生运动的不成熟性，还提到艾罗塔教授在《桥报》上面发表的一篇文章，那篇文章谈论的是大学里的教学和研究条件。尼诺说，他认同艾罗塔教授说的每个字。

“我会告诉我女儿马丽娅罗莎，说您喜欢那篇文章，”阿黛尔说，“她觉得那篇文章写得很糟糕。”

“马丽娅罗莎只热衷于这个世界不能给予她的东西。”

“说得太对了，她就是这样。”

我一点儿也不了解我未来公公的那篇文章，这让我很不自在，我在一旁默默地听着。在这之前，我先是要应付考试，然后是毕业论文，最后是那本匆忙出版的书，这些让我投入了大部分时间。对于这个世界在发生的事情，我只是接触到表面，我基本没有关注过学生运动、游行、冲突、受伤的人、被捕的人，还有流血事件。我已经离开大学了，关于大学里的情况，我只能通过彼得罗的抱怨得以了解，他在信中是这样描述学生运动的：“比萨发生的蠢事儿”。结果是，周围发生了很多事情，和我共餐的这些人对这些事都非常了解，尤其是尼诺，而我却不是很清楚。我坐在他旁边，听他说话，我们胳膊碰着胳膊，虽然只是隔着衣服的接触，但仍然让我很激动。他还是保留了对数字的热爱，他列举出了学校里注册的学生人数——简直太多了，还有学校校舍的真实容量，以及那些“权贵”的工作时间，那些人不是致力于教书、做研究，而是坐在议会里，要么给管理机构当顾问，要么是给私人企业当顾问。阿黛尔在那里听着，她的朋友也听着，时不时会插句话，他们提到一些我从来没听说过的人名。我感觉自己被排除在外。庆祝我的书出版，已经不是他们考虑的事儿了，我未来的婆婆似乎已经忘记了她提到的惊喜。我小声说，我离开一下，阿黛尔漫不经心地做了一个手势，尼诺还是热情洋溢地在说话。塔兰塔诺应该觉察到我有些烦了，他很小声地激励我说：

“那您赶紧回来，我想知道您的看法。”

“我没有什么看法。”我带着一个苍白的微笑说。

这次他微笑了，说：

“作家总能想出来一个。”

“也许，我不是作家。”

“是的，您是作家。”

我去了洗手间。尼诺总是有能力向我展示，他一张嘴，就会显现出我的落伍。我应该接着学习了，我想，我怎么能这么放任自流呢？当然，假如我愿意的话，我也能带着一点儿热情，不懂装懂地迎合一下。我不能这样继续下去，我学了太多不重要的东西，而那些关键的知识，我却没掌握。我和弗朗科的故事结束之后，我逐渐失去了他传递给我的，对于世界的好奇心。和彼得罗订婚，对我也没有什么帮助，对他不感兴趣的东西，我也失去了兴趣。彼得罗和他父亲、母亲还有姐姐是多么不同啊！尤其是，他和尼诺是多么不同啊！也许对于他来说，我的小说都不应该写出来，他几乎是很不耐烦地接受了这本书，就好像它背叛了学术世界。哦，可能是我太夸张了，这都是我的错。我是一个很局限的女孩，我只能专注于一件事情，从而忽略其他事情，现在我要改变现状。在这场令人厌烦的晚饭之后，我会开始改变自己，我会把尼诺拉走，强迫他整个晚上都和我散步，我会问他，我应该看什么书，看什么电影，听什么音乐。我会拉着他的胳膊说："我很冷……"这不完整的句子是含糊的暗示，我会隐藏自己的焦虑。我想，这可能是我们唯一的机会，明天我会离开，再也见不到他。

这时候，我带着怒火看着镜中的自己：满脸疲惫，下巴上有很多小痘，眼圈发青，这预示着我的月经快要来了。我又矮又丑，胸太大。我从开始就应该明白，他从来都没有喜欢过我，他选择了莉拉，而不是我，这并非偶然。但结果呢？她在性方面有问题，尼诺是这么说的。我当时真不应该改变话题，我应该展示出我的好奇，让他继续说下去。下次假如他再提起这事儿，我应该更开明一点，我会对他说："我想问一下，一个女孩子性方面有问题是什么表现？"我会解释说，假如有必要的话，我会纠正自己，不知道这是不是可以纠正。我带着一丝恶心，想到了我和他父亲在玛隆蒂海滩上发生的事情，也想到了我和弗朗科在比萨大学宿舍的小床上的性爱。在那些时候，我是不是也做了一些错误的举动，他们也觉察到了，但他们没有告诉我？假如那天晚上我和尼诺上床，我还是会犯一样的错误。他也会想，我跟莉拉一样也有问题。他会不会背着我，和我在比萨高等师范的朋友谈论这个问题，甚至是和马丽娅罗莎谈论这个问题？

我意识到，他的那些话太冒犯人了，我不得不指责他。我应该告诉他，从那场他评价很差的性关系里，产生了一个孩子，那就是小詹纳罗，他非常聪明。我应该说，你这样说是不对的，问题不能简化为谁在性方面有问题，莉拉为了你，已经毁掉了自己。我决定，当我摆脱了阿黛尔和她的朋友，尼诺陪我到宾馆时，我会跟他说这些话。

我从洗手间里出来，回到餐厅里，我发现我不在的时候，情况发生了变化。我未来的婆婆一看到我，就对我招手，她兴高采烈地对我说："你的惊喜终于到了。"那个惊喜就是彼得罗，他坐在阿黛尔身边。

## - 6 -

我的未婚夫一看到我，马上就站起来拥抱了我。我从来都没有跟他提到过尼诺，我提到过安东尼奥，次数也不多，我只是跟他提到过我和弗朗科之间的关系，当时这在比萨高等师范的学生中人尽皆知。我从来都没提到过尼诺的名字。这是一件让我痛苦的事，那些糟糕的事情让我很羞愧——把这个故事讲述出来，就意味着要坦白，我一直爱着一个人，说出为什么我爱他，需要把这件事厘清，就要说明尼诺的意义，就要说到莉拉、伊斯基亚，也许最后会促使我承认，我在书中讲述的那个情节：女主人公和成熟男人的性爱是源于我在玛隆蒂海滩上的体验，是一个绝望的小姑娘做出的选择。事情过去了那么久，我现在觉得，那是一件很恶心的事，但那是我自己的事儿，我要埋在心里。假如彼得罗知道这些，他一定会明白我见到他为什么会那么不高兴。

他坐在了桌子的首席，在他母亲和尼诺之间，他狼吞虎咽地吃了一块牛排，喝了葡萄酒，他看着我，他感觉到了我的坏心情，因此表现得有些小心翼翼。当然了，他觉得自己有些理亏，因为在我人生中一个非常重要的时刻，他没有及时赶到。他觉得自己对这件事不够重视，可能会被我理解为他不爱我，毕竟他让我一个人面对那些陌生的面孔，少了他精神上的支持。很难向他解释，我阴着脸不说话正是因为他现在来了，而且夹在我和尼诺中间。

尼诺呢——让我更不高兴的是——虽然他坐在我身边，但他一句话也不跟我说。好像彼得罗来了让他很高兴，他给彼得罗倒酒，请他抽自己的烟，还给他点上了一根。现在，他们两人都在吞云吐雾，谈到从比萨开车到米兰很累，还谈到了开车的乐趣。让我惊异的是他们之间的区别：尼诺很瘦，很修长，声音很高，也很热情；彼得罗又矮又结实，顶着一头乱糟糟、有些可笑的头发，额头很高，腮帮子很大，脸剃得发青，声音很低沉。他们好像很高兴能相互认识，这对于彼得罗来说很不正常，因为他一贯只专注于自己的事情，并不热衷于社会交往。尼诺对他的研究表现出极浓的兴趣（他读了一篇文章，文中反对喝葡萄酒，反对任何形式的醉酒，推崇牛奶和蜂蜜），他想引导彼得罗谈论这个问题。关于这些话题，我的未婚夫向来都倾向于什么都不说，但这次他妥协了，他很耐心地纠正了那种观点，然后开始敞开心扉。正当彼得罗畅所欲言时，阿黛尔插了一句：

“别聊闲话了，”她对儿子说，“你给埃莱娜准备的惊喜呢？”

我看着她，有些迷惑，还有其他惊喜吗？彼得罗一刻不停地开车过来，就是为了赶上我的庆功晚宴，这还不够吗？我带着好奇想。这时候，我的未婚夫做出一副不高兴的样子，我了解他的反应——那是在环境的迫使下，不得不说自己好话时，他脸上才会有的表情。他向我宣布，几乎是嘟囔着说，他正式成为一名非常年轻的教授，佛罗伦萨大学聘请他做正教授。他说话的样子，就像是发生了奇迹，才让他一下子成为了教授。他就是这样的人，从来不夸耀自己，也从来都没有提到过他面临的严峻考验，以至于我根本不知道，他作为学者是那么受器重。现在，就这样，他几乎是用轻蔑的语气说了这个消息，就好像是他母亲逼他说的，就好像这对他来说毫无意义。但实际上，这意味着他年纪轻轻就取得了让人称道的成绩，意味着经济保证，意味着可以离开比萨，轻松地摆脱那里的政治和文化氛围。我不知道为什么，这几个月他有些受不了那个城市。这尤其意味着，在那年秋天，或者最晚第二年开春，我们就会结婚，我就会离开那不勒斯。没人提到最后这件事情，但大家都恭喜彼得罗，也恭喜我，包括尼诺。在听到这个消息之后，他看了看表，语气尖酸地说到了大学里的职称，然后就向大家抱歉，说他该走了。

所有人都站了起来。我不知道该怎么办才好，我感觉胸口一阵疼痛，我很想抓住他的目光。都结束了，我失去了一个机会，那些愿望也泡汤了。我们走到路上，我希望他能给我一个电话号码，一个地址，但他只是握了握我的手，祝我一切如意。从那时候开始，我觉得他的每个动作都是想摆脱我。告别的时候，我微笑着挥动一只手，好像手里拿着一支笔，其实那是一个祈求，意思是：你知道我住在哪儿，给我写信吧，求你了，但他已经转身离去。

## - 7 -

我对阿黛尔和她的朋友表示感谢，还特别感谢了他们为我，还有我的书所遭的罪。他们俩都诚恳地赞美了尼诺，说了尼诺很多好话，就好像他长得那么可爱、那么聪明，都是因为我的缘故。彼得罗什么也没说，只是在他母亲要他早点回去时，他做了一个不耐烦的动作。他们都住在马丽娅罗莎那里。我马上对他说："你不用陪我去宾馆，你和你母亲回去吧。"没有人觉得我这是真心话，但实际上，我真的很不开心，想一个人待着。

一路上，我的情绪都非常糟糕，我的未婚夫简直没法和我交流。我感叹说，我不喜欢佛罗伦萨，那不是真的；我说我再也不想写作，我想教书，那也不是真的；我说我很累、很困，那也不是真的。不仅仅如此，当彼得罗毫无预告地向我宣布，他想去那不勒斯见我的父母，我对他叫喊着说："你疯了吗？你应该放过我的父母，你不适合他们，他们也不适合你。"他有些担忧地问我：

"你不想嫁给我了？"

那时候我差一点儿就说："是的，我不想嫁给你了。"但我马上就忍住了，我知道那不是真的。我轻声说："对不起，我很沮丧，我当然想嫁给你。"我拉住了他的一只手，和他十指相扣。他是个聪明的男人，非常博学，也很善良，我很喜欢他，我不想让他痛苦。尽管如此，当我拉着他的手，说我想嫁给他的时候，我清楚地知道，假如那天晚上他没有出现在餐厅里，我会试着得到尼诺。

但我不能承认这一点，彼得罗不应该受到那样的对待。当然，假如我得到尼诺的话，我也会无怨无悔，我会找到一种方式把尼诺吸引过来，就像在过去那些年，从小学到高中，一直到伊斯基亚，还有马尔蒂里广场那段时期那样。尽管我不喜欢他说的关于莉拉的那句话，那句话让我很不安。我会得到尼诺，但我永远都不告诉彼得罗。也许，我会把这件事情告诉莉拉，但谁知道会是在什么时候呢，可能等到我们都老了吧，我想象着，无论是我还是她，到时候已经完全不在乎这些事了。时间，就像对于其他事情一样，是决定性的。拥有尼诺，可能就只有一夜，他会在早晨时离开。尽管我认识他很久了，但他一直在我的想象里，那些想象自我童年就开始了，由孩童时期的种种愿望组成，没有任何具体的内容，没有一个未来，我知道，和他永远在一起是不可能的。彼得罗属于现在，他像界碑一样确凿，他给我划出了一片崭新的领地，一片充满理性的天地。这片领域存在一些规范，这些规则来自他的家庭，就是要赋予每样东西意义，要捍卫伟大的理想，要坚持原则，要维护家族的声誉。在艾罗塔家的领地里，一切都不在话下，比如说结婚，就是一场世俗与宗教对峙的战争。彼得罗的父母没有在教堂结婚，只是在民政局做了登记。就我所知，彼得罗对宗教非常了解，可能是因为这个缘故，他也不会在教堂结婚。可能是他真的对宗教太了解了，他宁肯放弃我，也不会在教堂里结婚。洗礼的问题也一样，彼得罗没受过洗礼，马丽娅罗莎也没受过洗礼，因此将来我们生了孩子孩子也不会接受洗礼。他就是这样，事情肯定会向这个方向发展，就好像有人指挥着他一样。他没有神的支撑，支撑着他的是家庭，但这足以使他确信，自己站在真理和正义的一边。至于性，我不知道他的态度，但我知道他非常慎重。他非常了解我和弗朗科·马里之间的事情，他应该能推测出来，我不是处女，然而他从来都没提过那个话题，甚至连一个小小的玩笑都没开过，哪怕是一句绕弯子，或是带点儿醋意的话都没说过。我觉得，他应该没有别的女朋友，去召妓更是不可想象的事情，我也排除了他和其他男性谈论女人的可能。他特别讨厌黄色笑话，他也讨厌闲聊、聚会、大喊大叫以及任何形式的浪费。尽管他家境非常富裕，但他还是倾向于过一种节制的生活，有一次，他和父母以及姐姐为此产生了争论。他有着很强的责任感，他永远不可能辜负我，也不会背叛我。

是的，我不愿意失去他。尽管我上了学，但我的本性依然低俗，距离他的要求很远，假如我没法像他一样诚实规矩，那只能认命了，但他会让我摆脱我父亲卑劣的机会主义，还有我母亲的粗鲁。因此，我拼命地想把尼诺从脑子里排除出去，我拉着彼得罗的胳膊，喃喃地说："是的，我们要尽早结婚，我想早点儿离开家，想考驾照，想旅行，我想有电话、电视机，我从来都是一无所有。"这时候，他高兴起来了，他笑了，他说好的，我说的他都答应。在距离宾馆不到几步的地方，他停了下来，用沙哑的声音问："我能不能和你一起睡？"这是那天晚上的最后一个惊喜。我有些不安地看着他：过去有很多次，我都提议和他做爱，但他总是推脱；但在米兰，在这家宾馆里，在经历了书店里的争论和与尼诺的相遇之后，我觉得无法接受这件事情。我说："我们已经等了很长时间了，我们可以再等等。"我在一个阴暗的角落里吻了他，在宾馆的门槛那里，我看着他走上了加里波第路，时不时回头看，对我羞怯地挥手。他凌乱的脚步，还有蓬乱地顶在头上的头发，忽然让我很心软。

## - 8 -

从那时候开始，我的生活就一直不得安生，接下来的几个月里，似乎每天都有这样或那样的事情发生，有好也有坏。回到那不勒斯，我脑子里一直在想着尼诺，想着我们那些没有任何结果的会面。我有时候会克制不住自己，想去找莉拉，等她上完班回来，给她讲那些可以讲的事情，尽量不伤害她。我觉得，提到尼诺就是对她的一种伤害，最终我还是放弃了。莉拉麻烦缠身，而尼诺已经有了自己的生活，我也有很多要紧的事要面对。比如说，从米兰回去的当天晚上，我就告诉我父母，彼得罗想来见他们，我们可能会在一年内结婚，婚后我们会去佛罗伦萨生活。

他们没有表现出惊喜，或者说高兴。我想，他们已经彻底习惯于我的来去自如，我已经成了家里的外人，对家里的生活问题从来都不过问。我觉得，我父亲有一点儿激动，这很正常，那些他从来没面对过的问题，总是让他有些焦虑。

“那个大学教授真要来我们家里吗？”他有些不耐烦地问。

“他不来咱家里，那他去哪儿？”我母亲发火了，“他不来这里，怎么向莱农求婚，怎么跟你提亲呢？”

通常，我母亲遇事要比父亲镇静，她很实际，而且很有决断，甚至让人觉得有些无情，她让丈夫闭嘴。我父亲去睡觉了，埃莉莎、佩佩和詹尼在餐厅里搭起了他们的床。她开始教训我，她的声音很低，但是是吼出来的，她红着眼睛盯着我，一字一句地说：“对于你来说，我们什么都不是，你总是在最后一刻才通知我们。你上了几天学，写了本书，要和一位大学教授结婚，就觉得自己特别了不起，觉得自己是千金小姐了，但是，我亲爱的，你是从这个肚子里出来的，你本质就是这样的，你尾巴不要翘得那么高。你永远不要忘了，假如你很聪明，那也是我生的你，我和你一样聪明，或者比你更聪明。假如我有你这样的机会，我也会和你做一样的事情，明白了吗？”在气头上，她先说因为我的缘故，因为我出去念书了，只考虑自己的事儿，我的几个弟弟在学校里成绩很差，一无是处；然后她问我要钱，理由是她需要钱给埃莉莎买一件像样的衣服，以及收拾收拾家里，因为我强迫她接待我的未婚夫。

我没有理会几个弟弟在学校的成绩，但马上给了她钱，尽管我知道那些钱不是用来收拾家里的，她不停地问我要钱，每个理由都是好的。她虽然没有明说，但她还是没办法接受我把钱存到邮局里，而不是像之前那样，把挣的钱全部交给她。以前我在迈佐卡农内书店工作，或者我带着文具店老板娘的女儿去海边，挣的钱都是全部给她的。我想，也许她觉得，我的钱都是属于她的，她想说服我，她觉得我也属于她，虽然我会结婚，我还是会永远属于她。

我尽量保持平静，就像我们商量好了一样。我告诉她，我会给家里装一部电话，而且会分期付款给家里买一台电视。她有些不敢相信似地看着我，忽然做出一副很欣赏的表情，还是用刚才的语气对我说：

“给家里装电话和电视？”

“当然了。”

“你掏钱啊？”

“是的。”

“你会一直出钱，结婚后也出钱啊？”

“是的。”

“那位教授知道不知道，我们一毛钱嫁妆也没有，也没钱请客？”

“他知道，我们不会举行婚宴。”

她的心情又变坏了，眼睛变得通红。

“什么，没有婚宴？你可以让他掏钱啊。”

“不用，我们不会举行婚宴。”

我母亲又开始火冒三丈，她用各种话骂我，她想让我回应她，给她火上浇油。

“你记不记得莉拉的婚礼，你记不记得当时的婚宴？”

“记得。”

“你要比她好得多，你为什么不想办？”

“不想。”

我们一直都这样交流，最后我决定，与其慢慢玩味她的怒火，不如让她一次性发泄完。

“妈！”我说，“我们不但不办婚宴，我们也不会在教堂里结婚，只是在市政府民政处结婚。”

这时候，就好像一阵强风吹来，把门和窗子吹开了。尽管我母亲一点儿也不虔诚，但她开始失控地叫喊起来了，她满脸通红，整个人向前探着身子，骂得非常难听。她叫喊着说，如果没有神父，那婚姻是无效的！她说，假如我没在上帝面前结婚，那我就不是一个妻子，而是一个婊子。尽管她腿有些毛病，还是飞一般地去叫醒了我父亲还有我的几个弟弟，告诉他们她一直担心的事情，也就是说我上了太多年学，把脑子学坏了。我那么幸运，那么一帆风顺，但我让别人像婊子一样对待，她说有这样一个不信主的女儿，她会羞得出不了门。

我父亲穿着内裤出来了，他有些懵，几个弟弟妹妹想搞清楚我到底做了些什么，他们又要面对什么麻烦。他们尽量让我母亲平静下来，但没有用，她大喊大叫，说要马上把我从家里赶出去，她可不想忍受那样的屈辱，不想有一个像莉拉或艾达那样的女儿，连个正式婚姻都没有。这时候，尽管她没真的过来扇我耳光，只是在空中挥舞着手掌，但看起来就好像我是一个影子，而她打的是一个真实的我。她费了好大力气才平静下来，这是埃莉莎的功劳。我妹妹小心地问：

“是你还是你未婚夫想在民政局结婚？”

我跟她解释，其实是想给所有人解释清楚：我已经很长时间都没去教堂了，对我来说，无论在教堂结婚还是在民政局结婚，都是一样的；但对于我的未婚夫来说，在民政局结婚非常重要，他了解宗教的所有问题，他觉得宗教是一件神圣的事情，但教会在国家事务上干涉得太多了，已经变质了。我最后总结说，总之，假如我们不在民政局结婚的话，那他不会娶我的。

这时候，我父亲开始站到我母亲那一边，但现在他不再附和着抱怨，骂我了。

“他不会娶你?”

“不会。”

“他会怎么做？会和你分手?”

“我们不结婚，但会一起去佛罗伦萨生活。”

这是我母亲最受不了的一句话。她简直怒不可遏，她说，我要是敢那么做，那她就会拿一把刀把我杀了。我父亲惊慌失措地捋着头发，对我母亲说：

“你先闭一下嘴，不要惹我的火，我们好好说。我们都很清楚，那些在神父面前结婚，又举行了一场盛宴的人，婚姻后来可能会非常糟糕。”

他是在影射莉拉，这件事一直是我们城区的一桩丑闻。我母亲终于明白了，神父并不是一个保证，在我们生活的这个丑陋世界里，是没有任何保证的。她不再叫喊了，让我父亲来分析现在的情况，然后让我顺从。而她这时候一瘸一拐地在家里走来走去，还一边摇着头，一边骂着我未来的丈夫：“他是什么东西?教授？是共产党吗？什么屁教授!”她叫喊着说，“一个有这种想法的人，算是什么教授啊？混蛋才会这么想!”我父亲说：“不是这样，这个教授只是研究过宗教问题，他比任何人都明白，那些神父做了多少龌龊事儿，正因为这个原因，他才想着去民政局结婚。”“好吧，你说得对，很多党人都是这么做的。这样，你女儿就像没结婚一样，但我一点儿也不相信那个大学教授。如果他很爱我们的女儿，我没法相信，他会让莱农像破鞋一样，没结婚就和他生活在一起。”“无论如何，假如我们不相信他，那我们也应该相信市政府——但我相信他，尽管我还不认识他，他是一个非常重要的人，是很多姑娘都想嫁的人。我在市政府工作，我可以向你保证，那里举行的婚礼和在教堂里举行的婚礼一样有效，甚至更加有效。”

他们就这样又说了好几个小时，几个弟弟妹妹后来撑不住了，陆续都去睡觉了。我安慰我的父母，我想说服他们接受这件事，我觉得这对我进入彼得罗的世界非常重要。此外，通过这种方式，我感到自己比莉拉还要大胆。尤其是，假如我再遇到尼诺，我会用影射的方式对他说：“你看，那次我和宗教老师的争执，最后带来了什么结果。每个选择都会产生后果，很多时候，我们的生活都被挤压在一个角落里，等待着一个机会，而那个机会终会到来。”但可能是我夸张了，实际上事情很简单，已经有至少十年时间，我童年的那个上帝，对我的影响已经越来越微弱了，他就像一个生病的老人，躺在角落里。我一点儿也不需要神圣的婚姻，最核心的问题是：我要离开那不勒斯。

## - 9 -

对于我要去民政局结婚，而不是去教堂结婚，我家人的恐惧并不是一个晚上就能消散的，但那种恐惧慢慢淡了。第二天，我母亲对我极端愤恨，就好像她触碰的所有东西——咖啡壶、装着牛奶的杯子、糖罐子、一片新鲜的面包——都会让她想砸到我的脸上，然而她没有嚷嚷。我无视她，早上我很早出门了，我去办给家里装电话的手续。我匆忙办完，然后跑到阿尔巴门，在那里逛书店。我决心要在很短的时间内，克服自己在公开场合说话时的羞怯，比如说在米兰的书店里的场面。我完全凭直觉一股脑选了一些书和杂志，花了不少钱。尼诺说的话经常会回响在我的脑海里，经过多次迟疑之后，我最后选了弗洛伊德的《性学三论》，对于弗洛伊德，我几乎一点都不了解，我知道的关于他的仅有一点理论，也让我无法接受。我还买了两本描写性的小册子。我想“研究”当今世界，就像之前在学校里读教科书、准备考试、写论文那样，也好像我之前对待加利亚尼老师给我的报纸，或者弗朗科在前些年给我的马克思主义小册子的方式。很难说清楚，那段时间我对世界的认识。我和帕斯卡莱聊过，和尼诺聊过，我有点儿关注古巴和拉丁美洲发生的事，我了解城区无法回避的贫穷、莉拉的溃败，还有学校把我的两个弟弟开除的事儿，因为他们在学习上不像我那么肯吃苦。我还有过跟弗朗科长时间的交谈，还有和马丽娅罗莎偶然的会面。现在，所有这些都卷入了一道白烟里（这个世界非常不公平，需要得到改变，但无论是美苏的和平共处，还是欧洲工党，尤其是意大利工党的政治改革，都倾向于让无产阶级处于等待状态，让他们保持附属地位，都在给革命泼冷水，结局是世界陷入僵局。假如社会民主党获胜，那么资本主义就会统治世界，工人阶级也会成为消费主义的一部分）。这些事刺激着我，时不时会让我很激动。我强迫自己更新知识，了解时事，至少在刚开始，我的目的是想出风头。长期以来，我都相信，所有一切都是可以学习的，包括政治热情。

在付钱买这些书时，我无意中看到我的小说就摆在其中一个书架上，我马上把目光转向了别的地方。每一次我在书店的橱窗里看到我的书和其他那些刚刚出版的新书放在一起，我都会感到一种混合着害怕的自豪，一种强烈的快感，但到最后都会变成不安。当然，这本小说是偶然产生的，是我用二十天写成的，没有花费太多工夫，就好像那是一种化解抑郁的药。当然，我知道什么是伟大的文学作品，我花了很长时间研究古典文学，在写这篇小说时，我从来都没有想过自己是在写一些有价值的东西，但我想找到一种表达方式，最后，我的这种宣泄变成了一本书——一本包含着我自己的东西。现在，“我”就展示在那儿，我看着我自己，我的胸口跳得非常厉害。不仅仅是在我的书中，通常在那些小说里，我都感觉有一种让我激动的东西，就像一颗赤裸的、跳跃的心脏，就是在遥远的过去，当莉拉建议我们一起写一个故事时，我感到的那种心跳。这个梦想后来是我完成的。但这是我想要的吗？写作，写作不是随意的事情，要写得比之前好吗？我要研究现在和过去的那些小说，要了解小说的写法，要学习，学习这个世界上的所有东西，唯一的目的就是要塑造那些非常真实的心灵，没有人表现得像我那样到位，即使是莉拉，如果有机会，她也写不了那么好。

从书店出去后，我在加富尔广场上停了一会儿。那天天气很好，弗利亚街的回廊由钢柱支撑着，看起来很稳固，要比平时干净整洁。我像往常那样，非常仔细地读起了刚买的书和报纸。我从口袋里拿出我新买的笔记本，想要像真正的作家那样，关注自己的思想，悉心观察，记下一些有用的信息。我从头到尾看了一遍《团结报》，记下我不知道的事情。我在《桥报》上看到了彼得罗的父亲的一篇文章，出于好奇，我仔细地读完了。但我觉得，它不像尼诺说的那么重要，那篇文章让我觉得不舒服，有两个原因：首先，圭多·艾罗塔使用的语言要比那个戴着厚眼镜的教授所用的语言更加生硬；其次，文中有一段，他提到了一些女大学生（“这是一个新群体，”他写道，“很明显都不是富家女，那些小姐们穿着朴素的衣服，受到过一些朴素的教育，她们希望通过努力学习，让自己将来不用只待在家里。”)，我觉得他在影射我，他是故意的，或者说不加考虑地写了这些。我把这一点也记在了我的笔记里（对于艾罗塔家人来说，我算什么呢？在他们宽阔的视野里，我是不是一朵别在纽扣上的花?)，这实在让人心情好不起来，我有些烦了，就开始翻看《晚邮报》。

我记得，当时天气很温和，我还记得——可能是我虚构的，或者是真的——当时的味道，就是油炸披萨混合着报纸的气息。我一页一页地翻阅那些报刊，后来我看到了一个让我喘不过气的标题，我的一张照片出现在四列密密的铅字中间。照片的背景是我们城区的一小部分，还有那条长长的隧道。文章的题目是《一个充满野心的女孩的情色回忆——埃莱娜·格雷科的处女作》，后面的作者签名正是那个戴着厚镜片眼镜的男人。

## - 10 -

读完那篇文章，我出了一身冷汗，感觉自己要晕过去了。我的书在文章里只是引子，他要说的是在最近这十年，在社会、文化和生产的各个领域，从工厂到办公室，还有大学、出版社、电影界，这一代年轻人全都缺乏价值，是被惯坏的一代，整个世界都礼坏乐崩。他时不时会引用我小说中一些句子，用双引号标出来，就是为了展示：我代表了这一代人，我是糟糕教育的一个典型产物。在文章最后，他把我定义为，一个通过平庸的淫秽描写来掩盖自己缺乏天分的小姑娘。

我哭了起来。自从那本书出版之后，那是我看到的最无情的抨击，不是在一份地方报纸上，而是在一份在整个意大利销售的报纸上。最让我难以忍受的是，我那张微笑的面孔，出现在这样一篇毫不留情的文章中。我是走路回家的，在回家前，我把报纸扔掉了，我很害怕我母亲读到那篇评论，然后会利用它来攻击我。我想象她会把那篇文章剪下来，放进她的剪报集里，每一次我得罪她的时候，她都会翻出来。

我看到桌子上只摆放着我的餐具。我父亲在上班，我母亲去邻居家了，不知道去要什么东西，我的弟弟妹妹都已经吃过饭了。我把面条和土豆放进锅里加热之后，开始看我的那本书。我很绝望地想：这本书也许真的没有任何价值，也许他们出这本书，只是想给阿黛尔一个面子。我怎么能写出这么平淡的句子，提出这么平庸的看法？真是太拙劣了，那么多没用的引号。我再也不写了！我很沮丧，吃饭也是味同嚼蜡，我边吃边看着自己的书。这时候埃莉莎回来了，给了我一张纸条，那是斯帕纽洛太太给她的一个电话号码。斯帕纽洛太太对我很热情，我让那些着急找我的人把电话打到她那儿。那张纸条上说有我的三个电话，一个是吉娜·梅托蒂的，她是负责出版社印刷的，一个是阿黛尔，最后一个是彼得罗。

斯帕纽洛太太的笔迹歪歪扭扭，看到这三个名字时，我觉得刚才心底里的想法变成了现实——那个眼镜片厚厚的男人写的那些坏话马上传播开来了，在一天之内就人尽皆知了。彼得罗已经看了，他的家人也看了，出版社的编辑也看了。也许尼诺也看到了，甚至我在比萨的老师也看到了。当然，这也会引起加利亚尼老师和她的几个孩子的注意。谁知道呢，也许莉拉也看到了。我一下子哭了起来，这让埃莉莎很害怕。

“你怎么了？莱农？”

“我觉得不舒服。”

“我给你泡一杯洋甘菊茶？”

“好吧。”

她还没来得及泡茶，就有人敲门了，是斯帕纽洛太太。她非常高兴，有点儿气喘吁吁，因为她是一口气爬上楼梯的，她说我男朋友又打电话来了，他还在电话那头等着呢，他声音真好听，好听的北方口音。我马上跑下去接电话，一边对她表示歉意，说打扰她了。彼得罗想安慰我，他说他母亲让他告诉我，千万不要难过，重要的是有人谈论这本书。让斯帕纽洛太太惊异的是——她一直觉得我是一个温和的姑娘——我对着话筒吼道：“假如人们谈这本书时，说的全是坏话，你也让我无动于衷？”他又让我平静一下，然后补充说：“明天在《团结报》上会有一篇文章。”我冷冰冰地挂上了电话，我说：“最好谁也不要理我。”

一整晚，我无法闭眼。早上我忍不住跑去买了一份《团结报》。在报刊亭前，我就开始翻阅，那是距离我曾经的小学几步远的一个报刊亭。我又一次看到了我的照片，还是《晚邮报》上刊登的那张，这一次照片不是放在文章中间，而是在文章最上面，在标题旁边，标题是：《年轻的反叛者和老反动派——论埃莱娜·格雷科的新书》。是一个我从来没听说过的作者写的，但那个人的文笔极好，他的话马上起到了疗伤的作用。他毫不吝啬地赞美了我的小说，批判了那个戴着厚眼镜的权威教授。我回到家里，心里舒服一些了，甚至心情完全变好了。我翻阅着我的书，现在又觉得书写得很精彩，很和谐。我母亲一脸讥讽地说：“你是不是中了彩票？”我把那份报纸放在了厨房的桌子上，什么话也没有说。

下午的时候，斯帕纽洛太太又出现了，她说有人打电话给我。面对我的尴尬、我的抱歉，她很高兴地说，能给像我这样的姑娘提供帮助，她很高兴，然后又说了我很多好话。“吉耀拉很不幸，”她在楼道里叹息说，“她十三岁时，她父亲就让她在索拉拉的甜食店里干活，还好她和米凯莱订婚了，否则的话，那真是要吃一辈子苦。”她打开家门，经过走廊，把我带到挂在墙上的电话前面。我注意到，她还在电话前放了一把椅子，让我舒舒服服地坐着打电话：人们真是看得起那些念过书的人，大家都认为，那些聪明孩子努力学习，就是为了避免劳累的生活。我想，我该怎么向这个女人解释，我从六岁开始就成了文字和数字的奴隶，我的心情完全依赖这些文字组合，现在的这种愉悦是很罕见的，也是不稳定的，可能只会持续一个小时、一个下午或者一个晚上。

“你看到了吗？”阿黛尔问我。

“是的。”

“你高兴吗？”

“是的。”

“那我要告诉你一个好消息：你的书现在开始卖起来了，假如继续这样下去，我们会加印。”

“什么意思？”

“意思是，《晚邮报》上的那个朋友以为他能毁掉我们，但他其实帮了我们大忙。再见，埃莱娜，享受你的成功吧。”

## - 11 -

在接下来的几天里，我发现那本书真的火起来了，最明显的标志就是吉娜的电话变得频繁了，她一会儿告诉我报纸上说了什么，一会儿通知我，有哪些书店和文化沙龙邀请我。最后她总是会很热情地说一句："书卖得很火，格雷科小姐，恭喜您。"谢谢，我说，但我一点儿也高兴不起来。我觉得，出现在报纸上的那些评论很肤浅，他们都是仿照《团结报》上那篇文章的热情洋溢，或者《晚邮报》上的那篇文章的套路来写的。尽管每一次吉娜都会向我重复说，负面评论也会帮助这本书销售，但这还是让我很痛苦，我热切地期望获得赞同，去平衡那些批评，这会让我心里舒服点儿。我不再对我母亲隐藏负面评论，我把所有评论，好的坏的，都交给她。她会皱着眉头尝试着读一段，但她从来都看不过四五行，要么会找茬跟我吵架，要么她会很烦，马上把文章收到她的剪报集里，那是她非常热衷的事儿。她的目标是要把整个集子填满，我没东西给她时，她也会抱怨，她不愿意留白。

那段时间，最让我痛苦的评论出现在《罗马报》上。那个作者亦步亦趋地模仿《晚邮报》上的文章，是一种非常浮夸的文体，在最后一部分，他反复强调一个主题，就是现在这些女人正在失去控制，看看埃莱娜·格雷科的淫秽小说，就能意识到这一点，简直是粗鄙不堪的《你好，忧愁！》① 的下脚料组成。最让我痛苦的不是那段评论，而是文章后面的签名。这篇文章是尼诺的父亲多纳托·萨拉托雷写的。我想起了小时候，那个男人多么让我震撼，因为他是一本诗集的作者；当我发现他在报纸上写文章时，对我来说，他好像头上戴着一个耀眼的光环。但现在他为什么要写这篇评论？他想报复我，因为他在小说中的那个骚扰女主人公的已婚男人身上看到了自己的影子？我真想打电话给他，用最肮脏的方言骂他一顿，最后我放弃了。因为我想到了尼诺，我发

---

① 法国女作家弗朗索瓦丝·萨冈写于1954年的小说，夺得当年的"批评家奖"，刻画了一个富家少女荒唐、颓废的青春。

现了一件重要的事：他的经历和我很相似。我们俩都拒绝成为家人的样子：我从小就开始尝试和我母亲拉开距离，而他已经和他父亲断绝关系了。这种相似性给我带来了安慰，我的怒气慢慢消了。

但我没有意识到，在我们的城区里，《罗马报》是人们读得最多的报纸，我在当天晚上就发现了。药剂师的儿子吉诺，因为经常去健身房举铁，已经成了一个肌肉发达的青年了，当我晚上经过他父亲的药房门口时，他站在门槛那里，尽管还没有毕业，他穿着一件医生穿的白大褂。他摇晃着那份报纸，叫了我一声，用了相当严肃的语气，因为他在新法西斯社会运动党内部小有成就："他们写你什么，你看到了吗？"我为了不让他称心，就回答说："他们写得太多了。"然后我摆了摆手，就走了过去。他有些迷茫，嘟囔了一句什么，然后带着明显的恶意说："我倒要看看你的这本书，我知道，那是非常有意思的一本书。"

那只是一个开始。第二天，我走在路上，米凯莱·索拉拉走近我，说要请我喝一杯咖啡。我们进了他的酒吧，吉耀拉一言不发地给我们准备咖啡，很显然，看到我和她男朋友一起出现，让她很烦。这时候，米凯莱说："莱农，吉诺让我看了一篇文章，上面说你写了一本成人小说，禁止十八岁以下的小孩看。看看吧，谁能想到呢，这就是你在比萨学到的？这就是大学教给你的东西？我简直不敢想象。我觉得，你和莉娜两个人有一个秘密协议：她做那些坏事儿，你写出来。是不是这样？告诉我真相。"我一下子脸红了，我没等到咖啡上来，就和吉耀拉打了个招呼走了。他在我身后，打趣地喊道："怎么啦，你生气啦，不要走，我是开玩笑的。"

没过多久，我就遇到了卡门·佩卢索。我母亲让我去卡拉奇家的新肉食店里买东西，因为那里的油便宜。当时是下午，店里没有别的顾客，卡门说了我很多恭维话。你真棒啊！她嘀咕说，做你的朋友真是荣幸，是我这辈子唯一的幸运。最后她说，她看了萨拉托雷的文章，因为有个供货商把一份《罗马报》忘在了店里了。她说，萨拉托雷真不是个好东西。我觉得她的愤慨很真诚。她说，她哥哥帕斯卡莱让她看了一篇《团结报》上的文章，写得非常非常好，而且配了一张很漂亮的照片。你很漂亮，她说，你做的每样事情都让人羡慕。她从我母亲那里得知，我很快会和一位大学教授结婚，然后去佛罗伦萨生活，要住在一套很阔气的房子里。她也会结婚，是和在大路上的加油站工作的一个男人，但不知道会是在什么时候，他们都没有钱。后来，她忽然就说起了艾达，而且有很多怨言。艾达取代了莉拉，和斯特凡诺在一起之后，事情就变得更糟糕了，艾达在两家肉食店里都趾高气扬，而且特别针对她，说她偷东西，对她指手画脚，监视她。因此，她实在忍受不了了，她想辞职，去她未来丈夫的加油站里工作。

我很认真地听她说，我记得，以前安东尼奥想和我结婚，我们也想在加油站给人加油。我把这件事情告诉了她，是想让她开心一下。但她脸色阴沉下来了，嘟囔着说："是的，怎么不行，你在加油站给人加油！真是不可想象，你真是运气好，摆脱了这个困境。"最后她说了一些很模糊的话："这世界太不公平了，莱农！太不公平了！需要改变这种处境，大家都受不了了。"她说话时，从抽屉里拿出了一本我的书，封面已经变得脏兮兮、乱糟糟的。这是我在城区看到的第一本我的书，让我震撼的是，刚开始那几页已经变得黑乎乎的，蓬起来了，但后面的纸张都还洁白紧致。"我晚上看几页，"她对我说，"或者没有客人的时候，但我现在才看到三十二页，我时间太少了，所有活儿都是由我来干，卡拉奇家的人让我从早上六点干到晚上九点。"后来，她忽然有些不怀好意地问我："到那些比较惹火的章节，我还要看多久？"

那些惹火的章节。

过了一会儿，我遇到了怀抱着玛丽亚的艾达，玛丽亚是斯特凡诺的女儿。在卡门给我讲了那一通话之后，我很难对艾达客气起来。我恭维了一下她的女儿，我说孩子的衣服很漂亮，耳环也很美。但艾达有些不耐烦，她跟我说了安东尼奥的情况，说他们开始通信了，他在信里说，他结婚生子了，但那不是真的。她说，我让安东尼奥的头脑坏掉了，他现在不会爱别人了。然后她又说到了我的小说。我没看，她首先向我申明，但我听说那本书不适合放在家里。然后她好像有些气愤地说："如果孩子长大了，看到那本书，那怎么办？我很抱歉，我不会买的。"最后她补充说："但我很高兴你能赚钱，祝你好运。"

## - 12 -

这样的事情一件接着一件发生，这让我怀疑，这本书之所以卖得很火，是因为无论那些充满敌意的报纸，还是支持我的报纸，都指出了这本书里有一些大胆的性描写。我甚至觉得，尼诺提到了莉拉在性方面的问题，是因为他觉得和一个写出类似内容的人，可以随便谈论这些话题。在当时的情况下，我非常想见莉拉，我想，不知道莉拉会不会像卡门那样，也找了一本来看。我想象：晚上，在工厂干完活之后，恩佐孤孤单单一个人在房间里，她带着孩子在另一个房间，尽管已经累得筋疲力尽了，但她还想看我写的书，她抿着嘴，皱着眉头在看那本书，带着她专注于某件事时的表情。对这本书，她会做出什么评价呢？她会不会也觉得，这本书火起来，只是因为有几页比较过火的描写？但是，她也许并没看这本书，我怀疑她没有钱买，我应该带一本给她。我开始觉得这是一个好主意，后来我放弃了。我还是觉得，莉拉是我生命中最重要的人，但我就是无法下决心去找她，我没时间，我需要尽快学会很多东西。而且，我想到了我们最后一次见面的情景：她的大衣外面套着一件围裙，在工厂的院子里，她站在篝火前，把《蓝色仙女》扔在火里烧掉了——那是她和童年的最后告别，我们之间的路已经越来越远了。也许她会告诉我："你看到我的生活了吧？我没时间看你写的书。"我想，我还是继续走自己的路吧。

无论是出于什么原因，那本书真的卖得越来越好了。有一次，阿黛尔打电话给我，她还是用那种混杂着讽刺和温情的语气对我说："假如继续这样下去，你要发大财了，不知道到时候你会拿可怜的彼得罗怎么办。"然后她把电话给了她丈夫。她说，圭多想和你说几句。我很激动，我和艾罗塔教授说话的次数很少，我觉得很尴尬。但彼得罗的父亲非常客气，他对我的成功表示祝贺，还开玩笑说，那些批判我的人太保守了，他提到了意大利漫长的中世纪，他赞扬我对意大利的现代化做出了贡献，以及其他诸如此类的话。他没有具体谈论任何关于小说的内容，他当然没看过那本书，他非常忙，但无论如何，他能肯定我、欣赏我，这让我很高兴。

马丽娅罗莎对我也热情洋溢，说了很多赞赏的话。刚开始，她好像要跟我谈论我的书，但后来她改变了话题，用非常激动的声音对我说，她想请我去米兰国立大学，她觉得我非常有必要参加那里的运动——难以抵挡的潮流！你明天就出发，她激励我说，你看到法国发生什么了吗？我当然知道，我一直在听收音机，那是一台脏兮兮、油乎乎的蓝色收音机，是我母亲放在厨房里的。我说，我知道，太棒了！在巴黎第十大学、拉丁区的街垒。但她好像比我知道得更多，而且还参与其中。她想和其他几个同伴一起去巴黎，她让我和她开车去。我有些心动，我说好吧，我会考虑的。去米兰，然后去法国，抵达闹着学潮的巴黎，面对粗暴的警察，整个人投身于最近几个月最炽热的运动中去！出国，继续几年前我和弗朗科走过的那条路。如果我能和马丽娅罗莎一起出发，那该多好啊！她是我认识的唯一一个开放的女孩，现在，她可以完全投身于这个世界上的运动，她像男人一样，已经彻底掌握了政治语言。我欣赏她，没有哪个女孩子像她一样，勇敢地破坏旧世界。那些年轻的英雄——鲁迪·杜契克、丹尼尔·孔—本迪，他们能冒着生命危险，来面对反革命的暴力，就好像战争片里那样，只有男人做得到，女人很难模仿他们，只能爱他们，理解和跟随他们的思想，为他们的命运而痛苦。我想到，马丽娅罗莎的那些同伴之中可能会有尼诺，他们互相认识，这也可能。啊，遇到尼诺，和他一起投身于那场运动之中，和他一起冒险，那真是无法想象。那一天就这样过去了。厨房里非常安静，我父母在睡觉，两个弟弟还在外面闲逛，埃莉莎关在洗澡间里洗澡。出发，我明天早上就启程。

## - 13 -

我出发了，但不是去巴黎。经过那年风波不断的政治选举之后，吉娜让我到处去推广我的书，从佛罗伦萨开始。我先是受邀到师范学院，邀请我的女教授是艾罗塔家一个朋友的朋友。在充满动荡气息的大学里，我给三十几个男女学生做了一场讲座。首先让我感到意外的是，很多女生，比我公公在报纸上写的还要糟糕：她们穿衣打扮都很低俗，在表达自己时过于激动、语言混乱，总因为考试的事儿生气，对老师很不满。在那位教授的引导下，我谈论了学生运动，还有法国发生的事情，我很振奋。我炫耀了我学到的东西，我对自己很满意，我觉得自己的表述很清晰，充满自信。那些女生非常欣赏我说话的方式，还有我懂得的很多事情，以及我在陈述世界的那些复杂问题的能力，我说得井井有条。但我很快意识到，我尽量避免提到自己的书，谈到我的书会让我很不自在，我很害怕出现类似在我们城区里那些人的那种反应，我更喜欢用我的语言综述一下《悦读》或《每月评论》杂志里提到的思想，但我被邀请到那些地方，目的就是为了谈论我的书。有人要求提问，开始的问题都是围绕着书中的女主人公，她为了摆脱出生的环境做出的努力。只有在最后的时候，有一个姑娘，我记得她很高很瘦，说话时经常被一种紧张的笑声打断，她让我解释一下，为什么在这样一部优雅流畅的小说里，会出现“一段色情描写”。

我很尴尬，也许我脸红了，我语无伦次地说了很多社会原因，最后我说，需要坦率地表现人类所有的体验。我强调道，包括那些难以启齿的事，还有那些我们对自己都不愿意说的事。最后的这句话讨得了大家的欢心，我又重新找到了自信。那位邀请我来的教授对我表示赞赏，说她会考虑这个问题，并且会写信给我。

她的认可让我脑子里原本就不多的几个观念固定下来，很快就成了我反复说的话。在公众面前，我有时候是用一种风趣的语气说，有时候用一种悲情的语气说，有时候言简意赅，有时候会引申出一段长篇大论。有一天，在都灵的一家书店里，面对很多读者，我用一种潇洒的语气在谈论我的书，觉得非常自在。即使有人用热情或者挑衅的语气，问起书里描写的在沙滩上的性事，我已经能够坦然面对，我已经有了现成答案，而且会说得让人心服口服，并获得认可。

在都灵，是塔兰塔诺教授陪我去参加读者见面会的，这也是出版社的安排。他是阿黛尔的老朋友了，他很自豪地说，他当时真是有先见之明，发现了这本书的潜力，他非常热情地把我介绍给听众，和一段时间以前他在米兰用的语气一样。晚上，读者见面会结束时，他表扬了我，说我在短时间内进步很大。然后，他还是用以往那种充满善意的语气问我："他们说书中的性爱描写是'下流的章节'，您为什么会欣然接受呢？您为什么自己也这么对公众说呢？"他跟我解释说，首先，我的小说除了沙滩上的那个情节，还有其他更有意思、更加精彩的章节。其次，那些看起来有些大胆的描述，其实是很多女孩子在写作中都会遇到的。最后他总结说，色情，在很多好的文学作品——真正的叙事艺术中都会出现，有时候虽然跨越了界限，但永远不会下流。

我脑子有些乱——那个非常有文化的男人想婉转对我说的是，我小说里的那些"罪过"，其实是非常轻微的，是可以被原谅的，而我每次那么大张旗鼓地解释，好像那些东西是致命的一样，我错了。总的来说，我太夸张了，我迎合了公众短浅的目光。我想：现在够了，我不要表现得那么低三下四，讨好别人，我要学会对我的读者说不，我不应该让自己降到他们的水平。我觉得下次一有机会，我就会用一种比较严厉的语气，回应对那几页内容提出问题的人。

晚饭是在一家宾馆的餐厅里，是出版社为我们预订的，我有些尴尬，但还是饶有兴趣地听着塔兰塔诺引用的文学作品。他再次声明，我是一位相当纯洁的女作家，他称呼我为“亲爱的孩子”。他说，亨利·米勒，还有二十世纪二三十年代不少有天分的女作家，她们描写的性事是我现在也无法想象的。我把这些作家的名字都写在了本子上，同时，我心里开始琢磨，这个男人虽然表扬了我，但他一定认为，我并没什么天分；在他眼里，我是一个侥幸获得成功的小姑娘；甚至那些最吸引读者的章节，在他看来也不过如此，只能震撼到那些懂得不多的人，但像他那样的知识分子会觉得这没什么。

我说我有点儿累了，我搀扶着和我共餐的人站起来——他喝得有点儿多，他是一个小个子男人，肚子很大，一副美食家的样子，一绺绺白发耷拉在耳朵上面，他的耳朵很大，脸红扑扑的，鼻子也很大，嘴唇很薄，眼睛很灵活，他抽烟很凶，手指是黄色的。在电梯里，他想拥抱我，亲吻我，尽管我挣扎着想推开他，他还是不放弃。我接触到他的肚子，还有他满嘴的酒气，那感觉深深刻在了我的脑海里。到那时候为止，我从来都没想到过，一个年老的男人、我未来婆婆的朋友，那么善良、有文化，却会表现出那副样子。我们到了走廊里，他赶忙向我道歉，他说那都是酒的错，他很快进到他的房间里，关上了房门。

## - 14 -

第二天吃早饭时，还有坐车去米兰的一路上，他都在很动情地说着他生命里最重要的一段时光——一九四五年到一九四八年。我从他的声音里听出一种非常真切的忧伤，但当他提到现在的革命气氛时，那种忧伤消失了，变得充满热情，我觉得这种热情也是真诚的。这种激情，他说，正在席卷年轻人，还有老人。我一直在点头，打动我的是他的劲头，他想让我觉得，在我面前，他过去的激情又回来了，我对他有些同情。后来，他提到了他的个人经历，我很快推算了一下，眼前的这个男人是五十八岁。

到了米兰，我让他在距出版社没几步远的地方把我放下车，我告别了这位陪同我的人。因为前一天晚上没有睡好，我有一点晕乎。在路上，我想尽量摆脱和塔兰塔诺的身体接触带来的不适，但我还是有一种被玷污的感觉，类似于我们城区里的那种污秽。在出版社里，我受到了热烈欢迎，不是几个月前的客气，而是一种愉快和得意的祝贺，好像在说：我们多明智啊，我们料到了你很棒。甚至是接线员也出来向我祝贺，她从电话间里出来拥抱了我，她是唯一真正为我感到高兴的人。那个吹毛求疵的编辑，就是负责修订我的书的人，也第一次请我吃饭。

当我们坐在一个距离出版社没几步远、空荡荡的小餐厅里，他就开始跟我说，我的文字里有一种迷人的东西。在我们吃饭的间隙，他建议我不要躺在功劳簿上，我应该开始着手准备下一本小说。之后他又提醒我，那天三点我要去一趟米兰国立大学，我在那儿有一个读者见面会。这个见面会和马丽娅罗莎没什么关系，这次出版社通过自己的途径组织了一批学生。我问他我到了那里之后该找谁。那个和我一起吃饭的权威编辑用自豪的语气说："我儿子会在学校门口等您。"

我从出版社拿了行李去宾馆，在宾馆没待几分钟就去大学了。天气酷热难耐，到了大学，我看到到处贴满了标语，还有很多红旗，众多参加斗争的人们，还有一些牌子，上面写着他们的纲领，到处都是大声说话、谈笑和鸣笛的声音，有一种令人焦虑不安的气氛。我在那里转了一圈，想找到任何一个和我相关的东西。我记得，当时有一个黑头发的男生撞了我，他跑过来，匆匆忙忙地撞到了我，打了一个趔趄，等他回过神来，马上就跑开了，就好像有人在追他一样，但他身后没有人。我记得，有一阵阵很清晰的喇叭声，刺破了让人窒息的空气。我记得有一个金发姑娘，身材很娇小，她拉着一个很粗的铁链子，声音很响，她大声对一个人喊"我来了！"一边催促着。我记得这些，是因为我在等着有人认出我、走近我，我拿出了笔记本，摆出一副作家的样子，把看到的情景都记了下来。但过了半个小时，还是没有人来。这时候，我留心地看着那些贴在墙上的纸张和通告，想找到我的名字，或者那部小说的名字，但没有找到。我开始变得有些焦躁，我放弃了询问学生，我不好意思提到我的小说，因为四处墙上都贴满了标语，上面提到的问题要比我的小说重要。我发现自己怀着两种全然不同的情感：我非常喜欢那些高调的男生女生，喜欢他们肆无忌惮的声音和举动；另一面则是我从小就有的对混乱的恐惧，当时在那个地方，我觉得混乱可能会席卷我，很快就会出现一个无法对抗的权威人物——校工、教授、校长或者警察，会当场把我揪住——我总是那么听话，结果受到了惩罚。

我不想把这当回事儿，在一群比我小不了几岁的学生面前讲那老一套，这有什么意义呢？我想回宾馆，我要享受我作为成功女作家的生活——旅行，经常在餐馆里吃饭，在宾馆里睡觉。但这时候，有五六个姑娘急急忙忙从我前面经过，她们都拎着包，我不由自主地跟着她们向前走去，走进吵吵嚷嚷的人群，走进号角声里。走着走着，我走到一间挤满人的教室前面，正好在这时候，教室里传出了一阵愤怒的喊叫。那几个姑娘进去了，我也跟着她们小心翼翼地进去了。

几个派别在进行激烈的辩论，无论是挤在教室里的人，还是聚集在讲台边的几撮人，他们都很激动。我站在门边，随时准备离开，其实我已经想离开了，因为整个教室乌烟瘴气、群情激愤。

但我又想搞清楚状况，我觉得，他们在讨论纲领的问题。当时的情景是：有人在叫喊，有人沉默不语，有人开玩笑，有人大笑，有人像战场上的传令兵一样，快速地走来走去，有人对什么事情都不关注，还有人在学习——没人会觉得，他们可能达成一致。这时候，我已经习惯了那种喧闹和气味，我希望马丽娅罗莎也在里面。那里有好多人，男性居多，帅的、丑的、优雅的、不修边幅的、暴力的、惊恐的还有有趣的。我带着好奇，看着那些女生，我觉得我是唯一一个单独出现在那儿的女人。有些女生——比如说我跟着她们来到这里的那几位，她们挨得很近，在拥挤的教室里分发传单，她们一起叫喊，一起欢笑，她们之间保持几米远的距离，都很小心，以免走散。她们有可能是老朋友，也可能是临时认识的，她们组成一个团体，也许是为了获得进入这间混乱的教室的勇气。她们受到这种斗争场面的吸引，决定面对挑战，但条件是彼此不分开，就好像她们在安全的地方已经事先说好了，假如一个人离开，其他人也会跟着离开。其他女生则要么和女同学在一起，要么和男朋友在一起——她们夹杂在男生的群体里，会做出一些很私密的动作，表现得很豪放，她们愉快地跨越了安全线，但我觉得她们是最幸福、最自豪，也是最前卫的。

我感到自己和这个环境格格不入。我出现在那里，假如要沉浸在那些烟雾、气味之中，要融入其中，我也应该大喊几句，但这里的气味，让我想起了安东尼奥身上发出的味道，还有当我们在池塘边耳鬓厮磨时他的呼吸。我真是太可怜了，一心一意地追求学业，基本上没怎么去过电影院，从来都没有买过碟片，我从来都没有成为某些歌手的追随者，没收集过歌手签名，我从来都没去听过音乐会，我从来都没有喝醉过，我少数的性经验也是偷偷摸摸地，在不安中、在担惊受怕中进行的。但这些女生呢，她们的状态都差不多，她们应该活得很潇洒，面对这种彻底的改变，她们要比我更加有准备，如果有机会，我一定会和她们一样。也许，她们觉得出现在那里，出现在那种氛围里，不是一件出格的事情，而是一种正确、迫切的选择。我现在有一点儿钱了，我不知道还会赚到多少钱，我想，我可以弥补一些已经失去的东西。哦，或者不行，我太学究了，太无知了，太有控制力了，太习惯于冷静的生活，存储那些思想和数据，我太接近婚姻和最后的归宿了，总之我太愚钝了，我把自己安置在已经日薄西山的秩序里。想到最后一点，我有些害怕。我想，我要马上离开这个地方，这里每个动作，每句话，都是对我付出的努力的嘲弄，但我没走，而是挤进了拥挤的教室。

一个很漂亮的女生马上就吸引了我的注意力，她脸上的线条很优美，黑色的长发披在肩上。她肯定要比我年轻，看到她之后，我没办法把目光移开。她站在一群看起来充满斗志的年轻人中间，一个大约三十岁的男人，就像保镖一样，紧贴着站在她身后，那个男人抽着一根雪茄。让她与众不同的，除了美貌之外，是她怀里还抱着一个没几个月大的婴儿，她正在给孩子喂奶，同时还关注着事情的进展，时不时会叫喊几句。那个小孩穿着天蓝色的衣服，小腿和小脚都露在外面，他的嘴离开了奶头，但他妈妈没把乳房收起来，她的白衬衣扣子解开着，胸部鼓胀，她皱着眉，嘴半闭着。当她意识到儿子不再吃奶，就又机械地把奶头给他。

在这个吵吵嚷嚷的教室里，到处都乌烟瘴气的，这个孩子让我觉得很不安，而那个女生看起来不像一个正常的母亲。她外表很秀丽，虽然比我还小，却要承担起抚养儿子的责任。看起来她好像在抗拒自己的身份，她和那种全身心照料自己孩子的年轻女人没有任何共同点。她一边在叫喊，一边在做手势，有时候会发言，有时候生气地笑着，用鄙视的动作指着某个人。然而，儿子是她的一部分，他在找乳房，有时候会叼不住乳头。他们一起形成了一组晃动的影像，好像一幅画在玻璃上的画，而玻璃随时都可能破裂——那孩子也许会从她怀里掉下去，一个不小心的动作，手肘或者别的什么东西会碰到他的头。后来，马丽娅罗莎出现在这女孩的身旁，我很高兴。我想，她终于出现了。她真是活跃，脸上熠熠生辉，她真友好，她跟那个年轻母亲非常亲密。我摇了摇手，但她没看到我，她在那个女生耳边说了些什么，然后就消失了。过了一会儿，她出现在围着讲台的那堆人中间。这时候，从侧门闯进来一群人，教室里的人稍稍平息了一些。马丽娅罗莎做了一个手势，得到了大家的回应，她抓住麦克风，简短地说了几句，整个拥挤的教室安静下来了。这时候，有几秒的时间，我觉得在米兰，在那段紧张的日子里，我自己的不安，好像有一种力量让我脑子里的阴影全部消失了。在那几天里，我有多少次想到过我早期的政治教育？马丽娅罗莎把麦克风给了她旁边一个年轻人，我马上就认出了那个人——弗朗科·马里，我在比萨最初那几年的男朋友。

# - 15 -

弗朗科·马里还是老样子，声音依然很炽热，充满说服力。他还是具有那种组织语言的能力，他从一些普遍的切入点，一步一步谈论到我们每日的体验，然后自然而然地揭示这些事情的意义。当我现在描写这个场景时，我意识到，我基本上记不清他的身体特征了，我只记得他脸色苍白，没留胡子，头发很短，我也想不起来他的身体——那是到那时候为止，我唯一像拥抱丈夫那样拥抱过的身体。

等他发完言之后，我向他走去。他惊讶得两眼放光，拥抱了我，但我们很难说上话，因为人群非常混乱，要么有人拽着他的一条胳膊，要么有人用手指着他，很严厉地对他说话，就好像要和他吵架一样。我挤在那些围在讲台四周的人中间，非常不自在，我也看不到马丽娅罗莎，但这时是她认出我来了，她拉了一下我的胳膊。

“你在这儿干什么？”她很高兴地问我。

我没有告诉她，我错过了一场见面会，我说我是偶然经过的。我指着弗朗科对她说：

“我认识他。”

“马里？”

“是的。”

然后，她充满热情地谈起了弗朗科，嘀咕了一句：“他是我请来的，我要负责任，你看看这马蜂窝。”她还说他晚上会住在她家里，第二天出发去都灵，她邀请我也去她家里住。我接受了，虽然我已经订了宾馆，真是遗憾。

学生大会一直在继续，中间有几次气氛非常紧张，一直让人提心吊胆。我们在天快黑的时候才离开大学。除了弗朗科，那个年轻的母亲也跟我们一起走了。那姑娘叫西尔维亚，还有我之前看到的那个抽着雪茄的三十多岁的男人，他叫胡安，是一个委内瑞拉画家。我们所有人一起去一家馆子吃饭，那是我的大姑子马丽娅罗莎熟悉的馆子。我和弗朗科聊了一会儿，我就发现，他和以前不一样了。他的脸上好像覆上了一层面具，可能是他自己戴上的，竟然和他的面部线条完美贴合，他已经不像之前那么慷慨陈词了，现在他有些收敛和退缩，他会斟酌词句。在我们看似亲密的交谈中，他从来没有提到我们之前的关系，是我提到那段关系的，我抱怨说他再也没有写信给我。他不愿多说，嘟囔了一句："事情本应该这样。"关于大学，他也说得很含糊，我明白，他没能从大学毕业。

"有其他事情要做。"他说。

"什么事情？"

他似乎有些厌烦我们之间过于私密的语气，就转向马丽娅罗莎说：

"埃莱娜问有什么事可以干。"

马丽娅罗莎很愉快地回答说：

"干革命。"

这时候，我用开玩笑的语气说：

"那空闲时间呢？"

胡安这时候温柔地摆弄着孩子握紧的拳头，西尔维亚坐在他旁边，他很严肃地说了一句：

"空闲时间，我们为革命做准备。"

吃完饭后，我们都钻进了马丽娅罗莎的车子，她住在圣安布罗焦区一套很大的老房子里。我发现，委内瑞拉画家在那儿有一个类似于工作室的地方，那是一间非常凌乱的房间。他带着我和弗朗科进去看他的作品：非常大的画幅，上面绘制着非常拥挤的城市，像照片一样精细，但他在画面上钉钉子，还用一管管色彩、一支支画笔、调色板、调色碗，或者通过油松和破布破坏了这些画面。马丽娅罗莎对他评价很高，但她一直在对弗朗科说话，看来她最在意的人是弗朗科。

我不明白状况，我窥视着他们。当然，胡安住在那里，西尔维亚也住在那里，她抱着她的孩子米尔科在房子里自如行动。刚开始的时候，我觉得那个年轻的母亲和画家是一对夫妇，他们租住在这套房子里，但我很快改变了想法。实际上，那个委内瑞拉画家整个晚上对西尔维亚都表现出一种漫不经心的客气，但他经常把手搭在马丽娅罗莎的肩膀上，有一次还吻了她的脖子。

刚开始，大家都在聊胡安的作品。对视觉艺术，弗朗科一直有着敏锐的洞察力和判断力。我们所有人都听得津津有味，除了西尔维亚，她的孩子之前一直都很乖，忽然间却大哭起来，根本没法平静下来。我希望弗朗科能提到我的书，我很确信，他会说一些比较敏锐智慧的话，就像他谈论胡安的绘画那样。但他一直都没有提到我的小说，想到这些，我心里有一丝酸楚。后来，弗朗科说了一句关于艺术和社会的俏皮话，委内瑞拉画家无法忍受，他才改变了话题，说到了意大利文化的落后，选举之后的政治格局，对社会民主党的妥协，还有学生运动和警察的镇压，以及“法国的教训”。两个男人之间的辩论马上变得白热化。这时候，西尔维亚不明白米尔科到底怎么了，以及他需要什么。她从房间里出去又回来，大声地责备孩子，就好像他是一个大孩子。她抱着孩子在走廊里走来走去，或是去房间里给孩子换尿布，她时不时会抛来一些反对意见，都是别人说过的现成的话。马丽娅罗莎说，在法国的索邦大学，他们已经创办了一些托儿所，给那些参加罢课的学生提供服务，可以帮他们照看孩子。她还提到了六月初的巴黎，天气很冷，而且爱下雨，学校在罢课，工人在罢工，但她没能亲眼看到（她后来没去，这让她觉得很遗憾），这是一个朋友写信告诉她的。弗朗科和胡安漫不经心地听着这两件事，但没忘记他们之间的争论，辩论越来越激烈了。

最后的结果是，我们三个女人都非常困倦，都等着那两位斗士耗完他们各自的气力。这让我很烦，我等着马丽娅罗莎能加入谈话，我自己也想加入谈话，但是弗朗科和胡安根本不给我们机会。这时候，那个孩子哭得更厉害了，西尔维亚也变得越来越粗暴。我想到莉拉在怀着詹纳罗时，比这个女孩还年轻。我意识到，在参加那场学生大会时，有一种东西促使我把她们俩联系在一起——也许是莉拉在尼诺消失之后，在和斯特凡诺分开时，她所感受的那种母亲的孤独吧。莉拉那么美，假如她抱着詹纳罗来参加这个大会，那她会更加迷人，她要比西尔维亚更有决心，但莉拉已经被排除在外了。我在大学教室里感受到的那股浪潮，可能也会席卷那不勒斯的城郊，但她住在那个地方，可能完全感受不到发生的一切。太遗憾了，我觉得有些负罪感。我应该带着她离开、绑架她，让她和我一起旅行，或者强化她对我的影响，把她的声音和我的声音混合起来。似乎在那时候，我觉得她在说："假如你不吭气，你让那两个人一直说，那你就会像一件摆设，一盆放在房子里的植物，你至少应该帮一下那姑娘，你可以感受一下有个孩子是什么体验。"总之，我脑子很乱，种种情绪涌上心头，时空也变得恍惚。我一下子站了起来，带着一丝担忧，从西尔维亚手里轻轻地接过孩子，她很乐意把孩子交给我照顾。

# - 16 -

那是一个值得铭记的时刻。米尔科一下子就吸引了我，那孩子长得很好，他的手胖乎乎的，手腕和腿上有红扑扑的肉褶子。他多漂亮啊！他已经长了很多头发，眼睛的形状很精致，脚很长、很精致，散发着醉人的奶香。我小声跟他说了很多赞美的话，我抱着他在房间里转悠，哄他睡觉。两个男人的声音越来越远了，虽然他们还在坚持自己的观点，讨论得很激烈，但我感受到一种新体验、一种乐趣。孩子的热气就像一阵无法控制的热潮，他身体很柔软，让我所有感官都变得敏锐，就好像怀里这个完美的小生命，激发了我的温柔和责任心。那种感觉非常强烈，我要想尽一切办法来保护他，让他免受来自房子的每个阴暗角落里隐藏的威胁。米尔科应该感受到了这些，他安静下来了，这也让我很愉快，我觉得自豪，因为我能让他平静下来。

当我回到房间里时，西尔维亚坐在马丽娅罗莎的膝盖上，听着两个男人的讨论，中间只是插入一些神经质的感叹句。她看了我一眼，看到了我抱着孩子的陶醉，她忽然站了起来，不怎么热情地说了句谢谢，就接过孩子，把他放到了床上。我若有所失，回味着米尔科留在我身上的热度，有些沮丧地坐了下来，脑子很乱。我希望孩子再哭起来，假如西尔维亚让我帮忙的话，我就可以去哄他。我这是怎么了？渴望孩子？想做妈妈？想喂奶？想哄孩子睡觉？想要结婚生孩子？为什么当我摆脱了我母亲，觉得自己安全了的时候，我母亲忽然从我的肚子里冒了出来？

# - 17 -

两个男人的针锋相对，还有法国的事件带给我们的经验教训，都让我很难集中注意力倾听，但一声不吭坐在那儿，也让我无法忍受。我想说一说巴黎的运动、我读的资料，还有我的看法，有一些话一直在我脑子里纠缠。让我惊异的是，马丽娅罗莎那么厉害，那么自由，这时候却一声不吭，只是面带微笑在支持弗朗科说的话，这让胡安变得不太自信，有时候甚至有些烦躁。我想，假如她不说话，那我就会介入，否则我为什么不回宾馆，我为什么要答应来这里？我知道答案。因为我要在我的老相识面前，展示出我现在的样子，我希望弗朗科能意识到，他不能像以前一样，像对待一个小姑娘那样对我，我想让他意识到，我已经彻底变成了另一个人。我想让他当着马丽娅罗莎和别人的面，表达对另外这个我的赞赏。这时候，我看到孩子安静下来了，西尔维亚带着孩子消失在房间里了，她和孩子都已经不需要我了。我等了一会儿，最后我找到了一个机会，说我不赞同我前任的说法，那个不赞同的意见是我临时发挥的：我自己也不是很确信，我的目的是对弗朗科表示反对。我就是那么做的，我脑子里有一些模板，我把这些模板和一种佯装的自信结合起来。我斩钉截铁地说："法国阶级斗争的准备程度，并不能让人感到放心，现在让学生和工人联合起来，我认为还有些为时过早，时机并不是很成熟。"我的语气很坚定，我担心两个男人中的一个会忽然打断我，说一些话，又自己讨论起来了，把我排除在外。但他们在专心地听我说，所有人，包括西尔维亚都在听我说，她已经把孩子放到了床上，踮着脚尖回来了。我说话的时候，弗朗科和胡安都没有表现出不耐烦，而且我有两三次提到“人民”这个词时，那个委内瑞拉画家还点了点头，这种认可让马里很烦。他用带着讽刺的腔调说：“你是说，从客观上而言，现在的局面还不是革命？”我熟悉他的这种语气，这意味着他想通过取笑我来捍卫自己。这时候，我们针锋相对，你一言我一语地争论了起来。“我不知道你说的‘客观’是什么意思。”“意思是采取行动是无法避免的。”“假如是无法避免的，你现在还在袖手旁观。”“不，革命者的任务不是做那些‘可能’实现的事，在法国，那些学生做了‘不可能’的事情，教育的机器已经被打破，已经不能恢复了。”“我敢说，那些已经变化了的事情，还会再发生改变。”“是的，但没人向你，或者其他人申请一张盖章的证明，证明现在的局面在客观上是革命的，学生们只是采取了行动，没有别的。”“不是这样的。”“是这样的。”等等。直到后来，我们都沉默了。

这是一场不太正常的对话，不是因为对话内容，而是讨论的热烈语气，根本就不遵守谈话的规矩。我在马丽娅罗莎的眼里看到一种神情，好像在说：假如你和弗朗科这样说话，那你们之间除了是普通的大学同学，一定还有另一层关系。“你们过来帮我一个忙”，马丽娅罗莎对西尔维亚和胡安说。她要拿一架梯子，要给我和弗朗科找床单。胡安和西尔维亚跟她去了，胡安在马丽娅罗莎耳边说了些什么。

弗朗科盯着地板看了一会儿，他抿了抿嘴唇，就好像为了挤出一个微笑。他带着一丝温情说：

“你还是之前那个小资产阶级。”

这是很多年之前，他给我贴的标签，当时在他的房间里，我很担心被人发现，这是他取笑我的话。因为当时眼前没别人，我很冲动地脱口而出：

“你才是小资产阶级，你的出身、文化，还有你的行为，都属于小资产阶级。”

“我不想惹你生气。”

“我没有生气。”

“你变了，比以前霸道了。”

“我还是老样子。”

“你家里都还好吧？”

“还好。”

“你特别在意的那个朋友呢？”

这个问题忽然冒了出来，让我有些不知所措。在过去，我和他谈论过莉拉吗？我是怎么谈论她的？为什么他现在忽然想起来了？是什么让他联想到了莉拉，而我并没有注意到。

“她很好。”我说。

“她在做什么？”

“她在那不勒斯郊外一家香肠厂上班。”

“她不是嫁给了一个老板了吗？”

“那场婚姻最终还是失败了。”

“下次我去那不勒斯，你要介绍她给我认识。”

“那当然。”

“你给我留个电话，还有地址。”

“好的。”

他看着我，好像要斟酌一下怎么样说不会得罪我。他问：

“她看了你的书吗？”

“我不知道，你看了吗？”

“我当然看了。”

“你觉得怎么样？”

“很好。”

“哪些方面好？”

“有几页写得非常精彩。”

“哪几页？”

“就是你描述女主人公有一种能力，可以把事情的碎片粘合在一起。”

“就这些？”

“这还不够吗？”

“不够。很明显，你不喜欢那本书。”

“我说过了，那本书很好。”

我了解他，他尽量克制自己不侮辱我，这让我很抓狂。我说：

“这本书引起了很大争议，现在卖得很火。”

“这很好，不是吗？”

“是的。但对于你来说并不是这样，有什么不对劲的地方吗？”

他又抿了抿嘴，欲言又止，最后才说：

“这本书里没什么重要的内容，埃莱娜，你觉得在那些小情小爱，还有你隐藏的往上爬的狂热里，有什么值得讲述的东西？”

“也就是说？”

“算了吧，谈话已经结束了，我们要休息了。”他尽量做出一副开玩笑的样子，但实际上，他还是保留了那种新语气——一个肩负重要使命的人所采用的语气，其他事对他来说已经不重要了。“你已经尽了最大努力，不是吗？但客观上来说，这不是写小说的时候。”

# - 18 -

就在这时候，马丽娅罗莎、胡安还有西尔维亚一起进来了，他们带来了干净的毛巾和睡衣。马丽娅罗莎当然听到了最后那句话，她当然明白，我们正在谈论我的小说，但她一个字也没说。她本可以说，她喜欢那本小说，任何时候写小说都可以，但她没说。我推测，虽然她表面上对我很亲切、很热情，但在这种完全被政治激情席卷的文化氛围里，我的书被认为是没什么分量的小玩意儿。有人认为，我的书是一些更大胆、更放肆的书的下脚料——虽然我还没看过那些书；或者可以用弗朗科那句充满贬义的话来评价：这是一个小情小爱的故事。

这时我的大姑子给我指了洗手间，还有我的房间，她很客气，也让人难以琢磨。我和弗朗科道了晚安，也顺便告别了，因为他第二天早上很早就要走了。我只是握了握他的手，他也没有拥抱我的意思。我看到他和马丽娅罗莎消失在同一个房间里，胡安的脸色变得阴沉，西尔维亚也变得很不高兴，我明白，家里的主人要和客人一起睡。

我进了为我准备的房间。我闻到一股非常浓烈的烟味，屋里有一张非常凌乱的小床，没有床头柜和台灯，只有天花板中央的顶灯，地板上堆着报纸，还有几本杂志——《迈纳博》《新使命》《马尔卡特莱》，还有一些非常昂贵的艺术书籍，有些已经非常破旧，还有一些很明显从来都没有翻阅过。床底下有一只塞满烟屁股的烟灰缸，我打开窗户，把烟灰缸放在了阳台上。我脱了衣服，换上马丽娅罗莎给我的睡衣，那件衣服太长太窄。我光着脚穿过灰暗的走廊来到了洗手间，没牙刷也没关系：小时候没人教育我刷牙，我是在比萨师范学院才开始养成刷牙的习惯。

我躺在床上，努力想把今天晚上遇到的那个弗朗科的形象从脑海中抹去，我想到几年前那个爱我的男生，他有钱、慷慨，他帮助过我，给我买了很多东西，他教育我，带我去巴黎参加政治聚会，带我去维西利亚，在他父母的房子里度假。但我做不到，我满脑子都是现在的这个弗朗科，非常有煽动性，在挤满人的教室里高喊口号，他喊的那些政治口号依然回响在我脑子里。他贬低我的书，觉得它不值一提，现在的这个弗朗科最后占了上风。我在幻想我作为小说家的未来吗？他说，有其他事情要做，而不是写小说。弗朗科说得对吗？我给他留下了什么印象？对于我们之间曾经的爱情，假如他还记得的话，他保留了什么样的记忆？他正在向马丽娅罗莎抱怨我吗，就像尼诺跟我抱怨莉拉一样？我顿时失去了信心，觉得很痛苦，我想象的是一个甜美、可能会有些忧伤的夜晚，但最后我很伤心。我迫不及待地等着夜晚过去，好能马上回到那不勒斯，我起身关了灯。

我在黑暗中躺在床上，但我难以入睡。我翻来覆去，这个床上有别人的身体的味道，有点像我家里床上的那种隐秘的味道，但不知道是谁留下的，有些让人恶心。我又平躺在床上，忽然惊醒过来，发现有个人进到了房间里。我小声问："谁？"是胡安，他没有任何过渡，非常紧急，就好像要我帮他一个大忙，他用恳求的声音问：

"我可以和你一起睡吗？"

这个请求如此离谱，以至于我一下子清醒了，我想弄明白是怎么回事儿，我问：

"睡觉？"

"是的，我躺在你旁边，我不会烦你的，我只是不想一个人待着。”

“绝对不行。”

“为什么？”

我不知道怎么回答他，就嘟囔了一句：

“我订婚了。”

“那有什么？我们只是睡觉。”

“你走吧，拜托了，我和你又不熟。”

“我是胡安，我给你看了我的作品，你还想要什么？”

他坐到了床边，我看到他黑色的剪影，嗅到他的呼吸中有雪茄的味道。

“求求你了，”我小声说，“我困了。”

“你是一个女作家，你描写爱情，发生在你身上的所有事情，都会激发你的想象，会帮助你创作，让我待在你身边吧，这是以后你可以讲述的一件事。”

他的指尖掠过了我的一只脚，我真忍受不了他，就一下子冲到开关那儿，打开了灯。他还坐在床上，身上穿着内裤和背心。

“出去！”我非常清楚地告诉他，我的语气是那么果断，用尽了我全身的力量，几乎是一声怒吼，我几乎要动手打他了。他慢慢起身了，很厌弃地说：

“你是个老古董。”

他出去了，我把门关上，但门锁不上。

我简直怒不可遏，而且也很害怕，那不勒斯方言中的很多词汇在我脑子里翻滚。我没有关灯，重新上床之前我又等了一会儿。我给别人留下的是什么印象？我看起来到底是什么样的女人？是什么让胡安提出了这样的请求？是我书里那个自由奔放的女性吗？是因为我的政治观点吗？我说的那些话，不仅仅是一种争辩游戏，为了证明我和男人一样有能力，也说明我可以为所欲为，包括在性方面？这是不是让他觉得，我们属于同一类人，他才那样毫无忌惮跑到我房间里来？或者说，马丽娅罗莎把弗朗科带到了她的房间里，她也没有任何顾忌？或者是我沾染了大学教室里那种亢奋的性欲的气息，我自己也散发着这种气息，只是我没有觉察到？上次也是在米兰，我已经做好背叛彼得罗的准备，我想和尼诺上床，但那种激情是早就有的，可以解释我的性欲和背叛，但是性本身，直接的器官的需求，这让我没办法接受，而且我毫无准备，觉得很恶心。在都灵，我为什么要让阿黛尔的朋友摸我？在这个房子里，我为什么要让胡安摸我？我表现了什么？他们想表现什么？我忽然想起在伊斯基亚的沙滩上，我和多纳托·萨拉托雷的事，并不是那天晚上在沙滩上发生的、后来被我改编成小说情节的事，而是他出现在内拉的厨房里的情景。我当时刚上床，他吻了我，还抚摸了我，让我感受到一种违背我意愿的快感。那个惊恐万分的小姑娘和现在这个在电梯里被骚扰、被陌生人闯入房间的女人之间有什么联系吗？阿黛尔的朋友——文化修养很高的塔兰塔诺、委内瑞拉的画家胡安，他们都和尼诺的父亲——那个火车检票员、小诗人、雇用文人——是一路货色吗？

## - 19 -

我神经紧张，没法入睡，我脑子里有各种冲突，偏偏这时候米尔科又哭了起来，他的哭声一直无法平息，这激起了我抱着他时体味到的那种强烈的情感。我按捺不住自己，起身，循着孩子的哭声，来到一个房间门前，从虚掩的门缝里透出光来。我叫了一声，西尔维亚没声好气答应了。那个房间要比我住的房间舒服一些，有一只老式衣柜、一个床头柜，还有一张双人床。年轻的母亲盘着腿坐在床上，身上穿着粉红色的短睡袍，脸上一副凶巴巴的表情。她双手摊开，手背放在赤裸的大腿上，就像一个许愿的动作。米尔科赤身裸体，嘴张得很大，哭得浑身发紫，他眼睛紧闭着，四肢在颤抖。刚开始，西尔维亚对我有些敌意，后来她的语气柔和下来。她说，她觉得自己不是一个合格的母亲，她不知道怎么办才好，她太绝望了。她最后低声说："他不吃奶的时候总是这样，可能他生病了，会死在这张床上。"她说话的样子，让我觉得她跟莉拉一点儿也不一样，她变得很丑，眼睛瞪得太大，嘴部神经质的抽搐，破坏了她的美貌。最后，她哭起来了。

孩子的哭声，加上母亲的抽泣，让我很心软，我想拥抱他们，照顾他们。我低声说："我可以抱一下他吗？"她抽泣着点了点头。我把孩子从她膝盖上抱了下来，我把他抱在胸前，我又一次感受到那种味道、声音和温度的交流，就好像上次抱他一样，他的生命力又一次激发着我，给我带来了快乐。我在房间里走来走去，小声哼唱着我即兴编的催眠曲，那是一个长长的、没有任何含义的爱的告白，米尔科奇迹般地平静下来，最后睡着了。我轻轻把他放在了他母亲旁边，但我不想离开他。我害怕回到自己的房间，我的潜意识告诉我，胡安一定在那儿等着我。

西尔维亚对我表示了感谢，但语气里没任何感激之情。这声感谢之后，她还列出一个冷冰冰的单子，都是我的优点："你很聪明，什么事儿都懂，能让别人尊敬你，你是一个真正的母亲，你将来的孩子一定很幸运。"我客气了一下，说我要走了。但她忽然有些不安，她拉住了我的一只手，恳求我留下。他能感受到你，她说，你为他留下来吧，这样他会睡得安稳一些。我马上就接受了，我们躺在床上，把孩子放在中间，关了灯，但我们没睡觉，我们开始讲述各自的事。

在黑暗中，西尔维亚变得没那么难相处了。她跟我说了她发现自己怀孕时感到的憎恶。她一方面对她深爱的那个男人隐瞒了自己怀孕的事实，一方面也欺骗了自己，她觉得那就像一场疾病，会过去的，但她的身体起了反应，逐渐开始变形。西尔维亚不得不把这件事情告诉父母。她家是蒙扎市非常富裕的家庭，在和家人大吵了一架之后，她离家出走了。刚开始的几个月，她希望奇迹发生。她从来都没有想过堕胎，仅仅是因为身体的恐惧。她开始认为，出于对那个让她怀孕的男人的爱，她要把孩子生下来。他告诉西尔维亚："假如你要生的话，出于对你的爱，我也想要这个孩子。"郎情妾意，我爱你，你爱我。他们俩严肃地谈起了恋爱，但是过了几个月，孩子还没有生下来时，他们的爱情已经消散了。西尔维亚非常痛苦，她一再恳求，恳求他留下。最后他们俩之间除了愤恨，什么都没有了。她独自一个人把孩子生了下来，她能做到这一点，这都是马丽娅罗莎的功劳。她用一种激动的语气，说了马丽娅罗莎很多好话："她是一个非常棒的老师，真的站在学生这一边，而且是一个无与伦比的共产党员。"

我跟她说，艾罗塔全家人都让人钦佩，我是彼得罗的未婚妻，我们会在秋天结婚。她脱口而出地说："婚姻和家庭让我很害怕，都是老套的东西。"忽然间，她用一种忧伤的语气说：

"米尔科的父亲也在大学教书。"

"是吗？"

"一切都开始于我上他的课。他非常自信、聪明、博学，也很帅，他有很多很好的品质。在学生开始斗争之前，他就已经说了：‘你们要改造你们的教授，不要让他们像对待牲口一样对待你们。’”

“他有没有照顾一下孩子？”

在黑暗中，她笑了一下，很辛酸地说：

“一个男人，除了那些疯狂的时刻——你爱他、他进入你的时刻，其余时候都是在你外面。也就是说，后来你不爱他了，当你想到之前你曾经想要他，你都会觉得不舒服。我喜欢过他，他喜欢过我，事情已经结束了。我每天都可能会喜欢上一些人，你不是吗？这种喜欢会持续一段时间，然后就过去了，只有孩子会留下，他是你的一部分。孩子的父亲都是外人，开始是外人，之后也是外人。甚至他的名字叫起来，也和之前不一样，我之前叫他尼诺，我每天早上一醒来，脑子里重复的就是这个名字，那是一个神奇的词，但现在是一个让我伤心的名字。”

我沉默了一会儿，最后小声问：

“米尔科的父亲叫尼诺？”

“是的，所有人都认识他，他在大学很有名。”

“尼诺姓什么？”

“尼诺·萨拉托雷。”

## - 20 -

我一大早就离开了，我没有叫醒西尔维亚和睡在她怀里的孩子，我没有看到那个画家。我只跟马丽娅罗莎打了个招呼，因为她起得非常早，要送弗朗科到火车站。她才回到家里，看起来很疲倦，我觉得很不自在。她问：

“你睡得好吗？”

“我和西尔维亚聊了很久。”

“她跟你说了萨拉托雷的事儿。”

“是的。”

“我知道你们是朋友。”

“是他告诉你的？”

“是的，我们聊起过你。”

“米尔科真是他的孩子？”

“是的，”她打了个哈欠，然后微笑了，“尼诺很迷人，女孩子都争着抢着想跟他。现在这个时候，正是一段幸福时光，你可以想跟谁在一起就跟谁在一起。他身上总是有那么一股力量让人高兴，很带劲儿。”

她说，在这场运动中，我们非常需要像他这样的人，但需要照顾他，引导他，让他成长。他是一个非常能干的人，她说，但他需要带领，他的心里总是隐藏着资产阶级民主主义、公司技术人员、现代化主义者的残渣。最后，我们觉得在一起的时间太短了，我们俩都很遗憾，发誓说下次一定要多待一会儿。我从宾馆拿了行李，然后出发了。

只有在火车上，在回那不勒斯的漫长旅行中，我才开始接受尼诺第二次当父亲这件事。一种黯淡的灰白色，从西尔维亚一直蔓延到莉拉，从米尔科一直到詹纳罗身上。我觉得，伊斯基亚的激情、弗里奥的爱的夜晚、马尔蒂里广场上的私通怀孕，这一切都失去了色彩，成为了一种机械反应。尼诺离开了那不勒斯，充满激情地和西尔维亚在一起，谁知道他还有没有其他女人。这件事让我很生气，就好像莉拉藏在我脑子的某个角落里，我和她感同身受。我觉得很苦涩，就像她听到这件事情时，可能会感受到的那样，我也非常愤怒，就好像尼诺做了对不起我的事情。尼诺背叛了我们——莉拉和我都在承受同样的羞辱，我们都爱他，但他从来都没有真正爱过我们。因此，尽管他有很多好品质，但他终究是个轻浮的男人，很肤浅，像一个畜生，汗水和体液会流出来，在漫不经心的享乐之后，在身后留下那些受到滋养的女性肚子里孕育的活物。我记得，在几年之前他来城区找我，我们在院子里说话，梅丽娜从窗子看到他，把他当成了他父亲。多纳托之前的情人都看出了这种相似，但我却没看出来。现在事情很明了，梅丽娜是对的，我是错的。尼诺和他父亲断绝了关系，并不是担心变得和他一样，尼诺现在已经和他父亲一样了，只是他不愿意承认。

然而，我还是没办法恨他。在热气腾腾的火车上，我不仅仅想到了我在米兰书店看到他的情景，我还把他嵌入了那些天发生的事、说的所有话之中。我满脑子都是性——肮脏的、诱人的性，无所不在地出现在动作、语言和书本之中。那些分隔男女的高墙正在倒塌，教养的羁绊也正在解体。尼诺正投身于这个时代，他是米兰大学那个吵吵嚷嚷的学生大会的一部分，他适合那里的氛围，也适合马丽娅罗莎家里的混乱，他们一定也在一起过。凭借他的聪明、欲望和诱惑的能力，他会带着好奇，非常自信地生活在那个时代。也许我错了，我不应该认为他和他父亲一样肮脏猥亵，他的做法属于另一种文化。西尔维亚和马丽娅罗莎都强调了这一点：那些女孩子都想要他，他只是接受，这中间没有任何欺压，没有谁对谁错，只有欲望在支配着。也许当尼诺跟我说，莉拉在性方面有问题，他就是想告诉我，这种有期望的时代已经结束了，把责任和快感放在一起是不对的，是扭曲的。假如他和他父亲的本性一样，那他对于女性的狂热会是另一个版本。

抵达那不勒斯时，我带着一丝惊异，同时也带着排斥想着，尼诺有那么多人爱，也爱那么多人。我不得不承认：这有什么错呢？他和那些懂得享受生活的人在享受生活。当我回到城区里，我才发现为什么所有女人都想要他，而他都欣然接受，我一直都想得到他，现在这种欲望更强烈了，我决定尽量避免再遇到他。至于莉拉，我不知道该怎么做，告诉还是不告诉她我所知道的事情？等我见到她时再说吧。

## - 21 -

回到家里，我没有时间，也不想再考虑这个问题。彼得罗打电话给我，他向我宣布，下个星期他会来拜访我父母。我接受了这个现实，就像接受一场无法避免的灾难。我急忙帮他找了一家宾馆，我打扫屋子，做了家人的思想工作，让他们不要焦虑，但这都无济于事，我的处境越来越糟糕了。在我们的城区，关于我的书、我个人、我经常独自旅行的事实的闲言碎语越来越多了。我母亲捍卫了我，她炫耀说，我快要结婚了，但为了避免我不在教堂结婚的决定让情况更加复杂，她说我不在那不勒斯结婚，要去热内亚结婚，结果是那些闲话更多了，这让她非常恼怒。

有一天晚上，她对我非常粗暴，她说人们看了我的书，都觉得书里的内容很丢人，都在背后说闲话。我的几个弟弟也对我嚷嚷，说他们不得不和屠夫的儿子大打出手，因为他说我是个婊子，不仅如此，他们还不得不去揍了一顿埃莉莎的同学，因为那个男生让埃莉莎做她姐姐做的那些事。

“你写的什么啊？”我母亲对我嘶叫着。

“没什么，妈！”

“你是不是写了你出去做的那些恶心事儿？”

“什么龌龊事儿，你自己去看吧。”

“我不想在你写的那些破事上浪费时间。”

“那就放过我吧。”

“假如你父亲知道人们议论你的话，他会把你赶出家门的。”

“没有必要，我自己会走的。”

到了晚上，我从家里出去，在外面散心，就是为了不对我母亲说那些将来会让我后悔的话。在路上，在公园里，沿着大路，我感觉人们的目光都盯着我，这是一个我正要离开的世界对我的愤恨。后来我遇到了吉耀拉，她刚下班回来。我们住在同一栋楼里，我们一起走了回去。我担心她迟早会说出惹恼我的话，她平时的性格不是蛮横就是阴险。但让我惊异的是，她有些羞怯地对我说：

“我看了你写的书，很棒！你能写出那些东西，简直太勇敢了。”

我有些发懵。

“什么东西？”

“就是你在沙滩上做的事情。”

“那不是我做的，是书中的人物做的。”

“是的，但你写得太好了，莱农，就像真的发生了一样，一样肮脏！这是身为女人才知道的秘密。”这时候，她拉住了我的一只胳膊，我不得不停了下来。她小声说：“你告诉莉娜，假如你见到她，你跟她说，她做得对，我支持她。她把她丈夫、妈妈、爸爸、哥哥、马尔切洛、米凯莱还有其他狗屎都甩开了，她做得好。我也应该从这里逃走，但我不像你们俩那么聪明，我生来就蠢，什么也做不了。”

我们没说其他重要的事情，我在我住的那层停了下来，她回了她家，但她说的那句话一直在我脑海里盘桓。让我震撼的是她把我的出人头地和莉拉的落魄放在一起来谈论，对她来说，这都一样让人振奋。还有一些话深深刻在我脑海里：我书里描述的龌龊事让她感同身受，这对我来说是个新鲜事儿，我没法做出评价。后来彼得罗来了，我就把这事儿给忘了。

## - 22 -

我去火车站接他，我陪他走到佛罗伦萨街，那儿有一家宾馆，是我父亲推荐的，我在那里预订了一个房间。彼得罗看起来要比我家人更紧张。他从火车上下来，拉着一个大行李，和往常一样不修边幅，因为天气很热，他的脸红通通的，而且充满倦意。他想给我妈妈买一束花，他买了一束足够大、比较昂贵的花——这和他平时的习惯不一样，但他很满意。我们到了宾馆，他让我一个人拿着花待在大堂里，他保证说他马上回来。过了半个小时，他出现了，穿着一套蓝色的西装，白色的衬衣，天蓝色的领带，皮鞋擦得锃亮。我一下子就笑了起来。他问我：“我看起来不好吗？”我让他放心，他的衣着很棒。但在路上，我能感觉到周围那些男性的目光，还有他们嘲弄的哄笑，就好像我是一个人走着，也许他们是想暗示和强调：这个陪着我的人不值得尊重。彼得罗抱着一大束鲜花，他不肯让我拿着，他的每个细节都是那么体面，但并不适合我的城市。尽管他空着的一只手臂搭在我的肩膀上，但我感觉，我应该保护他。

是埃莉莎给我们开的门，然后我父亲出来了，之后是我的弟弟们，每个人都穿着过节的衣服，所有人都太客气了。我母亲是最后出现的，洗手间拉水箱的声音之后，就听到她一瘸一拐地走了过来。她做了头发，还给嘴唇和脸颊上擦了点颜色，我想，她以前曾经是一个漂亮的姑娘。她很得体地接过那束花，我们一起坐在餐厅里，为了招待客人，他们把晚上搭起来、早上再拆掉的那些床也藏了起来。每样东西都很干净，桌子上的餐具也摆得非常用心。我母亲和埃莉莎一起准备了好几天，才做好了这顿饭，这让整个晚餐没完没了。彼得罗让我很震惊，因为他一下子变得很开朗。他问我父亲在市政府的工作，我父亲的意大利语说得磕磕巴巴，于是彼得罗就让我父亲说方言。我父亲跟他讲了市政府一些员工的趣事，我的未婚夫虽然听得不是很明白，但他表现出非常欣赏那些事儿。尤其是，我从来都没见过他吃那么多东西，每次一盘菜上来，他都会恭维我母亲和妹妹，但就我所知，他自己连一个鸡蛋都不会煮，他还询问每道菜的做法，就好像他很快就会动手做一样。他尤其喜欢的一道菜是土豆糕，吃完我母亲给他盘子里又加了一份，分量很足，她还用那种她特有的、毫无情感的语气说，在他走之前会再做一次土豆糕。在很短的时间内，气氛变得很和谐，就连佩佩和詹尼也抛开拘谨，和他成为朋友。

无论如何，那顿饭还是吃完了。彼得罗变得很严肃，他向我父亲提亲了。他在说这件事情时，声音很激动，这让我妹妹的眼睛变得亮晶晶的，我两个弟弟觉得很有趣。我父亲很尴尬，支支吾吾地说了一些好话，说彼得罗是一个那么出色、严肃的教授，这个请求让他很荣幸。这个夜晚看起来要完美收场，这时候我母亲说话了。她阴着脸说：

“你们不在教堂结婚，这一点我们不同意。没有神父的婚礼不是婚礼。”

大家都陷入了沉默。我的父母应该暗地里已经说好了，由我母亲来提出这件事，但我父亲还是忍不住对彼得罗做了一个笑脸，意思是，他虽然也属于妻子提到的“我们”中的一员，但他愿意做出让步。彼得罗也对着我父亲笑了一下，但这次，他的谈话对象不是我父亲，他只对着我母亲说话。我已经跟他说了我家里的态度，他已经做好了准备。他说的话很简单，充满深情，但思想明确。他说他明白，但也希望大家理解他。他说他尊敬那些真诚信奉上帝的人，但他感觉自己不属于那类人。他说，作为一个不信奉上帝的人，并不意味着他什么也不信，他确信他对我的爱是绝对忠诚的。他说，是这份爱，而不是祭台、神父或者市政府的官员，使我们的婚姻变得坚固。他说，拒绝在教堂里结婚，对他来说是个原则问题。假如他是一个没有原则的男人，我就不会爱他，或者爱他要少一些。他最后说，当然，我母亲也不愿意把自己的女儿交到一个随时可以违背自己生活的基本原则的人。

听这番话时，我父亲一直在点头，我的弟弟们惊讶得张大了嘴巴，埃莉莎又一次很感动，但我母亲无动于衷。她用手把玩了一下自己的婚戒，然后看着彼得罗的脸，她没有继续讨论刚才的话题，也没有说自己同意，她带着一种冷冰冰的决心，开始说起了我的好话。她说，我从小都是一个与众不同的孩子，说我能做到整个城区的女孩都无法做到的事情。我是她的骄傲，也是整个家庭的骄傲，我从来都没让她失望。她说我有获得幸福的权利，如果有人让我痛苦的话，那就会让她痛苦一千倍。

我很尴尬地听着这些，整个过程中，我都想搞清楚，她是在说真的呢，还是像通常一样夸大其词。她的目的是向彼得罗说明一点：她根本就不在乎他的职位，也不在乎他扯的那些，不是格雷科家人有求于他，而是他有求于格雷科家。我没能搞清楚她的态度，我的未婚夫却完全相信她的话，在我母亲说话时，他在一个劲儿地点头称是。她终于说完了，彼得罗才开始说，他说，他很清楚我有多可贵，他很感激我母亲把我培养成现在的样子。最后，他把一只手伸进上衣口袋里，从里面拿出了一个蓝色的盒子，很羞怯地递给了我。这是什么？我想，他已经给了我一枚戒指了，还要再给一枚吗？我打开了盒子，真是一枚戒指，非常漂亮，是红金的，上面镶着一块紫水晶，旁边是小碎钻。彼得罗低声说："这是我外婆的戒指，如果我能娶到你的话，我们家里都会很高兴。"

这个礼物意味着那场仪式结束了。大家又开始喝酒，我父亲又说起了他个人生活和工作的一些趣事，詹尼问彼得罗他是哪个球队的球迷，佩佩要和他扳手劲。我帮助我妹妹收拾桌子。在厨房里，我马上就犯了一个错误，我问我母亲：

"怎么样？"

"戒指吗？"

"彼得罗。"

"人很丑，腿也不直。"

"爸爸也没比他好到哪里去。"

"你有什么资格说你父亲？"

"没有。"

"那你闭嘴，你就知道在我们面前趾高气扬。"

"不是这样。"

"不是吗？为什么你要听他的？假如他有自己的原则，难道你就没有你的原则吗？让他尊重你的原则啊。”

这时候埃莉莎插了一句：

“妈妈，彼得罗是一个绅士，你不知道一个真正的绅士是什么样的。”

“你知道？你要小心一点儿！你还小，不要插嘴，小心我扇你。你看到了他的头发了吗？一个绅士的头发是这样的吗？”

“绅士的外表是没有标准的，妈，一个人是不是绅士，能感觉得到的。”

我母亲假装要打她，我妹妹笑着把我拉出了厨房，她很愉快地说：

“你真幸运，莱农！彼得罗真细致，他多爱你啊！他把他外婆的戒指送给你了，让我看看吧。”

我们回到了餐厅。家里的所有男性都在和我的未婚夫扳手劲，他们想要在力气上胜过这位教授。他丝毫不畏缩，脱了外套，把衬衣袖子挽了起来，坐在桌前。他和佩佩掰手腕输了，也输了詹尼，和我父亲比也输了。让我惊异的是他投入比赛的激情，他满脸通红，额头上青筋暴露。他说对手公然不遵守比赛规则，尤其是，他非常固执地和佩佩还有詹尼比力气，根本不考虑我的两个弟弟经常举铁，我父亲一只手可以拧开螺丝。扳手劲的整个过程，他一点儿也不让步，我担心他的手臂会断掉。

## - 23 -

彼得罗在那不勒斯待了三天，我的父亲和弟弟妹妹很快都对他产生了好感。尤其是我的两个弟弟，他们都很高兴，因为彼得罗一点架子也没有，尽管他们在学校里学习不好，彼得罗还是很看得起他们。我的母亲还是很客气，一直比较冷淡地对待他，只有在最后一天，她的态度才有一点儿缓和。那是一个星期天，我父亲说，他想给女婿展示一下那不勒斯有多美，他女婿也愿意，并建议我们一起在外面吃饭。

“在餐馆吃饭？”我母亲皱着眉头问。

“是的，太太，我们要庆祝一下。”

“还是我做饭吧，我们都说了，要再做一次土豆糕。”

“不了，谢谢，您已经太辛苦了。”

当我们准备出去时，我母亲把我拉到一边，问：

“他付钱啊？”

“是的。”

“你确信？”

“很确信，妈，是他说要请我们的。”

我们一大早就去了市中心，穿得像过节一样。发生了一件让我感到震惊的事。我父亲承担起了做导游的职责，他给客人展示了安焦城堡、皇宫、国王的雕像、奥沃城堡，还有海滨路。彼得罗非常专注地听我父亲讲解，他是第一次来那不勒斯，但过了一会儿，他就很谨慎地讲起来了，讲了些我们都不知道的事情。感觉真好，我从来都没有对我童年和少年生活过的地方表现出什么特别的兴趣，让我惊异的是，彼得罗却知道那么多事情，而且说得头头是道。他表现出他很了解那不勒斯的历史、文学、传说、童话故事，还有很多奇闻轶事，以及那些有名的，或者因为忽视而被隐藏的建筑。我想着，他对这个城市的了解，一方面是因为他是一个无所不知的男人，另一个方面也有可能，他之所以用那种学究的方式深入研究了那不勒斯，是因为这是我的城市，因为我的声音、动作和所有一切都受到了这个城市的影响。当然，我父亲觉得自己被取代了，我的两个弟弟觉得很无聊。我意识到了这一点，就示意彼得罗不要讲了。他脸红了，马上就闭嘴了。但我的母亲还是像往常那样让人琢磨不透，她拉着彼得罗的一只胳膊，对他说：

“接着讲啊，我喜欢听，从来没有人跟我讲过这些事情。”

我们在桑塔露琪亚的一条街上吃饭，按照我父亲的说法，这家餐馆是那不勒斯最好的（他从来都没有来过，他是听人说的）。

“我想吃什么就点什么吗？”埃莉莎在我耳边轻轻说。

“是的。”

气氛很融洽，时间过得飞快。我母亲喝得有点儿多，说了几句不得体的话，我父亲、弟弟都和彼得罗开起了玩笑。我一直都关注着我未来的丈夫，我确信我很爱他，他是一个知道自己身份的人，但是假如有必要的话，他会很自然地忘记这些。我第一次注意到他倾听的能力，还有他谅解的语气，就好像他是一个听人忏悔的神父，虽然他是一个无神论者。我很喜欢这些，也许，我应该说服他多待一天。我可以带着他去见莉拉，告诉她：“我要嫁给这个男人，我要为了他离开那不勒斯，你怎么看，我做得对吗？”我心里琢磨着这件事情，我发现在距离我们不远的一张桌子上，有五六个学生在吃披萨，我不知道为什么，他们一直看着我们这边笑。我马上明白，他们觉得彼得罗浓密的眉毛，还有他头上的一撮头发很可笑。在短短几分钟里，我的两个弟弟就同时站了起来，走到那些学生面前，和他们一阵吵闹。场面乱七八糟，他们开始嚷嚷，拉拉扯扯，我母亲也骂了几句，支持自己的儿子，我父亲和彼得罗赶紧过去把他们拉开。彼得罗好像觉得很有趣，貌似根本都没有发现这场争吵的原因。我们走在路上，他用开玩笑的语气说："这是你们这里的风俗啊，你们会忽然起身，和旁边桌子上的人打架？"最后，他和我的两个弟弟更加亲密了。但后来一有机会，我父亲就把佩佩和詹尼拉到一边，说他们在教授的面前丢脸了。我听见佩佩小声嘟囔着解释："妈的！他们在取笑彼得罗，爸爸，我们该怎么做？"我很高兴，他们说的是彼得罗，而不是教授，这就是说，彼得罗已经被当成了家庭的一员了，一个家里人，一个非常棒的朋友，虽然他外表看起来不太正常，但任何人都不能当面取笑他。但这个插曲让我觉得，我最好不要把彼得罗带到莉拉那里：我了解她，她很坏，她会觉得彼得罗很可笑，她也会像餐馆的那些男孩子一样取笑他。

那天晚上，在外面走了一天之后，大家都筋疲力尽，我们吃了点东西，然后就又出去了，我们陪我的未婚夫走到宾馆楼下。分开时，我母亲兴高采烈地在彼得罗脸颊上亲了两下，一边一个，非常响亮。在我们回城区的路上，大家说了彼得罗很多好话，但我母亲一路上都在想自己的心事，一声不吭。只有在进房间睡觉之前，她才充满敌意地跟我说：

"你太走运了，你配不上那个可怜的小伙子。"

## - 24 -

整个夏天，我的那本书都卖得很好，我到意大利各处去做宣传。现在，我学会了用一种旁观者的语气来捍卫它，有时候会让那些最有侵略性的听众很震惊。我时不时会想起吉耀拉跟我说的话，我把她的话和我的话混合在一起，试图让那些读者心服口服。

九月初的时候，彼得罗移居到了佛罗伦萨，住在距离火车站不远的一家小宾馆里。他开始找房子。他找到了一套出租的小房子，在卡尔米内圣母区那里，我马上就跑去看。那套房子有两个房间，光线不好，而且保养状况很糟糕，厨房很小，厕所没有窗子。以前，我在莉拉的新房子里学习时，她经常让我躺在她干净的大浴盆里，洗着温暖的泡泡浴，而佛罗伦萨这套房子的浴盆则残破不堪，而且有些发黄，是那种需要坐着洗澡的浴盆。但我忍住了我的不悦，我说这房子可以。彼得罗要开始上课了，他要工作，不能再浪费时间。无论如何，相对于我父母的房子，这简直就是王宫。

但是，就在彼得罗要签租房合同时，阿黛尔露面了，她不像我那么羞怯。她说那个房子简直太糟糕了，对于两个大部分时间都关在家里工作的人来说，太不合适了。于是，她做了本该由他儿子做的一件事。她拿起电话，动员她在佛罗伦萨的熟人——都是一些有权有势的人，帮着找房子，也不顾彼得罗的反对。没过多久，她就在圣尼古拉区找到了一套房子，有五个明亮的房间，一个大厨房，一个体面的洗手间，因为一个熟人的照顾，房租非常便宜。但她还不满意，她还自己掏钱，让这个地方变得更好，她帮助我装修了房子。她列了一个单子，提出建议，引导我，但我马上就察觉到，她不信任我的顺从，也不相信我的品味。假如我说是，她就想搞清楚我是不是真的同意；假如我说不，她就会一直问我，直到我改变主意。通常，我总是听她的；另一方面，我很少提出自己的观点，总是很顺从地跟在她后面，这并不是较劲，相反，我努力地向她学习，我受她的影响，包括说话的节奏、动作、发型、衣服、鞋子、别针、项链，总是很漂亮的耳环。她很喜欢我这种乖学生的态度，她说服我剪了短发。她让我去买了一些和她的衣服风格类似的服装，那是一家非常昂贵的店铺，但那时候在打折。她送给我一双她很喜欢的鞋子，她说她也很想买一双，但已经过了那个年纪，她甚至带我去看她认识的牙医。

阿黛尔觉得那套房子还需要整修，同时彼得罗总是很忙，我们的婚礼就从秋季推到了春天，这使得我母亲借机就问我要钱。我尽量避免和她产生矛盾，我向她表示，我没有忘记自己的娘家和出身。家里的电话装好了之后，我让人粉刷了厨房和走廊，还在餐厅墙上贴上了酒红色的墙纸，我给埃莉莎买了一件大衣，我分期付款买了一台电视机。后来，我也给自己送了一个礼物——我注册了驾驶学校，很容易就通过了考试，我拿到了驾照。但我母亲很不以为然，她说：

“你喜欢浪费钱？你没有汽车，要驾照做什么？”

“车下一步再说。”

“你想买汽车，嗯？你到底存了多少钱？”

“那不关你的事儿。”

彼得罗有汽车，我结婚后可以开他的车子。当他开车到那不勒斯，带着他父母来认识我的父母时，他让我开着他的车在新旧城区都转了一下。我坐在方向盘前，经过大路、小学、图书馆，我一路向前开，开到了莉拉结婚时住的房子，最后我开了回去，把车停在小花园那里。这次开车的体验，是那次会面我记住的唯一有趣的事。那个下午的其余时间都非常糟糕，我们吃了一顿无比漫长的晚餐。我和彼得罗都想尽一切办法，拉近两个家庭的距离，让他们自在一些。他们来自那么不同的两个世界，中间冷场的时间很长。当艾罗塔夫妇离开时，他们打包了很多剩菜，都是我母亲点的。我忽然间觉得我错了，我来自这个家庭，彼得罗来自另一个家庭，每个人都受自己祖先的影响。我们的婚姻会怎么样呢？等待我的是什么样的生活？我们会求同存异、战胜问题吗？我还能不能再写一本小说？什么时候写？关于什么？彼得罗会不会支持我？阿黛尔呢？马丽娅罗莎呢？

有一天晚上，我脑子里想着这些事情时，听见有人在外面叫我。我跑到窗前，我马上听出那是帕斯卡莱·佩卢索的声音。我发现他不是一个人来的，他是和恩佐一起来的。我马上变得很警觉。这个时候，恩佐不应该在圣约翰·特杜奇奥吗？和莉拉还有詹纳罗一起在家里？

“你能下来一下吗？”帕斯卡莱对我喊道。

“发生了什么事儿？”

“莉娜病了，她想见你。”

我马上来！我说，我一下子冲下了楼梯，尽管我母亲在我身后大喊：“都这个时候了，你去哪儿？回来！”

## - 25 -

我已经很长时间没见到帕斯卡莱和恩佐了，但他们一来就开门见山地说，他们是为了莉拉才来找我的，并马上就谈起了她的情况。帕斯卡莱留了切格瓦拉风格的胡子，我觉得这使他看起来好看一些了。他的眼睛看起来更大，更聚光了，浓密的胡子盖住了他的坏牙，即使是笑的时候也看不见。恩佐一点儿也没有变，他还是默不作声，很专注。只有当他们一起在帕斯卡莱的破汽车里抽烟时，我才意识到，看到他们在一起是一件多么让人惊异的事儿。我还以为，整个城区没有人会和莉拉还有恩佐来往。但现在我看到事情并非如此：帕斯卡莱还去他们家，他还陪着恩佐来找到我，莉拉让他们一起来找我。

恩佐言简意赅地跟我说了发生的事情：帕斯卡莱在圣约翰·特杜奇奥附近的一个工地干完活儿之后，本想去他们家吃饭，莉拉通常下午四点半从工厂回来，但当恩佐和帕斯卡莱在七点回到家里时，还没看到她的影子。家里空荡荡的，詹纳罗还在邻居家。他们俩就开始做饭，恩佐让孩子先吃了。莉拉晚上九点才回到家里，她的脸色非常苍白，神情非常焦躁。恩佐和帕斯卡莱问她怎么了，她也不说。她说的唯一一句话，是带着恐惧说的："我的指甲要掉了。"恩佐拿起她的手看了看，她说的并不是真的，她的指甲好好的。这时候，她非常气愤，就把自己和詹纳罗一起关在房间里。过了一会儿，她叫喊着，让他们去老城区看看我在不在，她有非常紧急的事要跟我说。

我问恩佐：

"你们吵架了吗？"

"没有。"

"她不舒服吗，上班时受伤了吗？"

"我觉得没有，我不知道。"

帕斯卡莱跟我说：

"你现在不要着急。我们要不要打个赌，莉娜一看见你，马上就会平静下来？我们能找到你，真是太高兴了。你现在已经是一个重要人物了，你一定很忙，有很多事儿。"

我客气了一番，他提到了《团结报》上面的那篇旧文章，恩佐也点点头，说他也看了。

“莉拉也看了。”他说。

“她说什么？”

“她对那张照片很满意。”

“然而，”帕斯卡莱嘟囔了一句，“他们让人觉得，你还是大学生。你应该写一封信给报纸，跟他们说你已经毕业了。”

他抱怨说，现在《团结报》给学生运动的空间很大，恩佐也表示同意。他们说的话，跟我在米兰听到的差不多，只是用词要粗糙一些。很明显，虽然我是他们的朋友，但我的照片刊登在了《团结报》上，他们想跟我谈论一个适合我的水平的问题，尤其是帕斯卡莱。也许他们说这些是为了打消他们的不安，还有我的忧虑。

我听他们说话，我马上明白，他们的关系因为政治热情而变得坚固，他们上完班经常见面，一起去参加意大利共产党员的聚会，或者其他会议。我听他们说话，有时候出于礼貌也说两句，他们也会回应我，但我没法摆脱我的担忧，莉拉总是那么坚强，但不知道被什么事情折磨崩溃了。我们去圣约翰·特杜奇奥的路上，他们好像为我感到骄傲，尤其是帕斯卡莱，我说的每个字他都在听，而且他还经常通过后视镜看我的反应。尽管他还是用那种权威的语气说话——他是城区的共产党支部书记——实际上，他希望得到我的认可，来增强自己的底气。这也是真的，获得了我的认可之后，他就跟我说，他和恩佐以及其他人要面对的党内冲突，他说，有的人就好像狗腿子——他皱着眉头，用手拍着方向盘——他们等着阿尔多·莫罗一个呼哨，就会跟随他去，而不是打破僵局，直接开始斗争。

“你是怎么想的？”他问。

“的确是这样。”我说。

“你很棒！”他用庄严的语气赞美了我，我们走上了一道脏兮兮的楼梯，“你以前很出色，现在也一样。是不是，恩佐？”

恩佐点了点头，但我明白，每上一级台阶，他对莉拉的担忧都在增加，我也感觉到同样的担忧，他觉得，说这些闲话让他很愧疚。他打开门，大声说我们回来了，然后他指着一道门，透过门上的毛玻璃，屋内透出暗淡的光。我轻轻地敲了一下门，走了进去。

## - 26 -

莉拉躺在一张行军床上，身上穿着所有衣服，詹纳罗睡在她旁边。进来吧，她对我说，我就知道你会来，过来亲我一下。我亲了一下她的脸颊，我坐在了旁边一张空床上，那应该是她儿子的床。我上次见她是什么时候？已经过去了多长时间？我看到她更加消瘦，更加苍白了，她眼睛很红，鼻梁有些脱皮，修长的手指上有很多伤口。为了不吵醒孩子，她的声音很低，她几乎刻不容缓地对我说：“我在报纸上看到你了，你看起来真精神，头发很漂亮。我知道你做的一切事情，我知道你要结婚了，他是一个教授。你要去佛罗伦萨生活，很好！很抱歉，让你这个时候来这里，我的脑子现在不听我使唤了，就像要从墙上脱落的墙纸，你能来这里真好。”

“发生了什么事？”我问她，我抚摸了一下她的一只手。

仅仅这个问题、这个动作，她就瞪大了眼睛，开始喘息，很快把手抽了出去。

"我病了，"她说，"你等一下，不要害怕，我会平静下来的。"

她呼吸平稳了。她开始轻轻地，几乎是一字一句地说：

"莱农，我麻烦你来，是想要你要答应我一件事情，因为我只信任你。假如我出什么事儿的话，假如我进医院，假如他们把我送到了疯人院，假如我失踪了，你要收留詹纳罗，你要带着他，让他生活在你家里。恩佐是个好人，也很出色，我信任他，但孩子的事只能委托给你，你能给孩子他不能给予的。"

"为什么这么说？你怎么了？你如果不跟我解释，我怎么能明白。"

"你先答应我。"

"好吧。"

她又变得很激动，让我很害怕。

"不，你不应该只对我说：'好吧。'你现在应该对我说，你会带着孩子。假如你需要钱，你可以去找尼诺，你跟他说，他应该会帮助你。但你要答应我，你要自己抚养他。"

我有些不敢相信地看着她，答应了她。我承诺了之后，整个晚上，我都在听她说话。

## - 27 -

也许，这是我最后一次非常详细地讲述莉拉的故事，后来，她变得越来越飘忽，难以捕捉。我没有太多资料，因为我们过着截然不同的生活，也因为我们距离太远。尽管如此，当我在别的城市生活，我们基本上没有见面，她也不告诉我她的情况，我尽量克制自己不去问她。她的影子刺激着我，有时候让我觉得沮丧，让我泄气，有时候又让我充满自豪，但从来都不让我安宁。

现在，在我叙述这些事情时，这种刺激对于我还是很必要的。我希望她在场，这也是我写作的目的。我希望她来删除，来补充，我想和她一起，投入地写我们的故事，按照她的灵感，她知道的、她说的，或者她想的来写：她面对法西斯分子吉诺的情景；她遇到加利亚尼老师的女儿娜迪雅时的情景；她从维托里奥·埃曼努埃莱大街回家的情景，她感觉自己与那里的环境格格不入；还有她冷酷地回顾自己的性经验，我在听到她那些讲述时的尴尬和痛苦；还有在她漫长的讲述中，我说的极少几句话，以及我之后想到的事情。

## - 28 -

《蓝色仙女》变成了灰烬，在院子中的篝火上方飞扬，莉拉回去干活了。我不知道，我们这次会面给她带来了什么样的冲击。在接下来的几天里，她一定会觉得很不幸福，但她能控制自己，没有想这是为什么。她已经懂得了一个道理：追根究底会让她痛苦。她等着这种不幸福变成了一种坏心情，然后再转变成忧郁。她还是每天忙碌：照顾詹纳罗，整理床铺，打扫卫生，洗孩子的、恩佐的还有她自己的衣服，给他们三个人做饭，细心嘱托后，把孩子留给邻居，然后跑到工厂里上班，忍受辛苦和压榨，回来照顾她儿子，还有和儿子一起玩的几个孩子，负责做晚饭，三个人一起吃完饭，在恩佐收拾餐桌、洗碗时，她去哄詹纳罗睡觉，然后回到厨房里，帮助恩佐学习——这是他非常在意的一件事情，尽管很累，但莉拉不会拒绝和他一起学习。

她在恩佐身上看到了什么呢？总的来说，我觉得，那是她在斯特凡诺和尼诺的身上也想看到的东西；就是把所有事情理顺，列入正轨的一种方法。但结果如何呢？当那个金钱构建的屏风倾塌，斯特凡诺露出了他的本来面目，他是一个没有内涵的危险人物；而尼诺呢，那个知识构建的屏风倒塌，他变成了一股痛苦的烟云；现在她觉得，恩佐不会做出什么让她受到惊吓的事情。因为一种莫名的原因，她一直对这个她在小学时代就很尊重的男生带有敬意，他现在长成了一个非常沉稳结实的男人，每个动作都那么坚定，面对世界那么坚定，对她是那么温顺，这让她排除了他会忽然变脸的可能。

当然，他们还不在一起睡觉，莉拉还是没法接受。他们每个人关在自己的房间里，她听到他在隔壁走动的声音，等到他的动静慢慢平息下来，就只剩下街道、楼里和房子里的声音。尽管很累，但她很难入睡。在黑暗之中，所有不幸福的原因都集中在詹纳罗身上，出于慎重，她一直不想面对这个问题。她想：这个孩子会变成什么样子？她想：我再也不能叫他小名里诺奇奥了，这样很容易使他说方言。她想，假如我想避免他和其他孩子玩耍时被带坏，我应该也帮助其他孩子。她想，我没有时间，我自己跟之前也不一样了，我从来都不提笔写字了，也不读书了。

有时候，她觉得胸口很闷，像压了一块大石头，这让她很警觉，会在半夜时打开灯，看着沉睡的儿子。从儿子的脸上，现在看不出尼诺的痕迹，倒是让她想起了她哥哥。詹纳罗小时候喜欢跟着妈妈，现在他很焦躁，也很让人厌烦，经常大喊大叫，想跑出去玩儿，话也不好好说。我很爱他——莉拉反思着——但我爱他这个样子吗？这是一个非常糟糕的问题。尽管她的邻居说詹纳罗非常聪明，但她越是仔细看着儿子，越是觉得他不是自己希望的那个样子。她感觉她非常投入地教育儿子的那些年，没有起到作用。一个人在童年受到的教育可以影响他一辈子——现在她觉得，这根本是一句假话。需要持之以恒，但詹纳罗没有长性，她自己也没长性。她想，我的脑子经常不听使唤，我本身有问题，孩子也有问题。然后，她为自己的想法感到羞愧，她低声对着睡着的孩子说："你很棒，你已经能认字写字了，已经会做加减法了，你母亲是一个笨蛋，她永远也不知足。"她会吻一吻孩子的前额，关上灯。

但她还是无法入睡，尤其是有时候恩佐晚上回来晚了，他会直接去睡觉，没有叫她一起学习。在这种情况下，莉拉想象他可能去找了妓女，或者他有一个情人——一个和他一起在工厂工作的女工，或者是和他一起政治学习的女人。男人们都是这样，她想，至少我认识的男人都是这样，他们要不停地做爱，不这样的话，他们就不会幸福，我觉得恩佐也是一样，为什么他会不一样呢？再说，是我把他推开的，我让他一个人睡在床上，我还能期待什么呢？莉拉只是害怕他爱上别人，就会把她赶走，她并不担心自己流离失所，有了在肉食厂的工作，让她觉得自己很强大，让她惊异的是，现在她感觉自己要比嫁给斯特凡诺时更强大，那时候她非常有钱，但事事要依赖着他。她最害怕的是失去恩佐对她的关爱，对她的关注，还有他身上散发出的那种让人镇静的力量——就是尼诺离开她之后，还有面对斯特凡诺时，他来拯救她时表现出来的力量。再加上他们现在的生活状况，他是唯一一个相信她、坚持认为她有过人能力的人。

"你知道这是什么意思吗？"

“不知道。”

“你仔细看看。”

“这是德语，恩佐，我不懂德语。”

“但如果你仔细看看，过会儿你就懂了。”他一半开玩笑，一半是认真地说。

恩佐付出了巨大的努力才得到了现在的文凭，他认为，尽管莉拉只上到了小学五年级，但她要比自己聪明得多，他觉得莉拉有一种神奇的能力，可以迅速学会任何东西。实际上，根据手头上很少的一些资料，他就确信，电子计算机的程序语言蕴含着人类的未来，首先掌握这种语言的精英，也会成为这个世界中非常重要的人物。他马上就对莉拉说。

“你帮帮我。”

“我很累。”

“我们现在的生活很糟糕，莉娜，我们要想办法改变。”

“我觉得现在很好。”

“孩子整天都和别人在一起。”

“他已经长大了，他不能一直生活在玻璃罩子下面。”

“你看看你的手成了什么样子了。”

“这是我的手，我想怎样就怎样。”

“我想多赚一些钱，为了你，也为了詹纳罗。”

“你管好你自己，我考虑我的事儿。”

莉拉通常都是很简洁地回绝。恩佐注册了一个函授课程——对于他们的收入来说，学费是非常大的一笔钱，他定期要把一些测验的答卷，发到苏黎世的一个国际数据处理中心，他们修改好之后再发回来——渐渐地，恩佐说服了莉拉和他一起学习，她也努力跟着他学。但她现在的表现，和之前在尼诺跟前完全不一样；之前她是尽一切努力，想展示出她在各个方面都可以帮到尼诺；但是莉拉和恩佐一起学习时，她很平静，并没有尝试超越他。晚上，他们一起学习的几个小时，对于他来说是刻苦用功，对莉拉来说却起到了镇静作用。也许是因为这个原因，当恩佐回来晚了，很少的几次不需要她帮忙时，莉拉就会睡不着，她在焦虑不安中听着洗手间的水声，她想象着，恩佐想从身上洗去他的情人们留下的痕迹。

## - 29 -

她马上就明白，在工厂里，过度的劳累使人们不想在自己家里和妻子或丈夫做爱，因为他们回到家时已经筋疲力尽，没有欲望了，但在工厂，在工作的地方，他们早上或者下午都会想干。男人会利用一切机会，伸出手来占你便宜，他们会利用经过你身边的机会，向你求欢；而那些女人，尤其是上了年纪的女人，她们会笑着，用丰满的胸脯蹭着那些男人，他们会相爱，性爱会成为一种缓解辛劳和厌倦的调剂，让人感受到一种真实的生活。

从刚开始上班的几天，那些男性就和莉拉套近乎，他们走得很近，就像要闻她的味道一样。莉拉会推开他们，那些男人会笑起来，会唱着有色情意味的小曲儿离开。有一天早上，她想坚决表明自己的立场，她几乎快把一个男人的耳朵撕下来，因为他经过她身边时，说了一句很过分的话，而且在她脖子上狠狠亲了一下。那是一个四十多岁，看起来很健壮的男人，名字叫做艾多，爱讲荤段子，对每个女人都很黏糊。莉拉一下用手捏住了他的耳朵，用尽全力向下扯，指甲嵌进了他的肉里，尽管那男人在大喊，在躲避她的拳打脚踢，但她还是不放手。发生这事情之后，她怒不可遏，跑到布鲁诺·索卡沃跟前去抗议。

自从布鲁诺雇用了莉拉之后，莉拉很少看见他，每次都匆匆忙忙的，并没有太留心他。那次，她有机会仔细地观察他，布鲁诺当时站在写字台后面，他还特意地站起身来，就像一位绅士看到有一位女士进入到房间里的表现。莉拉感到非常惊异：布鲁诺·索卡沃的脸是肿的，眼睛因为臃肿而显得浑浊，胸脯也很肥壮，尤其是他的脸色，那是一种像岩浆一样的鲜红，在漆黑的头发和狼一样的白牙衬托下，显得很突兀。她心想：眼前的这个人和之前尼诺那个学习法律的同学有什么共同之处？她感觉伊斯基亚的时光和香肠厂之间没有连贯性：布鲁诺从一个空间跳跃到另一个空间，这两者之间是一片空旷。也许是因为他父亲最近生病了，整个公司的重担（有人说是债务）忽然落到了他的肩膀上，他现在被毁掉了。

她对布鲁诺说了自己遇到的问题，布鲁诺笑了起来。

“莉娜，”他提醒说，“我帮了你一个忙，拜托你不要给我惹事儿。这里大家都很辛苦，你不要总是全副武装，浑身都是刺儿，人们时不时需要消遣一下，不然会滋事儿的。”

“你们之间消遣吧，别惹我。”

他饶有兴趣地看了莉拉一眼：

“我之前觉得你喜欢开玩笑。”

“那是我想开玩笑的时候。”

莉拉不客气的话让布鲁诺的语气也变了。他变得很严肃，眼睛没有看着莉拉，说：“你还是老样子，在伊斯基亚时，你多美啊。”然后，他指着门说：“你去干活吧，去吧。”

但从那时候开始，每次布鲁诺在工厂里遇到她时，都会当着所有人的面，说她几句好话，意思是：她在年轻的老板的眷顾之下，你们最好别招惹她。在一天下午，这件事情好像得到了证实，在刚刚吃完中午饭的时候，一个叫特蕾莎的大胖女人拦住她，阴阳怪气地对她说："请你去风干室一趟。"莉拉来到了那个风干香肠的大房间，那是一个四方形的房间，在发黄的灯光下，天花板上挂满了香肠。她在那里看到了布鲁诺，表面上，他在那儿检查香肠，但实际上他想聊天。

他在房间里走来走去，这里摸摸，那儿嗅嗅，一脸很在行的样子。他询问了她嫂子皮诺奇娅的消息，这让莉拉很烦。他看都没看她一眼，一直在那儿查看腊肠，他说："她对你哥哥一直都不满意，那年夏天，她爱上了我，就像你爱上了尼诺。"然后他向前走了一步，背对着她，继续说："她让我发现，怀孕的女人很喜欢做爱。"说完，他没有给她评论、讽刺或者生气的机会，他停在了房间的中央说，从小这个工厂的所有一切都让他恶心，但在风干室里，他一直感觉很好，很满意，产品在这里会变得完美，散发着诱人的气息，已经准备好上市了。他说："你看看，摸摸。这些香肠很紧致，也很硬。你闻闻这味道，有点像男人和女人抱在一起，互相抚摸的味道。你喜欢吗？你不知道，从小我把多少女人带到这里。"说到这里，他一下子就抱住了莉拉的腰，嘴唇顺着她的脖子向下滑，同时还抚摸着她的屁股，就好像有一百只手在她的围裙上下翻动，动作非常迅速焦灼，那是一种没有乐趣的探测，一种纯粹的侵犯。

对于莉拉来说，这里的每样东西，包括香肠的味道，都让她想起了斯特凡诺的暴戾。有几秒钟，她感到很懵，她害怕被杀死。但她很快就回过神来，她一边气急败坏地袭击了他的脸，还有双腿之间，一边叫喊："你这坨狗屎！你下面什么也没有！你过来，掏出来看看，看我敢不敢给你揪下来，你这个混蛋！"

布鲁诺放开她，向后退了几步。他摸了一下流血的嘴唇，很尴尬地讪笑了一下，嘟囔了一句："对不起，我还以为，你会对我有点儿感激之情呢。"莉拉对着他叫喊道："你是想说，我应该有所表示，否则的话，你会解雇我，是不是这样？"他又笑了，摇了摇头说："不是的，假如你不愿意，那就算了，我已经向你道歉了，我还要怎么做？"但她当时气疯了，只有在这时候，她才感受到他的手在她身上留下的感觉，她知道，那种恶心的感觉很难消除，不是用肥皂就可以去掉的。她走到门口，对他说："这次算你走运，但是不管你开不开除我，你碰了我，这事儿我会记着。"她出去时，布鲁诺小声嘀咕说："我到底把你怎么了？我什么都没有做，你过来，假如这是问题所在，那我们好好谈谈。"

她马上回到了自己的工位。那时候，她在热水池的蒸汽中间干活，是一份辅助性的工作，就是要保持地板干燥，但她常常劳而无获。艾多，就是那个耳朵差点儿被扯下来的工人，用一种好奇的目光看着她。她从储存室回来时，所有男女工人的目光都落在了她身上。莉拉谁的脸都没看，她拿起一块抹布，摔在地板砖上，开始擦地，地上全是水。她声音很大，一字一句地说："我们看看，还有哪个婊子养的还想试。"她的那些工友都在埋头干活。

有好几天时间，她都等着被解雇，但没人通知她。有几次，她遇到布鲁诺，他做出一个客气的微笑，而她冷冰冰地点个头。因此，除了那双小短手摸她带来的恶心的感觉，还有一阵阵仇恨，没有别的后果。但那些工头看着莉拉还是那副高傲的样子，谁的脸色都不看，他们忽然态度大变，开始折磨起她来，不停地给她换工种，让她工作到筋疲力尽，而且常常对她恶语相向，这意味着，他们获得了老板的默许。

但是，她没跟恩佐说那只差点儿被撕下来的耳朵、布鲁诺的侵犯，还有每天遭受的欺负和辛苦。假如他问起肉食厂的情况，她总是用带着嘲讽的语气回答说："你为什么不说说你干活的地方的情况？"这时候，他默不作声了。莉拉会开他玩笑，然后他们会一起做函授课程的练习。他们都在逃避问题，这有几个方面的原因，最主要的是避免考虑未来，考虑这些问题：他们俩到底是什么关系？为什么他会照顾她，还有詹纳罗？为什么她要接受他这么做？为什么他们在一个屋檐下生活了那么久，恩佐还是每天晚上枉然等着她来找他？他在床上辗转反侧，借口去厨房喝水，看一眼她房门上的玻璃，想看看她的灯有没有关掉，想要看看她的身影。他们一声不吭，都在试探——如果他敲门，我就让他进来——他的迟疑，她的犹豫。最后，他们都更愿意把脑子用在那些模式和练习本上，就好像这是一种体育锻炼。

"我们做一个开门的模式。"莉拉说。

"我们做一个领带结的模式。"恩佐说。

"我们做一个我给詹纳罗绑鞋带的模式。"莉拉说。

"我们做一个用咖啡壶煮咖啡的模式。"恩佐说。

从简单的事情到复杂的事情，尽管苏黎世的测试不会考察这些问题，他们为完成这些日常生活的模式绞尽脑汁。并不是因为恩佐想做这些，而是像通常一样，莉拉开始进行大胆尝试，每天晚上，她都会比之前更加活跃。尽管晚上家里很冷，但她充满狂热，这些练习把围绕着她的悲惨世界简化为 0 和 1。她好像要寻求一种抽象的简洁——抽象中的抽象，她希望能获取一种让人欣慰的正解。

“我们要让工厂模式化。”她有一天晚上提议说。

“工厂的每道工序？”他有些不安地问。

“是的。”

他看着莉拉说：

“我们从你的工厂开始。”

她做了一个厌烦的表情，嘟囔了一句晚安，然后回自己房间了。

## - 30 -

莉拉和恩佐之间的关系已经很不稳定了，帕斯卡莱出现后，他们的关系又发生了变化。帕斯卡莱在这附近一个工地上干活，他来圣约翰·特杜奇奥参加一个意大利共产党的会议。非常偶然的一个机会，他和恩佐在路上碰到了，他们马上就恢复了之前的关系，他们谈起了政治，都表现出很不满。刚开始，恩佐说话很小心，但让人惊异的是，尽管帕斯卡莱在城区里已经有了一个重要的职务，但他肆无忌惮地抨击自己的政党，他说到了修正主义，还有工会。他们俩又成为了哥们儿，莉拉回家吃饭时，看到帕斯卡莱在，不得不给他也弄点儿吃的。

那天晚上，开始就不怎么好，她感觉自己被帕斯卡莱审视着，她很努力地控制自己才没有生气。帕斯卡莱想干什么，窥探她？然后告诉城区的人她的生活。他有什么权力审判她？他没有说一句友好的话，没有告诉她家里、农奇亚、她哥哥里诺，还有费尔南多的近况。他的目光，有点儿像工厂里那些男人的目光，带有评估和掂量的意思，假如她觉察到了，他会把目光转向一边。帕斯卡莱一定觉得她变丑了，他一定在想：我当时是怎么想的，我小时候怎么会爱上这个女人，我真是个笨蛋。但毫无疑问，他一定觉得，莉拉是一个非常糟糕的母亲，因为她原本可以在肉食店老板卡拉奇家的富裕环境里，抚养孩子长大，但她却把孩子带到了这个破地方。后来，莉拉叹了一口气，她对恩佐说："你收拾收拾桌子吧，我去睡觉了。"但这时候，让人惊异的是，帕斯卡莱用一种在重要场合才会用到的语气，有些激动地说："莉娜，你去睡觉前，我有一件事情想告诉你：在这个世界上，没有任何女人像你一样，你的生活充满力量，假如世界上所有人都有这种力量，那我们这个世界，早就发生了变化。"他就是通过这种方式打破了僵局，他告诉莉拉，费尔南多又开始给人缝鞋底了，里诺彻底成了斯特凡诺的负担，他不停地向斯特凡诺要钱，人们很少看见农奇亚，因为她很少出门。他最后强调说："但你做得对，整个城区，没有人像你能这样，让卡拉奇和索拉拉家颜面扫地，我站在你这边"。

那天晚上之后，他们经常见面，这对莉拉和恩佐的函授课程影响很大。帕斯卡莱会在晚饭时间，带四个热披萨到家里。他通常扮演这样一个角色：就好像他很清楚资本主义世界和反资本主义世界的运作方式。他们之间的友谊更进一步加深了。很明显，他没什么感情生活，他的妹妹卡门刚刚找到男朋友，没时间照顾他。他用一种充满怒火的积极态度来对抗孤独，这是莉拉喜欢的态度，这也让她感到好奇。在工地上干一天活之后，尽管已经筋疲力尽了，他还是会负责工会的事情，去往美国领馆门上甩血红色的油漆，他会站在最前面，和那些法西斯分子动手，他会参加工人和学生的大会，和学生非常热烈地争吵。更不用说意大利共产党的工作：他从自己的角度，提出了很多批评，这让他随时都可能会失去支部书记的位子。他和恩佐、莉拉会畅所欲言，他会把个人情感和政治混合起来。他抱怨说：“你们知道，我们城区现在谁是新法西斯党的头儿？是药剂师的儿子吉诺——米凯莱·索拉拉的傻仆人。难道我要看着法西斯分子在我的城区抬头？”他非常激动地说：“我的父亲，他把自己的一切都献给了组织，为了什么：为了这种掺水的反法西斯主义？为了我们今天得到的狗屎局面？”帕斯卡莱生气地说，那个可怜的男人被冤枉了，他被关进了牢里，他是无辜的，堂·阿奇勒不是他杀死的，是党放弃他了。他是一个了不起的党员，他参加过“那不勒斯四日”[①]的斗争，在圣人桥上斗争过，在战后，他在城区里要比任何人更显眼、无畏。朱塞平娜——他的母亲，有人支持过她吗？帮助过她吗？当帕斯卡莱提到母亲时，他把詹纳罗放在膝盖上，问：“看看你妈妈多美，你爱她吗？”

莉拉听着这些，有时候，她觉得自己当时应该答应这个小伙子，他是第一个发现她的。她不应该把目标对准斯特凡诺，还有他的钱，也不应该为了尼诺，陷入这样一个困境，而是应该保持自己的位子，保持头脑冷静，不被虚荣心冲昏了头脑。但其他时候，帕斯卡莱的抨击，使她感觉自己又一次回到了童年，被城区的残酷、堂·阿奇勒还有他被杀的事实所包围，她从小就经常讲述这件事情，充满了各种细节，现在她觉得自己好像当时在场一样。这时候，她想起了帕斯卡莱的父亲被抓时的情景，木匠的叫喊，还有

---

① 那不勒斯四日，指的是 1943 年 9 月 27 日至 30 日之间，在那不勒斯发生的反抗德军侵略的大规模起义。

他的妻子、女儿卡门。她一点儿也不喜欢当时的情景，那些真实的记忆混合着虚假的记忆，她看到了暴力和鲜血。这让她觉得很不自在，她醒悟过来了，她从帕斯卡莱的怨气里抽身而出，为了平静下来，就把话题引到了他全家人一起过圣诞节和复活节，还有他妈妈朱塞平娜的好厨艺。这时候，他很快意识到，莉拉也像他一样，缺乏家人的关怀。后来有一次，他事先没打招呼就出现了，兴高采烈地对她说："你看看，我把谁给你带来了。"他把农奇亚带来了。

母亲和女儿抱在了一起，农奇亚哭了很久，她给詹纳罗带了一个布缝的匹诺曹。对于母亲的出现，莉拉刚开始表现得很高兴，但是当农齐亚开始批评女儿做出的选择，莉拉就跟她说："妈，要么我们就当什么事儿也没发生过，要么你就回去吧。"农奇亚生气了，就去和孩子玩去了，就好像真的是和小孩在说话，她有好几次都说："你妈妈要去干活，在工厂卖命，可怜的孩子，谁看你啊？"这时候，帕斯卡莱明白，自己做了一件蠢事儿，他说时间晚了，要走了。农奇亚站起身来，她对着女儿，用带着威胁和恳求的语气抱怨说："你之前让我们过着阔人的生活，现在你把我们毁了。你哥哥觉得自己被抛弃了，他现在再也不想看到你，你父亲就当没有生过你这个女儿。莉拉，求求你了，我不是说你要和你丈夫和好，这也已经不可能了，但你至少要和索拉拉说清楚，因为你的缘故，他们兄弟俩把一切都收回去了，现在你父亲、里诺，我们赛鲁罗全家人又什么都不是了。"

莉拉在那里听她说着这些，最后几乎是把母亲推出家门的。她说："妈，你最好不要再来了。"她对帕斯卡莱也说了同样的话。

# - 31 -

莉拉有太多问题要面对：对詹纳罗的愧疚，对恩佐的愧疚感，上班的辛苦，加班，布鲁诺的猥亵，娘家人又开始对她施压。帕斯卡莱的出现并没有起到什么作用，却很烦人，莉拉对他很冷淡，但他从来都不会生气，总是兴高采烈地上门来找他们，有时候会拉着莉拉、詹纳罗还有恩佐一起去吃披萨，有时候会用车子载着他们到阿杰罗拉去，让孩子呼吸新鲜空气。但他最大的目的是想把莉拉拉进自己的组织。他促使莉拉注册了工会会员，尽管她并不想，但她最后注册了，只是为了让布鲁诺·索卡沃不舒服。他给莉拉带来了各种类型的册子，里面的内容很清楚，也很简要，都是关于薪水的问题、工人和老板之间的协商、薪水的构成等等，他知道有些册子，即使他一眼都不会看，但莉拉迟早会读的。他拉着莉拉、恩佐还有孩子去了基亚亚海岸，那里有一场反对越南战争的游行，游行最后演变成了一场斗殴：法西斯分子在挑衅，和警察发生了冲撞，石头乱飞，帕斯卡莱动手打人，莉拉在骂人，恩佐也开始懊悔他们把孩子带到那个乱七八糟的地方。

那个阶段发生了两件事情，对于莉拉来说尤其重要。有一次，帕斯卡莱坚持要她来听一个意大利共产党的要人的报告。莉拉接受了邀请，她很好奇，但她没怎么听那人的报告——基本讲的是党和工人阶级的事儿——因为这位女党员迟到了，等她终于到了，那场会议开始了，詹纳罗吵闹不已，她不得不哄孩子，她一会儿来到街上和他玩儿，一会儿把他带进去，进进出出好几次。但她偶然听的那几句，就足以让她明白，这个女人和她的听众——那些工人阶级还有小资产阶级是多么不同。因此，当她意识到帕斯卡莱、恩佐还有其他几个人对于这个做报告的人很不满意，她觉得他们不应该这样，他们应该对这个有文化的女士感到感激，因为她来到这里，在他们身上浪费时间，是一件值得称道的事儿。随后，帕斯卡莱也发言了，但言辞充满挑衅，那个女同志非常气愤，她用颤抖的声音说："够了，现在我要走了。"莉拉喜欢这个女党员的反应，觉得她做得对，但像往常一样，她内心有各种混乱的情感。这时候，恩佐支持帕斯卡莱，他叫喊道："同志，如果没有我们的话，就不会有你，因此你还是乖乖待着，我们让你走，你再走。"这时，莉拉忽然改变了态度，她觉得自己是充满暴力的"我们"中的一员，那女人是活该。她怒气冲冲地带着孩子回到家里，那个晚上都是被孩子毁了。

那场由帕斯卡莱组织的会议，更加让人不安，他简直太积极了。莉拉去参加了，因为帕斯卡莱很在意她去，另外她也觉得，帕斯卡莱那么渴望深入探讨工人的处境，这是一件好事儿。那次会议是在那不勒斯的法院路举行的，那天晚上，他们是坐着帕斯卡莱的车子去的。他们后来爬上了一些虽然破旧，但是依然很壮观的台阶。那个地方很大，但出席的人很少。莉拉发现，她一眼就能把学生和工人区分开来，她还看到领导们很从容，普通群众结结巴巴。有一件事情让她很不愉快，她觉得那些学生很虚伪，他们做出一副平易近人的样子，说着卖弄学问的话，但翻来覆去都是这些话：我们来这里，是为了向你们学习。他们想说的是向工人学习，但实际上，他们炫耀自己拥有的关于资本、剥削、社会民主党的背叛，还有阶级斗争的知识，可以说思想过于清晰。再加上她发现，在场的少数几个姑娘，通常都沉默不语，但这时候，她们在恩佐和帕斯卡莱面前都搔首弄姿，尤其是在帕斯卡莱面前，因为他要更健谈一点儿，女孩子对他都很热情。他虽然是个工人，但他选择把自己作为无产阶级的体验，带到一个革命性的大会上。那些学生之间总是你争我吵，但当他和恩佐发言时，他们都在一个劲儿点头。恩佐像往常一样话少而精，但帕斯卡莱一直在说，用一种夹杂着方言的意大利语，讲到了他在郊区政治工作的进程，然后责问学生都干了什么，批评他们的工作不够积极。最后，帕斯卡莱忽然间就提到了莉拉，他提到了她的姓名，说她是一位共产党员，在一家小食品工厂里工作，他说了很多她的好话。

莉拉的眉头皱了起来，她眯着眼睛，她不喜欢所有人都像看珍稀动物那样看着自己。帕斯卡莱说完之后，这时候有一个女孩发言——这是在场少有的几个女性中第一个发言的人，这让莉拉更加厌烦：首先因为她说话就像在念书；其次是，她好几次提到莉拉，称她为赛鲁罗同志；第三个原因是她认识这个女孩，她是娜迪雅——加利亚尼老师的女儿，尼诺当年的小女朋友，在伊斯基亚时给尼诺写过情书的那个女孩。

刚开始，她担心娜迪雅认出她来，但这个姑娘在说话时，一直都看着她，并没有认出她来的意思。再说，她怎么可能认出莉拉呢？谁知道她参加过多少次有钱人的聚会，她脑子里面一定全是人。但在几年前，莉拉唯一拥有的那次机会，那场聚会给她留下了很深的印象。她清楚地记得：那所房子位于维托里奥·埃曼努埃莱大街上，她看到了尼诺，还有那些出身良好家庭的年轻人，那些书籍、绘画，还有她感受到的痛苦，以及那时她糟糕的处境。娜迪雅还在说话，但莉拉实在受不了了，就站起身来，和詹纳罗出去了。她内心有一种痛楚，这让她胃里在翻滚，但找不到具体的宣泄办法。

过了一会儿，她又回到了大厅里，她决定说出自己的体验，而不是表现得自己无足轻重。现在是一个鬈发小伙子在谈论意大利冶金业和按劳计酬的问题，他说得很详尽。莉拉等他说完，她无视恩佐不安的眼神，要求发言。她谈了很久，是用标准的意大利语说的，这时候詹纳罗一直在她怀里折腾。她开始说得很慢，最后声音越来越大，在周围的寂静中，也许她的声音太大了。她开玩笑说，自己一点儿也不了解什么是工人阶级，只认识她工作的地方的男女工人，她说在这些人身上，除了贫穷，绝对没有任何值得学习的地方。你们能想象吗？她问，每天八个小时，水一直漫到皮带那里，浸泡在煮大肉香肠的水里，是一种什么样的体验？在去骨头时，手上全是伤口，你们能想象吗？在零下二十度的温度中进出冰库，每小时多挣十里拉——十里拉——作为冻伤补贴，你们可以想象吗？假如你们可以想象，从这些被迫这样生活的人身上，你们觉得能学到什么东西？那些女工被工头或者其他同事摸屁股，她们也不敢吭气。假如老板的儿子有需求，你就得跟他去储藏室，这是他父亲，或者是爷爷已经开始干的，就是在上你之前，老板的儿子还会跟你发表一段激昂的演说，说香肠的味道让他有多兴奋。在工厂里，男人和女人都会被搜身，在出口的地方有个“探测器”，假如是红灯而不是绿灯亮了，意思是你身上有香肠或者肥肉肠。这个“探测器”是门卫控制的，他是老板的心腹，有时候红灯亮了，并不是因为有人偷东西，而是因为有一个漂亮腼腆的姑娘经过，门卫想骚扰一下她。这就是我工作的地方的情况，工会的人从来没能进到里面，这些工人只是一些可怜人，在老板的挟持和压迫之下卖命，老板的法律就是：我付钱给你，因此我拥有你，我拥有你的生命、你的家庭和围绕着你的一切，假如你不按照我说的做，我就会毁掉你。

刚开始，没有人吭气。最后其他几个人的发言，一直引用莉拉说的话。最后娜迪雅过来拥抱了她，说了很多恭维的话：你真美！你真棒！你说得真好！她对莉拉表示感谢，并很严肃地说："你让我了解到，我们还有多少工作要做。"尽管娜迪雅的调子很高，语气很庄重，但莉拉觉得，她还是多年之前见到的那个小女孩，那个和尼诺在一起的女孩，甚至比当时还幼稚。她和萨拉托雷的儿子当时在做什么呢？他们跳舞，聊天，相互磨蹭，接吻吗？她无法想象。当然，娜迪雅当时很漂亮，让人过目难忘。现在她的样子，好像要比当时还要清纯，那么单纯、脆弱，那么能为别人的痛苦着想，好像能够切身感受到工人的痛苦，这种感同身受，似乎令她无法承受。

"你还来吗？"

"我有孩子呢。"

"你要继续来参加活动，我们需要你。"

但莉拉很不自在地摇了摇头，她对娜迪雅重复说："我有孩子。"她用手把詹纳罗指给娜迪雅看，并对詹纳罗说："你向这位小姐问个好，告诉她，你会读书写字，你让她听听，你说话说得多好。"詹纳罗抱着莉拉的脖子，挡着了她的脸，娜迪雅在点头微笑，但莉拉并没有看到。她对娜迪雅说："我有孩子，我每天工作八个小时，还不算加班的时间，像我这种处境的人，每天一下班就想着睡觉。"最后她有些精疲力竭，她觉得她在外人面前过于暴露自己了。是的，这些都是好人，他们虽然非常了解那些抽象的东西，但可能对具体的情况并不了解。我知道——莉拉脑子里这样想着，但并没有说出来——我知道，过着富裕的生活，充满了好的意愿是怎么回事儿，而你都没法想象真正的贫穷是什么样子的。

来到街上，她的那种不舒服的感觉更强烈了。他们走向汽车时，她感到帕斯卡莱和恩佐都有些闷闷不乐，她感到自己的发言伤到他们了。帕斯卡莱很轻柔地拉着她的一只胳膊，那是他之前从来没有过的举动，他是想拉近他们之间的距离。他问道：

"你真的在那种条件下工作？"

这种身体接触让她很烦，她甩开了他的手，反问了一句：

"你是怎么工作的，你们俩是怎么工作的？"

他们没有回答，他们干活很累，这大家都心知肚明。至少恩佐会亲眼看到，在工厂里，有些女工被辛苦的工作折磨，还要遭受凌辱、承担家务，她们并不比莉拉轻松。然而现在两个男人都为她的工作处境而阴沉着脸，他们没办法容忍这一点。对这些男人，真需要隐瞒一切。他们更希望什么都不知道，他们更愿意假装在厂子里的那些老板做的事情，会奇迹般地，不会发生在自己在意的女人身上——这就是他们从小都有的思想——他们应该保护自己的女人，那是即使被杀，也不能逃避的责任。他们的沉默，让莉拉更加气愤了。

"去他妈的！"她说，"你们，还有其他人。"

他们上了车，到圣约翰·特杜奇奥，一路上也只是泛泛说了几句。帕斯卡莱的车把他们放在楼下，帕斯卡莱很严肃地对莉拉说：没什么可说的，你还是最出色的。然后，他开车回城区去了。恩佐怀里抱着睡着的孩子，脸色阴沉地嘟囔了一句：

"你为什么从来都没对我说过？有人在厂里碰你了吗？"

他们都累了，莉拉决定让他平静下来，就对他说：

"他们不敢对我怎么样。"

# - 32 -

几天之后，问题出现了。莉拉一大早来到了上班的地方，因为有很多事情要做，她手忙脚乱的，对于要发生的事情，她根本没有心理准备。天气非常冷，她已经咳嗽了好几天了，她觉得自己感冒了。在工厂门口，她看到了几个男孩，可能是逃学的学生，其中有一个很亲切地跟她打了个招呼，并给了她一份油印的册子，而不是像之前那样，只是给她一张传单。莉拉在法院路上的党代表大会上见过他，她也跟那个男孩打了个招呼，目光有些忐忑。她把那个宣传册放在大衣口袋里，她经过门卫菲利普面前时，看都没看他一眼。这时候菲利普对着她喊："哎！你至少要打个招呼啊，我们从来连一句'早上好'都没说过。"

她还是像之前那样拼命工作，在那个阶段她在剔骨区工作，她忘记了在门口遇到的那个男孩。吃午饭时，她带着饭盒来到了工厂的院子里，想找个角落吃，这时候菲利普一看见她，就离开了岗亭，向她走了过来。那是一个五十多岁的男人，个子不高，身子很重，他有猥亵得让人作呕的一面，但有时候也喜欢和人套近乎。最近他得了一个儿子，他很容易感动，他经常从钱包里拿出儿子的照片给大家看。莉拉看到他走了过来，以为他要展示儿子的照片，但事情并非如此。那个男人从夹克口袋里掏出了一个宣传册，用一种充满威胁的语气，恶狠狠地说：

"赛鲁！你听仔细了：假如这上面写的事儿，是你告诉那些烂人的，那你就要倒大霉了，你明白吗？"

她冷冰冰地说：

"我不懂你他妈在说什么，我要吃饭了。"

菲利普非常气愤地把宣传册甩到她脸上，说：

“你不知道，嗯？你看看就知道了。我们在这里面的人一直都非常友爱，没什么矛盾，只有像你这样的婊子，才会在外面说这些事儿。我想什么时候打开报警器就什么时候打开？我对那些女工动手动脚？我作为一家之主——一个有孩子的人，怎么会做出这种事情？你看吧，我会告诉布鲁诺老板，你会付出代价的。你这个贱人，我真想撕破你这张脸。”

说完，他转身走回了岗亭。

莉拉很镇静地吃完了午饭，她捡起了那个宣传册，看到上面的标题非常浮夸：《那不勒斯以及城郊的工人处境调查》。她翻阅了一下，看到有整整一页，写的都是索卡沃香肠厂。她在文章里看到了她在法院路上那次会议上说的每个字。

她假装什么事儿也没发生，把宣传册丢在地上，没有回头看门房，就径直走进了厂房开始工作。但是，对于那个没有事先通知她，就给她招惹了这么大麻烦的人，她充满了愤怒。娜迪雅那个小圣女，这文章一定是她写的！文字矫揉造作，语气煽情，一看就是她写的。莉拉拿着小刀，在那些冷肉上进行操作，那种让人作呕的气味让她的愤怒更加强烈。她能感觉到周围同事的敌意，男的女的都是那种态度。他们在一起工作很长时间了，他们知道自己遭到剥削，但都没人吱声。是谁揭发了这里的事儿？他们都毫无疑问地认为是她。因为她是唯一从一开始就表现出这种态度的人：可以卖命劳动，但绝不受辱。

下午，布鲁诺出现了，过了没多久，他就让人来叫她。他的脸比平时更加红，手里拿着那个宣传册。

“这是你干的吧？”

“不是。”

“告诉我实话，莉娜！外面已经有太多人在制造混乱，你也掺和进去了吗？”

“我跟你说了，不是我。”

“呵，你没有？我们这里没有任何人有这本事，也没有这么厚的脸皮，想出这些谎言。”

“可能是某个职员说的。”

“职员就更不可能了。”

“你想让我怎么办？鸟儿要唱歌，难道你让它们闭嘴？大家都说是你。”

他叹了一口气，好像真的很确信是她干的。他说：

“我给了你一份工作，你注册加入工会，我什么都没说。如果是我父亲的话，他一定会一脚把你踢出去。好吧，在风干室里，我做了一件蠢事，但我向你道歉了，你不能说我强迫了你。你现在为什么要说这些？你在报复吗？你抹黑我的工厂，你白纸黑字，说我把女工带到风干室，你疯了吗？我和那些女工吗？我真后悔帮了你。”

“帮我？我每天累死累活，你就给我那么点钱。与其说你帮我，不如说我帮你吧。”

“你看到了吗？你和那帮混蛋说话的语气一模一样，这些东西是你写的，你就承认了吧。”

“我什么都没写。”

布鲁诺撇了撇嘴，看了一下眼前的册子。她明白，他有些犹豫，不知道自己该怎么做：是用一种更强硬的语气威胁她，解雇她，还是后退一步，搞清楚还有没有其他类似这样的行动在筹备中？她拿定了主意，低声说——尽管有些不情愿，但她还是做出一副讨好的表情，强忍着他侵犯自己的那些鲜活记忆——她说了三句妥协的话：

“你要相信我。我家里有小孩。这事儿真不是我做的。”

他点了点头，有些不悦地嘟囔了一句：

“你要逼我做出什么事，你知道吗？”

“不，我不想知道。”

“我还是要告诉你。假如是你的朋友干的，你要告诉他们：如果他们要敢再来工厂前捣乱，我就会打得他们不想再来。至于你，你要小心一下：你要再扯的话，绳子会断的。”

但那一天没有就此结束，在出门的时候，当莉拉经过岗亭，报警器亮了。还是老规矩——每天门卫都会选三四个牺牲品，那些害羞的姑娘，会垂着眼睛让他摸，那些婆娘们会笑着说：“快点，想摸就摸，我要回去煮饭。”这次菲利普拦住了莉拉，天气非常冷，风很大，门卫从小房子里出来了。莉拉浑身发抖，她说：

“假如你敢碰我一根指头，要么我会亲手干掉你，要么我让人干掉你。”

菲利普脸色阴沉，他指了指岗亭旁边的一张桌子，那是一直放在那儿的。

“你把口袋里的东西拿出来，放在这上面。”

莉拉的口袋里有一根新鲜的香肠，她触摸到肠衣里软乎乎的肉。她把香肠拿了出来，忽然笑了起来说：

“你们全是狗屎，你们所有人都是一路货色。”

## - 33 -

菲利普骂她，威胁要告发她偷窃，要扣她工资，要罚款。她也回敬了菲利普。这件事情发生时，布鲁诺一直都没有出现，尽管他一直在工厂里，他的车还停在院子里。莉拉感觉到，从那时候开始，她的处境会越来越恶化。

她回到家里，比平时更加疲惫，她对詹纳罗很凶，因为孩子想留在邻居家里。她开始做晚饭。她对恩佐说，她不能和他一起学习函授课程，然后就上床睡觉了。但她的身子一直暖和不过来，她起身在睡衣上又穿了一件毛衣，她又重新躺下。这时候没有什么直接的原因，她的心一下子就跳到了嗓子眼，跳得那么厉害，让她感觉那是别人的心脏。

她以前有过这种症状，伴随着这种症状的还有其他幻觉——在十一年之后，在一九八〇年她把这种幻觉称为“界限消除”——但这一次，要比之前任何一次都要强烈。尤其是，这是第一次她单独待着，周围没有人时出现的情况，而之前出现这些症状，是因为这样或者那样的原因。她意识到，在一阵阵的恐惧之中，她其实并不是一个人，从她失控的脑子里，冒出了那天她遇到的人、听到的声音。那些人漂浮在房间里——门卫、工友、娜迪雅、大会上遇到的两个男孩、出现在风干室里的布鲁诺——就像一部无声电影那样，他们的动作都很快，报警器的红灯闪得频率也很高，包括从她手上夺过香肠、高声威胁她的菲利普，也是像被快进一样。这都是脑子的幻觉：房间里除了詹纳罗，没有别人，孩子躺在旁边的小床上，呼吸很平稳。没有其他真实的人和声音，但这并没有让她平静下来，反倒让她更加恐惧。她的心跳得那么猛烈，好像要把周围的东西震开，事物之间的紧密咬合变得松散，就连房间的墙壁也变得不再那么坚固，她的心跳猛烈地撞击着身下的床，好像会让墙上的泥灰产生裂纹，会让她的头骨松动，也许会伤到孩子。是的，也许他会像赛璐璐玩偶一样被毁坏，他的胸部、肚子和脑子都会裂开，会露出五脏六腑。她想：我应该远离他，我离他越近，就越有可能伤害他。但她想起了另一个离开她的孩子，那个从来都没在她肚子里成形的孩子——斯特凡诺的儿子，是我把那个孩子从肚子里排挤出去的，至少皮诺奇娅和吉耀拉在我背后是这么说的。也许这是真的，我故意把他从我身体里排除出去。到现在为止，我还没做成任何一件事情，为什么我要保留那些破碎的东西？但她的心跳并没有慢下来，周围的那些幻影和他们的声音都在逼迫着她。她又从床上起来，坐在床边上。她浑身都是黏糊糊的冷汗，她觉得那像冰冷的油。她把赤裸的双脚，放在詹纳罗的床边上，轻轻地向前推，想把他推开一点，但也不能离得太远：孩子在身边，她担心伤害到他。她小步走到厨房，她靠着家具，靠着墙壁，但她一直在看身后，担心地板会下陷，会把詹纳罗也卷进去。她从水龙头那里喝了一些水，用水洗了一下脸，她的心跳忽然停了，她整个人突然前倾，就像急刹车一样。

结束了，周围的事物开始又粘合在一起，她的身体也逐渐复原了，她擦干了脸。她现在在发抖，她那么疲惫，以至于她感觉周围的墙壁都在旋转，她担心自己会晕倒。她想：我应该去找恩佐，我要暖和暖和，我现在要进入他的被窝，我要从背后抱着沉睡的他，睡过去。但是她放弃了，她想到了自己脸上那个讨好的微笑，那是她对布鲁诺说话时自己做出来的表情：你要相信我。我家里有小孩。这事儿真不是我做的。虽然她觉得很恶心，但那是女性身体的自然反应——一种女性的媚态，也许是有诱惑力的。她觉得很羞耻：她既然知道索卡沃在风干室对她所做的，她怎么能做出那样的举动，说出那样的话？啊！就像柔顺的小母兽一样，依附于那些男性，这不是她想做的！不能再继续这样下去了！在过去，出于不同的目的，她做过这样的事情，有时候是在没有意识到的情况下，她和斯特凡诺、尼诺、索拉拉，或者和恩佐也出现过这种情况，但她再也不想这样下去了。她也在设想那些场景：门卫、她的工友、那些学生、索卡沃对她无法放弃的期望，她在和这些人与事的冲撞中，感到精疲力竭，已经濒临崩溃。

## - 34 -

她醒来的时候，发现自己在发烧，她吃了一些阿司匹林，依然去上班了。天还没有大亮，有一道微弱的蓝光，勾勒出周围低矮的建筑，还有长在泥潭里的草和路边的垃圾。她刚走到那段通往工厂的土路上，当她绕过那些积水潭时，她发现这次有四个学生在那里，其中两个她前一天看到了，第三个也和他们年纪相仿，还有一个二十岁上下、非常粗壮、绝对超重了的学生。他们在工厂的围墙上张贴一些标语，呼吁工人参与战斗，他们也分发写着同样内容的传单。假如前一天，那些男女工人出于好奇或者礼貌会接过宣传册，但现在大部分工人都是低着头匆匆走过，即便接过了传单，也会马上揉成一团扔掉。

莉拉一看到那些学生已经出现在那儿，开展政治工作比她上班还要准时，这让她很烦。这种情绪后来演变成了一种敌意，前一天出现的其中一个男孩认出她，手里拿着一大沓传单，很热情地向她跑了过来问：

“同志，一切都好吧？”

莉拉没有看他，她喉咙生疼，太阳穴在跳。那个男孩跟在她后面，有些迟疑地说：

“我是达里奥，可能你不记得了，我们在法院路上见过。”

“我知道你是谁！”她忽然爆发了，说，“但我不想和你，还有你的那些朋友有任何关联。”

达里奥说不出话来，他放慢了脚步，几乎是自言自语地说：

“你不想要传单吗？”

莉拉没有回答，因为她不想再说什么难听话。她脑子里一直想着那个男孩不知所措的脸，这种表情就好像在说：他觉得自己是对的，但无法理解为什么其他人不认同他的观点。她想，她也许应该好好解释一下：为什么在开会时，她会说那些话；那些话后来出现在这些宣传册上，为什么这让她觉得难以忍受；为什么她觉得那四个学生的行为是愚蠢的，是白费工夫。他们本应该还在床上，或者是马上要进教室上课，但他们却冒着严寒，在这里分发着这些写满字的传单，而这工厂的工人认字都很困难，而且他们也没必要费力去读这些东西，因为他们了解这里的情况，这是他们每天都面对的现实，他们还能讲述一些更糟糕的，更加难以启齿的，别人没有说过、写过和读过的事情，揭示他们被剥削的处境背后的真实原因。但她在发烧，她对这一切感到厌倦，她懒得说这些。等她走到工厂门口时，情况变得更加复杂。

门卫在对着那个年龄最大、肥胖的男孩破口大骂，用的是方言，他说：“你丫跨过这条线试试，这样你就是不经允许，进入到私人领地，看我敢不敢开枪。”那个学生也非常激动，他笑着回答说——是那种很大声的嘲笑——他一边笑一边骂，他用意大利语大声喊道：“你这个看门狗，你开枪啊，让我见识见识，你怎么开枪，这不是私人领地，这里的所有东西都属于人民。”莉拉经过他们俩身边——这样的场面，她已经见过多少次了：里诺、安东尼奥、帕斯卡莱甚至是恩佐，都是这方面的大师——她很严肃地对菲利普说："满足他的请求吧，别白费口舌了，一个本可以在家里睡觉或者上学的人，却跑到这里来捣乱，真应该给他一枪。"门卫看到她，听到她的话，惊异地张大了嘴巴，他想搞清楚，她到底是真的在鼓励他做出这种疯狂的事，还是在开他的玩笑。但那个学生却完全当真了，他满脸愤怒地盯着她，对着她叫喊："去吧，进去吧，进去舔老板的屁股吧！"他摇着头，向后退了几步，在距离栅栏门两米多的地方分发传单。

莉拉向院子里走去。才早上七点，她就已经很疲惫了。她觉得眼睛很疼，八个小时的工作时间，对她来说简直是无穷无尽。这时候她身后传来了刹车声，还有男人叫喊的声音，她转过头去，有两辆汽车开到了这里，一辆是灰色的，一辆是蓝色的。有人已经从第一辆车上下来，他们开始把墙上那些刚张贴上去的标语撕下来。糟糕了！莉拉想，出于本能，她退了回来，尽管她知道，她应该像其他人一样，赶紧走进去上班。

她倒退了几步，清楚看到，坐在那辆灰色汽车的方向盘前的人是吉诺。她看到他打开车门，他个子很高，浑身都是肌肉，他从汽车里出来时，手里拿着一根棍子。其他人——那些从墙上撕下标语的人，也懒洋洋地从车里出来，大概有七八个，手里拿着铁链和铁棍。这些人都是他们那个城区的法西斯分子，莉拉认得其中几个。他们都是法西斯分子，像斯特凡诺的父亲堂·阿奇勒一样，斯特凡诺后来也成了这样。他们也像索拉拉家的人——祖父、父亲和孙子，尽管出于利益，他们时不时会站在君主主义者或者天主教民主党一边，但他们本质上都是法西斯。她从小就非常讨厌他们，她想象着他们的种种罪行，后来她觉得没有办法摆脱他们，没办法把一切清零，过去和现在的联系都无法断开。城区的大部分人还是拥护他们，爱他们，在任何需要打架的时候，都会为他们两肋插刀。

达里奥，就是她在法院路上见到的那个男孩，他是第一个采取行动的，他跑过去，阻止那些撕标语的人，他手上还拿着一些传单。莉拉想：赶紧扔掉，傻子！但他没有那么做，她听见他用意大利语对那些撕标语的人说："不要这样，你们没有权力这么做。"这时候，他转向自己的同伴求救，他根本就不会打架。在她生活的城区里，一个人打架的时候，必须目不转睛地看着对手，大家都很少废话，顶多会瞪着眼睛大喊大叫，吓唬对手，同时他们会动手，尽可能地痛殴对方，毫不松手，直到有人阻止的时候才停下来，假如旁人拉得住的话。那些撕下标语的人，其中有一个就是这么做的：他一言不发，毫无征兆就打在了达里奥的脸上，一拳就让他倒在地上，倒在了那些散落在地上的传单上，然后那个人上前去，接着打，周围飞扬的传单好像也受到了这种残酷场面的震动。这时候，那个超重的学生跑过来，帮助那个倒在地上的男孩，但他赤手空拳，还没过来就被一个拿着铁链的人拦住了，铁链打在他的手臂上。那个胖学生抓中了铁链，想把铁链夺过来，他们两个僵持了几秒钟，相互痛骂。这时候，吉诺从后面过来，用一根棍子打中了那个胖学生。

这时候，莉拉忘记了自己在发烧，也忘了疲惫，她跑到栅栏门那儿，但她没有一个具体的目的。她不知道是想看得清楚一点，还是想去帮助那些学生，很简单，她只是像以往一样，出于本能在行动，再加上打架斗殴这些不会让她感到害怕，只是会点燃她的怒火，但她没有时间来到路上，因为有一群工人正涌进工厂。有人已经试图阻止那些用棒子打人的人，当然是艾多和其他人，但没能拦住那些法西斯分子，那些人都四散逃开了。在两个拿着铁棒的男人的威胁下，那些男人女人都在四处逃散。有一个女人叫伊沙，是一个办公室职员，她一边跑，一边对着菲利普喊：“你赶紧啊，做点儿什么，叫警察啊！”这时候，艾多一只手在流血，他大声地自言自语说：“我现在把斧头拿过来，我们再较量。”最后的结果是，当莉拉跑到土路上，那辆蓝色汽车已经发动了，吉诺正要上那辆灰色的汽车。他认出了莉拉，非常惊异地停了下来，说：“莉娜，你跑到这里来了？”最后，他被一个同伴拉进了汽车，车子开动了。他从窗口那里大声喊道：“你以前是个阔太太，看你现在变成什么逼样儿了！”

## - 35 -

上班的一整天时间，莉拉都在不安中度过，像往常一样，她用鄙夷或者霸道来掩盖自己的不安。所有人都让她明白：这个本来安安宁宁的工厂，现在气氛忽然变得很紧张，这都是她的错。但很快工厂的工人分成了两派：第一派是少数，他们想要在午休期间碰一个头，他们想利用现在这个状况，促使莉拉去找老板，让她提一下加工资的事儿；另一派占多数，他们不再搭理莉拉，他们反对任何会使他们的生活变得更加复杂的举措，因为生活已经太艰难了。这两派人没有任何可以达成一致的可能。艾多属于前一派，他的手疼让他很烦躁，他对一个不赞同他的人说：“假如我的手感染了，我会去你家，给你家倒一桶汽油，把你和你全家人都烧了。”莉拉完全无视这两派，她把自己封闭起来，一直在埋头工作，像往常一样高效，完全不理会闲话、辱骂还有感冒。但她一直琢磨着等待她的是什么，在她发热的脑子里，有各种各样的想法：那些被打的学生现在怎么样了？他们给她惹了这么大的麻烦，他们逃到哪里去了？吉诺肯定要在整个城区说她的闲话，他会把每件事情都讲给米凯莱·索拉拉听。如果她向布鲁诺求助，那真是一件丢脸的事，但现在实在没有其他出路。她很担心被解雇，她很担心失去自己的工资，尽管钱少得可怜，但也能够允许她可以爱恩佐，却不把他当成她和詹纳罗生活的依靠。

最后，她想到了可怕的前一晚。发生了什么事情？她应该去看医生吗？假如医生检查出来她有病，那工作怎么办，孩子怎么办？要小心，不能太激动，她需要整理整理思绪。然而，在午饭休息时间，她实在太担心了，就自己去找布鲁诺了，她要和布鲁诺谈一下那根香肠的恶作剧，还有吉诺带来的法西斯分子，她要重申自己没有错。在她去找布鲁诺之前，尽管很鄙视自己，但她还是把自己关在了厕所里，整理了一下头发，涂了一点儿口红。秘书说布鲁诺不在，而且他整个星期都不会来。她越来越不安，越来越焦虑了。她想和帕斯卡莱说一下，让他告诉那些学生，让他们不要再来工厂大门口了。她想，假如工会的那些学生不来了，法西斯分子也就会消失，工厂就会慢慢地平静下来，恢复到之前的秩序。但是，怎么能找到帕斯卡莱·佩卢索呢？她不知道他在哪个工地工作，去城区里找他？她觉得自己做不到，她很担心遇到自己的母亲、父亲，尤其是哥哥，她不想和哥哥产生冲突。再加上她自己的好多问题，她走投无路，最后决定直接去找娜迪雅。下了班之后，她跑回家里，给恩佐留了一张纸条，让他做晚饭。她给詹纳罗穿上大衣，戴好帽子，换了一辆又一辆车，最后到达了维托里奥·埃曼努埃莱大街。

天上一丝云彩都没有，天空是一种柔和的颜色，午后的阳光正在慢慢暗淡下来，风很大，吹着紫色的天空。她清楚地记得那座房子、那道大门，她记得每样东西，还有几年之前遭受的屈辱，这让她的敌意更加强烈。过去发生的一切是那么松散，一直在塌陷，落在她的身上。在那所房子里，她和我曾经一起走上去，参加一场聚会。那场聚会让她遭受了很大的痛苦，现在，尼诺之前的女朋友娜迪雅也冒了出来，这让她更加痛苦。但她并不是一个坐以待毙的人，她拉着詹纳罗的手上楼去了，她想告诉娜迪雅大小姐："你和你的那伙人已经让我和我儿子处于困境，对于你来说，这是一个消遣，你不会遇到任何严重的问题，但对于我，对于我儿子却不是这样，这是一件非常严肃的事情，因此，要么你采取一些挽救措施，要么我就撕破你的脸皮。"她的确是打算这么说的，她咳嗽得很厉害，而且越来越气愤，她迫不及待地想发泄一下。

她看到下面的大门开着，她走上了楼梯。她想起了我和她来这里的情景，想起了斯特凡诺把我们送到这里，那时候我们穿的衣服和鞋子，还有我们在回去的路上说的每个字。她摁了门铃，是加利亚尼老师亲自给她开的门，她和莉拉记忆中的一模一样，非常客气，家里也整整齐齐。相比而言，莉拉觉得自己很脏，她浑身上下全是生肉的味道，感冒让她的呼吸很不通畅，发烧让她的情感很凌乱，再加上孩子用方言抱怨着，让她很没有面子。她很唐突地问了一句：

"娜迪雅在吗？"

"不在，她在外面。"

"她什么时候回来？"

"很抱歉，我不知道，也许过十分钟，也许过一个小时，她想什么时候回来就什么时候回来。"

“您能告诉她，莉娜来找了她吗？”

“是紧急的事情吗？”

“是的。”

“您能告诉我吗？”

告诉她什么？莉拉有些迷惑，她看了一眼加利亚尼身后，她隐约看到房子里那些贵族风格的古老家具和吊灯，看到那些曾经让她入迷、堆满书籍的书架，还有墙上珍贵的古画。她想：这就是尼诺和我陷入泥潭之前，他出入的环境。她想：对于那不勒斯的这一面，我了解什么？我一点儿也不了解；我永远都不会生活在这样的环境里，詹纳罗也不会；真希望这个地方被毁掉，被大火烧掉，希望火山的熔岩一直没过山顶。最后，她终于回答说：“不了，谢谢，我要直接和娜迪雅说。”真是白跑了一趟，但老师在谈到自己女儿时用的不满语气，让她很喜欢。她正要告别，但她忽然用轻浮的声调感叹了一句：

“您知道，几年前，我来这里参加过一场聚会？我当时对这场聚会充满向往，但后来我觉得很厌烦，迫不及待地想离开。”

## - 36 -

加利亚尼老师也应该感受到了某些她喜欢的东西，也许是莉拉的直接坦率，几乎可以说是没教养。莉拉提到了我们之间的友谊，老师看起来很高兴，她感叹了一句：“是呀，格雷科没有再出现，她现在成功了，已经目中无人了。”她让莉拉和孩子进到客厅里，一个金发小男孩在那里玩儿，那是她孙子。她几乎是用命令的语气说："马尔科，跟这位新朋友打个招呼。"莉拉把儿子推向前，说："去吧，詹纳罗，你和马尔科玩一会儿。"她坐在一张古老的沙发上，沙发是绿色的，非常舒适，她们接着谈起了几年前的那场聚会。加利亚尼老师有些懊恼，因为她对莉拉一点印象也没有，但莉拉却记着所有细节。莉拉说，那是她一辈子所经历过的最糟糕的夜晚之一。她讲了自己当时怎么样的不合时宜，她用非常讽刺的语气，谈到了那些人聊的内容，当时她在那儿听着，但什么都不懂。她用一种过于欢快的声音说："我当时很无知，我现在比那时候更无知。"

加利亚尼老师听着，莉拉诚实、迷惑人心的语气，鞭辟入里的意大利语，还有那种恰如其分的讽刺让她很震撼。我想象着，她应该在莉拉的身上感受到一种难以捕捉的东西，就像妖女塞壬的那种力量，一方面诱惑着她，另一方面让她很警惕：任何人都会感觉到这一点，她当然也感受到了。她们之间的谈话中断了，因为这时候詹纳罗打了马尔科一巴掌，从他手里抢过一辆绿色的小汽车，而且还用方言骂人。莉拉怒气冲冲地站了起来，她拉住了儿子的一只胳膊，狠狠地打了那只打了人的手。尽管加利亚尼老师柔声细语地说："算了吧，都是孩子。"但莉拉还是强迫詹纳罗把玩具还给人家。马尔科在哭，詹纳罗一滴眼泪也没有，而且还很不屑地把玩具摔给了他。莉拉又打了他，这次是打在头上，打得非常狠。

"我们要走了。"她很不耐烦地说。

"别这样，您再待一会吧。"

莉拉又坐了下来。

"他不是总这样。"

"他是一个很漂亮的孩子，是不是，詹纳罗？你是一个又漂亮又乖的孩子？”

“他不乖，一点儿也不乖，但他很聪明。尽管年龄很小，但已经会写所有字母，大写和小写都会。詹纳罗，你要不要给这位老师展示一下你怎么念书？”

莉拉在水晶小茶几上拿了一本杂志，在封面上随手指了一个词说：“来吧，读一下。”詹纳罗拒绝了，莉拉拍了一下他的肩膀，用威胁的语气说：“读吧，詹纳罗。”他很不情愿地读了四个字母：“d-e-s-t...”他忽然停了下来，用愤怒的目光盯着马尔科的小汽车。马尔科把小汽车紧紧抱在怀里，笑了一下，很轻松地读完了那个词：“destinazione（注定）”。

莉拉很不高兴，她的脸色阴沉下来了，用很厌烦的目光看着加利亚尼老师的孙子。

“他读得真好。”

“因为都是我教的，我花了很长时间教他，他父母总是在外面。”

“他几岁了。”

“三岁半。”

“看起来要大一些。”

“是呀，长得很结实。您的孩子几岁了？”

“快五岁了。”莉拉很不情愿地承认。

老师抚摸了一下詹纳罗，对他说：

“你妈妈让你读了一个很难的词，但你很聪明，能看出来你已经会读书了。”

这时候听到一阵喧闹，楼梯间的门打开和关上的声音、脚步声，还有男人和女人说话的声音。加利亚尼说：“我的几个孩子回来了。”然后她叫了一声：“娜迪雅！”但娜迪雅没有露面，喧闹声停了下来，一个身材苗条的女人进来了，她非常苍白，金色的头发，眼睛是天蓝色的，那么蓝，简直像假的一样。那个女人张开双臂，对着马尔科喊道："谁来亲亲妈妈啊？"孩子跑了过去，她抱住左亲右亲了一阵子。随后，阿尔曼多露面了，他是加利亚尼老师的长子，莉拉也一下子想起来了。她看着他把马尔科从母亲怀里拽过来，大声喊道："至少要亲爸爸三十下。"马尔科开始在父亲的脸上亲，一边亲一边数："一、二、三、四……"

"娜迪雅！"加利亚尼老师忽然用一种带着恼怒的声音喊，"你聋了吗？快过来，有人找你。"

娜迪雅终于出现在房间里，跟在她的身后是帕斯卡莱。

## - 37 -

莉拉的怒火又一次爆发了。帕斯卡莱干完活之后，他是来这些人的家里，置身在这些母亲、父亲、奶奶、姑姑还有幸福的孩子中间。尽管他只是一个泥瓦匠，身上还带着劳作了一天之后的汗臭，但这里每个人都充满情感，都很有教养，非常宽容地接纳了他，把他当成家中的一员？

娜迪雅拥抱了她，还是那种非常激动的方式。你能来这里太好了！她说，让我妈妈看着孩子，我们要谈谈。莉拉很不客气地回答说，是的，我们应该谈一下，她来这里就是这个目的。然后她说，她只有很短的时间。帕斯卡莱自告奋勇说，可以开车送她回家。就这样，他们离开了客厅、孩子们和加利亚尼老师，他们几个聚在娜迪雅的房间里，包括阿尔曼多，还有那个金发女人，她名叫伊莎贝拉。那是一个非常宽敞的房间，里面放着一张小床，一张写字台，一个上面放满书的书架，还有一些歌手的宣传画，电影和革命斗争的海报，都是莉拉知之甚少的东西。房间里还有三个男青年，其中一个是达里奥，另外两个莉拉从来都没有见过，达里奥被打得够呛，四仰八叉躺在娜迪雅的床上，鞋子踩在粉红色的床头毯子上。三个人都在抽烟，房间全是烟味。莉拉已经迫不及待了，她没有回应达里奥的招呼，就说，他们根本就没有考虑过她的处境，现在给她惹了很大的麻烦，她可能要被开除，那些宣传册已经引起了一场冲突，他们不应该再来工厂大门口了。因为他们的缘故，那些法西斯分子也来了，现在工厂里的人对法西斯党和其他党派都很愤恨。然后，她咬牙切齿地对达里奥说："至于你，如果你不会打架，你最好在自己家里待着，你知不知道，他们可能会打死你？"有两次帕斯卡莱试着打断她，但她毫不客气地让他闭嘴，就好像他出现在那所房子里，就是一种背叛。其他人都在静静地听着。只有在莉拉说完时，阿尔曼多才插了一句，他的面部线条像他母亲，很秀气，眉毛很黑，非常浓密，剃过胡子的脸颊有些发青，大胡子一直蔓延到颧骨上，他的声音很温暖，很有磁性。他先自我介绍了一下，他说他很高兴认识莉拉，他说他很遗憾，没有去参加那次会议，没听到她的发言，但她说的那些事情，他们已经讨论过了，他们都觉得那是一个非常重要的贡献，最后他们一起决定把那些话写下来。他最后平静地说："你不要担心，我们会想尽一切办法来支持你，还有你的那些工友。"

莉拉咳嗽了一下，房间里的烟味，让她本来就很难受的喉咙更受不了。

"你们应该事先告诉我一声。"

“你说得有道理，但当时没有时间。”

“假如你想的话，时间总会有的。”

“我们人手很少，但活动越来越多。”

“你做什么工作？”

“什么意思？”

“你做什么工作谋生？”

“医生。”

“就像你父亲？”

“是的。”

“做这些事情的时候，你有没有冒着失去工作的风险？你有没有可能随时和你的孩子流落街头？”

阿尔曼多很不高兴地摇了摇头，说：

“比赛谁冒的风险更大，这是不对的，莉娜。”

帕斯卡莱说：

“他已经被逮捕了两次，我背着八场官司，这里没有谁的风险大一些，谁的风险小一些。”

“啊？是吗？”

“是这样的，”娜迪雅说，“我们现在都战斗在第一线，随时准备承担起自己的责任。”

这时候，莉拉忘记了自己是在别人家里，她大声地叫喊着说：

“假如我失去工作的话，我就来这里生活，你们要给我吃饭，你们来承担我的生活？”

娜迪雅不动声色地回答说：

“假如你愿意。”

短短的五个字。莉拉明白，那不是开玩笑的话，娜迪雅是说真的。假如布鲁诺·索卡沃解雇他所有的员工，她也会用她嗲嗲的声音，说出同样没有任何意义的话。她认为自己是为工人服务，而同时她的房间面朝大海，房间里摆满书，她想指导你，想告诉你应该怎么做，她可以代替你，决定你的工作，假如你流落街头的话，她也马上会找到解决办法。莉拉的话就在舌尖上，几乎要脱口而出："假如我愿意的话，我的破坏能力比你更强，你这个假惺惺的骚货！我不需要你用圣女般的声音，告诉我该怎么想，我应该怎么做。"但她忍住了没有说，她转过脸，对帕斯卡莱说：

"我马上要走了，你要做什么，留在这里，还是送我回去？"

一阵沉默。帕斯卡莱看了一眼娜迪雅，嘀咕了一句："我送你回去。"莉拉跟谁都没有打招呼，正要走出房间。娜迪雅赶忙带她出去，一边说，莉拉描述的工作环境简直太令人无法接受了，所以现在需要点燃斗争的星火，诸如此类的话。在进到客厅之前，她最后说："你不要后退。"但莉拉没接茬。

加利亚尼老师坐在客厅的沙发上，正在皱着眉头看东西，她抬起目光，完全无视自己的女儿，也完全无视满脸尴尬跟上来的帕斯卡莱，只是看着莉拉。

"您要走了吗？"

"是的，已经很晚了。赶紧过来，詹纳罗，把小汽车给马尔科，穿上外套。"

加利亚尼老师对着有点不高兴的孙子微笑了一下。

"马尔科把小汽车送给他了。"

莉拉的眼睛眯了起来，成了两道缝。

"在这个家里，你们所有人都很慷慨，谢谢。"

她在给儿子穿大衣时，儿子在抗争，不愿意配合，老师的眼睛打量着她。

“我能不能问您一个问题？”

“请讲。”

“您学的是什么专业？”

这个问题似乎刺激到了娜迪雅，她插了一句：

“妈妈，莉娜要走了。”

莉拉第一次从娜迪雅小女孩般的声音里听到了一丝不耐烦，这让她很享受。

“你就不能让我说两句？”加利亚尼用同样不耐烦的声音回答了她。然后，她用一种很柔和的声音，对莉拉重复了那个问题：

“您学的是什么专业？”

“什么专业也没学。”

“听您说话——叫喊，好像并非如此。”

“的确是这样，我只上到小学五年级。”

“为什么？”

“我没有能力。”

“您怎么知道？”

“格雷科有那个能力，但我没有。”

加利亚尼老师摇了摇头，表示不同意，她说：

“假如您上学的话，一定会和格雷科一样成功。”

“您怎么知道？”

“这是我的职业。”

“你们这些老师都坚持让大家学习，因为你们就是吃这口饭的，但学习没什么用处，也不会使人变好，有时候甚至会使人变坏。”

“埃莱娜变得比以前坏了吗？”

“不，她没有。”

“为什么？”

莉拉把毛线帽戴到儿子头上，说：

“我们从小有一个约定：我是那个坏女孩。”

# - 38 -

在汽车上，莉拉开始数落帕斯卡莱（你成了那些人的仆人了吗？），他任由她发脾气。只有当她说够了，他才用那种政治腔调说：“南方工人的处境很糟糕，他们处于被奴役的境地，长期遭受欺压，如果没有工会的话，那他们的力量就太微弱了，所以需要创造条件，进行斗争。”他用方言痛心疾首地说：“莉娜，你担心会失去他们给你的那几里拉，你有自己的理由，詹纳罗要长大。但是，我知道你是一个真正的党员，你是一个明事理的人。在这里，我们这些工人从来都没成为工薪阶层，我们都在打黑工，不受法律保护，我们什么都不算。因此，你不能说这样的话：‘放过我，我有自己的麻烦要面对，我有自己的事情要做。’每一个人身处自己的位子，就应该做该做的事情。”

莉拉已经精疲力竭了，还好詹纳罗已经在车子后面的座位上睡着了，他的右手紧紧地握着那个小汽车。她听帕斯卡莱说话，并不是很专注，她时不时会想起维托里奥·埃曼努埃莱大街上加利亚尼老师、阿尔曼多和伊莎贝拉的房子。她想，假如尼诺找到一个像娜迪雅这样的妻子，会是什么样的情况。马尔科现在才三岁，在认字方面，已经比她儿子厉害了。为了培养詹纳罗，她付出的努力都是白费功夫，这孩子已经荒废了，他在退步，她没有时间和精力来照顾他。他们到了楼下，她觉得自己不得不请帕斯卡莱上楼坐坐，她对帕斯卡莱说："我不知道恩佐做了什么饭，他做饭很糟糕，也许你不会喜欢吃。"她希望他能走开，但他回答说："我待十分钟就走。"这时候，她用指尖掠过了他的一只胳膊，小声说：

"你不要跟你的朋友恩佐说。"

"不要跟他说什么？"

"不要说法西斯的事儿。假如他知道了，今天晚上，他可能就会去找吉诺打架。"

"你爱他吗？"

"我不想伤害他。"

"哦。"

"就是这样。"

"你要知道，恩佐比你我更知道该怎么做。"

"是的，但你还是什么都不要告诉他。"

帕斯卡莱皱着眉头表示同意，他把詹纳罗扛在肩上，因为孩子不愿意醒来，他走上了楼梯。莉拉跟在后面，很不高兴地嘟囔着："这是什么日子啊！我要累死了，你和你的朋友给我惹了大麻烦了。"莉拉对恩佐说，他们去娜迪雅家，参加了一场聚会。帕斯卡莱没给恩佐提问题的机会，就和他一直聊到了半夜。帕斯卡莱说，那不勒斯，和整个世界一样，有一种新的生活在沸腾。帕斯卡莱说了阿尔曼多很多好话，他是一个很出色的医生，他没有想着自己的前途，而是免费给那些没有钱的人看病。除了很多服务于人民的计划，他和娜迪雅，还有伊莎贝拉一起，想给贫民区的儿童建立一所幼儿园，还有一家诊所。帕斯卡莱说，没人是孤立的，我们这些同志之间相互帮助，在城里有很多激动人心的时刻。帕斯卡莱说："你们不应该一直都关在家里，你们应该出去参加活动，应该和我们在一起。"最后他宣布说，他和组织划清界限了：太多让人无法忍受的事情，还有国家内部和国际事务上的妥协，他无法忍受这种黯淡的局面。恩佐对于他的这个决定感到非常不安，他们之间的讨论非常热烈，一直在持续。莉拉很快就烦了，她把詹纳罗放在床上，吃完晚饭，她说她很困，就去睡了。

但她一直醒着，帕斯卡莱走了，恩佐的声音在家里平息下去时，她依然醒着。她测量了一下体温，三十八度。她想起了詹纳罗艰难拼读的那个时刻，"destinazione（注定）"——她让他读的是一个什么词啊！詹纳罗一定是从来没有听说过这个词。她想，光认识字母是不够的，还有其他方面的困难。假如尼诺和娜迪雅结婚了，那这个孩子会有完全不同的命运。她想，这孩子是我想生的，她不想和斯特凡诺生孩子，但她愿意和尼诺生。她觉得自己是一个错误百出的母亲。她真的爱过尼诺，她非常渴望得到他，希望取悦于他，为了他，她情愿做一些她不愿意为她丈夫做的事情。每次，她不得不和丈夫做时，她都要抑制自己恶心的感觉，她只是不想被杀了。但是，说到被进入的快感，那是她从来都没有感受到的，这一点是可以肯定的，她不仅仅和斯特凡诺在一起没有感觉，和尼诺在一起也没有。男人都很在意阴茎，他们对于自己的阴茎非常自豪，他们很确信，你会比他们更加在意。詹纳罗一直在摆弄他的那玩意儿，有时候看到他把小鸡鸡拿在手里，翻来覆去地摆弄，或者拽它，她都觉得很尴尬。甚至是给詹纳罗洗澡，让他撒尿时，莉拉都害怕会伤害到它，她都会强迫自己习惯。恩佐一直也很谨慎，从来都不会穿着内裤在家里走动，从来都不会说粗鲁的话。这就是她对他会越来越动情的原因，恩佐在另一个房间里忠诚地等待，他从来都没有贸然采取行动，这让她很感激。他对于自己的控制能力，对于她来说是一种安慰。但她有时候会有一种歉意：给她带来安慰的事情，对于他来说是一种痛苦。想到恩佐为了她受的罪，那一天所有糟糕的事情加在一起，那些话、声音、语气、单个的词语，还有发生的事情在她的脑海里不断浮现，压迫着她。明天在工厂里，她应该怎么表现呢？现在那不勒斯，还有全世界都处于动荡之中，这是真的吗？要么这些事儿就是帕斯卡莱、娜迪雅，还有阿尔曼多想象出来了，来给自己打气，来化解他们的不安和厌烦？她应不应该冒着异想天开的风险，相信这些人？或者她最好去找布鲁诺，摆脱现在的麻烦？但是，要让他不再生她的气，这有用吗？风险是他会不会想睡她。对菲利普以及其他小头目低头弯腰，这有用吗？这不会有太大用处。最后，在半睡半醒之间，她采用了我们小时候都一直用的原则。她觉得，为了拯救自己还有詹纳罗，就要威胁那些威胁到她的人，让那些吓唬她的人害怕。在睡着之前，她决心要进行破坏，要让娜迪雅看到，她只是一个有钱人家的小姑娘，只会说一些没用的好话；对于索卡沃，她要让他失去在风干室品鉴香肠和女人的乐趣。

## - 39 -

她是在早上五点醒的，她浑身都是汗，烧已经退了。在工厂大门那儿，已经看不到那些学生了，但法西斯分子还在那里。同样的汽车，还有前一天那些面孔：他们在喊口号，分发传单。莉拉感觉又要有暴力冲突，她的手放在手袋里，低着头向前走去，她希望在他们动手之前，进到工厂里，但这时候吉诺挡住了她的去路。

"你还认字吧？"他用方言问莉拉，同时递过来了一张传单。这时候，她的手还在大衣口袋里，回答说：

"我当然认字了，倒是你，你什么时候认过字？"

她尝试越过他，但没有用。吉诺挡住了她，他把一张传单强行塞到了她的口袋里，他用的力气那么大，指甲都把她的手划破了。莉拉不慌不忙地把那张传单揉成一团。

"用来擦屁股，我还嫌硬。"她说完就把传单扔了。

"捡起来，"药剂师的儿子抓住了她的一条胳膊，命令她说，"马上捡起来。你小心点，昨天下午，我问你那戴绿帽子的丈夫，我能不能打破你的脸，我得到了他的许可。"

莉拉盯着他的眼睛，说：

"为了要打破我的脸，你去征得我丈夫的同意？马上放开我，你这个混蛋。"

这时候艾多走过来了，她觉得他会若无其事地走过，但他停了下来。

"他在欺负你吗，赛鲁？"

一眨眼，吉诺一拳就打在了艾多的脸上，艾多被打倒在地。莉拉的心一下子跳到了嗓子眼了，一切都在加速，她从地上捡起了一块石头，狠狠地砸在了药剂师儿子的胸口上，这是非常漫长的一刻。吉诺推了她一把，把她推到了一根电线杆子上。艾多想要站起来，这时候土路上来了另一辆汽车，掀起了一阵尘土，莉拉一下就认出来，那是帕斯卡莱的那辆破车。莉拉想，阿尔曼多听从了我的建议，也许娜迪雅也是，他们都是有教养的人，但帕斯卡莱没能忍住，他来了，他要来作战。就在这时候，那辆车子的车门打开了，下来了五个人，包括帕斯卡莱在内。他们都是工地上的人，拳头很硬，他们开始用一种很残酷的手法，揍那些法西斯分子，毫不手软，拳头又准又狠，一下就把他们打倒在地。莉拉马上就发现，帕斯卡莱是冲着吉诺来的。这时候，她距离吉诺只有几步之遥，她用两只手抓住他的胳膊，笑着对他说："也许你最好赶紧走，要不然会被他们打死的。"但吉诺没有走，他一把推开了莉拉，然后向帕斯卡莱冲了过去。莉拉帮着艾多站了起来，要把他拉到院子里，但很难，他身上在流血，他身体很重，而且在挣扎，还一边在破口大骂，后来，他看到帕斯卡莱用一根棍子把吉诺打倒在地，才稍微平静下来。当时情况很乱：他们在路边捡起了杂物相互扔，相互唾骂。帕斯卡莱放开了半死不活的吉诺，然后跟另一个上身只穿着一件毛背心、下面穿着一条沾着泥灰的蓝裤子的男人，朝院子走来。他们俩都用棒子猛击菲利普的岗亭，菲利普把自己关在里面，吓得要死。在玻璃碎裂的声音和叫骂声当中，传来了警察在路上赶来的警笛声。莉拉感受到暴力带来的那种让人不安的快感。她想，是的，对于那些吓唬你的人，你要让他们害怕，没有别的办法，要以牙还牙，你从我这里拿去的，我要拿回来，你对我所做的，我也会一样还给你。当帕斯卡莱和他的那些人手上了车，那些法西斯把吉诺抬上车子，警笛声越来越近了，她却感到一阵恐惧，因为她的心绷得太紧了，就像玩具里拉得太紧的一根弹簧，她要马上找个地方坐下来。一进到工厂里，她就一下瘫倒在门厅里，背靠着墙壁，想平静一下。这时候，特蕾莎——一个四十多岁的胖大女人，她在剔骨间工作，过来照顾艾多，帮他擦了脸上的血。她开莉拉的玩笑：

“以前你要把他耳朵撕下来，现在你还帮这家伙？你应该把他丢在外面。”

“他帮了我，我帮了他。”

特蕾莎用难以置信的目光看着艾多：

“你帮了她？”

他嘟哝了一句：

“让一个外人打破她的脸，我可不愿意，我要亲自动手。”

那女人说：

“菲利普吓尿了，你们看到了吧？”

“他活该，”艾多嘟囔了一句，“他们只是打破了那个岗亭，真是遗憾。”

特蕾莎对着莉拉，有些不怀好意地问：

“那些人是你叫来的吧？你就说实话吧。”

她只是开玩笑，或者她是一个探子，过一会儿就去老板那儿告密？莉拉想。

“我没有叫，”她回答说，“但我知道，那些法西斯是谁叫来的。”

“谁？”

“索卡沃。”

## - 40 -

帕斯卡莱当晚就出现了。那是在晚饭之后，他脸色阴沉，让恩佐去参加在圣约翰·特杜奇奥举行的一个支部会议。莉拉和他单独在一起的几分钟里，她对帕斯卡莱说：

“今天早上，你干了一件好事儿啊！”

“我做一些需要做的事情。”

“你的那些朋友同意吗？”

“谁是我的朋友？”

“娜迪雅和她哥哥。”

“他们当然同意了。”

“那他们都待在家里？”

帕斯卡莱嘟囔了一句：

“谁说他们都待在家里了？”

他心情不好，看起来有些无精打采，就好像那场斗殴，耗光了他的劲头。他没有让莉拉去参加那场会议，只邀请了恩佐，这是从来没有过的事。那天天气很冷，也很晚了，她带着詹纳罗出去也不大可能。可能他们要去打架，做那些男人做的事情。也许他生气了，因为她拒绝进行斗争，让他在娜迪雅和阿尔曼多面前没面子。当然，让他最不舒服的，是她用那种批判的语气谈到了早上的行动。他很确信，莉拉没明白他为什么要那么打吉诺，他为什么想要打破门卫的脑袋。男人都觉得，他们的每一项伟业，无论好坏，你都应该对他们崇拜万分，就像面对建立丰功伟绩、杀死恶龙的圣乔治。莉拉想，他一定觉得我没良心，他不让我去开会，是为了报复我，他希望我至少要对他说声谢谢。

他们俩出去后，她一直在埋头读着帕斯卡莱之前给她的那些小册子，都是关于工会的工作。这有助于她面对黯淡的现实，她害怕家里的寂静、失控的心跳，还有那些随时都会破裂的形状。尽管她很疲惫，但她读了很多材料，和往常一样，她对所读的内容产生了狂热，她很快学会了很多东西。为了有一种安全感，她一直在等恩佐回来，但他一直都没有回来，詹纳罗均匀的呼吸声，对她起到了催眠作用，她也睡了过去。

第二天早上，艾多和那个剔骨室的女人特蕾莎开始在她周围晃荡，都有些羞怯地对她示好，莉拉非但没有排斥他们，反倒对他们很友好，她对其他工友也变得很友好。她愿意聆听那些人的抱怨，她理解那些愤怒的人，她支持那些反对欺压的人，也能说些好话，协调那些不和的人，让大家团结起来。尤其是，在接下来的几天里，她一直都很关注艾多和特蕾莎，还有他们的小团体，午休时间成了他们秘密会议的时间。如果她愿意，她会让人感觉：不是她在提出观点，或者进行反对，而是其他人在提出自己的想法。他们周围聚起来的人越来越多，他们都很高兴对别人说一些怨言，其实都是一些合理而迫切的需求。她把剔骨区、冷藏区还有水池区的那些要求汇总起来，她自己也意外地发现：一个工作区的问题是另一个区的问题造成的，所有问题环环相扣，都是对工人的压榨链条。她做了一个详细的单子，都是工作环境导致了对工人的手、骨头和支气管的损害。她收集了足够的信息，展示出整个工厂的状况非常糟糕，卫生环境就不用提了，有时候，他们加工的是变质的、来源不明的原料。她和帕斯卡莱再见面时，她对他讲了自己在很短的时间里做的工作。他开始很冷淡，后来态度大变，惊异地张大了嘴巴。他兴高采烈地说："我都敢打赌，你一定能做到。"他替她约了和一个叫卡波尼的人会谈，这个人是劳动部的总书记。

莉拉把她整理的东西用很漂亮的书法抄了一遍，然后带着这些东西去见了卡波尼。卡波尼看到她的资料后，也非常激动，对她说了类似这样的话："同志，你从哪儿冒出来的？你做得太好了，太棒了！然后他说：我们从来都没能打入索卡沃的厂子里去，那里面全是法西斯分子，但现在你在里面，事情会发生变化。”

“那我们现在该怎么做？”她问。

“你们现在要成立一个委员会。”

“我们现在已经是一个委员会了。”

“很好。首先，你们要整理一下这些东西。”

“我们应该怎么整理？”

卡波尼看着帕斯卡莱，帕斯卡莱什么也没说。

“你们一次性提出的要求太多了，还有一些其他地方从来没要求过的东西，你们需要把那些最要紧的提出来。”

“在那里面，一切都很要紧。”

“我知道，但这是一个策略的问题。假如你们马上要求满足所有要求，那可能会导致失败。”

莉拉的眼睛眯成了一条缝，他们就这个问题争执了一下。最后冒出来一个问题，就是委员会不能直接和老板交涉，而是要通过工会。

“我难道不是工会成员吗？”她马上站起来说。

“当然是了，但需要时间和方法。”

他们又开始争执。卡波尼说：“你们可以商量一下，比如说从轮班开始讨论，或者节日和加班的问题，然后慢慢向前推进。”他总结说：“总之，你不知道，看到你这样的同志，我有多高兴。那些积极参与的女性很少，这是一件可贵的事情，我们一起协作，会在食品领域迈出大步子。”这时候，他把手伸向了钱包，他的钱包放在裤子后面的口袋里，他问：

“你需要一些钱开支吗？”

“什么开支？”

“油印资料、纸张、你花费的时间等等。”

“不用。”

卡波尼又把钱包放回了口袋。

“但你不要泄气，不要消失不见了，莉娜，我们要保持联系。我记下你的姓名，我要在工会说一下你的事情，我们应该把你利用起来。”

莉拉离开时很不悦，她对帕斯卡莱说：“你带我见的这是什么人啊？”帕斯卡莱让莉拉放心，他保证说，卡波尼是一个非常好的人。他说：“卡波尼说得有道理，我们需要明白，做任何事情都需要策略和手段。”然后他变得非常热情，几乎有些感动，想要拥抱她，但又迟疑了一下。他说：“你要大胆向前走，莉娜，我们才不管什么手续，我要先在大会上说说这事儿。”

莉拉没有对那些请求进行筛选，她只是把原来的资料的篇幅缩短了一下，最后她密密地写满了一张纸，交给了艾多。上面是一系列的要求：关于工作的协调和节奏，整个工厂的整体状况，产品质量，员工健康受到的威胁，时时有受伤的危险，还有少得可怜的津贴，以及加工资的要求。这时候出现了一个问题，就是派谁把这个单子交给布鲁诺。

“你去吧。”莉拉对艾多说。

“我太容易发火了。”

“这样更好。”

“我不适合。”

“你太适合了。”

“不，还是你去吧，你参加了工会，而且你会说，你能很快把事情说清楚。”

# - 41 -

莉拉从开始就知道，这件事会落在她头上，她在争取时间。她把詹纳罗托付给邻居，和帕斯卡莱去参加了一场在法院路上举行的会议，那次会议主要就是讨论索卡沃工厂的事情。参会的一共有十二个人，包括娜迪雅、阿尔曼多、伊莎贝拉和帕斯卡莱。莉拉让大家看了她给卡波尼准备的那个文件，就是那个比较详细的第一版。娜迪雅很仔细地看了看，最后她说："帕斯卡莱说得对，你是从不会后退的，你在很短的时间里做了很多的工作。"然后她用一种很诚恳、带着欣赏的语气，赞美了文件里提到的政治和工会工作的内容，还赞美了莉拉的文笔。她说："你真是太厉害了，用这种方式来写这些材料，真是让人耳目一新！虽然如此，我还是不建议您马上去和索卡沃直接交涉。"阿尔曼多也是持有同样的观点。

"我们要等着力量再增强一点，"他说，"要等索卡沃工厂里的时机更加成熟一点儿。我们已经迈出了非常重要的一步，我们不能轻举妄动，前功尽弃。"

达里奥问：

"你们有什么建议？"

娜迪雅回答说，但她是对着莉拉说的：

"我们要再开一次会议，邀请更多人参与，我们要尽快和你的那些工友见面，要加强你们的组织，我们可以先用你的这些材料，再做一个宣传册。"

面对他们忽然表现出的这种谨慎态度，莉拉感到一种巨大的满足。她开玩笑说：

“你们觉得，我费了那么大劲儿，冒着失业的危险，就是为了让你们再开一场大会，再做一个宣传册？”

但她没能享受到占了上风的那种喜悦，忽然间，她看到娜迪雅像一面没有固定好的玻璃一样，开始颤抖，粉碎。没有一个具体的诱因，莉拉觉得喘不过气来，她看到在场的每个人的任何一个小动作都在加速，包括皱眉头。她闭上了眼睛，肩膀靠着身下那把嘎吱作响的椅子的靠背，她感觉自己要窒息了。

“你怎么了？”阿尔曼多问。

帕斯卡莱很不安。

“她太累了，”他说，“莉娜，你怎么啦？你要喝一杯水吗？”

达里奥跑去给她端水，阿尔曼多给她诊脉，帕斯卡莱非常担心，不停地问她：

“你感觉怎么样了，伸开腿，呼吸。”

莉拉低声说，她很好。她猛地把胳膊从阿尔曼多的手中抽了出来，她说她只想安静一分钟。达里奥把水端来了，她喝了一小口。她小声说，没事儿，她只是有些感冒。

“你发烧吗？”阿尔曼多很平静地问她。

“今天没有。”

“你咳嗽，呼吸困难吗？”

“有一点，我觉得心跳都到嗓子眼儿了。”

“现在好一点儿了吗？”

“是的。”

“你到另一间房间里来一下吧。”

莉拉不想去，但她很担心，她最后听从了阿尔曼多的建议，很艰难地站了起来，跟着阿尔曼多进了另一个房间。阿尔曼多拿着一个黑色皮包，包上面有镀金带扣。他们来到一间莉拉从来都没有见过的房间，空间很大，也很冷，里面有三张行军床，上面的垫子看起来脏兮兮的，房间里还有一个衣柜、一面破镜子和一个抽屉柜。她无力地坐在一张床上，自从生了孩子之后，她从来都没有看过医生。阿尔曼多问她有哪些症状，她什么都没说，只说胸闷，最后补充了一句："没什么事儿。"

阿尔曼多默默给她检查，她痛恨他的沉默，她觉得那是一种阴险的沉默。那个干干净净、冷漠的男人问你问题，但好像根本不相信你的回答。他利用自己的知识和工具，通过检查就来证实那些问题，好像你的身体最可靠，可以给他提供答案。他用听诊器听她的心跳，用手把脉，他用目光审视她，但没有马上说她的胸、肚子和喉咙发生了什么事，这些都是表面上很熟悉的器官，但这时候她感觉一切都很陌生。最后，阿尔曼多问她：

"你睡得好吗？"

"很好。"

"睡多长时间？"

"不一定。"

"怎么不一定？"

"看有什么心事了。"

"吃饭怎么样？"

"想吃的时候就吃。"

"你有没有呼吸困难的时候？"

"没有。"

"胸口疼吗？"

"胸口有点闷，但不严重。"

"出冷汗吗？"

"没有。"

“你有没有晕过去，或者快要晕过去的时候？”

“没有。”

“你规律吗？”

“什么？”

“月经。”

“不规律。”

“上次是什么时候？”

“我不知道。”

“你不记日子吗？”

“需要记吗？”

“最好要记下来。你用避孕措施吗？”

“什么意思。”

“避孕套、避孕环，还有药。”

“什么药？”

“是一种新药，吃了就不会怀孕。”

“真的吗？”

“绝对是真的。你丈夫从来都不用避孕套吗？”

“我没有丈夫了。”

“他离开你了？”

“我离开他了。”

“你们在一起的时候，他用吗？”

“我连避孕套是什么样子都不知道。”

“你性生活规律吗？”

“谈论这些事情有什么用吗？”

“假如你不愿意，我们就不说了。”

“我不愿意。”

阿尔曼多把他的那些工具放在了包里，他坐在一张凹陷进去的凳子上，喘了一口气。

“你要悠着点，莉娜，你太不关心自己的身体了。”

“什么意思？”

“你营养不良，健康受损，你太忽视自己的身体了。”

“还有呢？”

“你有些痰，我给你开一些糖浆。”

“然后呢？”

“你应该做一系列检查，你的肝有些肿大。”

“我没时间去做检查，你给我开点药吧。”

阿尔曼多很不高兴地摇摇头。

“你听我说，”他说，“我跟你最好还是不要绕圈子：你有杂音。”

“什么？”

“是心脏的问题，可能不是什么好征兆。”

莉拉脸上的表情很不安。

“什么意思，我要死了吗？”

他微笑了一下，说：

“不会。你应该去找一个心脏病科医生，检查一下，你明天来医院找我，我给你介绍一个很厉害的医生。”

莉拉的眉头皱了起来，她冷冰冰地说：

“我明天有事儿，我要去找索卡沃。”

## - 42 -

帕斯卡莱的忧虑让她受不了。他开着车子送莉拉回家，一路上不停地问：

“阿尔曼多怎么说，你没事儿吧？”

“我很好，我应该多吃一点。”

“你看到了吧，你是不注意自己的身体。”

莉拉很不耐烦地说：

“帕斯卡，你不是我父亲，你也不是我哥哥，你谁都不是，你别管我。你搞清楚了吗？”

“我不能关心一下你吗？”

“不能，你要当心你说的话，你做的事，尤其是在恩佐跟前。假如你跟他说，我今天发病的事儿——这也不是发病，我只是有点儿头晕——我们之间的友情就算完了。”

“你别急着去找索卡沃，先休息两天吧。卡波尼也不建议你马上去，委员会也不建议你现在去，这是一个政治时机的问题。”

“我才不管什么政治时机不政治时机的：是你们给我惹了麻烦，现在我想怎么做就怎么做。”

她甚至都没有邀请他上楼去坐坐，他很恼怒地回家了。回到家里，莉拉和詹纳罗亲昵了一会儿，然后就开始做晚饭，一边等着恩佐回来，她一直觉得气短。左等右等，恩佐一直没有回来，她就先让詹纳罗吃了，她很担心恩佐是去找女人了，所以回家晚了。这时候，她看到孩子把一杯水打翻了，她马上就失去了所有耐心，还有柔情蜜意，她开始用方言骂孩子，就好像他是一个大人：“你能安生一会儿吗？你是不是要我扇你几巴掌？为什么你要这样折磨我？你想要毁掉我的生活？”

正好这时候恩佐回来了，她尽力想做出一副热情的样子，但他们一起吃饭时，莉拉觉得很难下咽，感觉食物都卡在胸口。詹纳罗刚一睡着，他们就开始学习苏黎世的函授课程，但是恩佐很快就累了，有好几次，他都很礼貌地提出想去睡觉，但没有用，莉拉一直坚持到了很晚。她很害怕自己一个人在房间里，会出现之前的症状。她担心一个人待在黑暗里，她没有告诉阿尔曼多的那些症状，会马上浮现。所有症状一起出现，会要了她的命。恩佐轻声问她：

“告诉我，你怎么了？”

“没什么。”

“你和帕斯卡莱一起出去，一起回来。为什么？你们有什么秘密？”

“都是工会的事情，我已经加入了工会，现在我要做一些事情。”

恩佐做了一个失望的表情，她问：

“怎么了？”

“帕斯卡莱跟我说了你在工厂里做的事情。你把这件事情跟他，还有委员会的人都说了。为什么我是唯一不能知道的人？”

莉拉一下变得很烦躁，她站起来去了厕所。帕斯卡莱还是没忍住，他跟恩佐到底说了什么？他是不是只提到了工会要在索卡沃工厂里搞活动的事儿？会不会也提到了吉诺，还有她在法院路快要晕倒的事儿？他没办法保持沉默，男人之间的友谊有一些原则，虽然没有写在纸上，但很坚固，和女人之间的友谊是不一样的。她拉了水箱的链子，回到了恩佐身边，说：

“帕斯卡莱是个叛徒。”

“帕斯卡莱是一个朋友。你是什么人呢？”

他的语气很伤人，她忽然间沦陷了，简直有些出乎意料，她眼里充满了泪水，她拼命地想咽下眼泪，但她做不到，这种突如其来的脆弱让她感到很屈辱。

“我已经给你惹了很多麻烦，我不想再麻烦你了，”她哭着说，“我很害怕你打发我走。”她擤了一下鼻子，最后小声说：“我可以和你一起睡吗？”

恩佐用难以置信的目光看着她说：

“怎么睡？”

“你想怎样就怎样。”

“你真想和我一起睡吗？”

莉拉盯着一把放在桌子中间的水壶，那是詹纳罗非常喜欢的水壶，因为上面有一个母鸡的脑袋：

“最要紧的是，你要让我待在你身边。”

恩佐很不高兴地摇了摇头。

“你不想要我。”

“我想要你，但我现在没有感觉。”

“你对我没有感觉吗？”

“你在说什么，我很爱你，我每天晚上都希望你来叫我，抱着我，但除了这个，我没想其他的。”

恩佐的脸色变得很苍白，那张俊朗的脸有些扭曲，就好像在承受一种难以承受的痛苦。他进一步问：

“我让你觉得恶心吗？”

“不是，不是这样的。我们可以做你想要做的，马上开始都可以，我已经准备好了。”

他脸上有一丝悲伤的微笑，他沉默了一会儿。后来他不忍心让她不安，就嘀咕了一句：

“我们去睡觉吧。”

“每个人回自己的房间？”

“不，去我房间。”

莉拉松了一口气，她换上了睡衣，冷得瑟瑟发抖，到他房间时，他已经在床上了。

“我睡这边？”

“好。”

她一下子钻到了被窝里，头靠在他的肩膀上，一条胳膊搭在他的胸口上。恩佐待在那儿一动不动，她马上感觉到他散发出来一股强烈的热度。

“我的脚很冷，”她说，“我可以挨着你的脚吗？”

“可以。”

“我抚摸你一下？”

“不用。”

慢慢地，她不再冷了，她胸口的疼痛消失了，她也没有了那种如鲠在喉的感觉，她沉浸在暖烘烘的昏沉里。

“我可以睡了吗？”她累得已经有些迷糊了。

“睡吧。”

## - 43 -

黎明时分她忽然惊醒，她的身体提醒她该起床了。忽然间，她心头涌起了很多糟糕的事情，都很清晰：自己可能得了心脏病，詹纳罗的退步，城区的法西斯分子，娜迪雅的逞能，帕斯卡莱的不可靠，还有她和工友提出的要求。只有在这时候，她才意识到，她是和恩佐一起睡的，但他已经不在床上了。她很快起来了，这时候，她听到房门关上的声音。恩佐是在她睡着后就起身的吗？他一个晚上都没合眼吗？他是和孩子在另一个房间睡的吗？或者说，他忘却了所有欲望，是和她一起睡的？当然，他一个人孤孤单单地吃了早餐，给她和詹纳罗把餐具都准备好了，他去上班了，一句话也没有说，心事重重地走了。

莉拉把儿子托付给邻居，也跑去上班了。

“你决定了吗？”艾多有些不高兴地问她。

“我想什么时候去就什么时候去。”莉拉又恢复了之前的语气。

“我们是一起的，你要通知我们。”

“你已经让大家都看了那个单子了吗？”

“是的。”

“其他人都怎么说？”

“不说话就是默认了。”

“不是，”她说，“不说话，就是吓尿了。”

卡波尼说得对，娜迪雅和阿尔曼多也是对的：这个行动太脆弱了，有些勉强。莉拉又非常投入地切起肉来，她想伤到别人，也想自残。她想把刀子插入自己的手心，她现在希望刀子从她手上的死肉滑到她的活肉上。她渴望叫喊，扑向其他人，让那些人为她的内心失衡负责。啊！莉娜·赛鲁罗，你真是屡教不改。你为什么要列出那个单子？你不愿意受剥削？你想改变自己和这些人的处境？你确信你和他们从这里开始，从你们现在的处境开始，可以和全世界的无产阶级团结起来，走上一条胜利的道路？你想多了！走上一条什么道路？成为什么样的人？一直都是工人？一天到晚埋头干活的工人？当家作主的工人？真是太天真了。话说得好听，最终还不是要干活。你也知道，你从小都知道，这种处境非常可怕，应该消除，而不是改善这一切。要通过改变处境，使自己变得更好吗？比如说，你变好了吗？你有没有成为娜迪雅，或者伊莎贝拉？你哥哥提高了吗？他有没有变成阿尔曼多？你儿子变得和马尔科一样了吗？没有，他们是他们，我们还是我们。那你为什么不认命呢？这都是因为你的脑子平静不下来，它一直都在转动：设计鞋子，想方设法建立起一家鞋子作坊，重写尼诺的文章，逼着他按照你的思路来，让恩佐和你一起，用你自己的方式，使用苏黎世函授课程的材料。现在，你想向娜迪雅展示出：假如她要搞革命，你要比她更革命。你的脑子，是的，最根本的原因在这里，因为你的脑子不满意，现在你的身体也垮了。她想：我对自己感到厌烦，我也厌烦目前的一切。我对詹纳罗也感到厌烦：假如事情顺利的话，他的命运，让他也只能当个工人，为了多挣五个里拉，会在某个老板面前奴颜屈膝。那你该怎么办？赛鲁罗，你要承担起自己的责任，去实现你脑子里一直考虑的事：吓唬一下索卡沃，你要让他戒掉在风干室里搞女工的恶习。你要让他看看，你给这个长着狼脸的大学生准备了什么。那年夏天在伊斯基亚，饮料、弗里奥的房子、她和尼诺睡过的那张奢华的床，所有钱都来自这个地方，来自这个散发着恶臭的地方，还有在这恶心的环境中度过的日子，来自这廉价的劳动和辛苦。我切到了什么呢？从肉里淌出来一堆黄兮兮的东西，真让人恶心。这个世界在转动，事情会变，真好。如果落下去，就会摔碎。

在吃午饭的间隙，她做了决定。她对艾多说：“我去跟老板谈。”但她还没有来得及脱下围裙，老板的秘书就出现在剔骨室，对她说：

“索卡沃先生让你马上去他的办公室。”

莉拉觉得，可能有内奸已经把她的行动告诉布鲁诺了。她放下工作，从小衣柜里拿出了那张请愿的单子，就上楼去了。她敲了敲办公室的门，进去了。房间里不仅仅有布鲁诺，还有一个人坐在沙发上，嘴里叼着一根烟，是米凯莱·索拉拉。

## - 44 -

她知道，米凯莱迟早都会再次出现在她的生活里，但在布鲁诺的办公室里看到他，这让她感到害怕，就像小时候，她害怕房子阴暗角楼里出现的幽灵。她想：他来这里干什么？我应该马上离开这里。但米凯莱看到她，就马上站了起来，他张开了双臂，看起来真的很激动。他用意大利语说："莉娜，真荣幸啊！我真高兴看到你。"他想拥抱莉拉，假如她没用一个不由自主的厌恶动作挡住他，他一定会拥抱她。有几秒钟，米凯莱张着双臂站在那儿，有些尴尬，他用手摸了一下自己的颧骨和后脖子，用另一只手指着莉拉，对索卡沃说——这次是用了虚假的语气：

"你看看，我真没法相信：你真的把卡拉奇太太藏在香肠厂里。"

莉拉用一种生硬的语气对布鲁诺说：

"我等一下再来。"

"你坐下！"布鲁诺阴着脸说。

"我就想站着。"

"坐下吧，要不然太累了。"

她摇了摇头，还是站着，米凯莱对索卡沃意味深长地笑了一下：

“你放弃吧，她就是这样，从来都不听你的。”

莉拉觉得，米凯莱的声音要比之前更有力，他把每个字都说得很清楚，就好像最近这几年，他一直都在练发音。也许是为了节省力气，也许是为了不按他说的来，她改变了主意，坐了下来。米凯莱也坐了下来，一直对着她说话，就好像从那时候起，布鲁诺已经不在房间里了。米凯莱满脸客气，仔细地看着她，用一种惋惜的语气说：“你的手都毁了，真是遗憾，以前你当姑娘的时候，手是那么漂亮。”他聊起了马尔蒂里广场上的商店，讲得很详细，就好像莉拉还是他的员工，他们见面是为了谈论工作。他提到了店里的货架，新的灯光，还有他决定又一次把通往院子的门堵死了。莉拉想起了那道门，她用方言低声说：

“你的商店关我屁事儿。”

“你要说我们的商店：那是我们一起建起来的。”

“我从来没和你一起建过任何东西。”

米凯莱还在微笑，他摇了摇头，表示完全不能认同。他说，就像那些使用自己的双手和头脑的人一样，有人出钱，投资也是一种建设和创造，钱可以创造风景、形势还有人们的生活。你不知道有多少人，他们的幸福全在我的手上，只要我签一个字，他们要么会幸福，要么会毁掉。然后，他又平静地聊了起来，好像他们是好朋友，他很高兴跟她聊聊最近发生的事情。他从阿方索开始讲起，后者在马尔蒂里广场上干得不错，他现在赚得挺多的，可以建立起自己的家庭了，但阿方索不是很想结婚，他还是想让可怜的玛丽莎一直做他的女朋友，而自己想干什么干什么。作为老板，他鼓励阿方索结婚，稳定的家庭对于员工有好处，现在他提出要出钱给阿方索办婚礼，最后他们决定在六月举行婚礼。你看，他说，假如你当时继续为我工作，那就没有阿方索什么事儿，你要什么，我都会给你，你就会过得像女王一样。他没给莉拉说话的机会，他把烟灰弹到了一个铜质的老烟灰缸里，对她宣布说，他马上也要结婚了，也定在了六月，当然是和吉耀拉——他生命中的女人。他抱怨说："很遗憾，我不能邀请你来，我倒是很乐意邀请你，但我不想让你丈夫尴尬。"他开始谈到了斯特凡诺、艾达还有他们的女儿。他说了他们一家三口的很多好话，又说现在两家肉食店已经不像之前了。卡拉奇他们家，他解释说，他们的父亲留下的钱没花完的时候，他们的日子还能凑合，但现在他们的生意岌岌可危，这已经有一段时间了，就像在一片动荡的海上，斯特凡诺的小船已经进水了，他已经撑不下去了。他的竞争对手越来越多了，不断有新的店铺开张。比如说马尔切洛，想要扩建已经过世的堂·卡罗的百货铺，想搞一家什么东西都卖的商店：肥皂、灯泡、香肠还有点心。马尔切洛已经开起来了，生意好得不得了，那家店铺叫"无所不有"。

"你是在说，你和你哥哥让斯特凡诺日子也过不下去了？"

"话可不能这么说，莉娜，我们只是做我们的事儿，没别的想法，相反的，对于我们的朋友，假如我们能帮一把，我们是很愿意帮忙的。你猜猜，马尔切洛让谁在新商店里工作？"

"我不知道。"

"你哥哥。"

"你们让里诺沦落成了你们的售货员？"

"是呀，你把他甩开了，小伙子要养活你父亲、你母亲，他有一个儿子，皮诺奇娅又怀孕了。他能怎么做呢？他去找马尔切洛，我哥哥就帮了他一把。你不高兴吗？"

莉拉冷冰冰地回答说：

"不，我一点都不高兴，你们做的任何事情，我都不喜欢。"

米凯莱做了一个很不悦的表情，他想起了布鲁诺，就说：

“你看到了吧，就像我刚才对你说的，她的问题在于脾气很坏。”

布鲁诺很尴尬地笑了笑，他想表示认同。

“真是这样。”

“她的脾气也伤到你了吧？”

“有点儿。”

“你知道，她还是个小姑娘的时候，曾经把一把裁皮子的刀子，架在我哥哥的脖子上，当时我哥有两个她那么高？那不是开玩笑，她当时差点儿动手了。”

“说真的吗？”

“是的。这个女人不得了，有勇气，有决心。”

莉拉紧紧握住拳头，对抗着身体的虚弱。房间在起伏，那些死的活的东西都在扩散。她看到米凯莱在烟灰缸里把烟掐灭了，他用了很大的力气，就好像尽管他用很平静的语气说话，他还是想发泄一下他的不自在。莉拉盯着他的手指，他的手指摁在烟屁股上，指甲有些发白。她想，米凯莱曾经想让自己成为他的情人，但这不是他真正想要的，他要的是别的东西，是和上床没有任何关系的东西，他自己也无法解释。他盯着莉拉不放，那就像一种迷信，也许他相信，我具有一种力量，这种力量对他来说是必不可少的。他想获得那种力量，但他没办法获取，他很痛苦，他没办法通过暴力手段从我这里抢去。是的，也许事情就是这样。假如事情不是这样，他已经把我弄死了。但是，为什么偏偏是我？他在我身上，看到了什么对他有用的东西？我不应该待在这里，在他眼皮底下，我不该听他说话，他看到的、他想要的东西都让我害怕。莉拉对索卡沃说：

“我要走了，走之前要给你一样东西。”

她站了起来，要把那张请愿的单子给他，这个举动，对她来说是那么没意义，同时又那么必要。她想把那张纸放在桌上，放在烟灰缸旁边，然后从这个房间出去。但是米凯莱让她站住，现在，他的声音里充满了温情，几乎是一种讨好，就好像他已经感觉到了，莉拉想要躲开他，他想尽一切办法来吸引她，挽留她。他接着对索卡沃说：

“你看，她脾气就是这么坏。我正在说话，她一点儿也不在乎，拿出一张纸，说她要走了。但我原谅她，因为她有很多优点，可以补偿她的坏脾气。你觉得自己仅仅是雇用了一个女工？不是这样的，这位太太不是一个简单的女工。假如你放手让她去干，她能把狗屎变成黄金，她能把你这个破摊子重新规整一下，达到你根本无法想象的水平。为什么？因为她不是一般女人的脑子，她的脑子就是我们这些男人也赶不上。她很小的时候，我就注意到她了，真是这样的。这女人设计的鞋子，到现在，我还在那不勒斯和外地卖着呢，我赚了很多钱。她把我在马尔蒂里广场的鞋店重新装修了一下，让那儿变成了基亚亚街、波西利波和沃美罗街上那些阔佬的沙龙。她还可以做很多很多其他事。但她很疯狂，觉得自己想做什么都可以，来了，去了，修理，打破。你以为是我把她解雇了？不是的，忽然有一天，她就不来上班了，若无其事地就不来了，就这样消失了。假如你逮住她，她还是会逃走，简直就是一条泥鳅。她的问题就在这里：尽管她非常聪明，但她不明白什么可以做，什么不能做。这是因为，她还没找到一个真正的男人。一个真正的男人会让女人正常起来。不会做饭？可以学。家里太脏了？打扫一下。一个真正的男人，可以让女人做任何事情。我举个例子，我前不久认识了一个女的，她不会吹口哨。好吧，我们在一起就待了两个小时——火热的两小时。我对她说：你现在吹口哨。她呢——

你根本不会相信——她吹起了口哨。假如你会调教，女人就会乖乖的。假如你不会调教，那就算了，只能自己受罪。”他说最后那句话时，用的是一种非常严肃的语气，就好像在提出一个不容置疑的定论。但在他说话时，他就应该意识到，他自己也没有办法遵守自己提出的定论。这时候，他换了一个表情，声音也变了，他急切地需要凌辱她。他忽然转向莉拉，用一种越来越粗鲁的方言强调说：“但这个女人很难对付，真他妈难摆平，你看看她的样子，眼睛小小的，奶子小小的，屁股也小小的，现在快瘦成一根扫把了。跟这样的一个女人，你能干什么，鸡巴挺都挺不起来，但只要一下，仅仅一下子：你看她一眼，就想上她。”

这时候，莉拉感觉脑子里有一阵疯狂的撞击，就好像她的心脏，不是在她嗓子眼跳动，而是在她的头骨里炸开了。她大声骂了起来，用的话比米凯莱还肮脏，她从书桌上抓起那个铜烟灰缸，烟屁股和烟灰撒得到处都是，她想用烟灰缸打他。但尽管她很生气，但她的动作很慢，没有力气，布鲁诺的声音——“莉娜，拜托了，你在干什么”——听起来也有气无力的。因此米凯莱很容易就阻止了她，他从她手上夺下了烟灰缸，怒气冲冲地说：

“你觉得自己可以依仗索卡沃先生？你觉得我在这里不算什么？你搞错了。索卡沃先生上了我母亲的红本子，这已经有一段时间了。这个红本子比毛语录还要重要，因此你不是靠着他，你是靠着我，你一直都是靠着我，只靠着我。到现在为止，我对你放任自流，我想看看，你和你那个朋友，你们他妈能做出什么事儿。但你现在要记住，我盯着你的，如果我需要，你得马上来，明白吗？”

只有在这时候，布鲁诺非常焦急地站了起来，说了一句：

“放开她，米凯！你有些过分了。”

索拉拉轻轻地放开了莉拉的手腕，然后对着索卡沃，用意大利语嘟囔了一句：

“你说得对，对不起，但卡拉奇太太有这种能力：她总是能让你表现得很夸张。”

莉拉强压着自己的怒火，她仔细地搓了搓手腕，用手指尖弹开了落在她身上的一点烟灰，然后把那张写着请求的纸在布鲁诺眼前摊开。她出去的时候，对着索拉拉说：

“我五岁时就会吹口哨。”

## - 45 -

回到厂房，她的脸色非常苍白，艾多问她怎么样了，她没有回答，用一只手把他推开了，她把自己关在了厕所里。她很害怕布鲁诺会马上叫她去，她很害怕不得不当着米凯莱的面和她发生冲突，她很担心自己虚弱不堪的身体，她没办法应对这种状况。她通过厕所的小窗子一直看着院子，她看到米凯莱又高又壮的身体，仔细刮过的脸，大额头，发迹线很高，身上穿着一件皮夹克，下身是一条黑色的裤子，他迈着急促的脚步，走到自己的车前，开车走了。只有到这时，她才松了一口气，她回到了剔骨室。艾多又一次问：

“怎么样了？”

“去了。你们等着看。”

“什么意思？”

她没能回答艾多的问题，这时候，布鲁诺的秘书气喘吁吁地来了，说老板要马上见她。她马上就去了，就像一位要殉道的圣人，尽管脑袋还在头上顶着，但只当已经被砍掉了。布鲁诺一看见她，就开始嚷嚷：

“你们要不要早上我把咖啡送到你们床前啊？这到底是怎么一回事儿，莉娜？你知道自己在做什么吗？我简直无法相信。你坐下来跟我解释一下。”

莉拉一条一条跟他解释了他们的要求，用的语气就像是詹纳罗跟她胡搅蛮缠时，她用的语气。她强调说，他最好要认真看待这张纸上提到的东西，用一种建设性的精神去看待，因为假如他不能理性处理此事，劳工署的监察员会来调查他。最后她问，他怎么能落到索拉拉这种危险的人物手里。这时候布鲁诺开始失控，他的脸由红色变成了紫色，眼睛里充满了血丝，他叫喊着说，他会报复莉拉，他只要给几个为他做事的伙计加几里拉的工资，他们就会平息这件事情。他声嘶力竭地说，这么多年来，他父亲一直在给监察员送礼，如果他害怕别人来调查，那就怪了！他还说，索拉拉兄弟会让她断了参加工会的念头，最后他用嘶哑的、断断续续的声音说：“出去，马上出去，出去！”

莉拉走到了门口。她在门槛那儿停了下来，说：

“这是你最后一次看到我：从现在开始，我不再在这里干活了。”

听到这番话，索卡沃马上就恢复了神智，他满脸警惕，他一定已经向米凯莱许诺，不开除她。他对莉拉说：

“现在你生气了？耍小脾气？你刚才说什么？过来，我们聊一下，让我来决定是不是解雇你。臭娘们，你给我过来！”

就在一刹那间，她回想起了伊斯基亚的时光，我们等待尼诺和他的朋友到来的那些早晨，那个在弗里奥有一套房子，非常客气、充满耐心的朋友。她从那道门走了出去，把门关上了，但她马上感觉浑身发抖，出了一身冷汗。她来到了剔骨室，没有和艾多、特蕾莎打招呼，经过菲利普的面前，他有些迷糊地看着莉拉，喊道："赛鲁！你去哪儿，赶紧进来。"但她跑过那段土路，坐上第一趟去海边的车子，来到了海滩上。她一直在走路，风很冷，她坐缆车到了沃美罗，走上了万维泰利广场、斯卡拉蒂街、奇马罗莎路，然后她又坐缆车下来了。她到很晚才意识到，她把詹纳罗忘了。晚上九点，莉拉才到家，恩佐和帕斯卡莱都很不安地问她怎么了，她让他们俩来城区找我。

现在我们见面了，深更半夜，在圣约翰·特杜奇奥这间光秃秃的房子里。詹纳罗在睡觉，莉拉一直在低声说话，恩佐和帕斯卡莱在厨房里等着我们。我感觉自己像那些古典小说里面的骑士，穿着一身精美的盔甲，在世界各地完成了各种各样的丰功伟绩之后，现在遇到了一个穿得像叫花子一样的牧羊人，他身体羸弱不堪，从来没有离开过他的牧场，他赤手空拳，用一种惊人的勇气，制服、掌控着一些可怕的畜生。

## - 46 -

我是一个安静的倾听者，我一直在听她说。在她讲述的过程中，莉拉脸上的表情会遭受一种突如其来的、痛苦的痉挛，这尤其让我觉得不安。我有一种强烈的负罪感，我想：我其实也可能会过着这样的生活，假如我现在没有沦落到这个地步，这也是她的功劳。有些时刻，我想拥抱她，更多的时候，我想问她一些问题，想做出评论，但我还是忍住了，最多只打断了她两三次。

当然，比如说，当她在谈到加利亚尼老师和她的几个孩子时，我插了话。我本想让她跟我具体讲讲，老师到底都说了我些什么，她是怎么说的，原话是什么，问她和娜迪雅还有阿尔曼多交谈时，他们有没有提到我。但我很快就意识到，我的这个要求很猥琐狭隘，虽然从我的角度来说，我这些好奇是合理的，因为他们都是我认识、在乎的人。我只是说：

“在我离开那不勒斯，去佛罗伦萨之前，我应该去看一看加利亚尼老师，和她打声招呼。到时候你陪我去，怎么样？”我补充说，“在伊斯基亚之后，我们之间的关系淡了下来，她觉得尼诺离开娜迪雅，都是我的缘故。”莉拉看着我，就好像不认识我一样。我继续说：“加利亚尼家的人都不错，但有点儿爱妄下论断，心脏杂音的事儿需要再证实一下。”

这时她做出了回应，说：

“杂音是有的。”

“好吧，”我回答说，“但阿尔曼多也说，要到一个心病专科医生那里去看看。”

她回答说：

“无论如何，他听到了杂音。”

但在谈到性的问题时，我尤其想说我自己的体验。她谈到了在风干室发生的事情，我差一点儿说，在都灵，在我身上也发生了类似的事情，一个老知识分子直接就向我扑了过来；还有在米兰，一个委内瑞拉画家，我就认识他几个小时而已，他就跑到我的房间来，要钻进我的被窝里，就好像那是我该做的。然而在这种情况下，我也忍住了，在这种时候谈论这些事情，有什么用呢？但如果我讲了的话，真的和她讲的是一回事儿吗？

她讲到发生在她身上的这些事时，最后那个问题，很清楚地浮现在我的脑海里。就像几年之前，她跟我讲了她的新婚之夜发生的那些非常糟糕的事情。莉拉笼统地谈到了自己的性生活，谈到这样一个话题，这对于我们来说是一个全新的事情。我们成长的那个环境，大家都是口无遮拦的，但那些不得体的话，都是用来攻击别人，或者保护自己的。关于性事的语言是暴力的语言，让那些隐秘的话变得很难说出口。我觉得很尴尬，我看着地板，当她用城区那种赤裸的语言，说到了和男人睡觉并不像她小时候想的那么享受，她几乎一直都没什么感觉，经历了斯特凡诺和尼诺之后，她觉得这是一件让她很难受的事儿，说实在的，她也没法接受像恩佐这样的绅士进入自己的身体。不仅仅如此，她还用一种更丑陋、更直白的话，说了至今为止她有过的体验。有时候是被迫，有时候是因为好奇，或者是激情，所有男性渴望女人做的事情，从来没有让她产生过快感，甚至是和她渴望的尼诺在一起也一样。即使是在有强烈爱情的情况下，她想为他生一个孩子，后来怀孕了，她也没有快感。

面对她的坦诚，我没法继续保持沉默，我为了让她感觉到我的诚意，我应该也对她说一些隐秘的事情。但谈到我自己，方言让我很讨厌，但要说意大利语的话，我觉得这些腥臊的事情，对于我学到的高雅语言是一种辱没，尽管别人觉得，我是写了惹火章节的女作家。我越来越觉得窘迫，我忘记了，这种坦白对她来说也很艰难，她说的每一个词，包括那些庸俗粗鲁的词汇，都和她脸上崩溃的神情、颤抖的双手紧紧联系在一起。我简短地说了一句：

“对我来说，不是这样的。”

我没有说谎，但我说的也不是事实。要把真实感受说出来，会很复杂，我需要非常谨慎的语言。我要向她解释，我和安东尼奥在一起的那个阶段，我和他在池塘边的耳鬓厮磨，我让他抚摸我，这一直都让我很愉悦，很渴望那种快感。但我不得不承认，被进入的感觉，也让我挺失望的，那种体验被负罪感破坏了，当时的环境也很不舒服，加上担心被发现，匆匆忙忙的，也害怕怀孕。我还不得不提到弗朗科，我对于性的少数体验，也是从他那儿得到的。在他进入我之前，还有之后，他让我在他的腿上、肚子上磨蹭，这是很舒服的事情，有时候，这让插入也变得美好。结果，我不得不跟她说最后的结论：现在，等待我的是婚姻，彼得罗是一个非常绅士的男人，我希望在婚床之上，在安静、合法的关系中，我能从容地享受到交媾的乐趣。假如我能这么说的话，那算是诚实的，但是，这种字斟句酌的交流，对于我们两个将近二十五岁的女人来说，是从来没有过的。另外，我还含糊地提到了她和斯特凡诺订婚期间，我和安东尼奥之间的事情，我说的都是一些节制、隐晦的话。至于多纳托·萨拉托雷还有弗朗科，我一个字都没有提，因此我就只说了那么几个字：对我来说，不是这样的。这些话在她听来，意思应该是：也许是你不太正常。的确，她用不安的目光看着我，好像是为了维护自己，她说：

“但你在书上写的是另一回事儿。”

原来她看了我写的书。我嘟囔了一句：

“我也不知道书里写了什么东西了。”

“书里写了一些肮脏的事儿，”她说，“是男人不想听到的事儿，是女人知道，但不敢说的事儿。现在你在干嘛？你不想承认，你要把自己隐藏起来？”

她的确是这么说的，她说的是“肮脏的事儿”，就连她提到书中过火的章节，也像吉耀拉一样，用了“肮脏”这个词儿。我希望她能从整体上评价一下这本书，但她没有说，她提到这本书，这只是一个引子，用来说明和男人睡觉多么让人厌烦，这一点她重申了好几次。她感叹说：“你小说里写的东西，假如你讲述了，就证明你是了解的。你现在却说：‘对我来说，不是这样的。’说这话没什么用。”我支吾道：“是的，可能是真的，我不知道。”这时候，她用一种痛苦的语气，肆无忌惮地跟我讲起了她的体验：非常兴奋，但很不满意，有一种恶心的感觉。我想起了尼诺，想到了我脑子里经常琢磨的问题：在那个漫长的、絮絮叨叨的夜晚，这是不是一个合适的时机，可以让我告诉她，我见到尼诺了？我是不是应该告诉她，詹纳罗不能指望他，尼诺还有一个儿子，他根本就不会在意自己的孩子。我是不是应该利用这个机会，利用她坦白的这个机会，让她知道在米兰，尼诺跟我说了一句关于她的坏话：莉拉在性方面也很糟糕。通过她激动的讲述，她对我书中那些肮脏的情节的解读，我是不是应该推测出，从根本上来说，尼诺说得对？也就是说，她想说明的这件事情，萨拉托雷的儿子实际上已经发现了。他也感觉到了，对于莉拉来说，被进入只是出于义务，她没办法享受到结合的乐趣。我想，尼诺是一个专家，他认识了很多女人，他知道一个女性在性方面表现好是怎么一回事儿，他也能知道，那些表现糟糕的是怎么一回事儿。很明显，在性方面很糟糕，这就意味着在男人的攻击下，感受不到快感，意味着为了平息自己的欲望，在对方身上磨蹭，意味着抓着他的手拉向自己的下体，就好像我和弗朗科之间那样，无视他的厌烦，还有高潮之后的倦怠——他只想静静歇着。那种不安在增长，我想，我在我的小说里写了这些内容，让吉耀拉和莉拉都找到了共鸣，可能尼诺也看出了这一点，因此他想和我谈论此事？我把这些话都咽了回去，只是泛泛地说了一句：

“我觉得很遗憾。”

“什么？”

“你在没有快感的情况下怀孕了。”

她忽然用一种带着讽刺的语气说：

“我才不会觉得遗憾。”

最后，天色快要亮的时候，她刚刚讲完她和米凯莱的冲突，我打断了她。我对她说：“别说了，你要保持平静，量一下体温。”结果，她的体温是摄氏三十八点五。我紧紧抱着她，在她耳边说：“现在我来照顾你，到你好起来，我会一直和你在一起，如果我要去佛罗伦萨，你跟孩子和我一起走。”她很坚决地回绝了我，说了最后一件事，她说她不应该跟恩佐来到圣约翰·特杜奇奥，她想回城区。

“回咱们的城区？”

“是的。”

“你疯了吗？”

“等我好些了，我就搬回去。”

我说了她，我说这是因为她发烧了，才会这么说。我说城区的日子会更难过，再回去简直太傻了。

“我已经迫不及待地离开了。”我大声说。

“你很强大，”她这样说让我很惊异，“我从来都没那么坚强。对于你来说，你走得越远，就会越感到自在。而我呢，仅仅穿过大路上的那个隧道，我都会感到害怕。你记不记得，有一次我们想去看海，后来下雨了？我们两个是谁想继续向前走，是谁想向后退的？是我还是你？”

“我不记得了，但你最好不要回城区。”

我还是试图让她改变主意，我们讨论了很长时间。

“你走吧，”她最后说，“你和那两个人说一说，他们已经等了好几个小时了，他们一晚上没睡，现在又要去上班。”

“我跟他们说什么？”

“想说什么就说什么。”

我帮她把被子盖好，也帮詹纳罗盖好被，整个晚上，他睡得都很不安稳。我感觉莉拉已经安静下来了。我小声说：

“我会很快回来。”

她说：

“你要记住你对我的承诺。”

“什么承诺？”

“你已经忘了吗？假如我出什么事儿的话，你要照顾詹纳罗。”

“你不会有事儿的。”

我从房间里出去时，莉拉在半睡半醒中嘀咕了一句：

“你要看着我睡，你要一直看着我。你离开那不勒斯，也不要忘了我，我知道你看着我，我就会安心了。”

# - 47 -

从我去找莉拉的那个夜晚开始，一直到我结婚那天——我是一九六九年五月十七日在佛罗伦萨结的婚，我们在威尼斯度了三天蜜月，我充满热情地开始了我的新婚生活——我一直尽我所能地帮助莉拉。实际上，刚开始我只是想照顾她，等她的感冒好了。

那个阶段，我要收拾佛罗伦萨的房子，还有书籍推广的很多事情。电话不停地响起，我母亲在嘟囔，她把电话号码给了半个城区的人，但没人找她，她说家里装了这个玩意，简直是个累赘，几乎所有电话都是找我的。我为将来可能要写的新小说做笔记，我还尝试弥补我在文学和政治上的知识欠缺。但我朋友虚弱无助的状况，让我不得不放下手头的事情，用越来越多的时间照顾她。我母亲马上就发现，我和莉拉的关系恢复了，她觉得这是一件丢人的事儿，她在一旁煽风点火，不仅仅骂我，也说莉拉的坏话。她依然觉得，她可以对我指手画脚，告诉我什么事情可以做，什么事情不能做，她一瘸一拐地走在我的身后，批评我，有时候，我觉得她简直要钻到我的脑子里来，就是为了防止我自己做主。她刺激我说，你跟她还有什么共同的地方，还有什么话可以说？你想想你现在的身份，还有她现在的样子，你写了一本恶心的书还不够吗？你还要和那个婊子来往？但我一直装聋作哑，我几乎每天都和莉拉见面。我看着她在房间里睡着了，然后我出去，面对在厨房里等了一夜的两个男人，我努力帮助她重建自己的生活。

我对恩佐和帕斯卡莱说，莉拉病了，不能继续在索卡沃的工厂工作，她已经辞职了。跟恩佐根本不需要浪费口舌，他很早就明白了，莉拉已经无法忍受继续在工厂里上班，因为她的处境非常艰难，她的内心很崩溃。帕斯卡莱呢，在他开着车子回城区的路上——那时候很早，路上没有什么人——他忍不住说："我们不要太夸张了。"他说，在工厂里，莉拉的确是很辛苦，但世界上所有被剥削的人，都过着那种日子。他用他小时候就常用的一种语气，和我谈起了意大利南方的农民、北方的工人、拉丁美洲、巴西东北部、非洲、美国黑人、越南人民，还有美帝国主义。我很快就打断了他，我说："帕斯卡莱，如果莉娜再继续这样下去，她会死的。”但他还是没停下来，他一直在反对我的观点，这并不是因为他不关心莉拉，而是因为在索卡沃的工厂里做斗争，对他来说非常重要。他觉得莉拉的身份非常重要，在他内心深处，他确信莉拉只是有些感冒，根本不需要小题大做，像我这样的小资产阶级知识分子，会操心一场感冒发烧，而不会担心一场工人运动失败带来的政治后果。这些话他并没有明说，而是说得很含糊，是我自己说出来了，说得明明白白、清清楚楚，我就是想告诉他，我知道他的意思。这让他更加烦躁，他把我放到栅栏门那里，对我说：“现在我要去上班了，莱农，我们以后再谈谈这件事情。”后来我一去圣约翰·特杜奇奥，就把恩佐叫到一边，对他说：你如果为了莉娜好，就让帕斯卡莱离她远一点，她再也不能听到工厂的事情。

在那个阶段，我在包里总是放一本书，还有我的笔记本：我会在公共汽车上，或者莉拉平静下来的时候读书。有时候我发现，她瞪着眼睛盯着我看，也许她想知道我在看什么书，但她从来连书名都不问。我试着给她念几页我正看的书——我记得，那是厄普顿客栈里的场景——她闭上了眼睛，好像很厌烦。几天之后，她的烧退了，但咳嗽一直没有好，因此我让她不要下床。我负责收拾家里，做饭，照顾詹纳罗。也许因为他已经是大孩子了，所以有些霸道，也有些调皮，我觉得他不像米尔科——尼诺的另一个孩子那样，对我有吸引力。但有时候，他玩得很疯，忽然就会很沮丧，躺在地板上昏睡过去，这让我很心软，让我喜欢上他，他自己也感觉到了，就越来越缠着我，不让我干活或者读书。

这时候，我想更进一步了解莉拉的处境。她有钱吗？没有，我借钱给她，她接受了，然后发了一千遍誓，说她一定会还给我的。布鲁诺欠她多少钱工钱？两个月工资。退职金呢？她不知道。恩佐在做什么工作，他赚多少钱？不知道。苏黎世的那个函授课程，能带来多少具体的收益？也不知道。她一直在咳嗽，她胸口很疼，嗓子不畅通，心跳有时候会失控。我详细记下了所有症状，我想说服她去看医生，接受比阿尔曼多的听诊更仔细的检查。她没有答应，也没有反对我。有一天晚上，恩佐还没有回来，帕斯卡莱露脸了，他很客气地说，委员会的成员，还有索卡沃工厂里的几个工人，想知道她怎么样了。我强调说，她的病还很严重，她需要休息。但他还是要求见莉拉，说是打个招呼。我让他在厨房等着，我去跟莉拉说这件事情，我建议她不要和帕斯卡莱见面。她做了一个表情，意思是：你让我怎么做，我就怎么做。她之前一直是一个不容置辩，说什么就做什么，而且会出尔反尔的人，现在她依赖着我，这让我很感动。

## - 48 -

那天晚上，我从我父母的家里，给彼得罗打了一个很长的电话。我详细地跟他讲述了发生在莉拉身上的事情，我说我很想帮助她。他在电话的那头，很耐心地听我讲，后来他甚至表现出了合作态度，他想起了比萨的一个研究希腊文化的年轻学者，那人对计算机非常狂热，想通过计算机在语文学领域掀起一场革命。这让我觉得很感动，因为彼得罗总是一门心思地在做自己的事儿，但在当时，出于对我的爱，他想做一件对我有用的事情。

“你联系一下他，”我恳求他，“你跟他说一下恩佐，没准会有帮助呢，说不定能冒出来一个和计算机相关的工作机会呢。”

他向我许诺说，他会做的。最后他补充说，他记得，马丽娅罗莎和一个那不勒斯的年轻律师有过一段短暂的交往。他也许能联系上这位律师，问问对方能不能帮我。

“干什么？”

“帮你的朋友把钱要回来。”

我一下子充满了热情。

“那你给马丽娅罗莎打电话。”

“好的。”

我又叮嘱了一句：

“不要只是表面上答应我，你真的要打电话啊，拜托了！”

他沉默了一下，然后说：

“你现在说话的语气，特别像我母亲。”

“什么意思？”

“她特别在意一件事时，就是这个语气。”

“不幸的是，我和她差别太大了。”

他沉默了一会儿说：

“幸好你和她不一样。无论如何，在这方面，谁也没法和她比。你跟她讲讲这个姑娘的事情吧，她会想办法帮助你的。”

我给阿黛尔打了电话，我觉得有些尴尬，但我想到了她为我的书，还有佛罗伦萨的房子做的事情，我就忘记了自己的尴尬。她是一个能解决问题的女人。假如她需要一个什么东西，就会拿起电话，一环套一环，总能达到她的目的，她总能让人无法回绝她的请求。她能自如地跨越不同的思想，她不尊重既定的社会等级，她对那些打扫卫生的女人、公司职员、企业家、知识分子、部长都一视同仁，都用一种客气的、保持距离的语气和他们说话，就好像不是她请求别人帮忙，而是别人有求于她。我给阿黛尔打了电话，先是对我的打扰表示歉意，我很仔细地讲了我朋友的事，这激起了她的好奇，也让她义愤填膺。最后她对我说：

“让我想想。”

“好的。”

“我能给你一个建议吗？”

“当然了。”

“你不要害羞，你是一个作家，你要利用你的身份做些事情，让人感觉到你的分量。这是一个有决定意义的时期，一切都在毁掉重来，你要加入其中，你要出面。你从这些人开始，要让他们无路可走。”

“我要怎么做？”

“你要把这些事情写下来，要吓吓索卡沃，还有那些像他这样的人。你一定要写，你能答应我吗？”

“我试试。”

她给了我一个名字，那人是《团结报》的编辑。

## - 49 -

我和彼得罗的通话，尤其是和我婆婆的通话，让我长期以来积聚的一种情感得到了释放。到那时候为止，我一直在抑制着自己，但现在这种情感一下子就迸发出来了，这和我的身份的变化有关。艾罗塔一家人，尤其是圭多，也可能是阿黛尔自己，很有可能都认为我是一个好姑娘，但我和他们期望的儿媳妇相去甚远。同样的，极有可能我的出身、我的那不勒斯口音，还有我做事时的笨手笨脚，对于他们的承受力是一个挑战。更进一步的大胆设想就是，我的书的出版，也是一个紧急计划，可以让我在他们的世界里变得体面。但是，一个不容置疑的事情是，他们接受了我，在他们的认可下，我要和彼得罗结婚，我正要进入一个家庭，这个家庭就像一座戒备森严的城堡，我可以不用害怕，大胆向前走，或者如果我遇到危险的话，我可以在城堡里躲藏。我迫切需要适应我的新身份，尤其是我应该有这种身份意识。我已经不再是一个只剩下最后一根火柴的小女孩了，我现在储备了大量的火柴，因此我忽然明白，我可以为莉拉做很多事情，比我之前想到的还多。

有了这样的意识，我就让她把搜集的、针对索卡沃的文件都给我，她很被动地把它们交给了我，没问我拿这些东西干什么。我看得很投入，她用多么准确而犀利的语言来讲述那些可怕的事情。在她对工厂的描述中，包含着那么多让人无法忍受的体会。我把那几页纸拿在手上，翻来覆去地看了很多遍，忽然间，几乎在没有事先做决定的情况下，我在电话目录上找到了索卡沃的电话号码，直接打给了他。我调整了一下自己的声音，用带着适度高傲的语气说："喂，我是埃莱娜·格雷科，让布鲁诺接电话。"他对我很热情："接到你的电话，简直太高兴了！"而我的态度冷冰冰的。他说："你做了那么多了不起的事情，埃莱娜，我在《罗马报》上看到了你的一张照片，很棒！我们一起在伊斯基亚岛度过的时光真美好。"我回答说，我也很高兴打电话给他，伊斯基亚已经是很久之前的事情了，无论好坏，我们所有人都变了。比如说，关于他，我听到了很多不好的传言，我希望那些传言不是真的。他马上就明白我要说什么，就说了很多莉拉的坏话，说她忘恩负义，还有给他惹的麻烦。我改变了语气，我说，我更相信莉拉说的，而不是他的话。我说："你拿起笔和纸，记下我的电话号码，好了吗？你要把该给她的钱，每一分都给她，你准备好钱，然后打电话给我，我过来拿。我不希望你的照片也出现在报纸上。"

我在他反驳之前挂上了电话，我为自己感到自豪。我没有表现出一点点的情感，我很干脆，用意大利语说了几句简洁的话，先是很客气，后来很冷淡。我希望彼得罗的感觉是对的：我现在的语气越来越像阿黛尔了，在我没有觉察到的情况下，我在模仿她为人处世的方法。我决定搞清楚，我能不能按照我说的那样，继续下一步。在给布鲁诺打电话威胁他时，我并没有很激动，因为他一直都是那个在琪塔拉沙滩上试图亲吻我的乏味男生，但我给《团结报》的编辑打电话时，却非常紧张。电话接通时，我希望那边的人听不到我母亲用方言对着埃莉莎叫喊的声音。我对接线员说，我是埃莱娜·格雷科。我还没有对她说我找谁，那女人就大声问："是女作家埃莱娜·格雷科？"她读过我的书，热情地恭维了我。我对她表示感谢，我感到很愉快，也很强大。我跟她说，我想写一篇文章，是关于那不勒斯郊外的一家小工厂，我对她说了阿黛尔给我推荐的那个编辑的名字。那个接线员又恭维了我，用工作的正式语气对我说：您等一下。过了一分钟，一个沙哑的男声，用开玩笑的语气问我："从什么时候开始，那些搞文学的人愿意为这些工人计件、轮班还有加班浪费自己的笔墨？这些事儿都很乏味，尤其是成功的女作家，都尽量离这些事儿远远的。"

"是什么领域的？"他问我，"建筑、港口还是矿井？"

"是一家香肠厂，"我小声说，"规模不大。"

那个男人依然在用开玩笑的语气说：

"这很好，你不用解释了。这份报纸曾经用了大半页版面，大张旗鼓地赞美了您，埃莱娜·格雷科女士，假如您决定写关于香肠的事儿，那我们这些可怜的编辑还能说，我们不感兴趣？三十行够了吗？太少了吗？那我们就增多一点，六十行吧。您写完了，我们怎么操作？是您亲自送过来，还是向我口述？”

我马上就动笔写那篇文章了，我要把莉拉写的那几页缩减成六十行的文章，出于对她的爱，我想写得好一些。但是，我没有任何写报道的经验，除了我在十五岁时，曾经尝试过给尼诺主编的报纸写一篇关于我和宗教老师冲突的文章，但结果很糟糕。我不知道为什么，可能因为那件事情的记忆让事情变得很复杂，或者是那个编辑的讽刺语气还在我耳边回响，尤其是在电话的最后，他让我向我婆婆问好。我用了很长时间来写那篇文章，改了又改，非常认真。但当我写完时，我还是觉得很不满意，我没有把文章送到报社去，我要先和莉拉商量一下。我想，这是一件需要一起决定的事，我明天再去交稿吧。

第二天，我去找莉拉，我觉得她的状态特别差。她嘟囔着说，我不在的时候，有些东西趁机冒了出来，折磨着她和詹纳罗。她发现我很忧虑，就做出一副开玩笑的样子，说那些都是骗人的话，她只是希望我和她多待一会儿。我们谈了很多，我让她平静下来，但我没让她看那篇文章。让我下不了决心的是，假如《团结报》没有采纳我的稿件，那我就不得不告诉莉拉：编辑认为那篇文章写得不好，我会觉得很没有面子。晚上，阿黛尔的电话给我了很大的勇气，我变得乐观起来了，促使我做了决定。她已经和她丈夫，还有马丽娅罗莎谈了这件事情。在短短的几个小时里，他们动员了所有关系：医学界的大腕、熟悉工会的社会党教授，还有一个天主教民主党的人士，她说那人有点蠢，但是个好人，是劳动者权益方面的专家。结果在第二天，她为我约了那不勒斯最好的心脏病专家——一个朋友的朋友，我不用付任何钱，而且，检查员会很快去索卡沃的工厂检查。为了要回莉拉的钱，我可以去找马丽娅罗莎的那个律师朋友，就是彼得罗跟我提到过的那个人，他是一个年轻的社会党律师，他在尼古拉爱莱莉广场上有一间事务所，她已经问好了。

“你高兴吗？”

“很高兴。”

“你把文章写好了吗？”

“写了。”

“我还以为你不会写。”

“实际上，我已经写好了，明天我就把它送到《团结报》去。”

“很好。我差点儿就低估你了。”

“差点儿？”

“的确是低估了。你和我儿子——那个可怜的小家伙怎么样了？”

## - 50 -

从那时候开始，一切都变得很顺利，就好像我有能力让所有事情像泉水一样流畅。彼得罗也为莉拉做了事情，他那个学习希腊文化的同事，其实是一个非常健谈的人，但也一样出了力。他认识博洛尼亚一个真正懂计算机的人——这让他产生了一个狂想，就是把计算机用于语文学——这个人提供了那不勒斯一个熟人的名字，他认为那是一个很可靠的人。他跟我详细地说了那位那不勒斯先生的姓名、地址和电话，我对他万分感激，我用一种很热情的、开玩笑的语气说，他在这个方面的尝试是勇敢的，我甚至在最后挂电话时，给他献了一个吻。

我马上去找莉拉。她脸色很苍白，咳嗽得撕心裂肺，也很紧张，目光极度警惕。但我给她带去了非常好的消息，这让我很高兴。我摇了摇她，拥抱了她，我紧紧握住她的双手，我跟她说了我跟布鲁诺打电话的事情。我给她念了我写的文章，我跟她说了彼得罗、我婆婆还有大姑子的积极行动。她听我说话，就好像我在一个距离她很远的地方说话，就好像我的声音来自另一个世界，她只能听到我说的话的一半，再加上詹纳罗一个劲儿地拽她，想和她一起玩儿，当我说话时，她听得不是很用心，也没有太多热情，但我一样很高兴。在过去，莉拉打开肉食店那个神奇的抽屉，曾经给我买过很多东西，尤其是书。现在，我要打开我的抽屉，我要回报她，我希望她像我一样，也感到安全。

我最后问她："那明天你去看心脏病科医生？"

她没有正面回答我，笑了一下说：

"娜迪雅不会喜欢这种面对问题的方式，她哥哥也不会喜欢。"

"我不明白，什么方式。"

"没什么。"

"莉拉，"我说，"这关娜迪雅什么事儿？她觉得自己很了不起，你根本就不用在意她，阿尔曼多就不用提了，他一直是一个很肤浅的小伙子。"

我做出这样的评论，让我自己都有些惊异。无论如何，我对加利亚尼老师的几个孩子并没有太多了解。有几秒钟，我感觉莉拉快要认不出我来了，好像她撞见了鬼魂，在利用她的虚弱在蛊惑她。实际上，我并不是想讲娜迪雅和阿尔曼多的坏话，我只想让她明白，在权力的等级方面，在艾罗塔一家人面前，加利亚尼他们什么也不算，像布鲁诺·索卡沃或者说米凯莱的那些爪牙，更算不上什么了，总之，不用担心什么，她应该按照我说的去做。但当我说这些话时，我就意识到自己有些炫耀。我抚摸着她的脸颊说，无论如何，我还是很欣赏那两个兄妹参与政治活动的劲头，但你要相信我。她嘟囔了一句：

"好吧，我们去看心脏病科医生。"

我接着问她：

"我跟恩佐约哪天，几点？"

"哪天都行，但要在五点之后。"

一回到家里，我就开始打电话。我给律师打了电话，跟他仔细解释了莉拉的状况。我又给心脏病医生打了电话，确认了时间。我给那个电脑专家打了电话，他在发展署工作，他跟我说，苏黎世的函授课程没什么用，但无论如何，我可以让恩佐在某天某个时候，到某个地方去见他。我给《团结报》打了电话，编辑说："您按照自己的时间来，您现在把这篇文章送过来，或者我们等到圣诞节？"我给索卡沃的秘书打了电话，我让她转告老板，因为我没有收到他的答复，《团结报》很快会刊登一篇我的文章。

最后的这通电话得到了非常迅速、强烈的反应，索卡沃在两分钟之后给我回了电话，这次他一点儿也不客气，他威胁了我。我回答说，现在会有一位劳工监察员，还有一位律师负责莉拉的事情。之后我非常振奋，我很自豪进行这样的抗争，出于情感，也出于信念，来对抗不公正的事情，帕斯卡莱和弗朗科还以为他们可以指导我呢。当天下午，我就去《团结报》把稿子交了。

那个跟我通话的编辑是一个中年男人，个子很小，人很胖，两只眼睛小小的，眼睛永远闪着狡黠的亮光，但他很和善、风趣。他让我坐在一把嘎吱作响的凳子上，他很专心地看了那篇文章。最后，他把那些纸放在写字台上，说：

“这是六十行吗？我觉得有一百五十行。”

我觉得自己脸红了，嗫嚅了一句：

“我数了好几次，是六十行。”

“但是是手写的，字小得用放大镜也看不清楚。文章写得很棒，同志。你去找个打字机，把那些能删的删掉。”

“现在吗？”

“如果不是现在，那我们什么时候弄？我把文章拿到手上，放在版面上就明了了，你还让我等到猴年马月？”

## - 51 -

那些日子，我感觉自己充满了力量。我们去看心脏病专科，那是一位在克里斯皮街上开了诊所的大教授，他也住在那里。为了这次会面，我特意精心打扮了一下，那个医生虽然在那不勒斯，但还是和阿黛尔的世界有交集，我不想丢脸。我仔仔细细地梳洗了一番，穿上了阿黛尔给我买的裙子，喷上了一种很淡的香水，和她自己用的香水味道很类似，然后化了一个淡妆。我希望这个教授在和我未来婆婆通话或者见面时，能说我的好话。莉拉一点都不在意自己的外表，她去看医生时，穿的就是每天在家里穿的衣服。我们坐在一个大房间里，墙上有十九世纪的绘画：有一个贵妇坐在沙发上，背景里是一个黑人女仆；有一幅是一个老妇人的画像；还有一幅画很大，是一个辽阔壮观的狩猎场景。另外还有两个人在等着，一男一女，两个人都很老，看起来都干净优雅，一副有钱人的样子。我们在默默地等着。在路上，关于我的穿衣打扮，莉拉说了很多好话，她低声说：“你看起来像是从这些画里走出来的，你就像一个贵妇，我就像女仆。”

我们等了几分钟，一个护士过来叫了我们，没有任何特殊理由，我们就跳过了那两个等待的病人。这时候莉拉变得很激动，她希望她看病时我在场，她说她一个人不会进去的，最后她把我推向前，就好像要看病的人是我。那个医生是一位瘦得皮包骨头的六十多岁的男人，灰色的头发，非常浓密。他很客气地接待了我，他知道所有关于我的事情，他和我聊了十多分钟，就好像莉拉不在场一样。他说他儿子也是比萨高等师范毕业的，但要比我早六年。他强调他自己的哥哥也是一位比较知名的作家，但只是在那不勒斯有名。他说了很多艾罗塔一家人的好话，他和阿黛尔的一个堂兄很熟悉，那个堂兄是一位著名的物理学家。最后，他问我：

“婚礼什么时候举行？”

“五月十七。”

“十七号啊？这个日子不好，改个日子吧。”

“已经没办法改了。”

在整个过程中，莉拉都没有说话。她一点儿都没有关注那位教授，我感到，她一直都盯着我看，她对我的每个动作、每句话都感到惊异。那位教授终于开始问她问题，她很不情愿地做了回答，要么用纯粹的方言，要么就是夹杂方言的蹩脚意大利语。我不得不经常介入，提醒她她告诉过我的症状，或者强调她轻描淡写提到的症状。医生做了一个非常细致的检查，莉拉一直皱着眉头，就好像我和心脏病科医生得罪了她一样。我看着那有些发白的天蓝色内衣下面她单薄的身体，那件衣服有些大，很破旧。她长长的脖子好像很难支撑她的脑袋，她的皮肤紧包着骨头，就像是要裂开的羔皮纸。我察觉到，她的左手拇指时不时会神经质地颤抖。教授让她穿上衣服前，又检查了大约半个小时。她穿衣服时，用眼睛看着教授，我感觉她有些害怕。医生来到写字台前，他终于坐了下来说，一切正常，他没有听到任何杂音。他对莉拉说，太太，您的心脏很完美。医生对莉拉的诊断，没让她产生太大反应，她非但没有表现出高兴，反倒有些不耐烦。这时候，我松了一口气，就好像他检查的是我的心脏。那位教授接着和我说话，而不是对莉拉讲话，我又开始担心起来了，就好像莉拉的无动于衷让大夫有些生气。他皱着眉头补充说："但是，你朋友的整体状况很不好，需要马上进行治疗。"他说："最大的问题并不是咳嗽，这位太太受凉感冒了，我会给她开一些止咳糖浆。"他觉得问题在于莉拉的身体非常虚弱，她应该更多注意自己的身体，按时吃饭，每天至少睡八个小时，疗养一下，等着身体恢复。他说：您的这位朋友，在她身体恢复之后，大部分症状都会自然消失的。无论如何，他总结说，我建议她去看一下精神科。

最后的这句话让莉拉很震动，她紧皱着额头，身子向前探着，用意大利语说：

"您是说我精神有问题？"

医生有些惊讶地看着她，就好像因为某种魔法，他刚才诊断过的病人，现在换成了另一个人。

"正好相反，我是建议您去做一个检查。"

"我说了什么不该说的话，或者做了什么不该做的事吗？"

"没有，您不用担心，检查只是为了从整体上了解一下您的身体状况。"

“我的一个亲戚，”莉拉说，“是我妈妈的堂姐，她很不幸，一辈子都很不幸福。我还很小的时候，夏天，我听见她对着开着的窗子叫喊，大笑，有时候我看见她在路上做一些很疯狂的事情。但是，这是因为她不幸，她从来都没有去看过精神科医生，她从来都没有看过任何医生。”

“她应该去看一下。”

“这些精神上的疾病，都是太太们得的病。”

“您母亲的堂姐不是一位太太吗？”

“不是。”

“您呢？”

“我就更不是了。”

“您觉得自己不幸吗？”

“我很好。”

医生皱着眉头，又对我说：

“她绝对要休息，您让她一定去检查一下。假如能去乡下走走，那就更好了。”

莉拉笑了起来，又用方言说：

“上次我看医生时，他让我去海边疗养，结果闹出很多事儿来。”

教授假装没有听到，他对我微笑了一下，期望能获得我的认可。他给了我他的一个朋友——一个精神科医生的名字，他还亲自给这位朋友打了电话，让他尽快给我们安排。我要说服莉拉去那家诊所，那是一件非常不容易的事情。她说，她没时间可浪费，她在心脏病科医生那里已经待得很厌烦了，她要回去照顾詹纳罗，尤其是，她没有钱可以浪费，她也不想让我浪费钱。我向她保证，这些检查都是免费的，最后她很不情愿地答应了。

那个精神科医生是一个很精干的小个子男人，头发全秃了，他在托莱多区的一栋老房子里有一家诊所，等候大厅里整整齐齐地放着一些哲学书。他很爱说话，滔滔不绝地说着，我觉得，他一直都专注于自己的话题，而不是病人。他为莉拉做检查，同时在和我说话。他问了莉拉一些问题，但他对我说了一些他的观察，没有太关注她做出的回答。无论如何，他最后得出了一个泛泛的结论，那就是莉拉的脑神经和她的心肌一样运作正常。他忽然对我说，我的同事说得对，亲爱的格雷科女士，她的身体很虚弱，结果是她灵魂中易怒、阴暗的一面，就会利用这个机会占上风，压倒理性的部分，让身体健康起来，脑子自然就会健康起来。最后，他在药方上，龙飞凤舞地写了很多药名，同时还大声地说着那些药物的名字和剂量。他开始给出他的叮嘱，他建议，莉拉可以通过长时间的散步来放松精神，但不要去海边，他说最好要去卡波迪蒙特或者卡马尔多利的树林。他建议她要多读书，但是要白天读书，晚上一个字都不要看。他说手不要闲着，尽管他看一眼莉拉的手就会明白，她的手已经够忙的了。他说到了织毛衣对精神的好处，莉拉在椅子上坐立不安，不等医生说完，她就问了一个隐秘的，但可能是她一直考虑的问题：

“我们已经到这里了，您能不能给我开些避孕药？”

医生的眉头皱了起来，我觉得我也是同样的反应，那是一个很不得体的请求。

“您结婚了吗？”

“以前结婚了，现在没有。”

“现在没有是什么意思？”

“分开了。”

“您还是结婚了的。”

“嗯。”

“您已经有孩子了吗？”

“我有一个。”

“一个太少了。”

“对我来说已经够了。”

“就您目前的状况，怀孕的话有好处，对于一个女人来说，没有什么比怀孕更好的药物了。”

“我认识一些女人，她们给怀孕毁了，还是药物好一些。”

“您的这个请求，需要找一个妇科医生。”

“您只了解精神问题，不懂这些药品吗？”

医生有些恼火，他继续跟我聊了几句，到门口的时候，他给了我一个人的地址和电话，是在塔比亚桥的一间诊所里工作的一个女医生。他跟我说，您去找她吧。就好像要求开避孕药的人是我，告别了医生。出去的时候，秘书向我们收钱。我明白，那个脑科医生已经超出了阿黛尔的关系链，我付了钱。

我们一走到路上，莉拉几乎是生气地对我嚷嚷：“那个烂人给我开的任何药，我都不会吃的，我就知道，我的脑子已经出问题了。”我回答说：“我不赞同，但你想怎么做就怎么做吧。”她有些迷惘，低声说：“我不是生你的气，我是生那些医生的气。”我们向塔比亚桥方向走去，我们没有说明目的地，就好像要随便走走，活动一下手脚。她有时候一声不吭，有时候会用恼怒的语气，模仿那个精神科医生说话的样子。我觉得，她的这些不耐烦的表现，是她生命力恢复的征兆。我问她：

“你和恩佐好些了吗？”

“还是老样子。”

“那你要避孕药干什么？”

“你知道那些药吗？”

“是的。”

“你吃过吗？”

“没有，但一结婚，我就会吃。”

“你不想生孩子吗？”

“我想要，但在生孩子之前，我想再写一本书。”

“你丈夫知道你不想马上生孩子吗？”

“我会告诉他的。”

“我们去找这个人，让她给我们俩都开一些。”

“莉拉，这不是水果糖那样可以随便吃的东西。假如你和恩佐之间没什么，那我们就算了。”

她盯着我看，眼睛眯成了一条缝，只能隐约看到她的眼珠子：

“我现在什么也不做，但以后就很难说了。”

“你是讲真的？”

“难道在你看来，我不应该？”

“当然不是。”

在塔比亚桥，我们找了一个电话亭，我们给那个妇科医生打了电话。她说她有时间，我们可以马上见面。在去诊所的路上，我表现得很高兴，因为她终于决定要靠近恩佐了，她也对我的认可很上心。我们又回到了先前小时候的样子，开始相互开玩笑，我们一直在说话，有真也有假。你去跟医生说吧，你的脸皮要厚一些。还是你说吧，你穿得像个阔太太。我又不着急要。我也不着急。那我们还去干吗啊？

那个女医生在诊所大门口等着我们，她穿着白大褂。那是一个很和蔼的女人，声音很清脆。她请我们到餐吧里坐了坐，就好像我们是老朋友了。她几次都强调说，她不是一个妇科医生，但她的解说非常详细，还提了很多建议。莉拉提出了很多露骨的问题，或者她不赞同的地方，还有新问题和一些有趣的观点。她们很谈得来，但我在那儿待得有些烦了。最后，她千交代万交代，我们得到了一包药。那个女医生不让我们给钱，她说，因为这是她和几个朋友一起搞的一个项目。她该回去上班了，在告别的时候，她没和我们握手，而是拥抱了我们。走在路上，莉拉很严肃地说："终于遇到一个好人。"现在她很愉快，我已经很长时间没见过她那么开心了。

## - 52 -

尽管《团结报》的编辑对我充满了热情，他们并没有很快刊登我的文章。我非常不安，害怕那篇文章再也出不来了。但正好是我陪莉拉去看了精神科的第二天，我一大早跑到报刊亭，拿到了一份报纸，我快速翻阅了一下，终于看到了那篇文章。我想着，他们可能会把这篇文章穿插在地方栏目中间，但我却看到，文章出现在全国发行的那几页里，占了一整版，我看到自己的名字被引出来，我感觉好像有一根长长的针刺到了我。彼得罗马上就给我打电话了，他非常高兴，阿黛尔也很振奋，她说她丈夫很喜欢那篇文章，就连马丽娅罗莎也说好。最让我惊异的是，我的出版社的总编，还有和那家出版社合作了很多年的两个名人也打电话给我，向我表示祝贺，弗朗科·马里也给我打了电话，他从马丽娅罗莎那儿要到了我的号码。他是带着敬意和我说话的，他说他为我感到高兴，说我完整展示了工人的处境，那篇文章堪称典范。

这时候，我很期望能通过某种渠道，获得尼诺的认可，但他一直都没有出现，我有些难过。就连帕斯卡莱也没有露脸，但我知道，因为政见不同，他早已不看这个党派的报纸了。无论如何，《团结报》的主编给我带来了很大的安慰，他向我表示，他非常喜欢我写的文章，但用的还是那种不恭的语气。他建议我买一台打字机，再写点类似的东西。

我得说，最虚伪的电话是布鲁诺·索卡沃打来的。他让秘书拨通了我的电话，然后他过来接。他说话的语气很忧伤，就好像那篇文章——但刚开始，他从来都没提到那篇文章——狠狠地打击了他，让他失去了所有活力。他说，我们在伊斯基亚时，我们在沙滩上散步的那些天，他非常爱我，他从来都没有像那样爱过任何人。他对我倾诉了所有的爱慕之情，因为我年纪轻轻，就做出了那么了不起的事情。他发誓说，他父亲把工厂交到他手上时，工厂已经困难重重，而且有很多糟糕的做法。他是唯一的继承人，他自己也看不惯工厂的事情，但他没办法。最后他说，我的文章——他终于提到了——对他很有启发，他想尽快纠正自己，改变之前习以为常的错误做法。他说和莉拉之间的误会让他觉得很遗憾。他说他的管理人员正在和我找的律师解决所有问题。最后他小声总结说："你认识索拉拉兄弟，在这个紧急的关头，他们正在帮助我，让索卡沃工厂改头换面。"最后他补充说："米凯莱向你致以亲切问候。"我也问候了米凯莱，并且谢谢他的好意，然后就挂了电话。我马上打电话给马丽娅罗莎的律师朋友，告诉他关于这通电话的事情。他向我确认说，钱的问题已经解决了。几天之后，我在他的事务所见到了他。他比我大不了几岁，除了嘴唇有点儿薄，人很可爱，他穿得很得体。他想带我去喝杯咖啡，他对圭多·艾罗塔充满了崇敬，他也记得彼得罗。他把索卡沃给莉拉的钱交给我，让我小心不要被小偷偷走了。他提到了学生、工会的人，还有警察在工厂门口制造的混乱。他说他去了工厂，劳动监察员也去了，但我感觉他不是很满意。只有到告别的时候，他才在门口问我：

“你是不是认识索拉拉？”

“他们就是我们城区的人，我在那个城区长大。”

“你知不知道，索卡沃的背后是他们？”

“我知道。”

“你不担心吗？”

“我不明白，你想说什么。”

“我想说：你一直都认识他们，但你多年在外面上学，也许你现在不是很了解那不勒斯的情况。”

“我非常清楚。”

“最近几年，索拉拉家族扩张了，成了这个城市非常重要的人物。”

“然后呢？”

他抿了抿嘴唇，向我伸出一只手说：

“也没什么。我们现在要到钱了，都没问题了，代我向马丽娅罗莎和彼得罗问好。你们什么时候结婚？你喜欢佛罗伦萨吗？”

## - 53 -

我把钱给了莉拉，她心满意足地数了两遍，想马上把我借给她的钱还给我。恩佐回来了，他和那个懂计算机的人会面了。他看起来很高兴，但还是一副不动声色的模样，或许他学会了遏制自己的欲望、情感和语言。莉拉和我很难从他嘴里获得信息，但最后，我们还是得到了一个比较清晰的结论：那个电脑专家对恩佐非常热情。刚开始，他强调恩佐在苏黎世函授课程上是白花钱，但他发现，尽管恩佐学了那些没用的东西，还是很懂行。他说 IBM 公司要开始在意大利生产，要在维梅尔卡泰的工厂里生产一种全新的电脑，他们在那不勒斯的分部急需一批穿孔员、检验员、操作员、程序员和分析员。他向恩佐保证，公司一开始培训课程，就会通知他，并记下了他的所有信息。

“你觉得，他是一个可靠的人吗？”莉拉问。

恩佐为了证明那个人很可信，就指着我说：

“他知道莱农未婚夫的所有事儿。”

“也就是说？”

“他跟我说，莱农的未婚夫是一个非常重要的人物的儿子。”

莉拉做出了一个厌烦的表情。很明显，她知道这场会面是彼得罗张罗的，艾罗塔这个姓氏决定了这场会面的成功，她反对恩佐把这件事情当真，并采取行动。我觉得，她一想到现在恩佐也欠我的人情，她一定觉得很不安，就好像那种人情，在我和她之间是不存在问题的，也不会有感恩或者内心的亏欠，但对恩佐可能会造成伤害。我马上说，我公公的地位没什么作用，那个电脑专家跟我说的是：如果恩佐真的懂电脑的话，他才会帮忙。这时候，莉拉做了一个比较夸张的赞同手势，她强调说：

“他真的很厉害。”

“我连一台计算机都没有见过呢。”恩佐说。

“那又怎么样？那人还是一下就明白了你很在行。”

他想了一下，带着敬仰对莉拉说，那种欣赏的态度一时让我很嫉妒：

“你让我做的练习，让他很震动。”

“是吗？”

“是的，尤其是那些模式，比如说烫衣服，敲打一颗钉子。”

然后他们两个开起玩笑来，用的那些语言我完全不懂，我被排除在外了。忽然间，我觉得他们是一对很相爱的恋人，非常幸福，他们的秘密是那么深奥，以至于他们自己也不懂。我又一次回想起我们小时候待的院子；我又一次看到她和恩佐在奥利维耶罗老师和校长的注视下，进行数学竞赛。我看到他——那个从来都不会哭的男孩，在看到自己用石子儿打中她时的惊慌。我想，在城区里，他们会更好地在一起，也许莉拉想回去是对的。

## -54-

我开始关注大门前的布告栏，上面会写着要出租的房子。这时候，我收到了一个邀请——是我自己，而不是我的全家人受到了邀请，我被邀请去参加吉耀拉·斯帕纽洛和米凯莱·索拉拉的婚礼。短短几个小时之后，我又收到了另一份请帖，是玛丽莎·萨拉托雷和阿方索·卡拉奇的婚礼邀请。无论是索拉拉还是卡拉奇家，都对我充满敬意，都称我为“尊贵的埃莱娜·格雷科女士”。参加这两场婚礼，对于我来说是一个很好的机会，我可以借此搞清楚，莉拉回城区是不是一件好事儿。我计划去找米凯莱、阿方索、吉耀拉和玛丽莎，表面是向他们表示祝贺，另一方面是向他们解释，我不能参加他们的婚礼，他们结婚的时候，我已经离开那不勒斯了。实际上我想知道，索拉拉一家和卡拉奇一家有没有放过莉拉。我觉得，阿方索是唯一一个能用平淡的语气告诉我，斯特凡诺对他妻子的怨气还没有消的人。至于米凯莱呢，尽管我很恨他，我还是可以平心静气地侧重谈谈莉拉现在的健康问题，我想让他明白，无论他觉得自己有多么了不起，他认为我还是之前的那个小姑娘，但假如他继续迫害我的朋友的话，我有足够的力量能让他的生活和生意变得复杂。我把那两张请帖都放在包里，我不希望我母亲看到生气，觉得他们是给我面子，而不是给我父亲还有她面子。我用了一天时间来完成那些会面。

天色看起来不妙，我带上了伞，但我心情很好，我想边走路边思考，向这个城区还有整个城市告别。按照一个勤奋女学生的习惯，我从最难的会面开始，我先去找索拉拉。我去了他们的酒吧，我没有找到米凯莱和吉耀拉，也没有看到马尔切洛。店里的人对我说，他们可能在大路旁边的新商店里。我迈着散漫的步伐，东张西望地往那里走去。堂·卡罗的商店——以前那个黑暗深幽的地窖，我们小时候在那儿买肥皂还有其他日用品——那个破商店一点儿影子都没有了。那栋楼的第四层窗户外，挂着一个巨大的牌子——“无所不有”！这是一个竖挂着的牌子，正好在商店的入口上方。尽管是白天，但商店里灯火通明，里面有各种各样的东西，非常丰富。我在那儿看到了莉拉的哥哥里诺，他胖了许多，他对我很冷淡。他说，他是里面的老板，他不知道米凯莱在哪里，如果你找他，你可以去他家里找。他很不客气地说完，然后转过身去，好像有什么着急的事情要做。

我又走了出去，到了新城区，我知道索拉拉一家几年前在那儿买了一栋非常大的房子。米凯莱的母亲曼努埃拉——那个放高利贷的女人给我开的门，自从在莉拉的婚礼上见过她之后，我就没怎么见过她。我感觉，她透过猫眼在审视着我，她看了很久，然后拉开了门上的保险栓，出现在了门框那里，她身体的一部分还在暗处，另一部分被从楼梯间的大窗户射进来的阳光照亮。她更干瘦了，皮肤紧紧地绷在骨头上，显得骨头很突兀。她的一颗眼珠子很明亮，另一颗很昏暗。她的耳朵、脖子上还有深色的衣服上，都有亮闪闪的金首饰，好像她要去参加一场宴会。她对我很客气，她想邀请我进去喝一杯咖啡。米凯莱不在，我得知，他还有一套房子在波西利波区，他婚后会搬到那里去住，现在他在和吉耀拉一起装修。

“他们会离开这个城区？”我问。

“当然了。”

“去波西利波区去？”

“那里有六个房间，莱农！三个房间面朝大海。我更愿意选沃美罗区，但米凯莱喜欢按着自己的想法来。无论如何，早上风吹着，太阳晒着，你都无法想象有多舒服。”

这对我来说是一件很意外的事情。我从来都没有想过，索拉拉会离开他们的地盘，离开他们藏匿战利品的老巢。但正是米凯莱——他们家里最聪明、最贪婪的男人，却搬到别的地方住了，在波西利波区的高处住着，面对着大海和维苏威火山。他们兄弟俩的地盘真的扩大了，那位律师说得有道理，但当时我觉得挺高兴的，我觉得米凯莱离开城区是好事儿——莉拉如果回城区的话，这是一件好事儿。

## - 55 -

我向曼努埃拉太太要了地址。和她告别之后，我穿过城市，先是坐地铁到了梅尔杰利纳火车站，又走了一段，最后坐公共汽车到了波西利波。我觉得自己文化层次很高，已经属于拥有权力的阶层，像是戴上了桂冠，受到整个世界敬仰，我非常好奇，我想看看，我从小就看到的那股恶势力，现在变成了什么样子——他们那种欺压别人的低俗乐趣，逍遥法外的犯罪行为、对法律的阳奉阴违——披上了什么样的华丽外衣。索拉拉兄弟生来就爱炫富，爱排场。米凯莱住在一栋楼的最高层，那是一栋刚修好的楼房，但米凯莱再次躲开了我。我只见到吉耀拉，她看到我时，一方面明显很惊异，一方面带着敌意。我意识到，我借用她母亲的电话的那个阶段，我一直对他们一家都很客气，但当我在我父母家装上了电话，斯帕纽洛一家就从我的生活里消失了，我甚至都没有意识到这一点。现在是正午时分，在没有事先通知的情况下，在一个灰暗的、可能会下雨的时刻，我出现在波西利波区，一下子闯进了她还没收拾好的婚房，这算什么做法？我觉得很羞愧，我装出一副高兴的样子，想让她原谅我。刚开始，吉耀拉有些不悦，可能有些警惕，她不知道我想干什么，后来她炫耀起来，她希望我嫉妒她，希望我觉得她是我们这些姑娘中最幸运的。因此，她一直在关注着我的反应，我的热情让她很享受，她让我看了一间又一间房间，给我看了那些昂贵的家具、奢华的吊灯、两个很大的洗手间、超大的热水器、冰箱和洗衣机。他们有三台电话，但现在还没有开通，还有一台我不知道多少寸的大电视。最后，我们来到了阳台上，那不是一个阳台，而是一个空中花园，上面种满各种各样的花，只是天气不好，没法好好欣赏花朵鲜艳的颜色。

“你看，你见过这样的大海吗？这样的那不勒斯，还有维苏威火山？看看这天空？在我们的城区里，从来都没见过这样的天空吧？”

从来没有。天空是铅色的，海湾像巨大的熔锅，从边上挤压着天空，浓密的乌云翻滚着，向我们涌来。但在天边，在大海和乌云中间，天空中有一道长长的、铅白色的、非常耀眼的裂痕，映衬着维苏威火山的紫色影子。我们在阳台上欣赏了很长时间，风很大，衣服紧紧贴在身上。我全然被那不勒斯的美景迷住了，甚至是在几年前，在加利亚尼老师家的阳台上，我也没有看到过这样的美景。这些水泥建筑修建在优美的景区之中，非常煞风景，但价格极高，米凯莱买了一套纪念版的房子。

“你不喜欢吗？”

“简直太棒了！”

“莉娜在城区的房子，和这套简直没法比，不是吗？”

“是呀，真没法比。”

“我说的是莉娜，但现在是艾达住在那里。”

“是呀。”

“这里要阔绰得多。”

“是呀。”

“但你却做出那副表情。”

“没有啊，我为你感到幸福。”

“人各有志，你上了学，写了书，可我拥有眼下这些。”

“是呀。”

“你不这样觉得吗。”

“我很赞同。”

“如果你仔细看看门牌，这栋楼里住的全是一些工程师、律师还有大教授。这些风景和便利是要付钱的，如果你和你丈夫省吃俭用，我觉得你们也可以买一套像这样的房子。”

“我觉得我们做不到。”

“他不想来那不勒斯生活吗？”

“我可以排除这种可能。”

“一切都有可能啊，你很幸运。在电话里，我好多次听到彼得罗的声音，我从窗户里也看到过他，能看出来他是个好男人，他肯定会按你说的来，不像米凯莱。”

这时候，她把我拉进屋里，想让我吃点儿东西。她打开纸包，里面有火腿和香肠，她切开了面包。她对我表示歉意说：“房子还没收拾停当，但将来，你和你丈夫来那不勒斯的时候，你们可以来这里，我给你看看房子收拾好的样子。”她非常兴奋，眼睛瞪得很大，眼眸很亮，她很努力想让我对她的富裕和阔绰深信不疑。但那个不太可能实现的未来——我和彼得罗来那不勒斯，来这里拜访她和米凯莱，应该让她有一丝疑虑。她有一点儿分心，她可能联想到一些糟糕的事情。她又开始炫耀时，对自己说的话失去了信心，她的语气变了，她开始列举——但她说这话时，并不是很满意，甚至带着一丝自嘲的语气说：“我很幸运，卡门和大路上那个加油的在一起了，皮诺奇娅被里诺那个傻瓜给毁了，艾达当了斯特凡诺的姘头，但我有米凯莱，真是福气，他很帅，也很聪明，所有人都听他的，他终于决定要娶我了，你看到他让我住在什么地方了吧？你知道他准备了一个什么样的婚礼吗？我们要搞一场盛大的婚礼，比波斯沙阿迎娶索拉雅时的婚宴还盛大。是的，还好我从小就和他在一起，我是最有眼光的。”她接着说，先是带着自嘲赞美自己的精明，她通过索拉拉获得的富裕生活，慢慢地变成了倾诉——作为新娘的她的处境的孤单。她说，米凯莱从来都不在，就好像她要一个人结婚。她忽然问我，就好像真的需要一个确认：“你觉得我存在吗？你看看我，你觉得我存在吗？”她用张开的手拍了拍自己丰满的胸脯，她这么做就是向我展示，她的身体在米凯莱眼里是不存在的。米凯莱得到了她的一切，那时候，她还几乎是个孩子。他消耗了她，撕裂了她，现在她快二十五岁了，他已经习以为常了，连看她一眼都不会看。“他在外面，想上谁就上谁，真是让我太恶心了。有人问他想要多少孩子，他就会信口开河说：‘你去问问吉耀拉吧，我已经有蛮多孩子了，我都不知道有多少。’你丈夫会跟你说这些事情吗？你丈夫会说：‘我和莱农要生三个孩子，跟其他女人我就不知道了？’他当着所有人的面那样对我，就像我是一块擦脚布。我知道为什么。他不爱我。他跟我结婚，是想要一个忠诚的奴仆，所有男人结婚都是为了这个。他不停地对我说：‘我他妈找你干吗啊，你什么都不懂，你很笨，也没有品位，这个漂亮的房子给你住，简直是浪费，什么事儿搭上你，就变得很闹心。’”她哭了起来，一边抽泣一边说：

“对不起，我这样说，是因为你在那本书里写的内容。我很喜欢那本书，我知道你懂得这些痛苦。”

“为什么你让他对你说这些话？”

“那是因为如果不这样的话，他就不会娶我。”

“在结婚之后，你要让他付出代价。”

“有什么办法？他根本就不在乎我，我现在从来都见不到他，更何况以后了。”

“这样我就不明白了。”

“你不明白，是因为你不是我。你知道一个男人爱的是另一个女人，你会不会和他结婚？”

我有些不安地看着她：

“米凯莱有一个情人？”

“有很多情人，他是个男人，到处都有情人，但这不是最关键的。”

“什么才是最关键的。”

“莱农，我告诉你，你不要对任何人说这件事情，否则米凯莱会把我杀了的。”

我向她保证，我也遵守了我的诺言：现在，我写下这件事，那是因为她已经死了。她说：

“他爱莉娜，他从来都没有那样爱过我，也不会像那样爱任何人。”

“胡说。”

“你不应该说我这是胡说。莱农，你不相信的话，你就最好走人。这是真事儿。他就是在莉娜把裁皮刀放在马尔切洛的脖子上的那天爱上她的，这难道是我自己编的？这是他亲口告诉我的。”

她跟我讲的这些事情，让我内心深处很不安。她说没多久之前，就在那所房子里，有一天晚上，米凯莱喝醉了，就跟她坦白了自己有过多少女人，数字很精确：一百二十二个，有的是付钱的，有的是免费的。“你也在这一百二十二个女人里，”他强调说，“但你不属于那些让我很享受的女人之列。你知道为什么吗？因为你是一个白痴，就是在X的时候，要X得好的话，也需要智慧。比如说，你连口X都不会，你没有天分，跟你说也是白说，你做不到，我一下子就能感觉到，这让你恶心。”他就这样说了一会儿了，说的话越来越恶心，跟他在一起，粗俗是基本的原则。然后，米凯莱想跟她把事情说清楚：他娶她，是出于对她父亲的尊敬，还有他们多年的交情，她父亲是一个很有经验的点心师傅；他娶她，是因为男人总要有老婆和孩子，还有一个体面的家。但他不希望她有误解，对于他来说，吉耀拉什么都不算，娶了她，也不是把她供上祭坛，他最爱的人并不是她，她不要觉得自己有权管他，惹他心烦。这都是很难听的话，后来米凯莱自己也意识到了，他变得很忧伤。他嘀咕着说，对于他来说，女人都傻乎乎的，身上有一些可以玩的洞，所有女人都一样，除了一个。莉娜是在这个世界上，他唯一爱着的女人——他爱莉娜，就像电影里的爱情，他尊敬她。“他跟我说，”吉耀拉抽泣着说，“莉娜一定知道怎么这栋房子装修得很好，给她花钱，装修这套房子，那对于他来说是一种享受。他跟我说，和她在一起，他可以在那不勒斯变成一个头面人物。他跟我说：‘你记不记得，她是怎么处理那张婚纱照的？你记不记得她是怎么打理那家店铺的？你呢？皮诺奇娅还有其他女人，你们算什么，你们能搞出什么鸟？’”他跟她说了这些话，但还不止这些。他还说，他每天都想着莉拉，日日夜夜，但不是一种普通的欲望，对她的欲望不像他所熟悉的。实际上，他不想要她，也就是说，他不想像要普通女人那样要她，上她，把她翻过来，转过去，打开她，搞坏她，把她踩在脚下，凌辱她。他不是想得到她，然后忘记她，他想要她满脑子的主意，她充满创意的想法。他要小心翼翼地对待她，不损害她，让她发展下去。他想要她，不是干她——把这个动词用到莉拉身上，这让他很不安。他要她是想吻她，抚摸她。他想接受她的抚摸、帮助、引导和命令。他想要她，是想看着她一年年的变化，看她一点点变老。他想要和她交谈，在她的帮助下思考。“你明白吗？他就是这样跟我说莉娜的，我是要和他结婚的人，他从来都没有跟我这样说过话。我向你发誓，事实就是这样。然后他嘀咕着说：‘我哥哥马尔切洛，还有斯特凡诺那个混蛋，恩佐那个烂人，他们哪里懂得莉娜？他们有没有意识到自己所失去的，还有他们会失去的？不，他们没有这种智慧。只有我知道她是什么，她是谁，我能看出来，想到她白白被浪费掉了，这让我觉得痛苦。’他就是这样胡说八道，发泄自己的愤恨。我就在那儿听他说，我什么也没有说，后来他睡了过去。我看着他想：米凯莱真的是这样的男人吗？他能产生这种情感，这不是他在说话，是另一个人，是另一个我恨的人。我想：我现在趁着他睡着了，用刀砍死他，我要重新得到我的米凯莱。我一点儿也不恨莉拉。几年以前，我想杀死她，因为米凯莱不让我在城里的鞋店工作，让我回到甜食店的柜台后面，那时候，我感觉自己一文不值。但现在我已经不恨她了，这和她没有任何关系，她一直都想摆脱所有这一切。她不像我这样的笨蛋会嫁给米凯莱，她永远都不会嫁给米凯莱。相反的，因为米凯莱一直都能得到所有他想得到的，但对她却束手无策，他已经爱了莉娜很长时间了：至少有这么一个女人，会让他屁滚尿流。”

我在那里听着，并试图安慰她。我说：“假如他和你结婚，这就意味着，无论他说什么，他还是很在乎你的，你不要太绝望。”吉耀拉很用力地摇了摇头，用手指抹了抹脸颊上的眼泪。你不了解他，她说，没人像我那么了解他。我问：

“你觉得，他有没有可能会失去理智，伤害到莉娜？”

她的反应有些激烈，她感叹了一声，介乎干笑和抽泣之间。

“他？伤害莉娜？他这些年是怎么做的，你没有看到吗？他可以伤害我、你、任何人，包括他父亲、他母亲还有他哥哥。他可能会伤害所有莉娜在乎的人——她儿子、恩佐。他可以肆无忌惮、冷血地对任何人，但是对莉娜本人，他什么都做不出来。”

# - 56 -

我决心走完我的探索之路，我继续步行，走到了梅尔杰利纳火车站，最后我来到了马尔蒂里广场，这时候乌云很低，好像就在楼顶上压着。向索拉拉那家高级鞋店走去时，我确信暴风雨随时都会从天而降。我看到了阿方索，他比我记忆中的还要帅气，大眼睛，长睫毛，嘴唇线条很精致，身体很纤细，但同时也很强壮。因为学过拉丁语和希腊语的缘故，他的意大利语有些不自然。他看到我很高兴，一种发自内心的高兴。我们一起经历了初中和高中艰苦的几年，我们建立起了一种坚固的友谊，即使很长时间没见面了，但我们马上就熟络起来了，相互开起了玩笑。我们畅所欲言，话题跳来跳去，聊到了学校里的事情、老师们、我出版的那本书、他的婚礼还有我的婚礼。是我跟他提到了莉拉，他有些迷惑，他不想说莉拉的坏话，也不想说他哥哥和艾达的坏话。他只是说：

“事情到这一步，是可以预测的。”

“为什么？”

“你记不记得，我跟你说过，莉娜让我很害怕？”

“是的。”

“那不是害怕，我是很久之后才明白的。”

“那是什么？”

“一种陌生的吸引，一种又远又近的感觉。”

“也就是说？”

“这是很难解释的事情：我和你马上就成为了朋友，我很喜欢你，但和她就不可能建立这种友好的关系。她身上有一种可怕的东西，会让我想跪在她面前，告诉她我内心深处的秘密。”

我开玩笑说：

“很好啊，这是一种宗教体验。”

他还是那么严肃：

“不是，那是一种自愧不如的感觉。她帮助我学习的那段时间，那是很好的体验。她看一下课本，马上就明白了，然后用一种简单的方式给我讲出来。当时我经常想，我到现在也经常想：假如我生下来是个女孩子的话，我希望自己像她一样。实际上，在卡拉奇家里，我们俩都是外人，无论是我还是她，都不能久留，因此我从来都没有怪罪她，我一直是站在她那边的。”

“斯特凡诺还生她的气吗？”

“我不知道，尽管他很恨莉娜，但他有太多麻烦要解决，现在莉娜是他最无关紧要的问题了。”

对我来说，他的这个断论是诚恳的，也是可信的，我不再谈论莉拉。我开始问起了他玛丽莎的情况，还有萨拉托雷一家人，最后问到了尼诺。他的回答很不具体，尤其是关于尼诺，现在没有人——他跟我说，这是多纳托的意愿——敢请他来参加这让人无法忍受的婚礼。

“你不乐意结婚吗？”我斗胆问了一句。

他看着橱窗，外面雷电交加，但还没有下雨。他说：

“我不结婚也挺好的。”

“那玛丽莎呢？”

“她不行，她这样不行。”

“你想让她当你一辈子女朋友？”

“我不知道。”

“因此最后你满足了她的要求。”

"她去找米凯莱了。"

我用难以置信的目光看着他。

"找他做什么？"

他笑了，是有些神经质的笑。

"她去找米凯莱，他们联合起来对付我。"

我当时坐在一张墩状沙发上，他是背光站着的，他的身体像电影里的斗牛士一样，紧绷着。

"我不明白，你娶玛丽莎，是因为她让索拉拉告诉你，你应该娶她？"

"我娶玛丽莎，是不想得罪米凯莱，是他把我安排到这店里的，他相信我的能力，我对他很感激。"

"你疯了吗？"

"你这么说，是因为你们都不理解米凯莱，你们不知道他是什么样的人。"他的脸有些扭曲，枉然想忍住眼泪。最后他说："玛丽莎怀孕了。"

"啊！"

原因是这个。我非常尴尬，我拉着他的一只手，想让他平静下来。他很艰难地平静下来了，对我说：

"生活是一件很丑陋的事情，莱农。"

"这不是真的，玛丽莎将是一个很好的妻子，也会是一个很好的母亲。"

"玛丽莎怎么样，这关我屁事儿。"

"你不要夸张了。"

他眼睛盯着我，我觉得他在研究我，就好像要搞清楚一件我没有明说的事儿。他问：

"莉娜对你什么都没有说吗？"

“她应该对我说什么？”

他摇了摇头，忽然很开心。

“你看，我说得对吧？她不是个普通人。有一次，我跟她说了一个秘密，我当时很害怕，我要找个人说说我害怕的缘故。我就跟她说了，她在那里仔细地听我说，后来我就平静下来了。对我来说，和她谈论这件事情非常重要，我觉得她不是用耳朵听，而是用一个只有她才有的器官在听，那些话才变得可以接受。最后，我没有对她说，就像通常人们会说的那样：‘你要发誓，拜托了，你不会背叛我。’但现在很明显，假如她没对你说这事儿，那她谁都没有告诉，甚至是在对她来说最艰难的时刻，就是那些充满仇恨，我哥哥打她的时候。”

我没有打断他。让我觉得难过的是，尽管我一直是他的朋友，他对莉拉说了一些隐秘的事情，却没有对我说。他似乎也觉察到了这一点，他想补偿。他紧紧地拥抱了我，在我的耳边低声说：

“莱农，我是个飘飘，我不喜欢女的。”

当我要离开时，他很尴尬地说：“我还以为你已经看出来了呢。”这让我更加难过，实际上，对此我连想都没有想过。

## - 57 -

就这样，我度过了漫长的一天，没有下雨，但天色很阴沉。从那时候开始，我的态度发生了转变。从表面上看来，莉拉和我之间的关系越来越密切，但现在我渴望能够快刀斩乱麻，我要重新投入自己的生活。或者，这种转变已经开始了，在那些小细节里，当这些细节撞击着我时，我能感受到，但现在这些细节累积起来了。我出来走一圈是有用的，但回到家里，我变得很不高兴。这么多年，她都没有告诉我阿方索的事情，她明明知道我和阿方索的关系非常密切。我和莉拉之间的友谊到底是什么样的？有没有可能，她没有察觉米凯莱对她的绝对依赖？或者她出于自己的原因，决心不对我说这件事情？从另一个方面，我自己对她隐瞒了多少事情？

那一天剩下的时间里，我的脑子一直都很乱，那些时光、地方、见到的不同的人一直在我的脑子里浮现：幽灵一样的曼努埃拉太太、目光空洞的里诺、小学时候的吉耀拉、中学时候的吉耀拉、少年时期受到索拉拉兄弟吸引的吉耀拉，因为他们帅气、强壮而出现在那辆“菲亚特1100”上的耀眼的吉耀拉。米凯莱和尼诺一样，都很惹女人喜爱，但差别在于，米凯莱有自己的最爱——莉拉，莉拉能够激起他的这种激情，那种激情不仅仅是一种占有和支配，一种可以夸耀的东西，一种报复和低级的欲望，就像他所说的那样，是一种对女性价值的狂热肯定，一种崇拜，不是压制，而是一种非常珍贵的男人的爱，一种复杂的感情，是一个男人针对一个女人——女人中的臻品，那种带着决心、近乎残暴的爱。我觉得自己和吉耀拉比较像，我了解那种羞辱。

当天下午，我就见到了莉拉和恩佐。我没有说我那天的经历，没有说我所做的，是出于对她的爱，也是为了保护那个和她一起生活的男人。趁着莉拉在厨房让孩子吃饭的时候，我对恩佐说，莉拉想回到老城区去住。我决定不隐瞒自己的态度，我说，那虽然不是一个好主意，但我觉得，这对帮助她稳定下来有帮助。她身体没问题，她现在需要重新找到一种平衡——或者是她自己这么想的，我们需要鼓励她，再加上事情已经过去那么长时间了，就我所知，在我们的城区里，情况不会比在圣约翰·特杜奇奥更糟糕。恩佐耸了耸肩膀说：

“我没什么意见，我可以早上早点起，晚上晚点回去。”

“我看到了堂·卡罗的老房子在出租，他的几个孩子都去卡塞塔住了，现在那个寡妇也要搬到卡塞塔去。”

“租金多少？”

我跟他说，在城区的租金要比圣约翰·特杜奇奥还要便宜。

“好吧。”恩佐表示同意。

“你知道，无论如何都会有矛盾要面对。”

“在这里也一样。”

“城区里的麻烦会更多，要求也更多。”

“我们看吧。”

“你会在她身边吗？”

“是的，如果她愿意的话。”

我们一起到厨房里找莉拉谈，我们跟她说了堂·卡罗的房子。她刚和詹纳罗吵了架，现在孩子和母亲在一起的时间要比他和邻居在一起的时间长，他有些不知所措，他的自由少了，他不得不改掉一些毛病，他现在已经五岁了，还指望别人喂他。这时候，莉拉又在吼他，他把盘子摔到了地板上，摔成了碎片。我们进厨房时，她刚扇了儿子一个耳光，她用一种很霸道的语气对我说：

“是你用勺子当飞机，喂他吃饭的。”

“只有一次。”

“你不应该那么做。”

我说：

“再也不会了。”

"是的，永远也不要，因为之后你要去当你的作家了，我还要在这儿浪费我的时间。"

她渐渐平静下来了，打扫了一下地板。恩佐对她说，在城区里找套房子是可以的，我抑制着自己的不满，跟她说了堂·卡罗的房子。她一边哄孩子，一边漫不经心地听我们说，最后，她的反应好像是恩佐想搬家，好像是我促使她做这个选择。她对我们说："好吧，我按照你们说的办。"

第二天我们一起去看房子。房子的状况很糟糕，但莉拉很激动：她喜欢这套房子的位置，因为房子在城区的最边上，几乎是靠着隧道的地方，从窗子可以看到卡门的未婚夫的加油泵。恩佐说，来往大路的卡车，火车调度也在那里，晚上可能会比较吵。但她觉得，那些伴随着我们童年的声音也很美，他们和那个寡妇商量了一个比较合理的价格。从那时候开始，每天晚上，恩佐不是回到圣约翰·特杜奇奥，而是来到城区，对那套房子进行一系列的改造，让它变得舒适。

已经到了五月下旬，离我结婚的日子越来越近，我往来于那不勒斯和佛罗伦萨之间。但莉拉好像根本就没有意识到，这个日子快要到来了，她还让我帮她收拾那套房子、买东西。我们买了一张双人床，还有詹纳罗的小床，我们一起去办理了电话的开通申请。在街上，人们都看着我们，有人对我打招呼，有人对我们俩打招呼，有人假装没有看到我也没有看到她。无论在哪种情况下，莉拉看起来都很自在。有一次我们遇到了艾达，她一个人走着，她很客气地跟我们打了招呼，然后匆匆地走了过去，就好像有急事儿。有一次，我们遇到了斯特凡诺的母亲玛丽亚，我和莉拉给她打招呼，她马上掉过头去。有一次，我们遇到了斯特凡诺本人，他开车经过，他从车子里下来，只是很愉快地和我交谈，他问到了我的婚礼，他赞美了佛罗伦萨，因为他才和艾达还有他们的女儿一起去了那儿，他轻轻地拍了拍詹纳罗的脸蛋，然后跟莉拉点了点头，打了招呼就走了。有一次，我们看到了莉拉的父亲费尔南多，他弯腰驼背，更加老了，他站在小学门口。莉拉当时非常激动，她让詹纳罗去认识一下外公。我想拦住她，但她还是去了，费尔南多就好像没有看到女儿一样，他看了外孙几秒，一字一句地说："你看你母亲，告诉她，她是个婊子。"然后扭头就走了。

最让人不安的会面，是在她要搬回城区的前几天发生的，虽然当时看起来没什么，但事后对她影响很大。有一次，从家里出去时，我们遇到了梅丽娜，她拉着自己的外孙女玛丽亚的手，这孩子就是艾达和斯特凡诺的女儿。梅丽娜看起来还是那副心不在焉的样子，但她穿得很好，头发也染了，脸上化着浓妆。她认出了我，但没有认出莉拉，或者说，刚开始她只想和我说话。她跟我说话的语气，好像我还是她儿子安东尼奥的女朋友。她说她儿子很快就会从德国回来，在信里，他一直在打听我。我说了很多好听的话，恭维她的头发和衣服，她看起来很高兴。在我夸赞她的外孙女时，她显得更加高兴，那个小女孩很害羞，她拉着外婆的裙子。这时候，她觉得自己应该说詹纳罗的一些好话。她问莉拉："这是你儿子吗？"只有这时候，她好像才想起莉拉来，之前她一直盯着莉拉，一句话都没有说，她应该想起来：这就是被她女儿抢了丈夫的人。她的眼睛盯着莉拉深陷的眼窝，非常严肃地说："莉娜，你现在又丑又干巴，难怪斯特凡诺会离开你，男人们喜欢身上有肉的，太瘦了，他们不知道从哪儿下手，他们会离开的。"之后，她的头转了过去，动作有点儿太快，她指着那个小姑娘，几乎是叫喊着对詹纳罗说："你知道吗，这是你妹妹。

你们亲一下，我的天！看看你俩多漂亮。”詹纳罗马上就亲了一下那个小姑娘，然后乖乖地让小姑娘也亲了亲自己。梅丽娜看到两张靠在一起的脸蛋，感叹说：“他们俩都像父亲，简直一模一样。”在下了这个论断之后，她就好像有急事儿要做，就扯着她外孙女，招呼都没有打就走了。

在整个过程中，莉拉一句话都没有说。但我明白，她受到了强烈的冲击，就好像小时候那次，她看到梅丽娜一边经过大路一边嚼着买来的软肥皂。那个女人和她的外孙女刚一离开，她忽然抖了一下身体，用一只手把头发揉乱了，眼睛眨了一下说：“我会变成这个样子的。”然后她又理了理头发，嘀咕了一句：

“你听到她说什么了吗？”

“说你又丑又干巴，但这不是真的。”

“我又丑又干巴，谁他妈在乎！我是说长得像的事儿。”

“什么长得像？”

“两个孩子，梅丽娜说得对，他们俩都和斯特凡诺一模一样。”

她忽然笑了起来，经过了那么长时间，她又像之前那样，发出邪恶的笑声。她又说了一遍：

“他们一模一样，简直就像两滴水一样。”

## - 58 -

我不得不离开了，能为她做的事，我已经做了。现在我自己也快要陷进去了，思考那些没用的事情：比如说谁是詹纳罗的亲生父亲，梅丽娜的眼光到底有多准，还有莉拉脑子里那些秘密的波动，以及她所知道或不知道的事情，或者她猜测出来的事情，她宁可假装相信的事情等等，那些事情让我头晕。趁着恩佐去上班时，我们讨论了这次碰面。我说了一些大家都会说的话："一个女人总能知道自己的孩子是谁的。"我说，你一直觉得这个儿子是尼诺的，你把他生下来，就因为他是尼诺的，现在因为疯婆子梅丽娜的一句话，你就觉得孩子是斯特凡诺的？她笑了起来，说："我真是愚蠢，我怎么能没搞清楚呢！"她看起来很高兴。对于我来说，这是无法理解的事儿，最后我不说话了。假如这种新的信念能帮助她痊愈，那太好了。假如这是她精神状况不稳定的另一种表现，我能做什么呢？够了，我的书已经被推广到了法国、西班牙和德国，它们会把它翻译出来。我又在《团结报》上发表了两篇文章，是和女性在坎帕尼亚大区工厂里的工作处境有关的，编辑们都很满意，出版社一直在催我写新小说。总之，我有很多自己的事情要做，我已经在莉拉身上倾注了很多精力，我不能总是围绕着她那些乱七八糟的事情转。在阿黛尔的鼓励下，我在米兰买了一套米色西装，打算在婚礼上穿。那套衣服很适合我，上衣很贴身，下身是短裙。当我在试这件衣服时，心里想的是莉拉，想到了她那件奢华的婚纱，还有裁缝展示在雷蒂费洛区橱窗里的那张照片，这种差别让我觉得自己和她截然不同。她的婚礼和我的婚礼属于两个不同的世界。之前我跟她说过，我不会在教堂里结婚，我不会穿上传统的婚纱，彼得罗只接受一些近亲参加婚礼。

"为什么？"她问我，但没表现出太大的兴趣。

"什么为什么？"

"你们为什么不在教堂里结婚？"

“我们不是信徒。”

“那上帝的手指，圣灵呢？”她提到了我们小时候一起写的那篇小文章。

“我长大了。”

“你至少要搞一个聚会，邀请一下朋友们。”

“彼得罗不愿意。”

“你连我都不请？”

“你会来吗？”

她摇了摇头，笑着说：

“不会。”

事情就是这样。但在五月初，在彻底离开那不勒斯之前，我决定做最后一件事情，就是去看看加利亚尼老师，这时候发生一些不愉快。我找到了她的电话，给她打了电话。我说我要结婚了，我会去佛罗伦萨生活，我想去看她一下。她没有表现出任何惊喜，也没有很高兴，而是很客气，她让我第二天下午五点去找她。在挂上电话之前，她说：“带上你的朋友莉娜，假如她愿意来的话。”

当时，莉拉毫不犹豫就答应了，她把詹纳罗交给恩佐看管。我化了妆，梳好头发，按照从阿黛尔那里学来的品味穿衣服。我帮助莉拉，把她收拾得体面一点，因为要说服她把自己打扮得漂亮一点很难。她想带一些点心，我说那不太合适，我买了一本我的书。尽管我确信加利亚尼老师已经读过了，我这么做，只是想给她写赠言。

我们很准时地到了她家里，摁了门铃，里面一片寂静。我们又摁了摁门铃，是娜迪雅给我开的门，她匆匆忙忙的，有些衣冠不整，不像平时那么客气，就好像我们不但搅乱了她的外表，而且搅乱了她的教养。我解释说，我和她母亲约好的。她不在，娜迪雅说，她让我们坐在客厅里等着，然后就消失了。

我和莉拉都没有说话，在寂静的客厅里，我们只是有些尴尬地相互看着，笑了笑。可能过了五分钟，终于听到了走廊里的脚步声，帕斯卡莱出现了，他头发有些凌乱。莉拉没有表现出一点点惊异，我非常惊奇地喊道："你在这里干什么？"他一本正经、毫不客气地反问："你们在这里干什么？"这句话改变了当时我们的处境，好像这是他家一样，我不得不给他解释，我和我的老师约好了，我来找她。

"哈！"他说，然后有些厚颜无耻地问莉拉，"你病好了？"

"差不多了。"

"我很高兴。"

我生气了，我替她回答了。我说，莉拉也是现在才好一点儿了，无论如何，索卡沃被好好地教训了一通，那些监察员去了，工厂不得不把该给莉拉的钱全部给了她。

"是吗？"他说，这时候，娜迪雅出现了，她现在拾掇整齐了，好像要出门，"明白了吗？娜迪雅，格雷科女士说，她好好地教训了 下索卡沃。"

我大声说：

"不是我。"

"不是她，那是上天教训了索卡沃一顿。"娜迪雅微笑了一下，她穿过房间，尽管沙发上有空位子，她还是做了一个优美的动作，坐在了帕斯卡莱的膝盖上。我觉得很不自在，我说：

"我只是想帮助莉娜。"

帕斯卡莱用一只胳膊抱住了娜迪雅的腰部，对着我感叹了一句：

“很好，这就是说，在这个世界上，在意大利的每个角落，在所有工厂，在所有的工地上，一旦有老板乱来，工人有风险，我们就叫埃莱娜·格雷科来，她会给她的朋友们打电话，给劳动检查员打电话，告诉天堂里的圣人，这事儿就解决了。”

他从来都没用过这种语气和我说话，即使是我还是一个小姑娘，觉得他年龄很大，已经俨然一副政治专家的派头的时候，他也没有这样对待过我。我觉得受到了冒犯，我正要回答他，但是娜迪雅插了一句话，就把我排挤在外。她用那种慢悠悠、很嗲的声音，对莉拉说话，就好像和我没什么好说的一样：

“那些劳动检查员没什么用，莉娜。他们是去了索卡沃的工厂，他们做了记录，但是后来呢？工厂里一切都照旧。这时候，出面的人倒霉了，那些沉默的人会收到几里拉的补偿，警察攻击了我们，那些法西斯分子来到楼下，他们打了阿尔曼多。”

她还没有说完，帕斯卡莱用比刚才更强硬的语气对我说，声音更大了：

“你跟我们说说，你他妈到底解决了什么问题。”他说这句话的时候，非常痛苦，带着一种真实的失望，“你知道意大利现在的情况吗？你对于阶级斗争有概念吗？”

“别大喊大叫的，拜托了。”娜迪雅对他说。然后她对着莉拉，几乎是在絮语：

“你不应该丢下自己的同伴。”

莉拉回答说：

“无论如何，我们都会失败。”

“也就是说？”

“在那里面，靠发传单，或者和法西斯打架是无法取胜了。”

“那怎么取胜？”

莉拉不说话了，帕斯卡莱这时候对着她，一字一句地说：

“要靠动用老板的好朋友吗？不管其他人，得到一点钱就可以了吗？”

我这时候忍不住说：

“帕斯卡莱，别这样，”我不由自主也抬高了嗓门，“你说这些话，是什么意思？事情不是这样的。”

尽管我脑子里一片空白，不知道要怎么组织语言，但我想解释，想让他闭嘴，唯一一句在我嘴边的话，在政治上是行不通的，那就是：“你为什么这样对我，你现在可以把手放在这位有钱人家的大小姐身上，你就觉得自己了不起了？”但这时候，莉拉用一句出人预料的、不耐烦的话阻止了我，让我非常迷惑。她说：

“别说了！莱农，他们说得对。”

我觉得很难过，他们说得对？我想反击，我想对她发火，她到底想说什么？但这时候，加利亚尼老师回来了，能听到楼道里响起了她的脚步声。

## - 59 -

我希望老师没有听到我的叫喊。这时候，我等着娜迪雅赶紧从帕斯卡莱的膝盖上下来，坐到沙发上，我也希望看到他们俩为自己的掩饰感到尴尬，我注意到，莉拉也一脸嘲讽地看着他们。但他们还保留原来的姿势，娜迪雅用一只胳膊搂住了帕斯卡莱的脖子，就好像担心自己会掉下去。她对出现在门口的母亲说：

“下次你有客人的时候，事先通知我一下。”老师没有理会她，只是冷冰冰地对我们说：“对不起，我回来晚了，我们去我的书房吧。”我们跟着她进去了，帕斯卡莱把娜迪雅推开了一点，忽然用一种突然变得沮丧的语气说：“走吧，我们去那边。”

加利亚尼给我们带路，在走廊里，她很气愤地嘟囔了一句：“我最讨厌粗鲁的行为。”然后，她把我们带到了一个宽敞的房间里，里面有一张老写字台，摆着很多书，还有一些风格很庄重、带垫的椅子。她用一种温和客气的语气对我们说话，但很明显，她在和自己的坏心情做斗争。她说，她很高兴看到我和莉拉，话虽这么说，但我听到她话里的愤怒，我期望能早点儿离开。我说，我那么长时间没出现，我对她表示道歉。我用有点急促的方式说到了学业的辛苦，我出版的那本书，还有我要应对的各种事情：订婚、迫在眉睫的婚礼等等。

“你是在教堂结婚，还是民政局结婚？”

“只是在民政局。”

“很好。”

她看着莉拉，想让她也加入我们的谈话。

“您是在教堂举办的婚礼吧？”

“是的。”

“您是信徒吗？”

“不是。”

“那您为什么要在教堂结婚？”

“大家都是那么办的。”

“不应该看别人怎么做，自己就怎么做。”

“很多人都是那么办的。”

“您会去参加埃莱娜的婚礼吗？”

“她没邀请我。”

我马上反驳说：

“这不是真的。”

莉拉坏笑了一下说：

“是真的，她怕我给她丢脸。”

她是开玩笑的语气，但我还是很受伤。发生了什么事儿？为什么她之前在娜迪雅和帕斯卡莱的面前说我错了，现在又在老师面前说这样讨厌的话？

“胡说。”为了让自己平静下来，我从包里拿出了自己的小说，我把书递给了加利亚尼老师，说：“我想把这个带给您。”她没拿正眼看那本书，可能想着自己的事儿，她对我表示感谢。她说她已经有一本了，然后把书还给我，问我：

“你丈夫是做什么的？”

“他在佛罗伦萨教拉丁语文学。”

“他比你大很多吧？”

“他二十七岁。”

“这么年轻，已经在大学担任教职了？”

“他很厉害。”

“他叫什么名字？”

“彼得罗·艾罗塔。”

加利亚尼老师很仔细地端详着我，就好像在学校里，她问了我一个问题，我给出的答案不够全面。

“他是圭多·艾罗塔的亲戚？”

“是他的儿子。”

她笑了一下，明显带着恶意。

“很好的婚姻。”

“我们很相爱。”

“你已经开始写另一本书了吗？”

“我正在写。”

“我看到你在《团结报》上写的文章。”

“写得不多。”

“我已经不在上面写文章了，现在它成了官僚的报纸。”

她又对着莉拉说话，好像要想尽一切办法表达对她的友好。她对莉拉说：

“你在工厂里做的事情，很了不起。”

莉拉做了一个厌烦的表情。

“我什么都没有做。”

“这不是真的。”

加利亚尼老师站了起来，在写字台上的文件里翻了翻，给她展示了几页纸，就好像那是不容置辩的证据。

“娜迪雅把这些稿子随便丢在家里，我看了一下。这是一篇充满勇气、很新颖的东西，写得很好。我想在见到你时跟你说一说。”

她手上拿的就是莉拉写的那几页纸，就是根据这些材料，我给《团结报》写了第一篇文章。

## - 60 -

啊，是的，我真是应该抽身而出了。从加利亚尼老师家里出来，我感觉非常苦涩，嘴里也很干。我没有勇气对老师说，她不应该那么对待我：尽管她可能很早就有我写的那本书了，她一定已经看过了，至少大概看过了，她对我写的书只字不提也就算了，她没要我专门给她带去的、上面有题赠的那本。在离开之前，因为懦弱，也因为想要以一种柔和的方式中断这段关系，我还是坚持把那本书留给她了。她没有说接受，也没说不接受，她微笑了一下，继续和莉拉说话。特别是，关于我的文章，她只字未提，她提了一句也只是为了引出对《团结报》的负面评价。她拿出了莉拉写的那几页纸，和莉拉谈了起来，就好像关于那个话题，我的观点一文不值，就好像我已经不在房间里了。我本想对着她喊："是的，莉拉非常聪明，这是真的，我一直都知道她很聪明，我爱她的聪明，她影响了我做的所有事情，但我是通过自己的努力，才取得现在的成就，所有人都很欣赏我，我不像你女儿那样，一点儿用处也没有。"但我一直沉默不语，我在那里，听她们讨论工厂里的工作，还有工人的诉求。一直走到楼梯间时，她们还在那里交谈，到最后，加利亚尼老师漫不经心地跟我打了招呼，但她还在对莉拉说话。她们已经开始用"你"相互称呼了："你要常和我联系啊！"然后拥抱了她。这让我觉得很屈辱。娜迪雅和帕斯卡莱一直没再出现，我没机会向他们发泄我内心郁积的怒火：帮助一个朋友有错吗，为了帮助她，我不是一样出头露面了吗？他们怎么能那样批评我的所作所为。最后在楼梯上，在门厅那儿，在维托里奥·埃曼努埃莱街上的人行道上，只有我和莉拉两个人了。我感觉自己迫不及待地想对着她叫喊："你真的觉得，我怕你给我丢脸，你脑子到底怎么想的，你为什么要说那两个人是对的，你真的太没有良心了。我想尽一切办法想帮你，想和你在一起，你就是这样对待我的？你的脑子真是有病。"但我们刚一到外面，我还没有开口（假如我说了，事情有什么不一样吗?)，她就挽住了我的胳膊，开始捍卫我，说起了加利亚尼的坏话。

无论是关于她支持帕斯卡莱和娜迪雅，还是说我不让她参加我婚礼的事儿，我根本找不到任何机会指责她。谈到这些事情，她现在表现得像是另一个莉拉，一个根本就不知道刚才是怎么回事儿的莉拉，让她解释也没用。真是一帮烂人——我们一路走到阿梅戴奥广场的地铁站时她都是这么说的——你看看，那老女人是怎么对你的，她想报复。她根本无法容忍你写书、写文章，她无法容忍你嫁得好。尤其让她无法忍受的是：娜迪雅从小受到的教育，就是要成为人上人，娜迪雅本应该成为她的骄傲，但现在却一事无成，不仅如此，她还和一个泥瓦匠搞在一起，在她母亲眼皮底下，做那些伤风败俗的事。是的，加利亚尼根本就无法容忍这一点，你不应该为此感到难受，管她怎么说呢。你不应该把那本书留给她，你不应该问她要不要，你不应该给她写赠言。这些人，应该用脚踹他们的屁股，你最大的缺点，就是你太好心了，人家说什么你都听。那些上过学的人，觉得只有自己有头脑，但事情不是这样的，你要放松，去吧，去结婚，蜜月旅行。你已经照顾我太长时间了。你要赶紧再写一本小说，你知道我期望你活得精彩，做出很棒的事儿，我爱你。

我非常震惊，一直在听她说话，跟她在一起，根本没办法平静。我们之间的关系每次停顿，迟早都会出现一些意外的情况，她脑子里会蹦出来一个什么东西，让她失衡，也会让我失衡。我不明白，这番话是不是为了向我道歉，还是她故意这么说的，来掩饰自己，不想向我坦白她的真实感受，还是要和我彻底告别。当然，她很虚伪，也没什么良心。我呢，尽管我的处境发生了变化，我还是依附于她。我觉得，对于她的这种依附，可能我一辈子都摆脱不了了，这让我觉得难以忍受。我希望——我没办法抑制自己的冲动——那个心脏病医生的诊断是错的，阿尔曼多是对的，我希望她真的病得要死了。

从那时候起，有很多年，我们都没见面，我们只通电话。对彼此而言，我们都成了断断续续的声音，没有任何目光的交流。但渴望她死去的那种念头，留在了我脑子的某个角落里，一直驱之不散。

## - 61 -

出发去佛罗伦萨的前夜，我没法入睡，心里有很多让我痛苦的事情，最难让我消化的是帕斯卡莱对我的批评，他的话一句句刺痛着我的神经。刚开始，我尽量不去想这些，但现在我不确信我做得对不对。我想到，莉拉说他们说得有道理，也许我真的错了。最后，我做了一件我从来没有做过的事情：凌晨四点，我从床上起来，在太阳升起之前一个人从家里出去。我感到非常不幸福，希望会发生一些意外，一些非常糟糕的事情，来惩罚我的这些错误举动和我糟糕的想法，从而也惩罚到她。但什么事儿也没发生，我一个人走在空荡荡的街道上，外面比白天拥挤时还安全。我来到了海边，天空开始发紫，在黯淡的天色下，大海像一张发灰的纸，天空上没几朵云彩，天边是粉色的。天光把奥沃城堡切成了两段，靠维苏威火山那边，是一片辉煌的赭红色，靠火车站和波西利波那边，是一道长长的褐色，沿着礁石的那条路空荡荡。大海悄无声息，散发出一股强烈的气息。假如每天早上，我不是在老城区醒来，而是在靠海的那些房子里醒来，不知道我会对那不勒斯、对我自己会有什么样的看法。我在追求什么？我要改变自己的出身吗？ 改变我自己，还有别人？我要让眼前这个空荡荡的城市住满新居民？他们不为贫穷或贪婪所折磨，他们没有愤恨，也没有怒火，他们就像以前居住在这里的神灵一样，能欣赏到这辉煌的景色。我还是要顺从我内心的恶魔，自己过上好生活，自己幸福？我利用艾罗塔一家的权力，来帮助莉拉，艾罗塔几代人都为社会主义做斗争，他们站在帕斯卡莱或者莉拉这类人一边，但我那么做，并没有想着要改变全世界的不公正，而是要帮助一个我爱的人。假如我不那么做的话，我会觉得愧疚。我做错了吗？我应该任由莉拉陷入麻烦之中吗？我再也不做这种事儿了，我再也不会为任何人动一根手指了。我要离开了，我要去结婚。

## - 62 -

现在，我一点儿都想不起来我结婚的情景。当时留下来的几张照片，并没有激起我的回忆，反倒把我的婚礼冻结在几张图像上：彼得罗一副漫不经心的样子，我看起来有些气愤，我母亲被拍得有些模糊，但永远带着她那副不悦的表情。关于这个仪式本身，我一点儿也想不起来了，但我清楚记得在结婚之前我和彼得罗长时间的讨论。我对他说，我不想马上要孩子，我要吃避孕药，因为当务之急是要写一本新书。我很确信他一定会答应我，但让我惊异的是，他提出了反对。他先提出了合法不合法的问题，他说，那些药片还没正式销售。然后又说，他听说这些药对人身体有害，他关于性、爱和繁衍说了一大通非常复杂的话。最后他嘟囔着说，假如你真有东西要写，怀孕了也可以写。我很难受，也很气愤，我觉得他的反应，不是一个要在民政局结婚的年轻学者该有的反应。我跟他说了我的想法，我们吵架了。最后到了结婚那天，我们还没有和好，他一声不吭，我冷冰冰的。

还有另一件让人吃惊的事情，那场宴席让我还有些记忆。我们已经决定，登记完结婚，我们和亲戚们打个招呼，然后就回家，不举办任何类型的婚宴。这个选择，是出于彼得罗的苦修主义倾向，我也想表示出，我已经彻底不属于我母亲的世界了，这是我和彼得罗一起决定的。但我们的准则被阿黛尔秘密的策划搅乱了。她把我们拉到了她的一个女性朋友家里，说是要喝一杯，庆祝一下。但到了那儿，我和彼得罗发现，自己变成了一场盛宴的中心，那是佛罗伦萨一间非常奢华的居所，来宾中有艾罗塔家的很多亲戚、他们认识的很多名人，以及身份非常显赫的人，他们一直待到晚上。我丈夫脸色阴沉下来了，我很迷惘地问，这是为什么？这是一场庆祝我的婚礼的宴席，我只邀请了我父母和弟弟妹妹。我对彼得罗说：

“你知道这是怎么回事儿吗？”

“不知道。”

刚开始，我们一起面对这个局面。但很快，他就摆脱了他母亲和姐姐，因为她们想要把他介绍给这个介绍给那个，他躲在一个角落里，和我的父母待在一起，一直在和他们聊天。刚开始我有些不自在，但只能顺水推舟，慢慢地习惯了我们落入的陷阱，但后来我渐渐觉得很兴奋，因为我面对的那些人是有名的政治家、高级知识分子、年轻的革命者，甚至有一位非常有名的诗人和一位小说家，他们都对我和我的小说表示出极大的兴趣，他们赞扬了我在《团结报》上发表的文章。时间飞快地过去了，我感觉自己完全融入了艾罗塔的世界。我公公甚至把我拉到他身边，很客气地问了我关于工厂工作的问题。很快，有很多人聚集在一起，都是致力于在报纸和杂志上讨论劳工问题的那些人，我们讨论了在整个国家掀起的各种劳动者请愿的浪潮。我就在那儿和他们在一起讨论，那天晚上是我的节日，我是整个谈话的中心。

我公公后来提到了一篇发表在《工人世界》上的文章，他说那篇文章写得很好，一针见血地指出了意大利的民主问题。文章里列举了一系列数据，揭示出电视、大报纸、学校、大学还有法律机构，整天为一种已经确立的意识形态服务，所以选举也有很多弄虚作假的成分，工人阶级的党派永远不会有足够的选票来统治这个国家。这篇文章有理有据，引用了很多别的文章。最后艾罗塔教授用他充满权威的语气，提到了那篇文章的作者——乔瓦尼·萨拉托雷，也就是尼诺——在他说出这个名字之前，我已经知道是他了。我当时非常高兴，情不自已地说，我认识他。因为阿黛尔也认识尼诺，我让阿黛尔对她丈夫，还有在场的所有人说，我的这个那不勒斯的朋友是多么才华横溢。

尼诺虽然没有出现，但他也参与了我的婚礼，提到他的时候，我感觉有必要说一下我自己，以及我开始参与工人斗争的原因。我说，需要给他们提供帮助，使左派政党和议会代表能尽快赶上来，要让他们了解到现在的政治和经济局势，以及其他我刚刚学会，但已经能自如运用的东西。我感觉自己很棒，我的心情越来越好。我喜欢站在我公公婆婆的身边，感到自己被他们的朋友们所欣赏。最后，我家人很羞怯地向我告别，他们要离开，不知道要赶去哪里，等第一辆开往那不勒斯的火车。我一点也不想忍受彼得罗的怨气，他也应该感受到了这一点，因为他先软了下来，我们之间的关系缓和了。

我们一到住的地方，门在身后关上，我们就开始做爱。刚开始的时候，我觉得很喜欢，但这一天还发生了另一件让我惊讶的事情。安东尼奥，我的第一个男朋友，当他在我身上磨蹭的时候，他的高潮很快就会来，也很强烈；弗朗科在做的时候，会一直强忍着，后来会喘着气，抽身而出，或者他戴着避孕套时，他会忽然停下来，会在我耳边笑，他整个人压下来，好像整个人变得很沉重。我觉得，彼得罗的时间长到无边无尽。他深思熟虑，非常有力地冲击着我，刚开始的快感慢慢减弱了，他的节奏很单调，而且时间很长，让我的肚子疼。因为长时间的辛苦，让他出了一身汗，看到他脸上和脖子上的全是汗，摸着他满是汗的背，再加上疼痛，我的欲望全部消失了。但他没有察觉到这一点，他一直在用力、有节奏地进入我的身体，一直都没停下来。我不知道该怎么办，我抚摸着他，我对他说了很多甜言蜜语，我希望他能停下来。当他最后大声呻吟着停下来时，我觉得他很感性，尽管我感到又疼又不满足。

他在床上没待多久就起床了，他去了洗手间。我等了他几分钟，但我太累了，就睡了过去，我后来忽然惊醒，发现他并没有回到床上。我看他在书房，坐在书桌前。

“你在做什么？”

他对我微笑了一下，说：

“工作。”

“你来睡觉吧。”

“你先去睡，我马上来。”

我确信，我就是在那天晚上怀孕的。

# - 63 -

我发现自己怀孕了，马上变得非常不安，我给我母亲打电话。尽管我们之间一直都充满矛盾，但在当时的情况下，我非常需要她。那是一个错误，她马上变得让人讨厌。她想马上出发，来我这里帮助我，引导我，她还想把我带回城区，让我生活在她家里，把我交到一个老接生婆，就是给她所有孩子接生的那个女人的手里。我很难听进去她的话，我跟她说，我婆婆有个朋友，是个妇科医生、大教授，他在给我做检查，我会在他的诊所里生孩子。她生气了，她一字一句地对我说："你更爱你婆婆，不喜欢我，那你就不要给我打电话了。"

几天之后，莉拉给我打了电话。我离开那不勒斯之后，我们通过几次电话，但通话时间都很短暂，我们不想花太多电话费。那次她很愉快，但我很冷淡，她用开玩笑的语气，问我新婚生活怎么样，我很严肃地询问了她的健康状况。她发现有些东西不对劲儿。

"你生我的气啦？"她问我。

"没有，为什么我要生你的气？"

"你什么都没跟我说。我听到这个消息，是因为你母亲向所有人炫耀，说你怀孕了。"

"我也是才知道的。"

"我还以为你会吃药呢。"

我觉得很尴尬。

"后来我决定不吃。"

"为什么呢？"

“因为时间不等人。”

“你要写的书呢？”

“你会看到的。”

“记住你说的。”

“我会尽力的。”

“你应该尽全力。”

“我会尝试的。”

“我在吃药呢。”

“所以，你和恩佐还好？”

“相当好，但我再也不想怀孕了。”

她不说话了，我也什么都没说。当她再次开口时，她不但跟我讲了她第一次怀孕的感觉，也讲了第二次怀孕的感受，她说两次都非常糟糕的体验。她说：“第二次，我很确信那个孩子是尼诺的，尽管我很不舒服，但我心里很高兴，但无论你高不高兴，你看，你的身体在遭罪，在变形，太痛苦了。”从那刻之后，她的语气越来越阴沉了，那都是她曾经告诉过我的事情，但她从来都没像现在这样，要把我拉入她的痛苦，要让我也感受到她的痛苦。就好像她要我做好准备，她对我，还有我的未来感到担心。她说，另一个人的生命，先是寄居在你肚子里，当他彻底出来时，就会囚禁你，会拴住你，你再也不属于自己。她把她怀孕的每个阶段和我的进行比较，还是像之前一样绘声绘色、入木三分。她感叹说，那就像你在给自己制造了麻烦。她觉得，我的感觉应该和她一样，她没法想到她是她，我是我。她也无法理解我的妊娠体验会和她完全不一样，对孩子的感觉也完全不一样。她想当然地认为，我也会遇到同样的困难。假如我在孕期感到快乐和幸福，她一定会觉得这是一种背叛。

我不想再和她说这些，我把听筒从耳边拿开了一点，她让我觉得害怕。我们毫无热情地说了再见。

“假如你需要我，”她说，“那你就打声招呼。”

“好。”

“你帮助过我，现在我想帮你。”

“好。”

和她通话对我一点儿帮助也没有，相反，她让我觉得更加不安。我生活在一个陌生的城市，虽然在我丈夫的带领下，我已经熟悉它的角角落落，对于那不勒斯，我都不能说有那么了解。我很喜欢阿尔诺河，我经常在河岸上散步，但我不喜欢那些房子的颜色，那些房子会让我心情很坏。还有这个城市居民那种讨厌的语气，我住的那栋房子的门房、卖肉的、卖面包的，还有邮递员都让我觉得讨厌，我对这个城市无缘无故就产生了抵触。还有，我公公婆婆的那些朋友，他们在结婚那天显得那么热情，但之后就再也没出现过，彼得罗也没有和他们再见面的意思。我感到又孤单又脆弱。我买了一些书，说的是如何成为完美的母亲，我像往常一样刻苦读了起来。

日子一天天过去，一周一周过去，让我惊异的是，怀孕这件事情并不是一种负担，反倒让我很轻盈。那种恶心的感觉很轻微，我的身体没变得虚弱，我的心情也没有受到影响，我还是像之前那样，想做什么做什么。在我怀孕三个月时，我的书获得了一项比较重要的奖项，这给我带来了更多声誉，还有一些钱。尽管当时的政治气氛很排斥那个奖项，但我还是去领奖了，我为自己感到骄傲，身体和精神上的实现，让我忘记了羞怯，我变得很开朗。在致谢的发言中，我讲得太多，我说我感觉很幸福，就像宇航员走在白色的月球上。几天之后，我感觉自己很强大，就给莉拉打了电话，跟她讲了那个奖项的事情。我想告诉她，事情并不像她预测的那样糟糕，我现在一切顺利，我很满意。我感觉自己那么得意，我想超越她带给我的不安。莉拉在《晨报》上看到了那则消息，还有我说的关于宇航员的话——那不勒斯的报纸用几行文字谈到这了个奖。还没等我告诉她这个奖项的事，她就很辛辣地批评我了。她讽刺说，白色的月球上？有时候最好闭嘴，也不要说这些废话。然后她补充说，月亮是一块大石头，是几十亿石头中的一块，石头就是石头，你最好脚踏实地，面对地球上的这些麻烦。

我感觉胃里一阵绞痛。她为什么要这样伤害我？她不希望我幸福吗？或者她一直都没有好起来，是她的心脏病一直在增强她邪恶的一面？我想说一些难听话，但我没法说出口。而她就好像根本没有意识到她已经伤害到我了，就好像她觉得自己有权利伤害我。接着她用一种友好的语气，跟我讲她的事情，她已经和她哥哥、母亲甚至是父亲和好了。她和米凯莱·索拉拉因为鞋子的牌子，还有他应付给里诺的钱的问题发生了争执。她还和斯特凡诺进行交涉，希望从经济角度，他能做詹纳罗的父亲，而不只是给玛丽亚当父亲。无论是针对她哥哥里诺，还是针对索拉拉兄弟和斯特凡诺，她都说了一些非常恼怒的话，有时候很粗俗。最后她问我，就好像真的迫切需要我的看法："我做得对吗？"我没回答她。我得了一个奖，她只记得我说的关于宇航员的话。也许是为了刺激她，我问，她还有没有那种脑子连不上线的感觉。她说没有，她重复了好几次，说自己很好，只是有时候，我用眼睛余光看到，有人从家具里出来。她说这些话时，还带着一种自嘲的笑。后来她问我，怀孕怎么样了？很好，非常好，我说，我从来都没这么好过。

那几个月，我经常出行，我经常受到邀请，不仅仅是因为那本书，也因为我写的一些文章。为了写这些文章，有时候我不得不出去，近距离接触罢工的新形式，还有老板们的反应。我从来都没想过自己会成为一个公共知识分子。我做这些事让我很高兴，我感觉自己在桀骜不驯、充满力量地进行反抗，我柔顺的外表是一种乔装。实际上，因为这个缘故，我混迹在工厂门口的人群里，我和男女工人，还有工会的人谈话，我在警察中间游走，我一点儿也不害怕。农业银行被炸时，我当时在米兰的出版社里，但我一点儿也不担心，我没有不祥的预兆。我觉得，我是那种无法抵挡的力量中的一股，我感觉自己坚不可摧，没人能伤害到我，还有我肚子里的孩子。我们俩是一体的，是一种持久的存在，我是抛头露面的，他（或者她——彼得罗希望那是一个男孩）到现在还看不到。剩下的就是一溜风、一阵阵声音和影像，无论是好是坏，都构成了我工作的材料，这些东西要么随风而逝，要么就成为我写作的材料，通过神奇的语言，变成一个故事、一篇文章或者一段公众演讲，我根本就不在乎我说的、我写的符不符合社会规范，或者说艾罗塔一家、出版社、尼诺喜不喜欢这些，尼诺一定在某个地方看着我写的这些东西，帕斯卡莱、娜迪雅和莉拉也一定会看到，为什么不呢？他们一定会想着：看吧，我们曾经对莱农不公正，她一直站在我们这边，你看看她写的这些东西。

我怀孕的那个阶段是一个非常活跃的时期。让我惊异的是，怀孕之后，我更渴望做爱了。是我在激发彼得罗的兴致，我拥抱他，吻他，尽管他对于接吻没什么兴趣，想马上进入主题，用他那种长时间的、疼痛的方式折磨我，然后他会起身，一直工作到很晚。我睡一两个小时之后会醒来，我在床上找不见他，就会打开灯读书，一直到疲倦为止。这时候，我会去他的房间，让他来上床睡觉，他会听我的话，但一大早就会起来，就好像他很畏惧睡眠，而我却睡到中午。

只有一件事情让我很不安。那时候，我已经怀孕到了第七个月了，我的肚子很大、很沉重。我在新比隆的栅栏门那儿，当时发生了冲突，我赶紧逃走了。也许是因为我做了一个不该做的动作，不知道为什么，我忽然感觉右边的臀部一阵剧痛，一直延续到整条腿，就好像一根热的铁棍。我一瘸一拐回到家里，躺到了床上，慢慢等着剧痛过去了。但那种疼痛时不时会再出现，就是大腿和腹沟那里疼。我慢慢习惯了这种疼痛，尝试变换不同的姿势待着来缓解那种疼痛，但当我察觉到，我走路一瘸一拐的，我感到很害怕。我去了那个给我定期检查的大夫那里。他让我放心，他说一切都正常，我肚子里的孩子越来越重，这引起了我的坐骨神经痛。为什么您要那么担心呢？他很温和地问，您一直都是一个开朗的人。我说，我不知道我为什么那么担忧。我说谎了，实际上我心里很清楚，我很担心我母亲的脚步在我的身上得到印证，我会像她那样一瘸一拐的。

妇科医生对我说了一番安慰的话，我平静下来了，我的疼痛又持续了一阵子，最后消失了。彼得罗禁止我做其他疯狂的事情，他不让我跑来跑去的。我听他的，在怀孕的最后阶段，我一直在家里看书，几乎什么都没写。

我们的女儿是一九七〇年二月十二日早上五点半出生的。我们叫她阿黛尔，尽管我婆婆一直在说："可怜的孩子，阿黛尔是一个很糟糕的名字，你们还是给她另取个名字吧，什么名字都比这个好。"在经历了剧烈的阵痛之后，我生下了这个孩子，但疼痛时间不是很长。当孩子生出来之后，我看着她漆黑的头发，发紫的小身体在扭动着，哭得很有力气，我感到一种无法言说的愉悦，在此之前，我还从来没感受过类似的愉悦。我们没给孩子举行洗礼，我母亲在电话里说了很多难听话，她发誓说，她不会来看这个孩子。我想，她会平静下来的，我忽然伤心起来了，假如她不来，那是她的损失。我一能起身就打电话给莉拉，我要尽快告诉她，我已经生产了，我不希望她生气。

“这是一种非常棒的体验。”我对她说。

“什么？”

“怀孕生子，阿黛尔很漂亮，而且很乖。”

她回答说：

“每个人想怎么描述自己的生活都可以。”

## - 64 -

那个阶段，我发现我的头脑里有一团团理不清的线缠结在一起。有的是老得掉色的线，有的是新线，有时候是非常鲜艳的颜色，有时候没有颜色，非常纤细，几乎看不见。正当我庆幸自己逃过了莉拉的预言，但那种幸福自在感忽然就消失了。孩子很不乖，就好像一个不经意的动作，那些被掩盖的、最破旧的区域暴露了出来。刚开始，我们还在诊所时，她吃奶没问题，但我们一到家里，不知道出了什么问题，她就不要我了，她吃几口奶，然后像一只愤怒的小动物一样开始嚎哭。我感觉很虚弱，像中了邪。发生了什么事儿？我的乳头太小了吗，她咬不住吗？她不喜欢吃我的奶吗？或者她对我——她的母亲非常讨厌，还是因为有人诅咒了她？

我开始找一个又一个医生，只有我们母女俩，因为彼得罗一直在忙大学的事儿。我的胸肿胀着，很疼，胸脯里火烧火燎的，我想象可能发炎化脓了。为了把奶弄出来，为了给孩子用奶瓶喂奶，也为了缓解疼痛，我用吸奶器折腾我自己。我轻声对她说："来吧，吸吧，真乖，真听话，漂亮的小嘴儿，美丽的眼睛，有什么问题吗？"还是没有用。我先是很悲痛地决定，对她采用混合喂养，最后我放弃了，我开始用奶粉喂她，白天晚上，准备奶粉是一个很漫长的过程，需要给奶嘴和奶瓶消毒，在喂奶之前和之后要称体重，每次孩子拉肚子，都让我深感惶恐。有时候，我想起了西尔维亚在米兰学生大会的动荡气氛中给尼诺的儿子米尔科喂奶，她表现得那么自然。为什么我就不行？我经常一个人默默地哭。

有几天时间，孩子的进食变得正常了，我松了一口气，我希望重新组织我的生活。但这种安宁的生活只持续了不到一个星期。在她生命的第一年，她晚上从来都不睡觉，她小小的身体一连几个小时都在抽搐啼哭，充满了力气，有着出人预料的耐力，只有我把她抱在怀里，在家里走来走去，她才会安静下来。我还要不停地对她说话："妈妈的乖孩子，漂亮的孩子要听话，现在静静地休息，要睡觉觉……"但这个漂亮的小生物不想睡觉，就好像她父亲一样害怕睡觉。她到底怎么了？肚子疼？饿了？害怕被抛弃？因为我没给她喂母乳？中邪了？我怎么了？我的奶里有毒了吗？我的腿怎么了？这只是我的感觉，或者我的腿真的又开始疼了？这是我母亲的错吗？她想惩罚我，因为我一辈子的努力，都是为了不想像她那样？或者是别的什么原因？

有一天夜里，吉耀拉的声音又回响在我耳边，那时候她在城区里到处说，莉拉有一种可怕的力量，她能让东西中邪着火，能把肚子里的孩子排挤出去。我为自己感到羞愧，我想采取行动，我需要休息。我试着把女儿交给彼得罗照顾，因为他习惯了晚上学习，他夜里不会很困。我说：“我太累了，你过两个小时来叫我。”我躺在床上，一下子就睡了过去，简直像失去意识般。但后来我被孩子绝望的哭声吵醒了，我等了一下，哭声一直没停下来。我起来了，我发现彼得罗把孩子的摇篮搬到了他书房里，他没太关注孩子哭得撕心裂肺，还在那里埋头工作，就好像聋了一样，他在填写一些表格。我失去了控制，用方言狠狠骂了他一顿：“你他妈什么都不管，那玩意儿要比你女儿更重要吗？”我丈夫冷冰冰地、非常漠然地让我从他的房间出去，并且把孩子的摇篮带出去。他有一篇非常重要的文章要完成，是为一个英语杂志写的，交稿日很近了。从那时候开始，我再也没有请求过他的帮助。假如他自愿要帮忙，我会说：“谢谢，不用了，你去吧，我知道你有事。”吃完晚饭后，他会在我身边转悠，笨手笨脚，不知道要做什么，然后会把自己关在书房里，一直工作到深夜。

## - 65 -

我感觉被抛弃了，但我觉得自己活该：我没办法让我女儿安静下来。无论如何，尽管我越来越害怕了，但我都咬着牙撑着。我的身体拒绝成为一个母亲。我尽一切努力，在对抗我的腿，无视腿疼的问题，但疼痛在增长，我咬牙坚持，我拎着所有东西上楼。那栋楼里没电梯，我就把孩子放在小车里，自己把小车抬上去，抬下来，我去买东西，拎着很多包回来。我打扫家里，做饭，我想：我很快就会变得又老又丑，就像以前住的城区里的女人。自然，正当我非常绝望的时候，莉拉给我打电话了。

一听到她的声音，我就想对着她大喊大叫："你到底对我做了什么？刚开始一切都很顺利，现在，忽然间你所说的事情就发生了，孩子不舒服，我腿也瘸了，怎么可能会这样，我已经受不了了。"但我及时克制住了自己，我低声说："一切都好，孩子有些麻烦，但现在长大了一点儿，她很漂亮，我很幸福。"之后，我就开始问起了恩佐、詹纳罗的情况，还有她和斯特凡诺、她哥哥的关系，以及我们城区的情况。我问她和布鲁诺·索卡沃以及米凯莱还有没有问题。她用一种粗俗蛮横的方言回答我，但语气里没有愤怒。她说，索卡沃，应该让他放放血；米凯莱，假如我遇到他，我要一口啐到他脸上。至于詹纳罗，她在提到詹纳罗时，俨然已经认为，他是斯特凡诺的儿子。她说："他跟他父亲一个样。"我说他是一个可爱的孩子，她就笑了起来，说：你是一个好妈妈，你拿去养吧。在这句话里，我听出了一丝嘲讽，那是一个通过某种神秘的能力知道我现在处境的人的语气。我感到愤恨，但我还是坚持演好这场戏——你听听黛黛的声音，多好听啊！佛罗伦萨的生活太好了！我正在看巴兰写的一本书，是一本非常有意思的书——我一直都在说类似的话，直到她逼我放下帷幕。她开始和我谈起了恩佐上的 IBM 课程。

只有在谈到恩佐时，她是带着敬意的，她谈了很长时间，最后问起了彼得罗。

"你跟你丈夫还好吗？"

"很好。"

"我和恩佐也很好。"

她挂了电话，她的声音留下了长长的回音，充满了过去的影像和话语，在我的脑子里持续了好几个小时：院子、危险的游戏、被她扔到了地窖里的娃娃、去堂·阿奇勒家里要娃娃时走过的暗暗的楼梯、她的婚姻、她的慷慨和邪恶还有她得到尼诺的方式。她无法容忍我的幸运，我充满恐惧地想，她又想利用我，让我处于她的下风，来应对她在城区里那些悲惨的斗争。最后我对自己说："我真是愚蠢啊！我上这么长时间学，到底有什么用处。"我假装一切都在我的控制之下。我妹妹埃莉莎经常给我打电话，我告诉她，当妈妈真是太美好了。卡门·佩卢索给我打电话，跟我讲她和大路上的加油站的那个男人结婚了。我回答说："啊，真是一个好消息，我祝你幸福美满，代我向帕斯卡莱问好，他现在在忙什么呢？"我跟我母亲通话——她很少给我打电话——我装出兴高采烈的样子，有一次我忍不住问她："你的腿到底怎么了？为什么你走路会一瘸一拐的？"她回答我说："关你屁事儿，管好你自己吧。"

有几个月，我都在一个人做斗争，我尽量掩饰自己阴暗的一面。有时候，我甚至开始向圣母祈祷，尽管我是一个无神论者，我为自己感到羞愧。更经常的是，当我一个人和孩子在家时，我会发出可怕的叫喊，只是叫喊，没有词语，只是和绝望一起呼出来的气息。那个糟糕的阶段一直都不肯过去，那是一个非常缓慢的、折磨人心的阶段。夜里，我抱着孩子，一瘸一拐在走廊里来回走动，我不再在她耳边说一些没意义的话，我完全无视她，只是想着我自己，我手里会一直拿着一本书或者一本杂志，尽管我没法专心读，或者只能看一点点。白天，阿黛睡得安稳的时候——刚开始，我叫她"阿黛"，我没有意识到，这两个音节里包含着"地狱"的意思，后来是彼得罗提醒我的，我觉得很尴尬，就开始叫她黛黛——我试着给报纸写文章。但我没时间，当然我也不能为了《团结报》四处走动，这样，我写的那些东西失去了力量，我只是在展示自己表达能力很强，形式很美，但没什么实质内容。有一次，我写了一篇文章，我在投递给编辑之前，我让彼得罗看了看。他说：

“很空洞。”

“什么意思？”

“全是词汇的堆砌。”

我很气愤，还是把文章发给了编辑，但他们没刊登出来。从那时候开始，无论是地方报纸还是全国报纸都借口说，因为版面的缘故，不能刊登我的文章。我觉得很痛苦，我意识到，就好像是有一阵来自深层的强烈震动，围绕着我的一切都在迅速塌陷。不久之前，我还以为那些我争取到的生活和工作条件是固不可摧的。但我现在读书时，眼睛放在书上或杂志上，但好像只停留在字面，已经没办法获得书里的意思。有两三次，我偶然看到了尼诺的文章，但我在看这些文章时，没有感到任何乐趣，没有通常我想象听到他声音，享受他的思想的乐趣。当然了，我为他感到高兴：假如他在写东西，那就意味着他状态很好，不知道他在哪里过着自己的日子，不知道他和谁在一起。但我盯着那个签名，我看了几行，有一种越来越强烈的感觉，他白纸黑字写的那些东西，让我的处境变得更加难以忍受。我已经没有好奇心了，我连自己的外表也不再关注。但话又说回来，我为谁打扮呢？除了彼得罗，我和谁都不见面，他对我一直都彬彬有礼，但我感到，对于他来说，我只是一个影子。有时候，我站在他的角度来考虑，我能感受到他的不悦，和我结婚让他作为学者的生活变得更加复杂。这个阶段，他的名声正在上升，尤其是在英国和美国，人们很欣赏他。但这依然让我恼火，我和他说话时，总是夹杂着一丝怨恨和顺从。

够了！有一天我对自己说，不要管《团结报》了，假如我能为自己的新书找一个正确的突破点，那已经不错了，这本书出来，一切都会好起来的，但我到底在说哪本书呢？我跟我婆婆还有出版社说，这本书已经写得差不多了，但我在说谎，我每次都用一种非常客气的语气在说谎。实际上，我只有一些写满笔记的本子，没有别的，而且我也没什么激情。不管是夜里还是白天——那要看黛黛的情况了——我打开这些笔记，每次我都会不由自主地睡过去。一个午后，彼得罗从大学里回来，他发现我的状况要比上次他忽然回来时更加糟糕：我在厨房里，趴在桌子上睡着了，孩子错过了吃奶时间，在很远的地方，在卧室里嘶叫，她父亲看到她在摇篮里半裸着身子，被遗忘在那里。后来黛黛终于平静下来，抱着奶瓶在拼命吃奶。这时候，彼得罗很难过地对我说：

“你真的找不到人来帮你？”

“在这个城市，我没有任何人，你也很清楚。”

“你让你母亲或者妹妹来。”

“我不想。”

“那你让那个那不勒斯的朋友来帮忙：你以前帮过她的，她会帮你的。”

我惊得身子抖了一下。我很清楚地感觉到，那么一刹那，我身体的一部分，好像已经感到了莉拉在我家里，她已经在场了。假如之前她一直潜伏在我的身体里，现在她会溜进黛黛的身体，眼睛眯起来，眉头皱着。我非常有力地摇了摇头，那个影像一下子就消失了，那种可能也没有了。我到底在想什么？

彼得罗做出了让步，他打电话给他母亲，他很不情愿地问她，愿不愿意来我们这里待一阵子。

## - 66 -

把家里的事情交给我婆婆来处理，我马上松了一口气。当时她的表现，让我也想成为她那样的女人。在短短几天时间里，她找了一个二十多岁的姑娘，叫克莱利亚，是马雷玛人，我婆婆无微不至地给她交代了她该做的事情：收拾家里，买东西，做饭。当彼得罗发现，克莱利亚出现在家里，而他母亲并没征求他的意见时，他表现得很不耐烦。

“我不想家里有奴隶。”他说。

阿黛尔不紧不慢地说：

“她不是奴隶，我们付工资给她。”

因为有婆婆撑腰，我忍不住说了一句：

“那你觉得，我应该当奴隶？”

“你当母亲，而不是奴隶。”

“我给你洗衣服，熨衣服，打扫卫生，给你做饭，给你生了孩子，我还要千辛万苦把她养大，我要崩溃了。”

“谁强迫你了，我什么时候要求过你？”

我受不了这样的冲突，但阿黛尔可以，她用热嘲冷讽的语气，节节击退了她儿子。后来克莱利亚留了下来，她从我手中接过孩子，把摇篮带到了我给她安排的房间，无论是白天还是晚上，她都非常准时地给孩子准备奶粉。当我婆婆看到我走路一瘸一拐的，就带我去看了医生，那是她的一个朋友，医生给我开了一些注射的药。她每天早上和晚上，都亲自拿着煮过的针管和针头，还有药水，给我的屁股打针，又准又狠。我马上就感觉好多了，我的腿疼消失了，心情也慢慢开朗了。但阿黛尔并没有停止照顾我，她很得体地要求我收拾打扮自己，她带我去做头发，带我去看牙医。尤其是，她一直在跟我谈论剧院、电影院还有她正在翻译或正在编写的书，杂志上别人都写了什么文章，还有评论她丈夫的或者其他名人的文章，她亲昵地直呼这些人的名字。我从她嘴里，第一次听说了一份非常有斗争精神的女性主义杂志。马丽娅罗莎非常热衷于女性主义，她认识编辑这本杂志的姑娘们，也非常欣赏她们的思想，但我婆婆并不赞同这些人，她用通常那种带着讽刺的语气说，她们看待女性问题，就好像面对阶级斗争的问题一样，但问题没那么简单。你看看她们写的东西吧，她最后建议我说。她给我留下了几本杂志，最后很认真地说了一句话："如果你要当作家的话，任何事情都不能错过。"我把那些杂志放在一边，我觉得，阿黛尔评价不好的东西，我也不用浪费时间去看。尤其是在当时的情况下，我婆婆说的那些高雅的话，并不是想和我进行思想交流，阿黛尔只是有计划地要把我从一个无能的母亲的处境中拯救出来。她是想通过她说的那些话，摩擦出火花，点燃我空洞的头脑和目光。但实际上，她更乐于拯救我，而不是倾听我。

尽管一切都理顺了，黛黛还是会在夜里哭。我听见她哭，觉得很不安，她给我传递了一种不幸福的感觉，让我婆婆的善举带来的好处都化为云烟。尽管我现在有时间了，但我还是不能写作。彼得罗通常都是忍耐着，但当着他母亲的面，他变得很放肆，甚至有些不客气。一回到家里，他总是会和他母亲发生冲突，唇枪舌剑，冷嘲热讽，这使我的挫败感更加强烈了。我很快觉察到，我的丈夫理所当然地认为，阿黛尔是他最近遇到的所有麻烦的根源。无论是什么事，他都会怪到他母亲的头上，包括他在工作上的不顺心。我根本不了解当时大学里拔剑张弩的气氛，通常我问他怎么样，他总是说很好，他倾向于不让我操心。但在他母亲面前，他打破了这些限制，他会用一个被忽视了的儿子的怨恨语气和她说话，他把对我藏着掖着的那一面全部展示在阿黛尔面前，他宣泄自己，就像我不在场那样，就好像我——他的妻子，只是一个沉默的证人。

这样一来，事情越来越明朗了。他大学那些同事都要比他年长，都把他耀眼的前途，包括他在海外取得的声誉，归结于他的家世、他的姓氏，所以都开始孤立他。学生们觉得他过于严格，也没什么用处，他是一个很乏味的资产阶级，在耕耘着自己的小菜园，根本不顾及现在的形势，总之，他是个阶级敌人。他自己呢，通常既不会自我捍卫，也不会攻击别人，而是会走自己的路。他坚信——我很确信这一点——思路清晰的课程，是学生可以深入思考的一种保证，最终会开花结果。但一切都很难，有一天晚上，他用一种满是怨气的语气，对阿黛尔大声说了这些处境。然后，他马上压低了嗓门，嘟囔着说，他需要安静，工作已经让他很累了，有不少同事联合学生和他作对。一群群年轻人经常会破门而入，进到他正在上课的教室，迫使他中止上课，在墙上贴非常下流的标语。这时候，在阿黛尔开口说话之前，我有些失控地说了一句。我说，假如你没有那么反动，这些事儿就不会发生在你身上。他呢，自从我认识他以来，第一次用一种粗暴的语气对我说："闭嘴，你总是信口开河。"

我把自己关在洗手间里，我忽然意识到，我太不了解他了。

我了解他什么呢？他是一个平和的男人，但充满决心，到了顽固不化的地步。他是站在工人和学生这一边的，但他上课和考试的方式是最传统的。他是一个无神论者，他不想在教堂里结婚，而且要求不给黛黛洗礼，但他欣赏阿尔诺河流域的那些基督教团体，谈到宗教问题时，他总是无所不知。他是艾罗塔家的儿子，但他无法忍受这个家族带给他的富裕和特权。我平静下来了，我要站在他那边，让他感觉我的情感和支持。他是我丈夫，我想，我们应该多交流。但阿黛尔的存在是一个问题，他们母子之间有一种说不出来的东西，让彼得罗在说话时，一改以往的文质彬彬，阿黛尔跟他说话的语气，好像他是一个没救的低能儿。

我们就是那么生活的，冲突不断。他一直和母亲吵架，最后会说一些让我很气愤的话，让我也对他恶语相向。最后到了这样的地步，在吃晚饭时，我婆婆当着我的面问他为什么要睡在沙发上。他回答说："明天你最好回去吧。"尽管我知道他为什么会睡在沙发上，我没有插话。他这么做是为了我，他在夜里三点工作完，为了避免打扰我，他会在沙发上休息一下。第二天，阿黛尔回热内亚去了，我感到彻底迷失了。

## - 67 -

后来，我和孩子相安无事地过了几个月。黛黛在她第一个生日时，学会了走路：她父亲蹲在她前面，对她拍手，她微笑着松开我的手，摇摇晃晃向她父亲走去，她的手张开着，嘴半张着，就好像啼哭了一年之后，她终于到达了幸福的终点。从那时候开始，她晚上睡觉开始变得安稳，我也安宁下来了。我的女儿和克莱利亚在一起的时间越来越长，我的焦虑缓和下来了，我获得了一些个人的空间，但我发现，我一点儿也不想劳神工作，就好像经过了一场漫长的疾病，我迫不及待地想待在户外，享受阳光和色彩缤纷的生活，走在挤满人群的街道上，欣赏橱窗里的商品。在那个阶段，我自己有很多钱，我给自己、孩子还有彼得罗买了很多衣服，我给家里买了很多家具和摆设，我从未像那时候那样随便花钱。我想要打扮自己，要和一些有意思的人见面谈话，但我没能和任何人建立联系。从另一个方面来说，彼得罗也很少带客人来家里。

我试着慢慢恢复以前的生活，也就是一年之前的活跃状态，但我意识到，家里的电话很少响起，而且打给我的电话也越来越少了。我的小说在褪色，人们逐渐也对我失去了兴趣。经过那个狂喜的阶段，随之而来的是担忧，有时候是抑郁。我问自己该怎么办，我又开始读近现代文学，我经常为我写的小说感到羞愧，相比其他作品，我的书显得很轻浮，也很传统。我把新小说的笔记放在一边，因为内容太类似于之前作品，我努力构思一些能反映现在动荡的社会现实的、有分量的作品。

我非常羞怯地给《团结报》打电话，我还想着给他们写文章，但我马上就明白，我写的那些东西编辑已经不喜欢了。我失去了自己的领地，我的信息太少，没时间去参与那些正在发生事件并将它们讲述出来。我只会写一些优美、抽象的句子，我不知道要在哪份报纸，向谁展示出：我赞同对意大利左翼党派和工会组织的严厉批评。现在我很难解释当时我为什么要写那些东西，或者说得更具体一些，尽管我很少参加这个城市的政治生活，尽管我很温和，我感觉自己越来越受一些极端思想的吸引。我这么做是因为偷懒，或者因为我对于进行调和的做法失去了信心。从我小时候开始，我就很熟悉，我父亲在市政府里，利用那里的漏洞，暗中获得一些利益，或者说，我切身体会到什么是贫穷的生活，我感觉有必要铭记自己经历的一切，我想和下层人民站在一起，和他们一起斗争，推翻所有一切。或者因为我参加的那些零散的政治活动，我努力写的请求和呼吁都没有人在意，我希望发生一些大事件——我用过这种表达方式，我经常说这样的话——这些事情发生之后，我就可以看到并讲述它。或者因为——我很难承认这一点——我的思维模式还是和莉拉一样，就是坚持自己的非理性态度，根本不接受中间路线。虽然我现在从各个方面都已经远离她了，但我想象着，假如她没把自己封闭在城区的圈子里，假如她有我的这些机会的话，她可能会做的事情，可能会说的话。

我不再购买《团结报》，我开始看《继续斗争》还有《宣言报》，我发现在《宣言报》上，有时候会出现尼诺的文章。他的文章像往常一样，有很多数据，而且逻辑非常清晰，结构也很完整。就像我小时候和他谈话给我带来的刺激一样，我感觉，我急需写一些组织严密的复句，掌握那种使自己免于迷失的技巧。我最后决定，我再也不能带着欲望，或者带着爱慕去想他。我觉得，他成了我懊悔的代表和化身，我曾经有过机会，但我永远不能成为他那样的人。我们都出生在同样的环境，都有很好的前途，为什么我现在陷入了黯淡？因为结婚的缘故？因为生了黛黛？因为我是一个女的，因为我要照顾家，要给孩子洗屁股，换尿布？每一次，我看到尼诺的文章，假如那篇文章写得很精彩，我心情就会变得很坏。彼得罗成了牺牲品，实际上，我丈夫是我唯一的对话者。我生他的气，我控诉他，我说这是我生活中最可怕的阶段，他把我扔下不管。我们的关系——我很难承认，因为这让我很害怕，但这是事实——越来越糟糕了。我明白，因为工作的缘故，他的处境也很艰难，但我还是没法原谅他。我一直在批评他，通常，我的政治立场和那些给他找茬儿的学生差不多。他非常不耐烦地听我说，基本上不回嘴。在那些时候，我怀疑，他之前吼我的话（“你闭嘴！你就知道信口开河”）不是他一时激动说的一句过分的话，而是他通常对我的看法，他觉得不能和我进行严肃的交流。这让我非常绝望和沮丧，我的怨气在一点点上升，尤其是我自己内心，充满了矛盾的情感，用一句很露骨的话，总结出来就是：正是因为社会不公正，才使学习对于有些人来说是非常艰苦的事（比如说对我），但对其他人是一种消遣（比如说对于彼得罗）；从另一个方面来说，不管社会公不公平，人们都必须学习，这是一件好事儿，非常好的事儿。我的学习经历，还有我展示出来的才能，让我非常自豪，我很难相信我是白费力气，或者从某种程度上来说，我很迟钝。有时候，在彼得罗面前，因为一些隐秘的缘由，我把不公正归于不平等。我对他说：“你现在表现得就好像你面对的学生都是一样的，但事情并不是这样，要求那些机会不同的孩子取得同样的成绩，这是一种苛求。”我批评了他，因为他告诉我，他和一个比他年长至少二十岁的同事发生了一场激烈的争吵，那人是他姐姐的一个熟人，觉得可以联合他和研究机构里的保守派进行斗争。他和这个同事产生冲突，是因为那人很客气地给他建议，让他对学生不要那么严苛。彼得罗没有闪烁其词，他用一种有礼貌的方式反驳说，他并不觉得自己严苛，他只是对学生要求很严格。好吧，那人对他说，那你就不要那么严格了，尤其是对那些正致力于改变这个烂摊子的学生。我不知道他说这些话的根据是什么，但他们的对话越来越不投机了。彼得罗在讲这些事时通常都很简洁。刚开始，他觉得有必要捍卫自己，他只是说，他对所有学生都很尊重，一视同仁。他指责同事用了两种标准、两个尺度：对那些强硬的学生态度柔和，但对那些害怕、胆怯的学生非常无情，让他们受屈辱。他同事生气了，最后对着彼得罗嚷嚷说——因为他认识彼得罗的姐姐，他一直都不想对他说的话，这时说了出来——彼得罗是个白痴，他根本就不配站在讲台上。

“你不能慎重一点儿吗？”

“我很慎重。”

“我不觉得。”

“好吧，我得说出我心里想的。”

“也许，你应该学会辨别谁是朋友，谁是敌人。”

“我没有敌人。”

“也没有朋友。”

你一言我一语，我开始变得夸张。我一字一句地对他说：“你这么做，最后的结果是，在这个城市里，没有任何人，更不用说你父母的那些朋友，会请我们吃晚饭、听音乐会，或者一起去郊游。”

## - 68 -

我觉得，在他的工作环境里，彼得罗很显然被人认为是一个很乏味的人。他和他家人完全不同，他家其他人都充满热情地参与时政，他是艾罗塔家的一个失败者。我也认同这种看法，这对于我们的共同生活和我们的私密关系没什么好处。黛黛最后终于平静下来了，她的作息变得规律，彼得罗又回到了我们的婚床上，但他一靠近我，就会让我很厌烦，我担心又一次怀孕，我想安宁地睡觉，我默默推开了他，我转过身去，假如他还坚持，用他的身体顶着我的睡衣，我会用脚后跟，轻轻踢他的腿，想让他明白：我不想要，我很困。彼得罗很不高兴地停了下来，起身去学习了。

一天晚上，关于克莱利亚的问题，我们又进行了争论——关于这个问题，我们已经争论过无数次了。每次要给她付钱时，气氛就会有些紧张，但那一次很明显，克莱利亚只是一个借口。他小声嘟囔着说："埃莱娜，我们要谈一谈我们之间的关系，找到一个平衡点。"我马上表示同意，我对他说，我欣赏他的智慧还有教养，黛黛也是一个好宝贝。但我接着说，我不想要其他孩子，我现在的孤立状态让我很难忍受，我渴望回到之前那种活跃的生活里去，我从小都在努力学习，并不是想把自己封闭起来，只是扮演妻子和母亲的角色。我们谈了很久，我很强硬，他彬彬有礼。他不再为保姆的事抗议了，并做出了让步，他决定去买避孕套，开始邀请朋友——他没有朋友，说得准确一点，是他认识的人——来家里吃晚饭。尽管街上的血腥事件越来越多了，他同意我带着黛黛一起去参加会议，还有游行。

但是，这种新的生活方式并没有让我的生活变得更好，而是让我的生活更加复杂。黛黛和克莱利亚越来越亲了，我带她出去，她会很厌烦，会发脾气，会拽我的耳朵、头发和鼻子，她会一边哭，一边嚷嚷着要克莱利亚。我确信，她更愿意和那个来自马雷玛的姑娘在一起，而不是和我在一起。这让我产生了一种怀疑：因为我没给她喂奶，让她生命的第一年很艰难，在她的眼里，我是一个阴暗的形象，一个自私暴躁的女人，随时都会骂她，我嫉妒她的保姆的开朗性格，我对她的保姆——那个陪她玩儿、给她讲故事的女孩很凶恶。甚至是我在用手帕给她擦鼻涕，或者嘴上食物残渣时，她也会机械地推开我，她会哭，说我弄疼她了。

至于彼得罗，避孕套让他的感觉更加不敏锐，要达到高潮，用的时间比之前还要长，他觉得痛苦，也让我更难受。有时候，我让他从后面来，我感觉这样疼痛会减少一点。当他猛烈撞击着我的时候，我抓住了他的一只手，把它拉到我的身上，期望他能抚摸我，但他好像不能同时做两样事情，他喜欢前面的部分，马上就忘了后面的事情。他心满意足之后，好像没法觉察到，我渴望他身体的任何一个部位来满足我。他享受完之后，会抚摸着我的头发，低声说："我去干会儿活。"他离开之后，我觉得，寂寞是一种安慰和奖赏。

有时候，在游行的队伍里，我用好奇的眼光看着那些年轻的男人。他们很无畏，能面对任何风险，充满了喜悦的能量，当他们发现自己受到威胁时，会变得咄咄逼人。我能感受到他们的魅力，我感到那种热度在吸引着我。但我觉得，我和那些围绕着他们的女孩子完全不同，我读了太多书，戴着眼镜，已经结婚了，而且也没有时间。这样，我回到家里，感觉更不开心，我对丈夫很冷淡，我感觉自己已经老了。有几次，我睁着眼睛做梦，我想象着这些年轻男人中的一个——在佛罗伦萨很有名、很受崇拜的那个，他会发现我，会把我拉过去，就像我还是小姑娘时，我觉得自己笨手笨脚的，不想跳舞，安东尼奥或者帕斯卡莱拉着我的胳膊强迫我跳舞。自然，我和那些男孩子之间，什么事儿也没发生，但彼得罗带到家里的那些人，给我带来了很多麻烦。我埋头给他们做晚饭，还要扮演一个活跃的女主人形象，找话题和他们聊天，我没有什么好抱怨的，这是我提出的要求，是我让丈夫带人回家吃饭。但我很快意识到，我很不自在地发现，那些聚餐不仅仅是聚餐，我会被任何一个关注我的男人所吸引：高的矮的，胖的瘦的，丑的帅的，老的年轻的，结婚的没结婚的，假如一个男人认同我的观点，假如他记得我的书，还说了赞美的话，假如他为我的智慧感到兴奋，我会用很热切的目光看着他，在很短的时间里，一来二去，他会觉得我对他有意思。这时候，这个男人会从开始的乏味无聊，变得很活泼，最后会彻底忽视彼得罗的存在而对我倍加关注。他说的每句话，每个动作会变得暧昧，和我交谈时会越来越亲密。他会用指尖触碰我的肩膀，或者碰我的一只手，用眼睛注视着我的眼睛，发出一些感叹，他的膝盖会碰到我的膝盖，脚尖碰到我的脚尖。

在这种时刻，我都会感觉很好，我会忘记彼得罗和黛黛的存在，还有与他们相伴的那些非常乏味的义务。我只是担心客人走了之后，我又会陷入这个灰暗的家里，时间一天天白白流逝，我感到慵懒，还有温柔背后的愤怒。因此我有些夸张，兴奋感让我说话的声音越来越大，我跷起二郎腿，让腿尽可能露出来，我用一个不经意的动作，解开衬衣的一只扣子。是我主动拉近自己和客人的距离，就好像我的一部分确信，通过这种方式贴近那个陌生人，我会感到舒服一点儿。这样，在他离开这所房子时——单独离开，或者和他的妻子或者女伴离开，这种舒服的感觉会在我的身体里保留一阵子，我就不会觉得那么抑郁，我就不会感受到表露了情感和思想之后的虚空，还有对失败的焦虑。

实际上，吃完晚饭之后，我一个人躺在床上，这时候彼得罗在学习，我会觉得自己非常愚蠢，我鄙视我自己。尽管我很努力，但我还是没办法改变自己。那些男人确信我爱上了他们，通常会在第二天打电话给我，会找借口跟我见面，我会答应。但当我到达约会的地方，我会感觉很害怕。他们兴奋起来了，这个简单的事实都会让我受不了。比如说，一个比我大三十岁的人，或者是结了婚的人，他们对我动了心思，这个事实就会抹去他们的权威，抹去我赋予他们的拯救者的身份。我在诱惑过程中感受到的快感，最后就成了一种令人羞耻的错误。我很迷惘地问自己：到底发生了什么？我为什么要这么做？结果是，我就会更关注黛黛和彼得罗。

但一有机会，我就会重新开始。我不读书，也不写作，我充满想象，我会把音乐声开得很大，听我小时候不知道的音乐。尤其让我越来越懊恼的事情是，之前我在任何事情上都很自律，我享受不到那种放浪形骸的快乐。那些和我年纪相仿的，和我生活环境相似的女人，她们都展示出的很享受当下，也让别人很享受的状态。比如说，有几次马丽娅罗莎出现在佛罗伦萨，她有时候是来做研究，有时候是来参加政治会议的，她会来我们这里住。她每次带的男人都不一样，有时候是带女朋友过来，她会吸毒，也会让她的同伴和我们吸。这时候，彼得罗会黑着脸把自己关在书房里。我却被她迷住了，我当然不会尝试吸烟或者是迷幻剂，我很害怕会不舒服，但我会在客厅里，和她以及她的那些朋友聊到很晚。

他们什么话都说，有时候充满暴力。我感觉，我从小努力学到的优美语言，现在已经不合时宜了，太讲究，太干净了。看看马丽娅罗莎现在的语言变成什么样儿了，我想，她突破了自己受的教育，她完全放开了。彼得罗的姐姐在表达自己的时候，要比我和莉拉小时候说的话还要粗鲁。她每说一句话，前面都要加一个“操！”：“操！我把打火机放哪儿了？”“操！我的烟呢？”莉拉一直都是这样说话的，我该怎么办呢？变得和她一样，回到出发点？那么，为什么我当初要费那么大的力气呢？

我看着我的大姑子，我喜欢和她之间建立的亲密关系，也喜欢看着她让她弟弟很尴尬的做法，还有她带到家里的那些男人。有一天晚上，她忽然不说话了，她对那个陪她的年轻男人说：“够了，我们去干一X吧。”干。一直以来彼得罗在说这件事情时，用的是一个好人家的孩子隐射的暗语，我马上就采用了他的说法，用来取代我小时候方言里那个龌龊的词汇。但现在，我真的感觉世道变了，要把那些肮脏的词汇说出来，要说我想让你操我，我们这样或那样干？我无法想象我丈夫会说这些话，那些少数和我来往的男人，他们都非常有教养，但他们都很乐意假装成粗人，他们和那些假装自己是妓女的女人玩得兴致勃勃，好像他们很享受把一位太太当婊子对待。刚开始，他们都很正式、克制，但他们迫不及待地开始争论，要把那些不说的话变成可以说的，后来不停地说，这成了一种自由的游戏。女性的矜持被认为是虚伪和愚蠢的标志，要坦白直接，这才是被解放的女性应该表现出来的品质。我要尽量顺应这一点，我越是适应，就越觉得被吸引，有几次，我感觉自己恋爱了。

## - 69 -

我先是和一个教古希腊文学的助教暧昧，他和我同龄，是阿斯蒂人，他有一个女朋友在他老家，他说他对这个女朋友很不满意。然后，我和一个研究纸莎草文献的、不在编制之内的女教师的丈夫也发生了一段故事。她在卡塔尼亚，而丈夫在佛罗伦萨，他们有两个小孩子。他叫马里奥，是一个工程师，教机械学，他对政治的了解很全面，很有权威，长头发，空闲时间在一个摇滚乐队做键盘手，他比我大七岁。我和这两个男人的故事，过程是一样的：彼得罗邀请他们来吃晚饭，我对他们卖弄风情，之后是电话联系，一起参加活动，长时间散步，看电影，有时候是和黛黛，有时候我一个人去。那个古希腊文学助教刚把话挑明，我就退缩了。但马里奥却让我无法逃脱，有一天晚上，在他的车子里，他吻了我，吻了很长时间，他抚摸了我内衣下的乳房。我很难推开他，我说，我再也不想见到他了，但他还是给我打电话，不停地打，说他想念我，我做出了让步。他已经吻了我，摸了我，他觉得自己有权继续上次做的事，他一再坚持，充满渴望地提议。我一方面诱惑他，另一方面我笑着抽身而出，他假装生气了，我也生气了。

有一天早上，我和他还有黛黛一起散步。我记得，黛黛当时有两岁多一点，她非常专注地玩她的玩偶，她很喜爱那个玩偶，给它起了个名字叫做苔丝。在当时的情况下，我不是很关注她，我沉浸于自己的语言游戏里，时不时会忘记她的存在。至于马里奥，他全然不顾孩子的存在，他一心想跟我说一些肆无忌惮的话。他会在黛黛的耳边，开玩笑小声说出这样的话："拜托了，能不能告诉你妈妈，要她对我好一些？"时间过得飞快，我们后来分开了，我和黛黛走在回家的路上。没走几步，小姑娘就尖刻地说："苔丝跟我说，它会告诉爸爸一个秘密。"我的心跳简直要停了。苔丝？是的。它会告诉爸爸什么秘密？苔丝知道。是好事儿还是坏事儿？坏事儿。我威胁她说："你跟苔丝说，假如它把这事儿告诉爸爸，我会把它锁在黑漆漆的更衣室里。"她哭了起来，我本应该抱着她回家的，但她为了让我高兴，就一直走着，假装一点儿也不累。因此黛黛明白，或者至少能感觉到，我和那个男人之间，有某种她父亲无法容忍的东西。

我又一次中断了和马里奥的来往。从根本上来说，他到底是什么人呢？一个沉迷于色欲的资产阶级。我还是感到不安分，我内心那种出轨的欲望在增长，我想突破我自己，当时整个世界好像都在打破规则。我渴望能从我的婚姻里走出去，至少一次也行。啊！为什么不呢，我要摆脱我生活中的所有事情，摆脱我学到的、写过的、将要写的东西，还有我带到这个世界上的孩子。啊，是的，婚姻是一个牢笼。莉拉是充满勇气的人，她是冒着生命危险挣脱了这个牢笼。我能冒什么风险呢？彼得罗总是不在，总是那么漫不经心。我没有任何风险，能发生什么呢？我给马里奥打了电话，我把黛黛托付给克莱利亚，我去他的工作室找他。我们接吻了，他吻了我的乳头，抚摸了我的双腿之间，就好像很多年前，安东尼奥在池塘边做的。但当他脱下裤子，内裤落到膝盖那里，他抓住我的后脖子，想进一步推进，这时候我挣脱了。我说不！我整理了一下衣服，落荒而逃。

回到家里，我非常激动，内心满满的负罪感。我和彼得罗做了爱，我充满了激情，从来都没有那么投入过，是我自己不让他戴避孕套。我想，我担心什么呢，我的月经马上要来了，不会发生什么事儿，但不希望发生的事却发生了，几个星期之内，我发现自己又怀孕了。

## - 70 -

关于堕胎，跟彼得罗没什么好商量的：我再生一个孩子给他，他很高兴。但我很害怕再经历一次那个过程，单是听到怀孕这两个字，就让我胃疼。在电话里，阿黛尔提到了堕胎的事，但我马上就岔开话题，说了一些泛泛的话，比如说，黛黛需要一个伴儿，一个人长大是很孤单的事儿，最好给她生一个小弟弟，或者小妹妹。

“那要写的书呢？”

“已经写得差不多了。”我说谎了。

“你让我看看？”

“当然了。”

“我们大家都等着呢。”

“我知道。”

我惊慌失措，在未假思索的情况下，我做出了一个惊人的举动，这让彼得罗，包括我自己都很惊讶。我给我母亲打电话，说我又怀孕了，我问她愿不愿来佛罗伦萨待一阵子。她嘟囔说，她不能来，她要照顾我父亲，还有几个弟弟妹妹。我对她嚷嚷着说：“这就意味着，因为你的缘故，我再也写不出东西了。”她回答说：“这关我屁事儿，你当个阔太太还不满意吗？”我把电话挂上了。但五分钟之后，埃莉莎给我打了电话。她说：“我照顾家里，妈妈明天出发。”

彼得罗开着车去车站接我母亲，这让她觉得很骄傲，让她觉得自己备受爱戴。她一进家门，我就跟她立了一系列规矩：不要碰我的房间，还有彼得罗房间里的东西；不要惯着黛黛；不要介入我和我丈夫之间的事儿；要督促克莱利亚干活，但要和她和谐相处；要当我是一个外人，在任何情况下，都不要打扰我；有客人时，你要么待在厨房里，要么就待在你房间里。我确信，她不会遵守我说的任何一条，但在短短几天时间里，她成了一个非常忠诚的奴仆，就好像离开那不勒斯的家，让她的本性发生了变化。

她安排家里的所有事，果断有效地解决各种问题，从来都没有搅扰到我和彼得罗。

她时不时会回一趟那不勒斯，她不在的时候，我感觉很多事情都难以应对，我担心她再也不回来了，但她还是回来了。她对我讲了城区的新闻（卡门怀孕了，玛丽莎生了一个儿子，吉耀拉给米凯莱·索拉拉生了第二个儿子。为了避免冲突，她绝口不提莉拉的事儿），之后她就成了家里一个幽灵一样的人物，她把所有人的衣服洗得干干净净，熨得平平整整，做好我小时候爱吃的饭菜，整个房子总是干净整齐，一打乱她就会马上收拾好。彼得罗又一次想着解雇克莱利亚，我母亲表示同意。我很生气，但我没和我丈夫吵架，反倒对着我母亲发脾气，她钻到她的房间里，也不回嘴。彼得罗责备了我，他努力让我和我母亲和好，我们俩也顺水推舟。他很欣赏我的母亲，他说我母亲是一个聪明的女人，他经常在厨房里和她做伴，在吃完晚饭之后和她聊天。黛黛叫她外婆，她跟外婆关系那么亲密，以至于克莱利亚出现时，她都会有些不耐烦。好了，我想，一切都安排好了，我没有借口了，我强迫自己专注写书。

我看着自己记的那些笔记，我确信，我应该改变路线。我想把那些被弗朗科定义为“小情小爱”的故事抛之于脑后，我要写一些贴近现实的东西：广场上的示威游行、暴力、死亡、警察的镇压，还有对于军政府的恐惧。我很不情愿地写了十几页，就没有后文了。我到底缺少什么东西？很难说。也许是那不勒斯、我们的城区，或许是一个像《蓝色仙女》那样的意象，或者是激情，一个能够指引我、赋予我权威的声音。我待在写字台前，时间白白过去，我会翻阅一些小说，但我从来都不从房间里出去，我很害怕黛黛会缠住我。我感觉真是很不幸福，我听到孩子在走廊里的叫喊、克莱利亚的声音，还有我母亲一瘸一拐的脚步声。

我撩起裙子，看着我已经开始隆起的小腹，全身感觉到一种快意，我第二次觉得充盈，但同时也觉得虚空。

## - 71 -

那段时间，我开始给莉拉打电话，但不像之前那样偶尔才给她打一个电话，而是每天都打。我给她打非常昂贵的长途电话，唯一的目的就是想躲在她的影子里，让怀孕的时间过去，我希望她像之前一样能激起我的想象力。当然，我非常小心，从来都不说那些不该说的话，我希望她也一样。我很清楚，事到如今，假如我们的友情要继续下去，那我们都要管住自己的嘴。比如说，我不能告诉她我内心阴暗的一面：我担心即使是远距离，她也能带来灾难，还有我有时候希望她真病了，会死去。比如说，她不能告诉我，她经常那么粗鲁地对待我的真实原因。因此，我们只是谈一谈詹纳罗，他在上小学，已经是学校里学习最好的学生之一；还有黛黛，她已经学会认字了。我们就像两个普通母亲一样，为自己的孩子感到自豪。或者，我跟她聊一聊我在写作上的尝试，但从来都不会夸大其词。我只是说："我在写呢，这事儿没有那么简单，怀孕了之后，我的精力没那么充沛了。"或者我试着搞清楚，米凯莱是不是还在围着她转，就是让她说一说自己的事儿，跟她多聊一会儿。或者有时候，我会问她喜不喜欢电影或电视里的某些演员，想促使她告诉我，那些和恩佐不同的男人会不会吸引她，我想跟她说，我自己也受到一些和彼得罗不同的男人的吸引。但我觉得，她对最后一个话题不感兴趣。对于我提到的那些演员，她总是会说："谁啊？我在电视和电影里从来都没有见过。"如果我提到恩佐，她就会开始跟我说起计算机的事情，会冒出来很多我根本不懂的术语，让我一头雾水。

那都是一些充满热情的交谈，有时候我觉得，她说的这些事，可能将来对我有用，在她说话时，我会记笔记。恩佐成功了，他现在在一家距离那不勒斯五十公里远的小工厂工作，那家工厂生产床上用品。那家工厂租赁了一台 IBM 机器，他在那里做程序员。你知道是什么工作吗？他要把那些工序变成程序。那台机器的主机有三个门的衣柜那么大，内存是 8 kb，机子热得不得了。莱农，你简直无法想象：计算机比火炉还热，那都是极端抽象的东西，混合着汗水和臭气。她跟我谈到了铁酸盐内核，还有电缆穿过铁环，电压决定了旋转，0 或 1，一个环就是一个比特（bit），八个环一组代表了一个字节（byte）。一提到恩佐，莉拉就会说个没完没了。在这个领域，他是神一样的存在，他在一个安装着大空调的房间里，操作着这些语言，他就像一个英雄，他能让机器做所有人能做的事情。你能听懂吗？她时不时会问我。我很心虚地说，我懂，但我真不知道她在说什么。我感觉她也发现我一点儿也不懂，这让我很羞愧。

在我打的这些长途电话中，她一次比一次热情高。恩佐现在每个月可以赚到十四万八千里拉，十四万八千！就是那么多，因为他很厉害，他是我遇到的最聪明的男人。他很能干，脑子很好使，很快就成了公司必不可少的人，恩佐让公司也雇用她作为他的助手。这就是最大的新闻：莉拉又开始工作了，这次她很喜欢自己的工作。她说，莱农，恩佐是领导，我是助理。我让我母亲照看詹纳罗。有时候，我甚至让斯特凡诺照看詹纳罗，我每天早上都去工厂。我和恩佐一点一点地研究这个公司，我们和那些职员的工作一样，我们研究要把什么东西输入电脑。我们做了很多突破，做那些财务动态，我们在发票上印标签，验证学徒的记录本、出勤的卡片，然后把所有东西都变成模式和卡片。是的，是的，我也做打孔的，我和其他女人一起做，他们给我八万里拉。十四万八千加上八万，我们俩一共挣二十二万八千里拉，莱农！我和恩佐现在是有钱人了，过几个月会更好，因为老板发现我很能干，想对我进行培训。你看我现在的生活，你高兴吗？

## - 72 -

有一天晚上，是她给我打的电话，她说她听到了一个糟糕的消息：达里奥被打死了，就在学校门口的耶稣广场上。达里奥是工会成员，就是她之前提到过的学生，在索卡沃工厂门前散发传单的那个男孩。

我能感觉到，她非常担忧，她跟我谈到了笼罩在城区和整个城市的乌云，发生了很多暴力事件。她说这些斗殴事件的背后是法西斯分子吉诺，在吉诺的背后是米凯莱·索拉拉。她在提到这些名字时，充满了新仇旧怨，就好像在这些事背后，还有很多她没有说的事儿。我想：她怎么能那么确信这是他们干的？也许，她还跟法院路上的那些学生保持着联系，也许，她的生活不仅仅是和恩佐研究计算机。我一直在听她说话，没有打断她，她还像往常一样，把任何事情都讲得绘声绘色。她跟我说了很多细节，她说有一批黑衫党出动了，他们从小学对面的新法西斯党的分部出发，在雷蒂费洛区散开，来到了市政府广场，走上了沃美罗，他们用刀子和铁棍袭击了共产党成员。帕斯卡莱有两次也遭到了袭击，他们把他的门牙打掉了。有一天晚上，在大门口，恩佐和吉诺本人打了起来。

她停了下来，换了种语气。她问我，你记不记得，小时候我们城区的氛围？那时候更糟糕，可能同样可怕。她提到了她公公堂·阿奇勒，那个放高利贷的法西斯分子，还有佩卢索，那个木匠，那是发生在我们眼皮底下的事儿。从那时候开始，我们慢慢回到了那个时代，我想起一些细节，她提到另一些。最后，莉拉的句子越来越绘声绘色，她像小时候一样，讲起了堂·阿奇勒被杀的情景，里面有一些事实片段，也有很多是她的想象：阿奇勒的脖子上挨了一刀，血溅得很远，溅到了一面铜锅上面。像之前一样，她还是认为这不是那个木匠干的。她说，按照她的想法，当时的法律就像现在的法律一样，总是停留在表面上，所以判定是那个木匠干的。最后，她感叹说："谁能保证这是卡门和帕斯卡莱的父亲干的呢？谁能说，那个凶手是一个男人还是女人？"就像我们小时候玩的游戏，我们简直是一唱一和的好搭档，我的声音也越来越兴奋，我感觉我们——以前的两个小姑娘，现在的两个成熟的女人——正在一起揭开二十多年来从未揭开的一个谜底。你想想，她说，那场谋杀，真正获利的人是谁，是谁取代堂·阿奇勒，成为放高利贷的头号人物？是呀，是谁？我们异口同声地得到了答案，唯一获利的是那个拿着红本子的女人——曼努埃拉·索拉拉，马尔切洛和米凯莱的母亲。是她杀死了堂·阿奇勒，我们很大声说，然后嘀咕着说——先是我，然后是她——有些沮丧地说："我们到底在说什么？别说这些了，我们还是以前那两个小女孩，永远也长不大。"

# - 73 -

最后，我终于感觉好一点儿了，已经有很长时间，我们没法达到默契，只是这次，我们是靠电话线传递的默契，我们已经很长时间没见面了。她没有看到我生完两个孩子之后的样子，我不知道，她是不是还跟以前一样苍白消瘦，或者体形已经发生了变化。这些年，我感觉自己是和一个脑子里的影像说话，她的声音不能完全代表这个影像。也许是因为这个缘故，忽然间，我觉得堂·阿奇勒的谋杀事件是一个精彩的故事，可以成为我新小说的核心。挂上电话之后，我马上就把我们交谈的内容整理在一起。我重新构建了莉拉提醒我的那些事儿，把过去和现在混合起来，从可怜的达里奥的被杀，到那个放高利贷的人的惨死，一直到曼努埃拉·索拉拉。我难以入睡，反复捉摸她说的那些事儿。我越来越清楚地觉得，我可以通过这些材料，讲述一个故事。在接下来的几天里，我一直在反思佛罗伦萨和那不勒斯，把现在动荡的局面和遥远的声音混合在一起。我想到我现在富裕舒适的生活，还有我之前为了摆脱我的出身所做的努力，对于失去眼前的一切的担忧，还有倒退回去的渴望，这些情感都混杂在一起。我翻来覆去想了很久，我越来越确信，我可以把这些事写成一本书。我非常费力地思考，同时勾起了很多痛苦的回忆，我在本上写满了笔记，构建了一个暴力的情节，把近二十年里的事都联系起来。莉拉有时候会打电话给我，她问我：

“你怎么很长时间没打电话啊，你病了吗？”

“我很好，我在写东西。”

“你写东西时，我就不存在了？”

"你存在啊，但会让我分心。"

"假如我病了，假如我需要你呢？"

"你可以打电话给我。"

"假如我不打电话给你，你就一心想着你的小说？"

"是的。"

"我嫉妒你，你真有福气。"

我带着越来越不安的心情在写作，因为我担心孩子出生之前写不完，我担心自己分娩时会死去，留下一本没写完的书。这本书和我的第一本书那种随性而作完全不一样，非常艰难。我一写完草稿，就开始非常精心地修订。我希望用一种全新的、惊心动魄的、精心构造的混乱来写作，为此我义无反顾。在写第二遍时，我用一种细致入微的手法，每一行都改了又改。多亏我有一台奥利维蒂牌"Lettera 32"打字机，那是我在怀黛黛期间买的，亏得有复写纸，我把我的小说变成了三份打出来的稿子，每份几乎有两百页，没一个打印错误。那时候是夏天，天气很炎热，我的肚子很大，我的臀部又开始疼了，反反复复。我母亲在走廊里来回走动的脚步声让我很心烦。我盯着那些纸张，发现自己很害怕。有好几天时间，我都没办法做决定，我想让彼得罗读一读，但我很犹豫。我想，也许我应该直接寄给阿黛尔，让她看看，彼得罗不太适合看此类故事，再加上，他一直都很较劲儿，这让他在系里的日子很难过，他每次回家都很焦虑，会和我说一些很抽象的话，都是关于法律的价值。我觉得，他的状况不适合阅读一本描写工人、老板、流血斗争、黑社会还有放高利贷的人的故事。还有，他一直都让我远离他内心的纷乱，他从来都没对我过去是什么样子、我后来变成什么样子表示出兴趣，他对我这个人都没有兴趣，把书给他看，有什么意义呢？他只是会谈到词汇、句点的运用，假如我追问他的想法，他也只会泛泛地说几句。我给阿黛尔寄了一份稿子，然后给她打了电话。

“我写完了。”

“我真高兴。你让我看看吧？”

“今天早上，我给你寄了一份。”

“很好，我迫不及待地想看到你的新作。”

## - 74 -

我开始等待，这种等待要比我等待腹中踢腾的孩子出生还要焦急。我一天一天地数着日子，五天过去了，阿黛尔还是没回应。第六天，在吃晚饭时，黛黛为了讨我欢心，她开始自己吃饭，非常费劲，她外婆恨不得亲自喂她吃，但强忍着没帮她。这时候，彼得罗问我：

“你的书写完了吗？”

“是的。”

“为什么你让我母亲看，却不让我看。”

“你总是很忙，我不想打扰你。假如你想看，我写字台上还有一份。”

他没有回答。我等了一下，然后问：

“阿黛尔跟你说了，我给她发了？”

“那还能有谁呢？”

“她看完了吗？”

“是的。”

"她怎么看？"

"她会告诉你的，那是你们之间的事儿。"

情况不妙。吃完晚饭之后，我把我桌上那份稿子放到了他的书桌上。我把黛黛哄睡着了，我一直在看电视，但什么都没看进去，也没听进去，最后我躺在了床上。我没办法合眼：为什么阿黛尔已经和彼得罗谈了我的书，为什么她还没打电话给我？第二天——一九七三年七月三十号，我去看我丈夫有没有开始看我的小说，但那份稿子已经压在一堆书下面，那是他整夜都在研究的书，很明显，他连我的稿子翻都没翻一下。我觉得很心烦，我对克莱利亚嚷嚷，让她看着黛黛，不要老是把手放在裤兜里，什么也不干，所有活儿都让我母亲干。我对我母亲也很不客气，因为她以为我这么说，是对她示好的表现。她摸着我的肚子，想让我安静下来，她问：

"如果再生一个女儿，你给她起个什么名字？"

我脑子里想着其他事情，我的腿很疼，我想都没想，就回答她说：

"艾尔莎。"

她的脸色阴沉下来了，我后来才意识到，她期待的回答是：我们给黛黛起了彼得罗母亲的名字，假如这次又生个女儿的话，那就用你的名字。我想给自己找理由，但不是很积极。我说："妈，你想想看，你的名字叫伊马可拉塔，我没办法给我女儿叫这个名字，我不喜欢。"她嘟囔了一句："为什么，艾尔莎就更好听？"我说："艾尔莎就像埃莉莎，是我妹妹的名字，你应该感到高兴才对。"她再也没说什么。我当时对一切都感到厌烦，天气越来越热了，我总是汗流浃背，我的肚子很沉重，让我无法忍受，我也无法忍受自己一瘸一拐的，一切都让我无法忍受。

终于，在吃午饭之前，我给阿黛尔打了电话。她声音里没有往常的那种戏谑。她话说得很慢，语气有些沉重，我感觉她说每个字都很吃力，她用一种绕来绕去、模棱两可的话表示：那本书不怎么样。我试着捍卫那本小说时，她不再说客套话来掩饰，而是变得很直接。她说："里面的女主人公很讨厌；没什么突出的人物，只有一些模糊的影子；书中的情景和对话都是套路；小说想写得时尚一些，但显得很凌乱；故事里的仇恨让人很不舒服；结尾也很粗糙，有点意大利式西部小说的味道，不能体现你的智慧、文化和天分。"最后，我只能闭口不言了，我一直在很仔细听着她的批评。最后她总结说："上一本小说是活生生的、崭新的，但这本小说内容很陈旧，用那么精心的语言写成，看起来很空洞。"我小声说："可能出版社的人会宽容一下。"她的语气变得很僵硬，回复说："假如你想发给他们看，你可以试试，但我确信，他们不会认为，这本书值得出版。"我不知道说什么才好，嘀咕了一句："好吧，我会考虑一下，再见。"但她还想和我聊，于是换了一种语气，开始充满温情地谈到了黛黛、我母亲、我肚子里的孩子，还有让她非常生气的马丽娅罗莎。最后，她问我：

"你为什么没把小说拿给彼得罗看？"

"我不知道。"

"他会给你提一些意见。"

"我表示怀疑。"

"你一点也不指望他？"

"是的。"

在通完电话之后，我把自己关在房间里，感觉非常绝望。这是一件让人备受屈辱的事，我没法忍受。午饭我几乎什么都没吃，尽管天气很热，我还是关着窗户睡觉。下午四点的时候，我感到第一阵阵痛。我没告诉我母亲，我带上自己事先准备好的包，坐到汽车方向盘前，向诊所开去，我希望自己死在路上，我和我的第二个孩子，但一切都很顺利。我感到一阵阵剧痛，在几个小时内，我又生了一个女儿。第二天早上，彼得罗就开始说，要给这个孩子起我母亲的名字，他觉得，我母亲那么辛苦，这是应该的。我当时心情很坏，我一再重申，我对信守这样的传统感到厌烦，我说这孩子的名字已经定下来了，叫艾尔莎。从诊所回到家里，我做的第一件事儿就是给莉拉打电话。我没有跟她说我刚生了孩子，我问她，我能不能把那本小说发给她。有几秒钟，我只听到她轻盈的呼吸，最后她说：

"等出版之后，我再看吧。"

"我现在就需要你的看法。"

"我已经有很长时间没看书了，莱农，我已经不知道怎么读书了，我不行。"

"算是我求你了。"

"之前那本你直接就出版了，为什么这本不行？"

"因为上次我没觉得那是一本书。"

"我只能告诉你，我喜不喜欢。"

"好吧，这已经够了。"

## - 75 -

我等着莉拉看完我的小说，这时候，传来消息说，那不勒斯爆发了霍乱。我母亲非常不安，反应有些过激，她变得有些漫不经心，到最后她把我非常喜欢的一只汤盆打碎了，她说她要回家。我马上察觉到，她的这个决定，如果说霍乱是一个原因，那我拒绝给我的二女儿用她的名字，也是一个重要原因。我试着挽留她，但她还是离开了。那时候，我刚生产还没恢复，而且腿疼也没好。她再也受不了在我身上花费一个月又一个月的时间，我又是一个那么没良心、对她不尊敬的女儿，她更乐意和她的丈夫，还有几个好孩子一起，面对染上霍乱的风险。一直走到门口，她还是按照我对她的要求，没有嚷嚷，也没有抱怨，也没说我什么，完全不动声色。她很乐意让彼得罗开车送她去火车站，她感觉她的女婿很爱她。我想，她一直都忍耐着，可能不是为了让我满意，而是为了不在我丈夫面前丢脸。她和黛黛分开时，非常难舍，在楼梯间，她用费力的意大利语问孩子："外婆要走了，你难过吗？"黛黛觉得，外婆的离开是一种背叛。她没声好气地说："不难过。"

我生母亲的气，但我更生自己的气，几个小时之后，出自一种自我毁灭的狂热，我把克莱利亚解雇了。彼得罗觉得很惊异，但他也很警惕。我厌烦地说，黛黛有马雷玛口音，现在加上我母亲的那不勒斯口音，真让人受不了。现在我要成为家里的主人，要亲自带孩子，但实际上，我觉得充满愧疚，我要惩罚我自己。我沉迷于一种绝望的想法，就是我会被两个孩子、家里的活儿，还有我疼痛的腿累垮。

我坚信，艾尔莎肯定会像黛黛那样，让我度过非常恐怖的一年。但也许是因为我对于照顾婴儿已经有了经验，也许是我已经接受自己是一个糟糕的母亲，我不强求完美，结果孩子却顺利地就开始吃奶了，每次都安安静静，吃上很长时间，然后睡很久。结果是，我也会睡很长时间。刚回家的那几天，让人惊异的是：彼得罗会把家里打扫得干干净净，去买东西做饭，给艾尔莎洗澡，哄黛黛——外婆走了，又多了一个小妹妹，这让她有些不知所措。我的腿部疼痛也忽然好了，我感觉比较平静。一天午后，我在床上躺着，半梦半醒之间，我丈夫过来叫醒我说："你那不勒斯的朋友打电话找你。"我跑去接电话。

莉拉跟我谈了很久关于彼得罗的事，她说，她迫不及待地想认识彼得罗本人。我有些漫不经心地听着，对不属于他父母那个世界的所有人，彼得罗都很亲切。莉拉在顾左右而言他，说了很久，我觉得她愉快的语气里隐藏着不安。我差不多要对着她喊了："我已经给了你尽可能伤害我的权力，快点儿吧，说吧，那本书在你手上已经十三天了，赶紧告诉我你的想法。"但我没有那么嚷嚷，我只是忽然打断了她的话，我问：

"那本书，你到底看了没有？"

她的语气变得很严肃：

"我看了。"

"然后呢？"

"写得很好。"

"怎么个好法？你觉得有意思吗？有趣还是很乏味？"

"我觉得有意思。"

"有点儿意思，还是非常有意思？"

"非常有意思。"

"为什么呢？"

"故事很有意思，让人很想往下看。"

"然后呢？"

"然后什么？"

我有些不耐烦了，我说：

"莉拉，我必须知道，我写的这些东西怎么样，没有任何人可以告诉我，除了你。”

“我正在说啊。”

“不，你没说实话，你在骗我。以前无论谈什么事情，你从来都没有这么浮浅过。”

她沉默了很长时间，我想象她跷着二郎腿，坐在一张难看的小桌子旁边，桌子上放着电话。也许她和恩佐刚上完班回来，詹纳罗正在不远处玩耍。她说：

“我已经告诉你了，我已经不会读书了。”

“这不是问题所在，问题是我需要你，但你却一点儿也不在意我。”

她又沉默了好一会儿，嘟囔了一些我听不懂的话，也许是一句骂人的话。她用一种不留情面、带着怨恨的语气说：“我做一份工作，你做另一份工作，你能指望我给你提什么建议，你是上过学的，你知道书应该怎么写。”后来，她的声音忽然变了，几乎是叫喊着说：“你不应该写这些东西，莱农！这不是你，你让我看的那些东西，一点儿都不像你，这是一本非常糟糕非常糟糕的书，之前那本也很糟糕。”

她说得很快，有些哽咽，上气不接下气，就好像她轻盈的呼吸忽然变得很沉重，凝结在一起，没法从她的喉咙出入。我感到胃里一阵痉挛，肚子很疼，而且疼痛一直在加重，并不是因为她所说的话，而是因为她说这些话的方式。她在啜泣吗？我很不安地说：“莉拉，你怎么啦？平静一下，深呼吸。”但她没平静下来，她真的在抽泣，我听到了她的抽泣里充满了痛苦。她说，很糟糕，莱农，非常非常糟糕，第一本书也是——那本卖了很多册的书，让我成功的书，关于那本书，她一直什么都没说，她现在说，那本书很失败。让我痛苦的是她的哭泣，我没有心理准备，我也没想到她会哭。我更喜欢那个很坏的莉拉，我喜欢她那种邪恶的语气，但现在她在抽泣，没办法停下来。

我感到很迷惘。好吧，我想，我写了两本很糟糕的书，但这有什么关系，这种痛苦才是更严重的。我嘟囔了一句："莉拉，你有什么好哭的，应该哭的人是我，别哭了。"但她厉声说："为什么你让我看这本书，为什么你逼我说出我心里的想法，我只想自己知道。"我回答说："别这样，我向你发誓，你能告诉我，我很高兴。"我想让她平静下来，但做不到，她说了一些很混乱的话："别让我再读别的东西了，我不适合。我对你期望很高，我非常肯定，你能做得很好，我希望你做得更好，这是我最渴望的事儿。假如你不是很棒的话，那我是谁？我是谁呢？"我小声对她说："你不要担心，你要对我说你想的，只有这样，你才能帮助我，从小时候开始，你就一直在帮助我，没有你的话，我什么都做不好。"最后，她终于停止了抽泣，吸着鼻子说了一句："我为什么会哭呢，我真是个白痴。"她笑了，说："我不想让你难受，我准备了一通赞美的话，我还写了下来，我想给你留个好印象。"我让她把那篇评论发给我，我说："可能，你比我更了解我该写什么。"然后，我们不再谈小说的事了，我告诉她，艾尔莎出生了。我们谈到了佛罗伦萨、那不勒斯还有霍乱。什么霍乱？她用嘲讽的语气说，这里没有霍乱，只有通常那些乱七八糟的事儿，人们担心拉肚子拉死，实际上没什么事儿，更多的是害怕，一点事儿也没有。我们吃了很多柠檬，没人拉肚子。

提到这些事情，她说得很流畅，几乎有些高兴，她摆脱了一个负担。结果是，我又一次感觉陷入漩涡——两个年幼的女儿、一个经常不在家的丈夫、糟糕的作品。虽然如此，但我没感觉不安，反而觉得很轻松，是我自己让她说了我的失败。我脑子里浮现出类似这样的句子：你给我带来正面影响的纽带断了，就像绳子断了一样，我现在是真正一个人了。但我没对她说这些，我用一种自嘲的语气说，我非常费劲地写出这本书，是想和我出生的城区有一个清算，这本书里讲述了我周围发生的巨大变化，这些变化促使我写出了这本书，这是堂·阿奇勒，还有索拉拉兄弟的母亲的故事。她笑了起来，她说，这些恶心的面孔，用来写小说是不够的：如果没有想象力的话，这些面孔不像真的，而像一张张面具。

## - 76 -

我不知道怎么回事儿，后来我试图厘清我们的这通电话，还有莉拉的啜泣带给我的影响，我觉得很难分析清楚。假如往深了想，她好像要对我表达一种有些矛盾的赞赏，好像她的哭泣，肯定了她对我的情感，还有对我的能力的信任，最后抹去了她对我的那两本书的负面评价。只有在过了几天之后，我才意识到，她的啜泣使她能在不明说的情况下摧毁我的作品，并躲过我的怨恨。而且，她给我定了一个非常高的目标——不要让她失望，让我没法尝试写其他东西。但我要重申一遍，无论我怎么反复琢磨我们的那次通话，我都没办法说，这通电话是这件事或者那件事的开始，也是我们之间友谊最密切的、或者说是最猥琐的交流。当然，莉拉的镜子效应得到了加强，她更彰显了我的无能。当然，这样一来，我感觉我更容易接受我的失败，就好像莉拉的观点，要比我婆婆的观点更权威，更充满感情，也更具有说服力。

实际上，过了几天之后，我给阿黛尔打了电话。我对她说：“谢谢你对我这么开诚布公，我意识到你说得对，现在我也感觉到了，其实我的第一本小说也有很多缺点，也许我需要反思，也许我在写作上没有天分，或者，我只是需要时间。”我婆婆马上就对我说了很多好话，她赞扬了我的自我批评的能力，她提醒我，我有自己的读者群，那些读者还在等着我。我嘟囔着说：“是的，当然了。”之后，我马上把剩下的一份手稿塞到抽屉里，把那些写满笔记的本子也放起来了，我投身于日常的琐事。第二本书让我白白浪费了精力，这给我带来了极大的烦恼，最后这种厌烦也延伸到了我的第一本书上，也许还包括文学创作本身。有时候，我脑子里掠过一个影像、一个迷人的句子，我就会觉得一阵痛苦，我会尽量转去思考其他事情。

我的精力都投向了家庭、两个女儿，还有彼得罗。我从来都没有想过让克莱利亚回来，一次也没有，我也从没想过另找一个人帮我。我开始什么活儿都干，我这么做，就是为了让自己感到麻木，我这么做并不是很吃力，也没有懊悔，就好像我忽然间发现了使用生命的正确方法。好像有另一个我，在对我耳语：不要胡思乱想了。我非常投入地做家务，照顾艾尔莎和黛黛，这给我带来了意外的惊喜，就好像除了肚子里的孩子，除了稿子的压力，我还摆脱了一个更为隐秘的包袱，我自己也无法说清的一种东西。艾尔莎表现出她是一个非常安静的小宝贝：她洗澡时间很长，也很愉快，她吃饭睡觉都很乖，在睡觉时也会笑。但我要非常小心黛黛，她非常恨这个小妹妹，她早上醒来时，总是一脸惶恐，说她梦见把妹妹从火中、从水里或者从饿狼的嘴里救下来。有时候，她会假装自己是个小婴儿，也想吃奶，并模仿婴儿的啼哭，实际上她不满足于自己的处境，她已经差不多四岁了，语言能力很发达，已经可以生活自理了。我一直对她充满感情，表扬她的聪明，还有她的灵敏。我让她相信，我做任何事情都需要她的帮助：买东西，做饭，还要留神小妹妹不要摔了。

同时，我非常担心自己又一次怀孕，我开始吃避孕药，我发胖了。我觉得自己浑身是肿的，但我还是不敢停药。那时候，我最害怕的事情就是再次怀孕。另外，我已经不像之前那么关注自己的身体了。我觉得，有了两个孩子之后，我不再年轻，而且要承担各种辛劳：给她们洗澡，穿衣服，脱衣服，推着小车出去，买东西，做饭，抱一个，拉一个，或者同时抱着两个，给其中一个擦鼻涕，给另一个擦嘴，承担每天的工作。我作为女人已经成熟，会像城区的那些母亲一样，并没什么好惋惜的。这没什么不好，我对自己说。

在抵抗了很长时间之后，彼得罗终于接受了避孕药，他很担忧地看着我。他说，你越来越圆了，你身上长的这些斑是怎么回事儿？他担心我和两个孩子或者他自己会生病，但他很痛恨医生。我尽量让他放心，那段时间他瘦了很多：他的眼圈越来越黑了，头上已经开始出现了一缕缕白头发。他一会儿说膝盖疼，一会儿说右腰或者肩膀疼，但他不愿意去看医生。我逼他去，我自己带着孩子陪他去，最后的结果是，除了需要服用一些镇静剂，他的身体很健康。这让他欣喜若狂了好一阵子，所有症状都消失了。但没过多久，尽管他在服用镇静剂，他又开始出状况了。有一次，黛黛不让他看电视新闻——那是在智利的军政府刚上台之后——他非常粗暴地打了孩子的屁股。我刚开始吃避孕药时，他比之前更加频繁地想做爱，但只是在早上或者下午，他说，晚上做爱的话，那会让他一点儿也不困，让他不得不学习大半个晚上，会让他积劳成疾。

这都是胡说，因为对他来说，晚上学习一直都是一种习惯，而不是一种必须。但是，我还是说："那我们就别晚上做了，怎么都行。"当然了，他有时候让我很抓狂，很难让他做一些对家里有用的事儿，比如说，让他有空的时候去买东西，吃完晚饭后洗碗。有一天晚上，我失去了耐心，我没跟他说什么难听话，我只是提高了嗓门。我发现了一件非常重要的事：我只要叫喊一下，他的固执马上就会消失，他就会听我的。有时候，我对他很强硬，这也能让他那些臆想的疼痛消失，甚至让那种不断想要我的过剩欲望也会消失，但我不喜欢那么做。一旦那么做的时候，我自己也很受罪，我觉得，这会激起他一阵痛苦的痉挛。无论如何，效果持续的时间也不长。他会让步，调整自己，很严肃地做一些自己该做的事情，但当他真的很疲惫时，他会忘记我们说好的事，只想着自己，又会恢复到之前的样子。最后，我不管他了，我想逗他笑，吻他，让他洗几个盘子，而且他又洗得不干净，对我能有什么好处呢？只能看到他拉长的脸，还有嘟囔，他的意思是：我有工作要做，但我却在这里浪费时间。最好让他轻松一点，我很高兴能避免一种紧张的关系。

为了不让他焦虑，我学会了不跟他说我自己的事，他好像也不是很关注我的看法。假如我们交谈，比如说，关于政府对于石油危机采取的措施，假如他赞美意共靠近天主教民主党的做法，他只希望我默默听着，并对他表示赞同。有几次，我对他说的观点表示不赞同，他做出一副漫不经心的样子，要么用一种老师对学生说话的语气说："你没有受到好的教育，你不知道民主、国家、法律还有协调不同国家、不同利益，实现平衡的价值。"要么他就会说："你喜欢世界末日。"我是他的妻子，一个受过高等教育的妻子，他期望在他谈论政治、他的研究，以及他正焚膏继暑、踌躇满怀写的新书时，我能仔细听他的话，但这种关注只是情感方面的，他不想听到我的看法，尤其是当我对他表示怀疑时。他对我说话，那就像他在大声思考，只是想让自己思路清晰。他母亲，还有他姐姐都是另一个类型的女人，很明显，他不希望我成为她们那样。在他比较脆弱的阶段，我从他的有些话中能听出来，他不仅仅不赞同我出版我的第一本书，那本书的成功也让他很不悦，至于我写的第二本书、我的稿子去了哪里，他从来都没有过问，也没有问我未来有什么打算。我再也没有提过写作的事儿，这似乎让他松了一口气。

彼得罗越来越表现出很糟糕的、出乎我预料的一面，但这并没有促使我去找别人。有时候我会遇到马里奥，就是那个工程师，但我很快发现，勾引别人和被别人勾引的欲望已经消失了，而且我觉得，曾经那个不安分的阶段，让我觉得自己很好笑，还好那个阶段过去了。那种想从家里出去，参加这个城市公众生活的渴望，也慢慢消退了。假如我决定参加一场辩论会，或者一次游行，我总是会带着两个孩子，我觉得很自豪，我的包里鼓鼓囊囊，塞着她们需要的东西。那些不赞同我这么做的人会说："她们这么小，可能会很危险。"尽管如此，但我还是每天都出门去，无论天气怎么样，只是为了让两个女儿晒太阳，呼吸新鲜空气。出去的时候，我总是会带上一本书，这是我一直以来的习惯，尽管想营造一个自己的文学世界的野心已经消失了，但在任何情况下，我都会读书。通常我会先走一走，找一个离家不远的长椅坐下来，翻阅一些复杂的评论，阅读报纸，有时候嘴里会喊："黛黛，不要跑太远了，到妈妈这里来。"我就是这样，我要接受现实。无论莉拉的生活发生了什么，那都是她的事儿。

# - 77 -

那段时间，马丽娅罗莎来了佛罗伦萨，是为了推广她大学同事写的一本关于圣母生育的书。彼得罗发誓说他一定会参加，但到了最后关节，他找了个借口，不知道躲到哪里去了。我的大姑子开车来的，这次是她一个人来的，有点儿疲惫，但还是和平常一样热情，她给黛黛和艾尔莎带了很多礼物。她从来都没提到过我那部夭折了的小说，尽管我可以肯定，阿黛尔已经跟她说了。她很自在地给我讲了她的旅行、她读的书，她还是像往常一样充满热情。她兴高采烈地追随着这个世界上的新事物，认定一件事情，研究一阵子，厌烦了再去搞另一件事——那是之前她因为不注意，或因盲目而否认的事。在聚会上，她谈到她同事的书，很快就获得了听众的认可，在场的都是一些艺术史研究者。本来按照常规，她讲一些学术上的事情，那天晚上会顺顺当当地过去，但忽然间她话锋一转，有一些口无遮拦地说出了这样的话："女人不要为任何男人生孩子，包括天父，孩子属于她们自己。现在，我们需要从女性角度，而不是男性角度来做研究。无论哪个学科的背后都是'阴茎'，当这根'阴茎'疲软了，就会求助于铁棍、警察、监狱、军队和集中营。假如你不屈服，假如你继续捣乱，那就开始大屠杀。"马丽娅罗莎说完，台下发出一阵阵嘈杂声，有人赞同，有人反对，最后她被一群女人围住了。她用非常愉快的语气让我到她身边去，她很自豪地把黛黛和艾尔莎介绍给她在佛罗伦萨的朋友，也说了我很多好话。有人提到了我的书，但我岔开了话题，就好像那本书不是我写的。那是一个非常愉快的夜晚，我们形成了一个小团体，是由各种各样的姑娘，还有成熟女人组成，其中一个邀请所有人去她家，一个星期聚一次，聊一下女人的问题。

因为马丽娅罗莎说的那些非常挑衅的话，还有她朋友们的邀请，我重新把阿黛尔之前送给我的小册子从一堆书下面翻了出来，我出去时会放在包里，在外面读。在深冬灰色的天空下，我看到了一个很吸引我注意的标题——《啊呸！黑格尔》，就先看了那篇文章。在我读这篇文章时，艾尔莎在她的小车里睡觉，黛黛穿着厚外套，围着羊毛围巾，戴着羊毛帽子，在小声和她的布娃娃说话。这篇文章的每句话、每个字都让我震撼，尤其是那种肆无忌惮的自由思想。我在很多有力的句子下面都画了线，我用感叹号还有斜画线，把那些打动我的地方标了出来。啊呸！黑格尔。啊呸！男人的文化，啊呸！马克思、恩格斯和列宁。啊呸！历史唯物主义，弗洛伊德，啊呸！心理分析和阴茎嫉妒。啊呸！婚姻，家庭。啊呸！纳粹主义、斯大林主义，还有恐怖主义。啊呸！战争、阶级斗争，还有无产阶级专政。啊呸！所有父权文化的体现，所有的组织形式。反对对女性智慧的污蔑，反对对女性进行洗脑。我们要从生育说起，不给任何人生孩子。我们要推翻奴仆和主人的二元结构，我们要从脑子里清除我们的自卑感。我们要做自己。不要犹豫。要坚持自己的不同，行动起来。大学不会解放女性，只能让对女性的压迫变得更完善，要反对智慧。男性已经进入了太空，但女性在这个星球上的生活，还没有真正开始。女人是这个星球的另一张脸。女人是主体，会出人意外。需要把女性从压迫的处境中解放出来，此时，此刻，就是现在。写这篇文章的人叫卡拉·隆奇。我想，一个女人怎么可能可以这样思考？我在读书上花费了很多力气，但我一直都在被动接受，我从来都没用到过那些书籍，我从来都没对那些书本产生过怀疑。

这就是思考的方法，卡拉·隆奇正是通过思考来提出反对。我在费了那么大的劲儿之后，还是不会思考。马丽娅罗莎也不会：她读了一页又一页书，然后心血来潮，把这些思想用自己的话说出来，哗众取宠，这就是事实。但莉拉会用脑子，这是她的本能，假如她上过学，她也会像这样思考。

这种想法变得越来越顽固，我在这个阶段读的所有东西，最终都会通过这样或者那样的方式，和莉拉联系在一起。我遇到了这种女性主义的思想，虽然和莉拉的思想有所不同，但同样激起了我的崇拜，还有我在她面前的从属感。不仅仅如此，在看这些文章时，我想到的是莉拉，还有她生活的片段，那些她会认同的话，她会反对的话。后来，在阅读那些文章的过程中，我经常参加马丽娅罗莎那帮朋友的聚会，但事情并不容易，黛黛一个劲儿地问我："我们什么时候走？"艾尔莎有时候会忽然欢呼雀跃。但问题不仅仅在我女儿身上，实际上，我在那儿只会遇到和我相似的女人，她们没办法帮助我。我觉得很无聊，因为她们谈论的都是我已经知道的事儿，而且她们的表达很糟糕。我感觉，我已经非常了解生为女人意味着什么，我对那些艰难的自我意识并不热衷。我不想在公众场合里谈到我和彼得罗，以及我和一般男性之间的关系，来为她们作证，说明每个阶层、每个年龄阶段的男性是什么样的。让自己的头脑男性化，从而融入男性的文化中——这意味着什么，没有人比我更清楚。我之前就是那么做的，我现在依然那么做。除此之外，我置身事外，没有卷入那些紧张的气氛、嫉妒的爆发、充满权威的语气、柔弱的声音、知识分子的等级，还有为争取这个群体领导权的斗争，最后会有人哭得一塌糊涂。对于我来说，出现了一种新情况，又把我自然引向莉拉，她们讲述和讨论的方式让我入迷，她们非常直率，甚至到了粗鲁的地步。我喜欢用啰嗦的长句来表达自己，那是我小时候就学会了的。我感到急切需要表达真实的自我，我之前从来都没用过那种方式说话，那可能不是我的本性。在那种情况下，我压抑住了自己的表达欲望，我一直都一言不发。但是我感觉我应该和莉拉谈谈，谈谈这些事情，用同样不留情面的方式，来分析发生在我们身上的事情，深入谈谈我们从来都没有谈过的问题，比如说谈一下我写的那本糟糕的书，还有她反常的哭泣。

这种愿望很强烈，以至于让我想带着两个女儿到那不勒斯去住一段时间，或者让她带着詹纳罗来我这里，或者我们相互通信。我跟她说了一次，是通过电话说的，但没有说通她。我跟她说了我正在阅读的女权主义书籍，还有我参加的团体。她听我讲了一阵子，然后开始取笑那些书的书名，比如说，“阴蒂女性”、“阴道女性”。她话说得很粗俗：“你丫说什么呢？莱农，快感、性、生殖器，这里问题很多？你疯了吗？”她想给我展示，她没法谈论我感兴趣的事情。最后她的语气变得很鄙夷，她说：“你做点别的什么事儿吧，做点儿你该做的事情，别浪费时间了。”她生气了。很明显，这不是一个合适的时机，我想，过一段时间我会再试一试。最后我得出结论，我应该搞清楚自己，我要分析自己的女性本质。我非常费力地学习那些男性的事情，我觉得自己应该懂得一切，做各种事情，我越界了，政治斗争的事儿和我有什么关系呢。我想要在男人面前有面子，我要和他们站在同一个高度。什么高度？他们理性的高度，最不理性的高度。我非常投入地背诵那些流行的句子，真是白费力气。我被自己学习的东西限制了，这些东西塑造了我的头脑、我的声音。为了变得卓越，我和我自己定下的秘密协约。现在，在努力学习之后，我要遗忘学到的东西。再加上，我不得不想想，我是什么样的。莉拉在我面前时，我是她的附庸，我刚刚一远离她，我自己就变了，没有莉拉，我什么想法都没有。没有她的思想支撑，我就无法认定任何思想。我应该接受自己，那个不受她左右的自己，核心就是这个，我要接受自己是一个平庸的人。我该怎么办呢？接着尝试写作？也许我会没有激情，我只是在应付差事。因此我应该不要再写了，随便找一份工作，或者就像我母亲说的，当个阔太太，把自己关在家里，或者把一切都抛开——家庭、女儿和丈夫。

## - 78 -

我和马丽娅罗莎的关系变得密切起来。我经常给她打电话，当彼得罗发现这一点，就开始用一种越来越鄙夷的语气谈到了他姐姐：她很轻浮、空虚，对于自己和其他人来说，她都很危险，在他整个童年和青春期，马丽娅罗莎一直都是残酷折磨他的人，她是父母最大的担忧。有一天晚上，我正和我大姑子通电话，彼得罗从他的房间里出来了，头发乱蓬蓬的，面孔疲惫。他在厨房里转了一圈，往嘴里胡乱塞了点东西，他和黛黛开了玩笑，同时在侧耳听着我们的谈话。后来，他忽然间开始叫嚷："那个白痴知不知道，现在是吃晚饭时间？"我向马丽娅罗莎道歉之后，马上挂了电话。我说，饭食已准备好，马上就可以吃，他用不着那么大声嚷嚷。他嘟哝着说，花长途电话费，去听他姐姐的疯言疯语，他觉得很愚蠢。我没有接茬，我把桌子摆好了。他发现我生气了，就有些担心地说："我不是生你的气，我是生马丽娅罗莎的气。"但从那天晚上开始，他开始翻阅我看的那些书，看到我画线的地方，就开玩笑。他说，这都是蠢话，你不要上当受骗。他向我指出那些女性主义杂志和女性主义宣言里逻辑不通的地方。

有一天晚上，正是因为这个问题，我们吵了起来，也许是我夸张了。我们你一句我一句地说着，最后我跟他说："你觉得自己特别了不起？但你和马丽娅罗莎一样，你现在的一切，都是你父母亲给你的。"他给了我一个耳光，而且是当着黛黛的面，他的反应出乎我的意料。我的承受能力很强，要比他强：我一辈子挨了不少耳光，但彼得罗从来都没打过别人耳光，当然也没有挨过耳光。在他脸上，我看到他为自己的行为感到憎恶，他盯着他女儿看了一会儿，然后出门了。我的火慢慢消了，我没上床睡觉，一直在等他，因为他一直没回家，这让我很担心，我不知道该怎么办才好。他神经衰弱，是因为休息得太少了吗？或者，这就是他的本性，埋藏在几千本书和良好教养之下的本性？我又一次意识到，我对他的了解太少了，我没有办法预测他的举动：他可能会跳到阿尔诺河里？或者是已经在某个地方喝醉了？甚至是动身去了热内亚，在他母亲的怀抱里寻求安慰，进行倾诉？哦，我无法想象他会做出什么事来，我太害怕了。我觉察到，因为我所读的书，我所知道的事情，我忽视了自己的私人生活，我有两个女儿，我不想出现一个草率的结果。

彼得罗是早上五点回来的，我看到他完好无损地回来了，深深松了一口气，我去拥抱了他，亲吻了他。他嘟囔着说："你不爱我，你从来都没爱过我。"最后他补充说："我也不值得你爱。"

# - 79 -

实际上，彼得罗没办法接受他生活各方面出现的问题。他期望的是安静、规律的生活，按照他那些一成不变的习惯生活：学习，教书，和孩子们玩儿，做爱，每天完成一点工作。在他的小世界里，大家用一种民主方式来应对意大利极端混乱的局面。但实际上，他被大学里的各种矛盾折磨得筋疲力尽，他在海外影响越来越大，他的同事想方设法贬低他的工作，他发现自己不断受到排挤和威胁。他感到，因为我的不安（什么不安？我是一个迟钝的女人），我们的家庭也不断受到威胁。有一天下午，艾尔莎在自己玩儿，我让黛黛在练习阅读，彼得罗关在自己的房间里，家里没什么动静。我有些焦虑，我想，彼得罗希望能有一个堡垒，能让他在里面完成他的书，我则负责家里的事务，孩子们健康成长。最后，我听到了一阵门铃声，我跑去开门，让我意外的是，进门的是帕斯卡莱和娜迪雅。

他们俩都背着军用大背包，帕斯卡莱浓密拳曲的黑色发上，戴着一顶破帽子，胡子又浓密又拳曲。娜迪雅看起来消瘦疲惫，她眼睛很大，就像一个充满恐惧的小姑娘，但假装自己不害怕。他们从卡门那儿要到了我的地址，而卡门有的地址是我母亲给的。他们俩都很热情，我也表现得很热情，就好像我们之间从来都没有过矛盾和分歧。他们占领了我家，把东西丢得到处都是。帕斯卡莱在不停地说话，一直在说方言，而且声音很大。刚开始，我觉得他们打破了我平庸的日常生活。但我很快发现，彼得罗不喜欢他们，尤其让他厌烦的是，他们没有事先打电话就来了，而且两个人都太随意了。娜迪雅脱下鞋子，躺在沙发上，帕斯卡莱没摘他头上的帽子，他一直乱动我家里的东西，随便翻书，问都不问，就从冰箱里给自己和娜迪雅各拿了一瓶啤酒，他咕噜咕噜喝着，还打嗝，这让黛黛觉得很好笑。他们说，他们决定出来走一圈，随便逛逛，他们就是这么说的，没有具体目的。他们是什么时候离开那不勒斯的？他们说得也不是很具体。他们什么时候回去？回答还是同样不清楚。工作呢？我问帕斯卡莱。他笑着说："够了，我已经干了太多活了，现在我要休息一下。"他把自己的手展示给彼得罗看，他让彼得罗把手也拿出来，他用手摩挲着彼得罗的手说："你能感觉到差别吗？"然后，他拿起那本《继续斗争》，他用右手摸了一下第一页，粗糙的皮肤划过纸张时发出的嚓嚓声让他很自豪。他很高兴，就好像自己发明了一种新游戏，后来他用一种威胁的语气说："没有这双粗糙的手，教授，连一把椅子、一栋楼、一辆汽车都不会有的，什么都不会有，包括你。假如我们工人决定停止干活，一切都会停下来，天会塌下来，天和地会碰在一起，城市会变成森林，阿尔诺河会淹没你们漂亮的房子，只有那些一直干活的人知道如何生存，而你们俩、你们的那些书都会被野狗撕裂。"

典型的帕斯卡莱的言论，非常激昂，也很真诚。彼得罗默默听着，一直都没有接茬。娜迪雅这时候也不说话，当她的同伴说话时，她一脸严肃躺在沙发上，盯着天花板看。在男人们谈话时，她很少插话，我也没说什么。但我去厨房煮咖啡时，她却跟了过来。她注意到艾尔莎缠着我，就很严肃地说：

"她很爱你。"

"她还小。"

"你是说，等她长大了，就不爱你了？"

"不是，我希望她长大了，也爱我。"

“我母亲经常说到你。你只是她的一个学生，但我觉得，你比我更像她女儿。”

“真的吗？”

“因此，我非常痛恨你，也因为你抢走了尼诺。”

“他离开你，并不是因为我。”

“谁在乎呢，我现在都想不起他长什么样儿了。”

“我小时候，特别想和你一样。”

“和我一样做什么？生来一切就已经铺垫好了，你觉得这是一件好事儿？”

“好吧。你不用太费劲儿。”

“你搞错了，实际上，一切都好像都有了，你就没理由那么努力了，你对自己的身份充满愧疚，因为你配不上你拥有的一切。”

“这要好过挫败感。”

“这是你的朋友莉娜跟你说的？”

“也不是。”

娜迪雅很夸张地甩了一下头，脸上做出一个很邪恶的表情，我从来都没想到，她会做出这副样子。她说：“你们俩中间，我更喜欢她，你们是两坨狗屎，根本没法改造，你们是两个底层烂人的典型，但你会献媚，她不会。”

我顿时说不出话来，她把我一个人留在厨房里，我听见她对帕斯卡莱喊道：“我要冲个澡，你最好也洗洗。”他们俩关在了洗手间里，我听见他们在里面咯咯笑，她发出尖叫。我看到，这让黛黛非常担忧。他们半裸着身子，从浴室里出来，头发湿漉漉的，两个人都非常愉快，仍然相互开玩笑，就像我们不存在一样。彼得罗问了他们类似这样一个问题：“你们在一起多长时间了？”娜迪雅冷冰冰地说：“我们没在一起，你们俩才在一起。”

这时候，彼得罗用他那种面对那些非常肤浅的人时才会用到的固执语气问："什么意思？"娜迪雅回答说："你没办法明白。"我丈夫依然坚持说："当一个人不明白时，就需要给他解释。"这时候，帕斯卡莱笑着说："没什么可解释的，教授！你要想着，你已经死了，但你自己还不知道，你们的生活，你们说的话都是死的，一切都死了，你们觉得自己非常聪明、民主，而且是左派，但这些信念都死了，跟一个死了的人，怎么解释一样东西呢？"

气氛非常紧张。我什么都没说，我脑子里一直想着娜迪雅说的那些刻薄话，她说了那些话，依然若无其事地待在我家里。最后，他们终于走了，就像他们来时一样突然。他们收拾好自己的东西，就消失了。帕斯卡莱在门口，忽然用一种伤感的语气说：

"再见，艾罗塔太太。"

艾罗塔太太？我城区的朋友也这么轻视我？他是想说，对于他来说，我已经不是莱农了，也不是埃莱娜或者埃莱娜·格雷科了？对于他来说是这样，对于其他人也是一样吗？对于我来说，也是这样吗？我几乎从来都不用我丈夫的姓氏，现在，我的姓氏已经失去了它仅有的一点儿光辉了吗？我把家里打扫了一遍，尤其是洗手间，他们把洗手间搞得一团糟。彼得罗说："我再也不想在家里看到那两个人，虽然那个男的自己意识不到，但一个这样谈论知识分子工作的人是纯粹的法西斯，至于那个女人，她是我比较了解的那种类型，她脑子里空空如也。"

## - 80 -

一切都证实了彼得罗说的，这种混乱现在变得很具体，已经席卷了我周围的人。我从马丽娅罗莎那里得知，弗朗科在米兰被法西斯分子打了，他失去了一只眼睛，现在情况非常糟糕。我和黛黛还有小艾尔莎一起，马上出发去看他。我坐上火车，我和两个孩子玩耍，给她们吃东西，但另一个我却非常忧郁——那个贫穷、没文化的女生，是当时政治上非常积极，经济上非常富有的弗朗科·马里的女朋友，现在这部分我还剩下多少？——那个我曾经消失了，但现在又冒了出来。

我在火车站看到了我的大姑子，她脸色苍白，而且很惊恐。她把我们带到她家里，那所房子比上次大学聚会结束之后我留宿的时候，更加空旷凌乱。黛黛在玩，艾尔莎在睡觉，我的大姑子跟我讲了很多她在电话里没讲的事情。事情发生在五天前，弗朗科在一场工人先锋运动中讲了话，那是一个坐满人的小剧院。聚会结束后，他和西尔维亚步行离开，现在西尔维亚和一个《日报》编辑在同居，他们住在距离剧院几步远的一所漂亮房子里。那天晚上，弗朗科要在西尔维亚家里住，第二天出发去皮亚琴察。他们已经快走到大门那儿了，西尔维亚已经从包里拿出了钥匙，这时候，开过来一辆白色面包车，一些法西斯分子从车上跳了下来。弗朗科被打得很惨，西尔维亚被暴打，然后被强奸了。

我们喝了很多红酒，马丽娅罗莎拿出了“毒品”——她就是这么叫的。这次我决定尝试一下，尽管喝了酒，但我感觉自己心里空荡荡的、很无助。我的大姑子说了很多愤怒的话，最后不说话了，她哭了起来，我找不到一句话来安慰她。我能感觉到她的眼泪，我感觉，她眼泪从脸颊上滑落时会发出声音。最后忽然间，我看不到她了，也看不到房间了，眼前一切都变成了黑色，我晕了过去。

当我苏醒过来时，我觉得很尴尬，我解释道那是因为我太累了。我晚上睡得很少，我的身体非常沉重，我感觉那些书和杂志里的词汇，就像水滴一样落下来，好像忽然间，那些字母符号已经没法拼在一起了。我紧紧挨着两个孩子，好像她们会安慰我，保护我。

第二天，我把黛黛和艾尔莎留在我大姑子家里，我去了医院。在一个浅绿色的病房里，我看到弗朗科，病房里充斥着各种气味：口臭、尿味还有药水的味道。他现在浑身浮肿，身体也好像缩短了，一直到现在，我脑子里还清楚地记着他身上的白色绷带，还有他脸上和脖子上的青色伤痕。我感觉，他对我不是很欢迎，他为自己的状态感到羞耻。我在说话，我跟他讲了我的两个女儿。几分钟之后，他小声说："你走吧，我不想你出现在这里。"我还是坚持在那里待着，他有些不耐烦地说："现在的我已经不是我了，你走吧。"他的状况很糟糕，我从他的一些同伴那里得知，他还要接受手术。我从医院里回去时，马丽娅罗莎发现我失魂落魄，她帮我照顾孩子，黛黛刚睡着了，她让我也上床睡一会儿。第二天，她想陪我去看看西尔维亚。我尽量向后退缩，去看弗朗科，已经是一件让人受不了的事儿，因为你感到你不仅不能帮助他，反倒会让他更脆弱。我说，我情愿记住我在学生大会上遇到她的样子。不，马丽娅罗莎坚持说，她希望我们看看她现在的样子，她很在意。

我们一起去了，是一位非常优雅的太太给我们开的门，她金色的卷发垂在肩膀上，头发颜色非常浅。她是西尔维亚的母亲，她现在带着米尔科，米尔科也是金发，他已经五六岁了。黛黛还是那副介于不悦和霸道之间的态度，她马上让米尔科和她还有苔丝玩游戏，苔丝是她的那个旧玩偶，她无论去哪儿都随身带着。西尔维亚在睡觉，她留了话，说等我们来的时候，要叫醒她。我们等了很久，她才出现，她化了很浓的妆，穿了一件漂亮的绿色长裙。让我震撼的不是她身上的伤，青紫的伤痕和有些踉跄的脚步——当时莉拉蜜月旅行回来出现在我面前时，状况要更糟糕一些——让我震撼的是西尔维亚没有任何表情的目光。她的眼睛是空洞的，她说话的时候，前言不搭后语，中间会被神经质的笑声打断。她就是用这种方式，跟我讲述了那些法西斯对她做的事，因为在场的人中只有我还不知道那些事情的细节。她讲这件事情时，就好像在讲一个非常残酷可怕的童话。她现在不停地给到访的人讲述这件事情，这让那些恐怖气氛好像凝固起来了。她母亲好几次试图打断她，但她总是用一个厌烦的手势推开，她提高嗓门，一字一句地说着那些人对她做的、让人发指的龌龊事情。她预言很快，在非常短的时间内，会发生非常残酷的报复。我哭了起来，她忽然住嘴了，这时候又有其他人来了，都是一些亲友，还有她的女性朋友。西尔维亚又继续开始讲，我马上躲在一个角落里，紧紧抱着艾尔莎，轻轻吻着她。这时候，我想起了斯特凡诺对莉拉所做的，想到了很多细节，就是西尔维亚在讲述时，我想到的一些细节。我感觉，她们俩讲述时说的话，都像动物恐惧的叫喊。

后来我去找黛黛，我看见她在走廊里，和米尔科还有玩偶在一起。他们俩假装分别是一个孩子的父亲和母亲，但他们在吵架，模仿父母吵架的一幕。我停了下来，我听见黛黛在教育米尔科："你应该给我一个耳光，明白了吗？"新的血肉之躯通过游戏在重复之前的故事。我们是一连串的影子，上台时，总是带着同样的爱恨情仇，还有欲望和暴力。我仔细地看着黛黛，她很像彼得罗，我也觉得，米尔科长得和尼诺一模一样。

# - 81 -

没过多久，那些地下斗争忽然都出现在报纸和电视上：政变者的计划、警察的镇压、武装团伙、交火、受伤、屠杀、炸弹和血案，在大城市和小城市都有发生，这些事情也冲击到了我。卡门给我打了电话，她非常担忧，因为她有好几个星期都没有帕斯卡莱的消息了。

“他有没有去你那儿啊？”

“来了，但已经是至少两个月前的事儿了。”

“啊！他问了我你的电话号码，还有地址。他想问你一件事情，寻求你的建议，他问了吗？”

“关于什么事情？”

“我不知道。”

“他没问我什么。”

“他说了什么？”

“没说什么，他很好，很愉快。”

卡门到处打听哥哥的消息，也问了莉拉和恩佐，也问了法院路上那些和他一起活动的人。最后她甚至给娜迪雅家里也打了电话，但娜迪雅的母亲非常不客气，后来阿尔曼多只是跟她说，娜迪雅已经搬走了，没有留下任何联系方式。

“他们可能一起生活了。”

“帕斯卡莱和那女人？没有留下任何联系地址和电话？”

我们谈了很长时间。我跟她说，可能因为帕斯卡莱的缘故，娜迪雅和她的家庭决裂了，谁知道呢，也许他们已经去德国、英国，或者法国生活了。但卡门还是不放心，帕斯卡莱是一个很顾家的大哥，她说，他不会就这样消失的。她有一种非常不好的预感：城区里每天都在发生冲突，任何一个左翼人士都要特别小心，那些法西斯分子都已经威胁了她和她丈夫了。他们说，是帕斯卡莱放火烧了新法西斯党的支部，还有索拉拉家的超市。我一点儿也不知道城区里发生了这些事情，我觉得很惊异。我问，那些法西斯分子认定是帕斯卡莱做的？是的，他排在法西斯黑名单的最前面，是要最先扫除的人。卡门说，也许吉诺让人把她哥哥杀了。

“你去找警察了吗？”

“是的。”

“他们怎么对你说。”

“他们要逮捕我，他们比法西斯还要法西斯。”

我给加利亚尼老师打电话，她用热嘲冷讽的语气对我说：“发生什么事儿了？我在书店、在报纸上都没再看到你的名字了，你已经退休了吗？”我回答说，我生了两个女儿，我现在在照顾她们，然后我问起了娜迪雅。她变得很不客气，她说，娜迪雅已经长大了，她已经离开家独立生活了。她去哪里了，我问。这是她的事儿，她回答说。我正想问她儿子的电话号码时，她没打招呼，就把电话挂掉了。

我用了很长时间，才搞到阿尔曼多的电话，在他家里找到他，也费了很大力气。当他终于接了电话，他好像很高兴接到我的电话，甚至有点急于向我倾诉。他在医院里很忙，他的婚姻已经结束了，他妻子离开了，把孩子带走了，他现在是一个人，生活有点儿涣散。谈到他的妹妹时，他语气变得很生硬。他轻轻地说：“我已经和她断绝关系了，在政治和其他方面，我们分歧太大了，自从她和帕斯卡莱在一起以后，她就彻底失去了理智。”我问：“他们一起出去住了吗？”他不想谈论这个话题：“可以这么说吧。”就好像这个话题在他看来很轻浮，他越过这个话题，提到了现在糟糕的政治状况，提到了布雷西亚的血案，谈到那些收买政党的老板，情况恶化了，法西斯分子又抬头了。

我又给卡门打电话，是想让她放心。我跟她说，为了和帕斯卡莱在一起，娜迪雅和她家人断绝了关系，帕斯卡莱像小狗一样，跟在她后面。

“你这么觉得？”卡门问。

“毫无疑问，爱情就是这样。”

她表示怀疑，但我还是坚持自己的看法，我非常详细地跟她讲了帕斯卡莱来找我的那天下午的情况，我有些夸大其词地说，他们很相爱。我们挂了电话。但在六月中旬时，卡门又非常绝望地给我打了电话。在大白天，吉诺被杀死在自家的药店门口，他们朝着他的脸上开了枪。我当时想，她告诉我这个消息，因为药剂师的儿子是我们青少年记忆的一部分，不管他是不是法西斯。这个消息当然让我很震惊，毕竟我们是一起长大的。但她告诉我这个恐怖的消息，真正原因不是这个，而是警察去了她家里，把她家从头到脚搜了一遍，他们还搜了加油站。他们在找证据，想证明这是帕斯卡莱干的。她现在的处境非常糟糕，比堂·阿奇勒被杀死时，她父亲被逮捕时更加糟糕。

## - 82 -

卡门惊慌失措，她哭着说，她觉得这简直是对她家的另一场迫害。但我没法从我脑子里抹去那个光秃秃的小广场，吉诺家的药店就对着那个小广场，我还清楚地记得药店内部的陈设，我一直都很喜欢那儿糖果和糖浆的味道，里面的深色木头家具，各种颜色的瓶子一排排摆在一起。我尤其是喜欢吉诺的父母，他们一直都很热情，在柜台的后面弯着腰做事，他们从柜台那里探出身子时，就像是站在一个阳台上。当枪响传到他们耳朵里时，他们当时一定是在铺子里，也许他们就在那儿瞪着眼睛看着儿子倒在门槛上，鲜血四处流淌。我想和莉拉谈一谈这件事，但她表现得很无所谓，就好像这是一件司空见惯的事儿。她只是说："警察不找帕斯卡莱才怪呢。"她的声音马上就抓住了我，说服了我，让我明白，如果真是帕斯卡莱杀死了吉诺——这是不可能的事儿——她也会站在帕斯卡莱那一边的。那些警察应该意识到，死者曾经作恶多端，他罪有应得，而不是找我们的朋友——一个当泥瓦匠的意大利共产党员的事儿。说完这些，她用一种说正事儿的语气，问我能不能让詹纳罗在我这里待上一阵子，一直到学校开学。詹纳罗？我怎么办啊？我有黛黛和艾尔莎要照顾，这已经让我精疲力竭了。我嘟囔了一句：

"为什么？"

"我要工作。"

"我要和两个女儿去海边。"

"你也带上他吧。"

"我要去维亚雷焦海边，我要在那儿待到八月末。孩子和我不熟，你也来吧。你来的话，那可以，我一个人可不行。"

"但你已经发誓说，你会照顾他。"

"是的，但你当时病了。"

"我现在好没好，你又不知道。"

"你病了吗？"

“没有。”

“你不能把孩子交给你母亲，或者斯特凡诺？”

她沉默了一下，变得没声好气。

“你到底是帮还是不帮我？”

我马上让步了。

“好吧，你把他送过来吧。”

“恩佐会送他过来的。”

恩佐是一个星期六晚上到的，他开着一辆雪白的“菲亚特500”，那是他刚买的车。我只是透过窗子看到他，听到他用方言对着车里的孩子说话，就已经感觉到那是他，他一点儿都没有变，动作还是那么稳重，身体还是那么结实，他带来了那不勒斯和我们城区的气息。我打开了门，黛黛拉着我的衣服，我只看了一眼詹纳罗，就意识到五年前梅丽娜没看走眼：这个孩子已经十岁了，他现在看起来一点儿不像尼诺，也不像莉拉，他简直是斯特凡诺的翻版。

我内心很复杂，混合着失望和愉快。之前我想，这孩子要在家里住很久，让我女儿和尼诺的儿子在一起相处一段时间，这也很好；然而，我也乐意接受：尼诺和莉拉之间，什么也没留下。

## - 83 -

恩佐想马上回去，但彼得罗非常热情地挽留了他，让他第二天再走。我试着让詹纳罗和黛黛一起玩，尽管他们之间有六岁的年龄差距，黛黛表现出想一起玩的意思，但他坚决地摇了摇头。

让我震撼的是恩佐对这个孩子的关注，那并不是他的儿子，但他很熟悉詹纳罗的习惯、口味和需求。詹纳罗说他很困，但恩佐还是很客气地让他上床前先去尿尿，洗脸刷牙。当孩子困得睡了过去，恩佐轻轻地帮他把衣服脱下来，给他穿上睡衣。

我在洗碟子、收拾厨房时，彼得罗在和客人聊天，他们坐在厨房的桌子前。他们没有任何共同之处，他们聊起了政治，当我丈夫说，最近意共向天主教民主党靠近，是一件好事儿，恩佐却断言说，假如这个路线取胜的话，那贝林格就帮了工人阶级的最大敌人一把。他们担心发生争吵，就不再谈论政治。这时候，彼得罗小心翼翼地问起了他的工作。恩佐觉得这种好奇是真诚的，就讲了起来，没平时那么空泛，他讲得很简单，但可能过于专业。IBM 现在决定让他和莉拉去一家更大的公司，是诺拉附近的一家工厂，工厂里有三百个工人，还有四十多位职员。公司提供的报酬简直让他们没法回绝：给他每月三十五万里拉，因为他是那个中心的头儿，莉拉是他的助理，给莉拉十万里拉。他们接受了这个工作，当然了，现在他们要赚那么多钱，要做的事情也很艰巨。我们是负责人，他给我们解释说，从那时候开始，他一直都用的是“我们”：我们要负责“系统 3”，十个型号，我们有两个操作员，还有五个女打孔员，她们也是检测员。我们要收集信息，要给系统里输入很多数据，这可以让机子做很多的事情——算账、付钱、开发票、仓储、存货、供货商的订单、生产和运送。为了这个目的，我们需要那些卡片，也就是打孔的卡。这些孔就是一切，所有劳动都表现在那上面。我给你们举一个例子，我们需要进行一个简单的操作，从票据开始，比如说开发票，就是仓库管理员写着产品，还有客户信息的单子。那个客户有编号，他的个人信息也有一个对应的编号，产品也有一个编号。打孔员到机子那里，摁一下卡片的发放按钮，在键盘上输入票据的号码、客户的号码、个人信息的号码、产品的号码和数量，还有卡片上的其他信息。你们可以想象：一千张货单，十个产品，就是一万张打孔的卡片，上面的孔就像是针眼儿。你们清楚了吗，明白了吗？

整个晚上都是那么过去的，彼得罗时不时会点头，表示自己在听，他有时候甚至会问一些问题（“那些孔是核心，但没打孔的地方也很重要吗？”），而我在擦洗厨房里的东西。给一位大学老师解释自己的工作，恩佐好像对此很高兴，彼得罗像一个遵守纪律的学生一样在听他讲，我呢，作为恩佐的一个老朋友，大学毕业，曾经还写了一本书，现在我在整理厨房，我们对于这些事全然不知。实际上，我很快就走神了。操作员拿起一万张卡片，然后把这些卡片塞入一个叫筛选机的东西，机子会根据产品的编号，把这些卡片整理排列。然后操作员来到两个“读者”前面，“读者”不是真正的人，而是读卡器，意思是这台机子已经被编辑好了程序，可以阅读卡片上的孔和没有孔的地方。然后呢？在这里开始，我就迷惑了，我迷失于那些编号和那些打孔的卡片，还有孔和孔之间的对比，选择那些孔，阅读那些孔，进行四步操作，打印名字、地址、总数。我迷失于那些我从来都没听说过的词汇——“file”（文档），恩佐在说这个词时，就好像它是“fila”（一排）的复数，但他用的是阳性，这是一个非常神秘的东西。这个“file”，那个“file”，他一直在这么说。我在莉拉身后迷失了，她现在知道所有这些词汇，熟悉这些机器和这份工作，她现在在诺拉一家大公司工作，即使只有她的伴侣恩佐一个人挣钱，她也要比我阔绰。我在恩佐的身后迷失了，他可以很自豪地说：“没有她的话，我肯定做不到的。”他表达了他忠诚的爱情，很明显，他很乐意提醒他自己和其他人，他的女人非常了不起，而我丈夫从来都不表扬我，相反地，他一直在贬低我，让我只是成了他孩子的母亲。他觉得，尽管我上了大学，最终我还是没有独立思考的能力，他一直在辱没我，贬低我读的东西，以及所有我感兴趣的东西，好像我一直表现得无用的话，他才会爱我。

我最后终于也坐到了桌前，像一个影子，因为他们俩没有一个人对我说："我来帮你摆桌子，我来帮你收拾，洗盘子或者打扫地板。"这时候，恩佐说，开发票是一件很简单的事情，我用手开一下，有什么要紧啊？但如果要开一千张呢？但那些读卡器一分钟可以读两百张卡片，因此两千张需要十分钟，一万张只需要五十分钟，机器的快捷会带来极大的便利，尤其是现在机器也进行一些复杂的、需要耗时很久的操作。现在，我和莉拉的工作就是这个：准备好系统，做一些比较复杂的操作。开发程序的阶段是非常棒的，操作阶段就没那么有意思了。很多时候，那些卡片会卡住，或是在筛选机里被撕裂。有时候，一个装着很多卡片的盒子，一不小心，里面的卡片全洒落在地上，这也很麻烦，但这个工作很棒，很麻烦，但很棒。

我想表示自己也在听，就打断了他的话说：

"他也会错吗？"

"他是谁？"

"计算机。"

"没有任何他，莱农，只有我，假如他错了，出了什么乱子，那是我错了，是我搞出来的乱子。"

"啊，这样啊。"我说，然后小声说："我累了。"

彼得罗点了点头，好像也打算结束那个夜晚的谈话。

他对恩佐说：

“真是振奋人心啊，但假如就像你说的，这些机器可以代替人，很多职业就会消失，菲亚特的工厂里已经是机器人在焊接，会有很多人失业的。”

恩佐先是点了点头，他想了一下，最后他用唯一一个他觉得很有权威的人的话，来捍卫自己：

“莉娜说，这是一个好事，那些低贱的、让人变蠢的工作，还是消失的好。”

莉娜，莉娜，又是莉娜。我用开玩笑的语气问：“假如莉娜那么厉害，那为什么他们给你三十五万里拉，却给莉拉十万里拉，因为你是头儿，她是你的助理吗？”恩佐犹豫了一下，就好像他要说一件非常紧急的事儿，但最后他决定不说了。他说了一句：“我能做什么呢，需要推翻生产工具的私有制。”这时候，在厨房里，有几秒钟只能听到电冰箱的嗡鸣声。彼得罗站起来说：“我们去睡觉吧。”

## - 84 -

恩佐想在早上六点出发，但在早上四点时，我就听见他在家里走动，我起身给他准备咖啡。在寂静的厨房里，我们面对面，计算机语言消失了，还有因为彼得罗在场时我们采用的意大利语也消失了，我们开始说方言。我问到了他和莉拉的关系，他说他们很好，尽管她一刻也不闲着。现在她忙于工作，有时候，她会和母亲、父亲还有哥哥吵架，有时候她会帮助詹纳罗做功课，她也会帮着里诺的儿子，还有其他来家里的孩子。莉拉不注意自己的身体，她很疲惫，总是处于崩溃的边缘，就像上次出现的情况那样，她太累了。我明白，他们是心心相印的一对伴侣，并肩工作，她现在工资那么高，交给她的工作也会越来越复杂。我鼓起勇气说了一句：

"也许你们应该调整一下你们的生活：莉娜不能总是那么辛苦。"

"我也一直在跟她说。"

"另外，还需要办理离婚的手续，她现在和斯特凡诺还属于夫妻关系，这一点儿意义也没有。"

"她一点儿也不在乎这个。"

"斯特凡诺是什么态度？"

"他们不知道现在可以离婚。"

"艾达呢？"

"艾达现在生活都面临问题，风水轮流转，以前在上面的人，现在在下面。卡拉奇家现在一分钱都没有了，还欠索拉拉家很多债，艾达要在来不及之前，趁机捞一把。"

"那你呢？你不想结婚吗？"

我明白，他是很愿意结婚，但莉拉表示反对。一方面，她不想在离婚这件事情上浪费时间——我跟那人没离婚，谁他妈在乎！我现在和你在一起，和你一起睡觉，这就是事实——另一方面，再次结婚的想法，让她自己也觉得好笑。她说："我和你？我和你结婚？你在说什么呢？我们这样不是很好吗？我们无论谁烦了，都可以随时走开。"对于一场新的婚姻，莉拉没有兴趣，她脑子里有别的事情需要考虑。

"也就是说？"

"算了吧，别说了。"

“说吧。”

“她从来都没有告诉过你吗？”

“什么事儿啊？”

“关于米凯莱·索拉拉。”

他用一种简洁的语言，说那么多年来，米凯莱从来都没有停止要求莉拉为他工作。他要么想让莉拉帮他打理沃美罗的一家商店，要么让她做会计，负责税收的事务。要么就让她去给他朋友当秘书，那人是天主教民主党的一个要人。最后他甚至提出，要给她每月三十万里拉的工资，让她想发明点什么就发明点什么，任何疯狂的想法都行。尽管米凯莱现在住在波西利波，但在城区里，也就是在他父母亲的房子里，他还继续做他的那些生意。这样一来，莉拉不断遇到他，在路上，在市场，在商店里，他会拦住莉拉，对她总是很客气，很友好。他和詹纳罗开玩笑，送给他一些小礼物，然后会变得非常严肃。每次莉拉拒绝他提供的工作机会之后，他还是充满耐心，用以往那种带着戏谑的语气说：“我不会放弃的，我会一直等下去的，你想好了，给我一个电话，我会马上跑过来。”自从他知道莉拉在IBM工作，他非常气愤，他甚至动用了他认识的人，让他们把恩佐从这个行业里排挤出去，当然也包括莉拉。他的这一招没有奏效，因为IBM急需像恩佐和莉拉这样的技术人员，像他们这样出色的人很少。但现在气氛变了，有一次恩佐在楼下看到了吉诺的那伙法西斯分子，那次没发生什么事儿，是因为他及时把门关上了。但后来在詹纳罗身上，发生了一件让人担心的事情。莉拉的母亲像往常一样去学校接詹纳罗，所有学生都出来了，但她还是没看到詹纳罗。老师说，他一分钟前还在。他的同学说，他刚才在的，一下子就消失了。农奇亚吓得要死，她打电话给女儿，莉拉正在上班，马上就回来了，开始找詹纳罗。她在小花园的一张长椅上找到他了，孩子很安静，还穿着罩衣，书包也好好的，莉拉问他：“你去哪儿了？你做什么了？”他笑了起来，眼神很空洞。她想马上去找米凯莱，把他干掉，因为那次试图围殴恩佐的事，也因为绑架她儿子的事情，但恩佐把她拦住了。法西斯分子现在都盯着左派的人，他们没有任何证据说惹事的是米凯莱派的人。至于詹纳罗，他自己也承认，他那短暂的消失，也只是因为自己不听话。无论如何，恩佐安抚了莉拉之后决定去找米凯莱谈谈。他去了索拉拉的酒吧，米凯莱听他说这些，眼睛都没有眨一下。最后，他非常肯定地说：“恩佐，我不知道你他妈在说什么，我很喜欢詹纳罗，谁要敢碰他，就死定了。你说的这堆废话里，唯一一件真事儿是：莉娜非常聪明，她在浪费自己的智慧，这是一件非常遗憾的事儿。很多年以来，我一直在请她为我工作。”他又接着说：“我的这个请求，让你很烦？我他妈才不会在乎。但你错了，假如你真的爱她，你就应该鼓励她运用她的聪明才智。来吧，你坐下喝杯咖啡，吃块点心，跟我说说你们的电脑有什么用处。”但事情并没有就此结束，因为非常偶然的机会，他们后来又遇到了两三次，米凯莱对“系统 3”的兴趣越来越高了。有一天，他还用开玩笑的语气说，他问了一个在 IBM 工作的人，恩佐和莉拉谁厉害？他说恩佐当然很出色，但现在这个行业里，最厉害的还是莉拉。后来有一次，米凯莱在路上拦住了莉拉，给她说了一件很重要的事儿。他打算租一台“系统 3”，用于他所有的商业活动，最后的提议是：他想请莉拉做那个电脑中心的头儿，每个月给她四十万里拉。

“这件事，她也没跟你说？”恩佐很小心地问我。

“没有。”

“看来她不想打扰你，你有自己的生活。但你要知道，对于她个人来说，这是一个质的飞跃，对于我们俩来说，这是一大笔钱，算起来我们俩会赚七十五万里拉，我不知道，我说清楚了吗。”

“莉娜怎么说？”

“她要在九月时回复。”

“她会怎么做呢？”

“我不知道。她做任何事情之前，她脑子里的想法，你有没有提前搞清楚过？”

“没有。但你觉得，她会怎么做？”

“她怎么做，我都支持她。”

“在你不赞同的情况下，也支持她？”

“是的。”

我陪着他来到了汽车前。走在楼梯上时，我想告诉他一件他不知道的事，也就是米凯莱对莉拉有一种狂热的爱意，一种非常危险的情感，就像蜘蛛结的网子，并不是要在肉体上占有她，也不是要她顺从。我有点想说这些，因为我还是很喜欢恩佐这个朋友。我不想他觉得，他面对的只是一个克莫拉分子，并认为一直以来，这个黑社会分子都只是想要买他的女人的聪明才智。

“假如米凯莱想把她从你手上抢走呢？”

他不动声色地说：

“我会杀了他。但他不想要她的，所有人都知道，他已经有一个情人了。”

“谁啊？”

“玛丽莎，她又一次怀上了米凯莱的孩子。”

我当时觉得有些迷糊。

“玛丽莎·萨拉托雷吗？”

“是阿方索的妻子玛丽莎。”

我想起我和我的同学阿方索的谈话，他试着告诉我，他的生活非常复杂，但我回避了这个话题。阿方索说的那些话，我只是被其表层的意思所震撼，我没进入到内核。当时，他的痛苦让我觉得有些混乱，为了搞清楚状况，我本应该再和他聊聊，也许聊了，我也不一定能明白，但我还是有一些不舒服的感觉。

我问：

“阿方索呢？”

“他不在乎，都说他是个飘飘。”

“谁说的？”

“所有人。”

“所有人有些太模糊了，恩佐，所有人还说了什么？”

他用一丝带着讽刺的语气说：

“很多事儿，城区里是非不断。”

“也就是说？”

“现在大家都在说以前的事儿，都说杀死堂·阿奇勒的人是索拉拉兄弟的母亲。”

他出发了，我希望他把他说的那些话也带走，但那些话一直在我耳边回响，让我非常担心，也让我很气愤。为了摆脱这种感觉，我打电话给莉拉，语气里夹杂着不安和不满：“米凯莱让你给他工作的事儿，你为什么没跟我说过？尤其是最后这次他的提议。你为什么把阿方索的秘密说了出去？你为什么把索拉拉母亲的事儿传了出去？那是我们之间的玩笑。你为什么让詹纳罗来我这里？你为他的安危担忧了？你可以跟我说清楚一点，我需要了解真相。你为什么现在不告诉我你脑子里真正的想法？”对于我来说，这是一个发泄，但我说的这些话，字里行间，还有我的内心都想表达一个意思，就是我希望，我们不要停留在原地，我希望仅仅只是通过电话，我们依然能实现之前的一个愿望，就是保持完整的关系，审视这种关系，把一切都说清楚，对这种关系有一个充分的认识。我希望能激怒她，让她回答其他一些问题，一些更加个人的问题。但莉拉很厌烦，她心情很不好，她对我很冷淡。她说我已经离开很多年了，已经有了自己的生活，在我的生活里，索拉拉兄弟、斯特凡诺、玛丽莎和阿方索已经没有任何意义了，他们的重要性为零。她很简短地对我说，你度假，写东西，做知识分子，对你来说，我们太土了，太低级了，你就远远地待着吧！拜托了，让詹纳罗晒晒太阳，不然他会像他父亲那样佝偻着背。

她的声音里透出讥讽和鄙夷，几乎是一种无礼，恩佐给我讲的那些事情，在她嘴里变得轻松。我想把她拉入我的世界：我读的书，我从马丽娅罗莎和佛罗伦萨女性团体那儿学到的话，还有我正在考虑的问题。我如果给她提供一些基本概念，她一定会比我更好地解答那些问题，但她的话抹去了任何在这方面进行交流的可能。我想，是的，我过我自己的日子，你过你的。现在你已经快三十岁了，假如你不愿意成长，那你就继续在院子里玩儿吧！够了，我去海边了，马上就动身。

## - 85 -

彼得罗开着车，把我和三个孩子送到了维亚雷焦，我们在那儿租了一套不怎么样的房子，然后他回佛罗伦萨了，他想把他手头上的书完成。我想，现在我是一个度假的人了，一个生活富裕的太太，带着三个孩子，还有很多玩具。我的太阳伞在沙滩上第一排，柔软的毛巾，很多吃的东西，有五套颜色不同的比基尼，还有薄荷烟，太阳会让我的皮肤变成深色，会让我的头发更加金黄。我每天晚上都会给彼得罗，还有莉拉打电话。彼得罗会告诉我，有谁找了我，那都是一个遥远季节的残留，他极少跟我谈到他构思的工作。和莉拉通电话时，我会让詹纳罗来讲，他会很不情愿地，给她讲讲一天中发生的主要事情，然后对她说晚安。我基本上不说什么，和彼得罗基本没什么话说，对莉拉也很少说什么。莉拉已经彻底缩减了，只剩下声音了。

过了一段时间，我意识到，事情并非如此，她的一部分血肉存在于詹纳罗身上。那个孩子的确和斯特凡诺很像，他长得一点儿也不像莉拉，但他的动作、他说话的方式、他的一些用词和口头禅还有霸道的性格，非常像她小时候。我有时候不经意听到了他的声音，会很受震动，我入迷地看着他一边做手势，一边给黛黛解释怎么玩一个游戏。

詹纳罗和他母亲不同，他很阴险，而莉拉小时候那种邪恶和坏，是很公然的，任何惩罚都不能使她隐藏这一点。詹纳罗在扮演一个有教养的小男孩，甚至有些羞怯，但你一转身，他就会捉弄黛黛，会把她的玩偶藏起来，会打她。作为惩罚，我威胁他说，我们晚上不会给他妈妈打电话，不跟她道晚安，他马上就装出一副懊悔的样子。但实际上，他对这种惩罚根本就不在乎，晚上给莉拉打电话是我要求的，打不打电话，他觉得无所谓。让他担心的是，我威胁说，不给他买冰淇淋，那他会哭起来，在抽泣间歇，会说他想回那不勒斯，我马上就让步了。但即使我给他买了，他心里还是不平衡，他会报复我，偷偷伤害黛黛。

我当时很确信，黛黛害怕他，仇恨他，但事实却不是这样的。随着时间的流逝，她越来越不会反抗詹纳罗的欺压，而是爱上了这种欺压。她称詹纳罗为“里诺”或者“里诺奇奥”，因为他说，他的朋友们都是这么叫他的。不管我怎么喊，黛黛都会跟着他走远，有时候，甚至是她鼓动詹纳罗远离我们的太阳伞。我一天到晚都在叫喊中度过：“黛黛，你去哪儿？”“詹纳罗，你过来！”“艾尔莎，你干什么，不要把沙子放在嘴里！”“詹纳罗，你不要这样！”“黛黛，假如你还不停下来，我过来给你点儿颜色看看。”但这一切都是白费口舌：艾尔莎还是在吃沙子，吃得很用心，当我在用海水给她漱口时，黛黛和詹纳罗就会消失。

他们躲藏的地方，是距离海滩很近的一个芦苇丛。有一次，我和艾尔莎一起去看他们在干什么。我发现，他们把小游泳衣脱了，黛黛很好奇地抚摸着詹纳罗展示出来的下身的小玩意儿。我在离他们几米远的地方，不知道该怎么办。黛黛——我知道，我看见她了——经常趴在那里自慰，但我看了很多关于研究儿童性问题的书，我还给我女儿买了一本小书，上面有彩绘，用很简单的话说明了男女之间是怎么一回事儿。我给她读了那些话，她没有表现出任何兴趣。虽然我感觉很不自在，但我不打算打断她，骂她。我很肯定，她父亲会因此骂她，我很小心，不让他碰见这样的场景。

现在怎么办？我应该让他们继续玩儿？我还是应该撤退，离开那里？或者是走过去，若无其事地顾左右而言他？假如那个比黛黛要大好几岁、有些暴力的男孩，逼她做一些伤害她的事情，那怎么办？这种年龄的差别不是很危险吗？当时，推进事情进一步发展的，有两个因素：艾尔莎看到了姐姐，很欢快地叫喊起来，黛黛；同时我听到，詹纳罗在用方言对黛黛说着很粗鲁的话——我从小在院子里学到的那些话。我没法控制自己，所有我读过的关于快感、潜意识、神经官能症、孩子和女人的多种性变态的表现形式的知识马上消失了，我非常不客气地骂了他们俩，尤其是詹纳罗，我抓着他的一条胳膊，把他拉开了。他哭了起来，黛黛冷冰冰，很无畏地对我说："你真坏！"

我给他们俩都买了冰激凌，但我开始对他们严加看管，避免他们重犯，再加上现在黛黛的语言里开始有那不勒斯方言的粗话。晚上，几个孩子睡觉时，我开始努力地回想：小时候在那个院子里，我也和我的同龄人玩过这种游戏吗？莉拉有没有过类似的体验？我们从来都没谈过这个问题。在那个阶段，我们会说一些肮脏的话，这是真的。当时说那些骂人的话，是很有必要的，我们要推开成人那些猥亵的手，我们一边骂脏话，一边逃开。还有呢？我很努力地想一个问题：我和她之间，从来都没有相互抚摸过吗？我儿童时代、少女时代、青春期还有成年之后，从来都没有渴望做这件事情吗？她呢？我几乎长时间地沉浸在这个问题里。我慢慢对自己说：我不知道，我不想知道。我承认，我很欣赏她的身体，这一点是真的，而且过去也曾经有过那种情感，但我排除了我们之间曾经发生过什么的可能。我们太害怕了，假如我们被发现，会被打死的。

无论如何，在我思考这个问题的那几天里，我避免把詹纳罗带到公共电话那里，我担心他会跟莉拉说，他在这里过得不好，甚至会跟她提到那件事情。这种担忧让我很心烦。我为什么要担忧呢？我要让一切褪色，成为过去。我对两个孩子的监管也慢慢放松了，我也没办法一直盯着他们。我精心地照顾着艾尔莎，我随他们去。只有在他们冻得嘴唇发紫，手指已经起皱，但还不想从水里出来时，我会在海岸上喊他们，拿着干毛巾，迎接他们从水里出来。

八月的日子就这样过去了：回家，买东西，准备去海边的包，去海滩，回到家里，吃晚饭，吃冰激淋，打电话。我和其他那些孩子的母亲聊天，她们都比我年龄大，她们赞扬我的几个孩子，还有我的耐心，这让我很高兴。她们会和我谈到他们的丈夫，他们的工作。我也会谈到我的丈夫。我说，他是大学的拉丁语教授。在周末时，彼得罗会来这里，就像很多年前在伊斯基亚，周末的时候斯特凡诺和里诺也会出现一样。认识我的那些女人，会投来充满敬意的目光，好像因为他的教授身份，她们也会欣赏他头上那撮乱哄哄的头发。他和两个女儿还有詹纳罗一起下水游泳，他会假装让他们做一些非常危险的游戏，四个人玩得都非常开心，然后，他会待在太阳伞下面学习，时不时会抱怨他睡得很少，或者他常常忘记吃镇静剂。当孩子们睡着的时候，为了避免床发出吱吱扭扭的声音，在厨房里，他会站着要我。我觉得，婚姻和人们想的不一样，它像一个机构，剥夺了性交的所有人性。

## - 86 -

一个星期六，彼得罗在《晚邮报》上林林总总的标题里，发现了那篇文章。文章是关于那不勒斯郊外的一家小工厂的，那几天，报纸都在报道法西斯向伊塔利库斯丢的炸弹。

“你朋友以前工作的工厂，是不是叫索卡沃？”他问我。

“发生了什么事儿？”

他把那份报纸递给了我。我读到，两个男人和一个女人组成的行动队闯入了那不勒斯郊外的一家香肠厂。他们先是朝门卫菲利普的腿上打了几枪，现在门卫的伤势非常严重；然后，他们来到了工厂老板布鲁诺·索卡沃——一个年轻的那不勒斯企业家的办公室，他们连开四枪把他杀了，三枪打在胸口，一枪打在头上。在看那篇报道时，我仿佛看到了布鲁诺被毁掉的面孔，一起被毁掉的还有他白得耀眼的牙齿。噢，我的天呐，我简直目瞪口呆。我让彼得罗看着孩子，跑去给莉拉打电话，电话响了很久，但没人接。晚上我又试了一次，还是没人接。我在第二天才联系上她，她很紧张地问我："怎么了？詹纳罗出了什么状况了吗？"我让她放心，詹纳罗很好，我跟她说了布鲁诺的事。她竟然一点儿也不知道，她听我讲完，最后很平淡地嘀咕了一句："你真是跟我讲了一个坏消息。"她没说别的，我提醒她："你给认识的人打个电话，让他们讲讲是怎么回事儿，你问问，看怎么发吊唁的电报。"她说，她和工厂的任何人都没联系了，再说，发什么电报。她嘟囔了一句，算了吧。

我放弃了。但第二天，我在《宣言报》上看到了乔瓦尼·萨拉托雷，也就是尼诺写的一篇文章，他详细描述了坎帕尼亚大区的这家小工厂，并提供了很多信息。他强调了这个落后地区的政治冲突，充满温情地谈到了布鲁诺，还有他的悲剧下场。从那时候起，我一直在跟踪事情的进展，但于事无补，那件事很快就从报纸上消失了。除此之外，莉拉再也不想跟我讨论此事。晚上，我和几个孩子给她打电话，她总是长话短说，她会说："让詹纳罗接电话。"她听到我提到尼诺，显得特别不耐烦。她嘟囔着说，他还是老毛病，总是要说点什么。这跟政治有什么关系，肯定是有别的什么原因，一个人被杀死的原因有上千种：戴绿帽子、经济矛盾，有时候甚至是别人看他不顺眼。就这样，时间一天天过去，布鲁诺只剩下一个影像，很快就过去了。难道他不是那个我曾利用艾罗塔家的权威，打电话威胁过的老板？难道他不是那个试图吻我，却被我强行推开的男孩？

## - 87 -

从那时候开始，我在沙滩上胡思乱想。我想，莉拉非常精明地把她的情感和情绪隐藏起来。我想发现事情的真相，她正好相反，她把自己隐藏起来。我越想把她拉出来，让她也产生搞清事实真相的愿望，她就越躲藏在阴影里。她就像一轮满月，隐藏在一片树林后面，树枝挡住了她的脸。

九月初，我回到了佛罗伦萨，但我的那些想法还没散去，反倒更加强烈了，跟彼得罗说了也没用。我和几个孩子回家了，这让他很不高兴，他那本书已经晚了，而且那学期马上就要开始了，这让他更加焦躁。有一天晚上，在饭桌上，黛黛和詹纳罗不知道为什么吵架了，詹纳罗忽然站起来，从厨房里出去了，狠狠地摔了一下门，门上的毛玻璃碎了一地。我给莉拉打了电话，我开门见山地说，她要马上过来，把孩子接走，他儿子已经和我生活了一个半月了。

“你不能让他待到月底吗？”

“不行。”

“这里情况很糟糕。”

“这里也一样。”

恩佐是大晚上从那不勒斯出发的，早上到我这里。彼得罗已经上班去了，我已经准备好了詹纳罗的行李。我跟恩佐说，几个孩子的关系很糟糕，已经让人无法忍受了。我很遗憾，但三个孩子在一起，实在太多了，让人受不了。他说他理解，他感谢我所做的一切，只是最后嘟囔了一句，就像是在解释：你知道莉娜的。我没有接茬，一方面是因为黛黛在抽泣，她为詹纳罗的离开感到绝望；另一个原因是，假如我接茬了，我会说，莉娜的脾气是够呛。我知道自己会为此后悔的。

我有一些想法，我自己都不想说出来，我害怕我说的话，其实就是事实。我没办法把那些话从脑子里抹去，我感觉，这些话在我脑子里已经逐渐成形，我被迷住了。我感到害怕，但还会不由自主地想着那些事儿。在那些貌似不相干的事之间，我会找到一些联系和规律，这方面的思考常常会令我情不自已。我把吉诺和布鲁诺·索卡沃的暴死联系在一起（工厂的门卫菲利普捡了一条命）。我最后想到，这两件事情都引向了帕斯卡莱，也许还有娜迪雅，这些推测让我陷于激动不安之中。我想给卡门打电话，我想问她有没有她哥哥的消息，但后来我改变了主意，我很担心她的电话受到了监控。恩佐来接詹纳罗时，我想：我现在和他讲讲，我看看他是什么反应。但在面对他时，我还是沉默不语，我担心自己说太多，担心说漏嘴，说出帕斯卡莱和娜迪雅的名字。莉拉还是老样子：莉拉只做不说；莉拉彻底汲取了我们城区的文化，根本不会考虑国家、警察和法律这些问题，她相信只有裁皮刀可以解决问题；莉拉懂得不平等的可怕；莉拉参加法院路上的聚会，她当时在革命理论和方法里，找到了如何运用自己过于活跃的大脑的方法；莉拉把她的新仇旧恨，都变成了政治目标；莉拉推动人们去行动，就像他们是小说中的人物；莉拉在过去和现在，都把我们所经历的贫穷、遭受的欺压，和针对法西斯、工厂老板和资本的武装斗争联系在一起了。现在，我第一次把这件事情讲清楚，我承认在九月的那些天，我怀疑的不仅仅是帕斯卡莱——他一直都有拿起武器的冲动——不仅仅是娜迪雅，我怀疑是莉拉自己制造的这些血案。在很长一段时间里，当我做饭时，当我照顾我的女儿时，我似乎能看见她和其他两个人一起，向吉诺开枪，向菲利普开枪，向布鲁诺·索卡沃开枪。假如我无法想象帕斯卡莱和娜迪雅的具体动作——我觉得帕斯卡莱是个好孩子，有点爱吹牛，打架比较狠，但是他不会杀人；我也觉得，娜迪雅是一个出生在好人家的小姑娘，她顶多会骂别人几句——但是，我从来都不怀疑莉拉。她能想出一些非常有效的方案，会把风险减少到最小，她会控制住自己的恐惧，会赋予谋杀一种非常抽象的纯洁。她知道怎么把人的肉身变成尸体和鲜血，她不会有任何顾忌，也不会有任何懊悔，她杀人，并且会觉得自己做得对。

她好像就在我眼前，非常清楚，她，还有影子一样的帕斯卡莱和娜迪雅，不知道还有没有其他什么人。他们坐着车子，经过小广场，在药铺的前面放慢了车速，他们朝着吉诺射击，朝着他穿着白大褂的身体射击。要么是，他们经过那条尘土飞扬、路边堆满了各种垃圾的小路，来到索卡沃的工厂，帕斯卡莱穿过栅栏门，朝着门卫菲利普的腿射击，门卫睁着恐惧的眼睛在大声叫喊，岗亭里的血流得到处都是。莉拉对那儿非常熟悉，她穿过院子，来到工厂里，走上楼梯，闯入了布鲁诺的办公室，当他正愉快地和她打招呼："嗨，什么风把你吹来了。"她三枪打中了他的胸口，一枪打中了脸。

啊，是的，这才是行动起来的反法西斯分子、新的抵抗运动、无产阶级正义，以及其他那些口号。面对这些思想，出于本能，她能从那些普通群众中脱颖而出，她能赋予这些口号实质意义。我想象，这些行动可能是加入"红色旅"、"第一线"这类组织的要求。莉拉很快就会从城区消失，就像帕斯卡莱。也许是因为这个原因，她决定把詹纳罗交给我来照顾，表面上是一个月，但实际上，她想把儿子交给我来抚养，我再也见不到她了。要么她会像“红色旅”的那些首领——库尔西奥和弗兰切斯奇尼一样被逮捕，要么她会躲过警察的追捕，逃脱了监狱。她一直是那么充满想象力，那么冒失。当她做完那些大事儿，她会凯旋，因为那些丰功伟绩而备受崇拜，作为革命首领，她会对我说：“你写小说，但我的生活本身就是小说，里面的人物是真实的，流的血也是真实的。”

在夜里，我会觉得我想象的这些事是真实发生的，或者正在发生。我为她感到害怕和担忧，我看到她受伤了，被追击，就像世界上那些陷入混乱和危险的人一样，这让我觉得心疼，但同时让我嫉妒。我小时候的一些信念，现在越来越清晰：她注定会做一些了不起的丰功伟业。我很懊悔自己逃离了那不勒斯，和她分开了，我其实应该待在她身边。让我生气的是，她选择了那条道路，并没有和我商量，就好像她觉得不值得和我商议，尽管我非常了解资本、压迫、阶级斗争还有无产阶级革命的必然性，我会对她有用，我会参加她的行动。我感觉很不愉快，恹恹地躺在床上，对于自己作为家庭主妇、已婚妇女的身份感到很不满，我的未来让人沮丧，到死都要在厨房和卧室里重复那些家庭仪式。

白天，我的头脑会清楚一些，恐惧会占上风。我想象着一个任性的莉拉，非常擅长煽风点火，她越来越投身于那些残酷的行动。当然，她有足够的勇气向前推进，她会充满决心、非常残酷地采取行动，就像那些理直气壮的人。但她的目的是什么呢？要开启一场国内战争吗？要让城区、那不勒斯，还有整个意大利成为一个战场，成为地中海的越南吗？是要让我们所有人都陷入一场无边无尽、残酷无情的斗争，处于东方和西方的夹击之中吗？

还是让战斗的火苗烧到整个欧洲，延伸到整个星球？一直到取得永远的胜利？什么样的胜利？城市被毁掉，街上全是战火和尸体。袭击不仅仅是针对阶级敌人，也会出现在同一个战壕里，都是以阶级革命和专制的名义，不同大区的革命团体之间会产生冲突，甚至会爆发核战争。

我非常害怕地闭上了眼睛，两个孩子，未来，我想到了一些别人说过的概念：难以预测的主体、父权的毁灭性逻辑、女性价值、慈悲。我想，我应该和莉拉谈谈，让她告诉我，所有她做的事情，她打算做的事情，我再决定是否支持她。

但我从来都没给她打电话，她也没打给我。我确信，那么多年里，我们通过电话线的联系，没有给我们带来任何益处。我们把过去的事情联系起来了，但也只是为了摆脱那些事。对于彼此，我们都成了抽象的存在，现在，我可以把她想象成一位电脑方面的专家，也可以想象成一位城市女战士，非常刚毅、不动声色。而她，有可能会把我想象成一个成功的知识分子，也可以把我想象成一位有教养的富裕的太太，每天的生活都是照顾孩子，看书，和做学问的丈夫进行深奥的谈话。我们都需要对彼此有新的认识，需要面对面的真实接触，然而我们已经相互远离，我们再也没有近距离接触的机会了。

## - 88 -

就这样，九月过去了，然后是十月。我没和任何人说过这件事，我没和阿黛尔说，她那个阶段很忙碌。我也没和马丽娅罗莎说，她把弗朗科接到了家里——一个残废了的、需要帮助的弗朗科，一个因为抑郁像变了个人似的弗朗科——我给马丽娅罗莎打了电话，她很热情，并答应我会代我问候弗朗科，但她总是匆忙挂上电话，她有很多事情要做。彼得罗就别指望了，他总是沉默不语。对于他来说，书本之外的世界越来越沉重了，他很不情愿去大学，因为学校里一团糟，他经常请病假。他说要在家里做研究，但他一直没有完成他的书。他很少把自己关在房间里学习，就好像为了放过自己，并求得我的原谅，他照看艾尔莎，做饭，打扫卫生，洗衣服，熨衣服。我要对他非常不客气，才能逼他去上课，但我很快就后悔了。自从那些暴力事件已经关系到我认识的人，我开始为他担心。他的处境非常危险，但他从来都没有放弃过自己的主张，他公开反对他的学生和很多同事，用一句话总结就是：他们在做蠢事。尽管我为他感到担心，也许正是因为我很担心，我从来都不会支持他的观点。我希望，在我的批评下，他会重新考虑考虑，会放弃自己的反革命改良主义（我用的就是这个词），会变得通融一些。但在他的眼里，我的做法让我和那些攻击他的学生、反对他的老师成了一类人。

但事情不是这样，情况要更加错综复杂。一方面我很想保护他；但另一方面，我感觉自己是和莉拉站在一起的，我支持她的做法——我暗地里认为，是她造成了那些恐怖事件——这使我时不时想拿起电话打给她，讲讲彼得罗的事情，讲讲我们之间的冲突，然后听她说她是怎么想的，说着说着，就把话题引到她身上。当然，我没有那么做，在电话里讲这些问题，并期望对方讲实话，这是很可笑的。但有一天晚上，是她打给我的，她非常高兴。

“我要告诉你一个好消息。”

“发生了什么事儿？”

“我成了一个电脑中心的头儿了。”

“什么意思？”

“米凯莱租了一台 IBM 计算机，我成了计算机中心的头儿。”

我觉得难以置信，我让她再说了一遍，跟我解释清楚一点了。难道她接受了索拉拉的提议？在抵抗了那么长时间之后，她又跑去给他工作了，就像在马尔蒂里广场上的那个时期一样？她说，是的。她充满热情，越来越高兴，越来越直接：米凯莱租了一台 IBM“系统 3”，放在位于阿切拉区的一个鞋子仓库那里，交给她来操作。她会拥有自己的操作员和打孔员，她的工资是每月四十二万五千里拉。当时，我想象的那个女战士马上烟消云散了，我觉得很难过，我对莉拉的所有认识，好像都站不住脚了。我说：

“我真想不到，你会这么做。”

“那我该怎么做呢？”

“拒绝。”

“为什么？”

“我们都知道索拉拉兄弟是什么人。”

“因为这个？我已经决定了，给米凯莱干活，要比给索卡沃那个混蛋干活好得多。”

“你想怎么做就怎么做吧。”

我听见她的呼吸。她说：

“我不喜欢你现在说话的语气，莱农，我现在比恩佐的工资还高，而且他是个男人。你觉得有什么不好？”

“没什么。”

“你还想着革命、工人阶级、新世界，还有其他那些事儿？”

“别说了。假如你忽然想跟我真正地谈谈，那可以，胡扯的话，那就算了。”

"我能不能提醒你一件事儿呢？你无论是说话，还是写东西，你总是爱用'真正'和'真正地'这样的词，还有，你老是说'忽然'这个词，但什么时候人们会'真正地'谈论一个问题，什么事情会'忽然'发生？你比我更清楚，所有事情都有前因后果，先是一件，然后是另一件。我已经不'真正地'做任何事儿了，莱农。我学会了关注事情的前因后果，只有笨蛋才会以为事情会忽然发生。"

"很好。你想让我相信什么？一切都在你的控制之下，是你在利用米凯莱，而不是米凯莱在利用你？算了吧，再见。"

"不，别这样，你想说什么就说吧。"

"我没什么好说的。"

"你说吧，你不说让我说。"

"你说吧，让我听听。"

"你在批评我，但对你妹妹，你什么都不说？"

我感觉云里雾里的。

"这和我妹妹有什么关系？"

"你难道对埃莉莎的事情一无所知？"

"我应该知道什么？"

她发出了一声坏笑。

"问问你母亲、你父亲，还有你的弟弟们。"

## - 89 -

她不想再跟我说别的，很生气地挂断了电话。

我非常不安地给我父母家里打电话，是我母亲接的电话。

“你时不时还会想起我们啊。”她说。

“妈，埃莉莎出了什么事儿？”

“发生了一件会在所有女人身上发生的事儿。”

“也就是说。”

“她和一个男人在一起了。”

“她订婚了吗？”

“就算是吧。”

“她跟谁在一起了？”

“和马尔切洛·索拉拉。”

那个回答刺痛了我的心。

这就是莉拉不想告诉我的事儿，马尔切洛——我们青少年时代那个帅气的马尔切洛，满怀绝望、孜孜不倦地追求过她的马尔切洛，她通过嫁给斯特凡诺·卡拉奇而羞辱他的年轻男人，他现在找了我妹妹埃莉莎——我们家里最小的孩子，我的乖妹妹，我心里一直还觉得，她是一个了不起的小孩。埃莉莎顺从地跟了他，我的父母和弟弟们没有动一根手指来阻止此事，我全家，包括我自己，都成了索拉拉家的亲戚。

“多长时间了？”我问。

“我怎么知道，一年了吧。”

“你们同意了？”

“你征得我们的同意了吗？你想怎么做就怎么做，她也学你，做了同样的事情。”

“彼得罗不是马尔切洛·索拉拉。”

“你说得对：马尔切洛不会让埃莉莎那么对他，就像你对待彼得罗那样。”

一阵沉默。

“你们可以告诉我，问问我啊。”

“为什么？你已经离开了，你话说得好听：不用担心，我来照顾你们。你总是想着你自己的事情，根本不管我们的死活。”

我决定马上带着孩子们回那不勒斯。我想坐火车去，但彼得罗自告奋勇，说要开车送我们去，这样他就可以名正言顺，不用去上班了。那不勒斯太拥堵了，我们才到多哥内拉路，就开始堵车。我感觉自己又一次被这个城市俘获，感受到那些没写在纸上的法律。自从我结婚之后，我再也没有踏进过这座城市，这个城市的喧嚣让我受不了，来来往往的司机不断摁喇叭，他们骂彼得罗，因为他不认识路，有时候他会犹豫，会放慢车速，这让我很心烦。在快到达查理三世广场时，我让他靠边停车，我坐到方向盘前，非常霸道地开到了佛罗伦萨街，就是上次他来的时候住的那家宾馆。我们把行李放下了，我非常精心地把自己和两个女儿打扮了一下，最后我们去了城区，去我父母家里。我觉得自己能干什么呢？用大姐的身份、大学毕业和嫁得好所获得的权威要求埃莉莎、让她取消和马尔切洛的婚约？告诉她，马尔切洛以前有一次捉住我的胳膊，想把我拖到他的“菲亚特1100”汽车里去，当时还把我手上戴的妈妈的手镯弄断了，因此你要相信我，他是一个粗俗暴戾的男人？是的。我觉得自己充满决心，我的任务就是把埃莉莎从那个陷阱里拉出来。

我母亲非常热情地接待了彼得罗，她还一件接着一件给了我两个女儿很多礼物——这是外婆给黛黛的，这是给艾尔莎的——这让她们都很高兴。我父亲情绪很激动，他的声音有些沙哑，我觉得他瘦了，在家里更没地位了。我等着两个弟弟出现，但我发现他们都不在家。

“他们一直在工作。”我父亲很平淡地说。

“他们做什么？”

“吃苦。”我母亲插了一句。

“在哪儿？”

“马尔切洛给他们安排了工作。”

我想起了索拉拉兄弟是怎么安置安东尼奥的，以及他后来的下场。

“他们做什么？”我问。

我母亲很气愤地回答说：

“他们带钱回家就好了。莱农，埃莉莎不像你，埃莉莎想着我们所有人。”

我假装没听到：

“我今天回来，你们告诉她了吗？她在哪儿？”

我父亲低下了头，我母亲很不耐烦地说：

“她在她自己家。”

我生气地说：

“她已经不住这里了？”

“不住了。”

“从什么时候开始？”

“快两个月了，她和马尔切洛在新城区有一套漂亮的房子。”我母亲冷冰冰地说。

## - 90 -

因此他们不仅仅是订婚了，还同居了。我想马上去埃莉莎的家里看看，我妈妈一个劲儿在说："你要干什么？你妹妹正准备给你一个惊喜，你就待在这儿吧，等会儿我们一起去。"但我没听她的。我给埃莉莎打了电话，她很高兴接到我的电话，也有些尴尬。我说："你等着我，我马上就到。"我让彼得罗和两个女儿待在我父母家，我自己步行朝着我妹妹家走去。

我觉得这个城区更加破败了：墙皮脱落，路上坑坑洼洼，到处都是垃圾，墙上贴满了讣告，我从来都没有看到过这么多讣告。我看到老乌戈·索拉拉——马尔切洛和米凯莱的爷爷死了。按照讣告上的日期，应该不是新近的事，而是差不多两个月之前。讣告上有很多鼓吹的话，还有圣母悲怆的脸，死者的名字也都已经有些发白模糊了。虽然如此，但这些讣告还是死守在街上，没有脱落，就好像出于尊敬，其他死者决定从这个世界上默默消失。在斯特凡诺的肉食店门口，我也看到很多讣告。店铺门开着，但我觉得，那家店就像墙上开了一个口子一样，里面空荡荡、黑漆漆的，卡拉奇在店铺的最里面，身上穿着白大褂，后来像幽灵一样消失了。

我向着铁轨的方向走上去，经过了我们之前称之为新肉食店的地方，卷帘门是拉下来的，而且两边有些出轨了，门关不严，也有些生锈了，上面画满了脏话和图案。那部分城区好像被彻底遗弃了，以前那些白房子现在成了灰色的了，有一些地方，墙上的泥灰脱落了，露出了下面的砖头。我经过了以前莉拉住的房子，当时路边那些半死不活的小树，只有一小部分还在，大门的玻璃有一片碎了，用胶带粘着。埃莉莎住的地方地势要高得多，在一个更加整洁阔气的小区里。里面的门房探出头来，那是一个头发稀疏、有些秃顶的男人，他拦住了我，很不客气地问我找谁。我不知道怎么说，就嘟囔了一句："索拉拉。"他马上就一脸敬意地让我过去了。

进入电梯，我才意识到自己多么落伍。在米兰或佛罗伦萨，我可以接受的那些事情：女性可以自由的支配自己的身体，可以未婚同居。在我们的城区里，我却无法接受，因为这牵扯到我妹妹的未来，我没办法平静下来。埃莉莎要和马尔切洛这样的危险人物结婚，成立家庭吗？我母亲很高兴吗？我当时在市政府结婚，没有举行宗教仪式，她当时那么气愤。她认为莉拉是个婊子，因为她和恩佐同居，她认为艾达是一个不要脸的烂女人，因为她成了斯特凡诺的情人，但她现在会接受自己的小女儿和马尔切洛·索拉拉——一个坏人，在没结婚的情况下，一起睡觉？我走到埃莉莎家门口时，就是这么想的，我觉得自己的愤怒是有道理的。但我的脑子——我经过训练的脑子一片混乱，我不知道我有什么道理可讲。我会站在我母亲的角度吗？就像几年前我做出结婚决定时她的反应一样？我要倒退回去，坚持她已经放弃的观念吗？或者，我会说："你想和谁在一起都行，但不要和马尔切洛·索拉拉在一起。"我会这么说吗？但是现在在佛罗伦萨，在米兰，我能对哪个姑娘说出这样的话，让她离开自己爱的男人，无论这个男人是谁？

埃莉莎给我开门时，我紧紧拥抱了她，用的力气很大，以至于她笑着说了一句："你弄疼我了。"她让我坐在客厅里——一间非常奢华的客厅，里面摆满了带花饰沙发，还有金色靠背的单人沙发。我感觉她有些心虚，她开始说个不停，都是顾左右而言他，说我看起来气色很好，我的耳环很漂亮，项链也很漂亮，我多优雅，她多么想马上见到黛黛和艾尔莎。我非常热情地提到了我的两个女儿，我把耳环摘下来，让她在镜子前试了试，然后把耳环送给她了。我看到她脸色明朗起来了，她笑了，低声说：

"我担心你是来骂我的，说你反对我和马尔切洛在一起。"

我盯着她看了一会儿，说：

“埃莉莎，我是反对的。我专门赶过来就是为了告诉你，告诉妈妈、爸爸还有我们的兄弟，我很反对你和他在一起。”

她脸色变了，眼睛里满是泪水。

“你让我很难过，你为什么会反对呢？”

“索拉拉家没什么好人。”

“马尔切洛不一样。”

她开始跟我谈起了马尔切洛。她说，一切都是我怀艾尔莎时开始的。母亲去佛罗伦萨照顾我了，家里的重担都落在了她肩膀上。有一次，她在索拉拉家的超市里买东西，莉拉的哥哥里诺说，她可以把购物单子放下，他会把东西送到家里。在里诺说话时，她看到马尔切洛在远处跟她打招呼，表明那是他的意思。从那时候开始，马尔切洛就开始围着她转，一直对她献殷勤。埃莉莎心想：他很老，我不喜欢他。但他一直都在她眼前晃来晃去，非常客气，没有一个动作或者一句话会让人想到索拉拉家做的那些招人恨的事情。马尔切洛真是一个好人，跟他在一起很有安全感，他力气很大，而且很会照顾人，他简直太高大了。不仅仅如此，从他对埃莉莎示好的那一天开始，她的生活就发生了变化。所有人，无论城区内外，都开始像对待女王那样对待她，所有人都很重视她。那是一种很美好的感觉，她到现在还不习惯。她对我说：“以前你什么都不是，但现在，就连下水道的耗子都认识你。当然，你写了一本书，你很有名，你已经习惯了这种备受关注的生活，但我却从来没有过这样的体验，我简直惊呆了。我发现，什么事儿都不用我操心，所有事儿都是马尔切洛去办的，我有什么想法，他都会照办。这真是一件激动人心的事儿。就这样，时间越长，我就越喜欢他。最后，我答应了马尔切洛。现在假如有一天我没有看到他，没有听到他说话，我都会整晚睡不着觉，会哭个不停。”

我意识到，埃莉莎确信自己非常幸运，难以想象的幸运。我明白，我没有勇气破坏她的幸福，再加上，她没有给我任何反驳的机会。她不停地说，马尔切洛很能干，马尔切洛很有责任心，马尔切洛很帅，很完美。她说每句话都很小心，要么把他和索拉拉家的其他成员区分开，要么会很小心地提到，他妈妈很热情，他父亲胃不舒服，现在几乎不出门，她还提到他去世的爷爷，甚至提到了米凯莱——在她和米凯莱接触之后，她觉得，他和人们说的不一样，他很有人情味。因此，你要相信我——她对我说——自从我出生以来，我从来没有感觉这么好过，包括妈妈，你知道她的，她也支持我。爸爸，还有詹尼和佩佩，他们也是站在我这边的。前不久，詹尼和佩佩还无所事事，现在马尔切洛给他们找到了事儿做，而且能挣到很多钱。

“假如事情是这样，那你们就结婚吧。”我说。

“我们会结婚的，但不是现在，过了这段就结婚。马尔切洛说，他要解决一些生意上的问题，一些很复杂的事儿，再加上他爷爷的葬礼。那个可怜的老头儿，后来已经完全迷糊了，他都不会走路、不会说话了，还好上帝解放了他。但这些事情一搞清楚，我们就结婚，你不要担心。再加上，在结婚之前，我们最好要试一试，看两个人在一起合不合适，是不是？”

然后她又说一些话，都不是她自己的话，而是那些年轻时尚的女孩子从报纸上看到的话。我把她说的话，和关于这些话题我可能会说的话进行对比，我觉得差别可能不大。埃莉莎的话会粗糙一些。我有什么可反驳的？在我来之前，我不知道该怎么说，现在我依然不知道该怎么说。我本应该说：“没什么可期待的，埃莉莎，一切都很明朗，马尔切洛会消耗你，他会习惯你的身体，然后抛弃你。”但这些话听起来很陈旧，即使是我母亲现在也不敢这样对她说，因此我放弃了。我现在离开了，我摆脱了这个地方，但埃莉莎还留在了这里。假如我也留在这里，我会成为什么样子？我会做出什么选择？我小时候不是也喜欢索拉拉兄弟吗？除此之外，离开这里我得到了什么好处？我都找不到一些明智的话，来说服我妹妹不要把自己毁掉。埃莉莎的脸蛋很美，很秀气，她的身材也很匀称，声音柔和。我记得，马尔切洛很高很帅，四方脸，肤色很健康，浑身肌肉发达。他也能对一个女人保持持久强烈的情感：当他爱上莉拉时，就已经表现出这一点了，从那时候开始，没听说他有别的恋情。那我还有什么可说的？最后，她拿过一个盒子，给我看了马尔切洛送给她的首饰，和那些首饰相比，我刚才送给她的那副耳环，简直算不上什么。

“你自己小心，”我对她说，“不要太忘形了。需要的话，就打电话给我。”

我要站起来走了，她笑着把我拦下了。

“你去哪儿？妈妈没跟你说吗？所有人都来这里吃饭，我准备了一大堆吃的。”

我有些不情愿地问：

“所有人？都有谁啊？”

“所有人，这是一个惊喜。”

# - 91 -

先是我父母亲来了，后来我的两个孩子和彼得罗也进来了。

埃莉莎给了黛黛和艾尔莎很多礼物，非常疼爱她们（黛黛，小甜心，亲我一下嘛；艾尔莎，你真结实啊，到小姨这里来，你知道不知道，我们的名字一样）。我母亲马上就消失在厨房里，她低着头，没有看我。彼得罗想把我拉到一边，告诉我一件比较重要的事，他脸上的神情好像在说，他是无辜的，但他没能告诉我他想说的话，我父亲拉着他坐到了电视前的一张沙发上，他们把电视声音开得很大。

过了一会儿，吉耀拉和她的孩子出现了，那两个土匪一样的儿子，很快就和黛黛打成一片，艾尔莎很担忧，她缠着我不放。吉耀拉刚做过头发，叮叮咚咚地穿着一双高跟皮鞋，她的耳朵、脖子、手臂上的首饰都金光闪闪的。她把自己硬塞到一条亮绿色的裙子里，领口开得很低，她化了浓妆，妆容都有些化了。她开门见山、充满讽刺地对我说：

“我们都来了，特意来向你们这些大教授致敬。一切都好吧？莱农，这就是那个大学的天才？我的天呐！你丈夫的头发可真好。”

这时候，彼得罗摆脱了我父亲搭在他肩膀上的手臂，忽然站了起来，脸上带着一个羞怯的微笑，目光不由自主地落在了吉耀拉胸前的波浪上。她也意识到这一点，有些得意洋洋。

“请坐，请坐，”她说，“要不然，我会不好意思的。在我们这儿，没人会站起来跟一位太太打招呼。”

我父亲拉我丈夫坐下，他很担心别人会把彼得罗抢走。虽然电视声音很大，他开始和彼得罗交谈起来了，我不知道他们在说什么。我问吉耀拉她怎么样，我尽量用目光、声音和语气暗示她：我没有忘记她对我说过的那些话，我是站在她那边的，但她好像并不吃这一套。她说：

“美女，你听我说，我很好，你也很好，我们都很好。假如不是我丈夫让我来参加这操蛋的聚会，我更乐意待在自己家里。这就是我想说的。”

我没法接茬。这时候有人敲门，我妹妹很轻盈地跑去开门，就像一阵轻风。我听见她大声说：“我真是太高兴了！您请进，妈妈，请进。”随后，我妹妹就和她未来的婆婆曼努埃拉·索拉拉一起出现了。曼努埃拉穿着过节穿的衣服，染了红头发，头上戴着一朵绢花，一双饱含痛苦的眼睛陷在深深的眼窝里，她比我上次看到她时还要消瘦，几乎是皮包骨头。她身后是米凯莱，他穿得也很体面，胡子刮得很干净，目光和动作都很干练、沉稳。过了一会儿，出现了一个身材巨大的男人，我一时都没认出来他是谁。他全身上下块头都很大：个子很高，脚很大，腿很长，而且又粗又壮，他的肚子、脖子还有肩膀，就像是由非常结实、非常沉重的材料组成，他头也很大，额头很宽，头发很长，黑漆漆的，都梳到脑后，他的胡子是深灰色的，油光发亮。那是马尔切洛，埃莉莎的嘴唇迎了上去，就像他是一个需要尊敬和崇拜的神祇。他低下头吻了一下埃莉莎。这时候，我父亲站了起来，他有些慌乱地把彼得罗也拉了起来，我母亲也一瘸一拐从厨房里出来了。我意识到，索拉拉太太的出席是一件很特别、值得大家骄傲的事儿。埃莉莎在我耳边激动地说：“今天是我婆婆六十大寿。”啊，我说。这时候，马尔切洛的举动也让我很惊异，他直接和我丈夫说话，就好像他们已经认识了。他笑了一下，露出白得耀眼的牙齿，大声说：“一切都好吧，教授。”什么一切都好？彼得罗脸上带着一个很迷惑的微笑，他看着我，不知所措地摇了摇头，就好像在说：我已经尽力了。我想让他给我解释一下，但这时候，马尔切洛已经开始给他介绍曼努埃拉：“过来，妈妈，这就是莱农的丈夫，是个大学教授，你过来坐在他跟前。”彼得罗欠了欠身子，表示致意，我觉得自己也需要和索拉拉太太打个招呼。她说："你真漂亮，莱农，和你妹妹一样漂亮。"然后她带着一丝不安问我："屋子里太热了，你感觉不到吗？"我没有回答，因为这时候黛黛在哭着叫我。吉耀拉——唯一一个对于曼努埃拉的出现不在意的人，用方言骂了她的两个儿子，因为他们欺负了我女儿。我发现，米凯莱在默默地研究我，他连一声"你好"都没跟我说。我跟他打了招呼，声音很大，然后我过去哄黛黛，安慰艾尔莎，艾尔莎看到姐姐在哭，也要哭起来了。马尔切洛对我说："我很高兴在我家里接待你们，对我来说，这是一件很荣幸的事儿，我是说真的。"然后他转过身，对埃莉莎说，就好像他没有足够的勇气和我说话："你告诉你姐姐，我很高兴，我有些害怕你姐。"我嗫嚅了几句让他放心的话，这时候，又有人敲门。

这次是米凯莱去开的门，他很快就回来了，满脸诡异，后面跟着一位拉着行李的老年男人，那是我的行李，我放到宾馆的行李。米凯莱指着我，那个男人就把行李放在了我跟前，就像在玩魔术，逗我开心。不！我大声说，不，你们这样会让我很生气。但埃莉莎拥抱了我，亲吻了我的脸。她说："你们不能住在宾馆里，我们有地方，这里有很多房间，还有两个洗手间。"无论如何，马尔切洛强调说，我先征得了你丈夫的同意后才敢这么做。教授，拜托了，跟您太太说说吧，替我们说句话嘛。我有些不知所措，非常气愤，但还是面带微笑说："我的天，真是太乱了，谢谢你，马尔切，你的好意我心领了，但我们不能住在这里。"我想让那人把行李送回宾馆，但我还要哄黛黛，我对她说："让我看看，他们把你怎么了，没事儿，亲一下就没事儿，你去玩儿吧，带着艾尔莎。"然后我叫彼得罗，他已经围在曼努埃拉·索拉拉的跟前了："彼得罗，你过来一下，拜托了，你跟马尔切洛是怎么说的？我们不能住在这里。”我意识到，因为激动，我的口音变得很重，我用了那不勒斯城区的一些词。这个城区的院子、大路还有隧道，都在把它的语言、行为方式强加于我，佛罗伦萨的影像好像忽然淡化了，成了幻影，而这里的一切，都是有血有肉的。

这时候门又响了，埃莉莎跑去开门。还有谁会来呢？过了几秒钟，詹纳罗冲进了房间，他看见了黛黛，黛黛看到他后也很震惊，马上就不哼唧了，他们都在激动地相互打量，这次重逢太出乎他们意料了。随后恩佐出现了，他是唯一的金发男人，其他男人都是黑头发，他神情凝重，最后进来的是莉拉。

## - 92 -

在没有见面的漫长时光里，我们只是通过电话联系，这段时光忽然被打破了。莉拉穿着一件蓝色裙子，裙子的长度在膝盖上面一点。她很消瘦，瘦骨嶙峋，这让她看起来更加高挑了，虽然她穿着低跟鞋子。她的嘴角，还有眼睛周围有很明显的皱纹，她脸上的皮肤非常白，额头还有颧骨上的皮肤很紧致。她把头发梳成了马尾辫，能看到她耳朵的轮廓，她几乎没有耳垂。她一看到我，就微笑起来了，眼睛眯了起来。我没有微笑，我惊异得什么话也说不出来，连一句“你好”都没说。尽管我们都三十岁了，但她看起来要比我苍老得多，我感觉自己没那么多皱纹。吉耀拉喊了一句：“另一个女王终于露面了，孩子们都饿了，我已经管不住他们了。”

我们开始吃饭。我感觉自己陷入困境，没办法咽下那顿晚餐。我带着愤怒想到了我的行李，到了宾馆之后，我就把行李取了出来，现在他们又把我们的东西收了起来，我的、彼得罗还有两个孩子的东西，被那一个或者几个陌生人的手碰过了。我没办法接受这样一个事实，即为了让我妹妹开心，我要在马尔切洛·索拉拉家里睡觉，因为他们睡在一张床上。我用眼睛审视着埃莉莎还有我的母亲，有一种隔阂和敌意让我觉得很伤心。埃莉莎被一种狂热的幸福席卷，她不停地说话，扮演着女主人的角色。我母亲看起来很高兴，她那么高兴，甚至非常客气地给莉拉盘子里添满了菜。我审视着恩佐，他在低头吃饭，吉耀拉让他很不耐烦，她巨大的胸部挨着他的手臂，她在用一种富婆的语气在和他说话，而且声音极高。我有些怨恨地看着彼得罗，尽管他旁边坐着我父亲、马尔切洛、索拉拉太太，可他还是最关注莉拉。莉拉坐在他对面，她对谁都很漠然，包括我——也许尤其是针对我——但她对彼得罗却很关注。几个孩子也让我很心烦：五个小生命，已经形成了两派，詹纳罗和黛黛联合起来对付吉耀拉的两个儿子，他们从母亲的杯子里喝葡萄酒，越来越让人受不了，艾尔莎却很喜欢他们，想和他们联合起来，虽然他们根本都不在乎她。

是谁导演了这场戏？是谁把这形形色色的人聚在一起？当然是埃莉莎了。是谁促使她这么做的？也许是马尔切洛，但马尔切洛肯定是受到了米凯莱的指使。米凯莱现在坐在我旁边，正在自在地吃喝，他假装没有看到他的妻子、还有孩子们的表现，他用戏谑的目光看着我丈夫，而我丈夫好像被莉拉迷住了。米凯莱想说明什么问题？这是索拉拉的地盘？尽管我已经逃离了，但我还是属于这个地方，因此也属于他们？因此他们可以把所有事情强加到我身上，动用情感、语言和仪式，但同时也可以按照自己的意愿摧毁这些，把丑的变成美的，美的变成丑的？米凯莱进来之后，对我说的第一句话是："你看到我妈妈了吗？想想她都六十岁了，谁能看出她的年龄呢？你看看她多美，多显年轻，不是吗？"他故意抬高嗓门，让所有人都听到他的那个问题，我不得不回应他。我也不得不对他妈妈说了几句赞赏的话。她现在坐在彼得罗旁边，她是一个有些迷糊的老女人，瘦骨嶙峋，脸很长，鼻子很大，稀疏的头发上插着一朵怪异的花儿，她很客气，表面上看起来很无辜。无论如何，她都是个放高利贷的，是那个给家里带来财富的人，她守护着那个红本子，本子里有这个城区、这个城市，还有这个省份的很多人的名字。这就是那个只犯罪，却没有受罚的女人，一个非常无情的危险女人。依照我和莉拉在电话里的构想，还有我那部夭折了的小说里的片段，这个女人就是杀死堂·阿奇勒，然后取代他，垄断了高利贷行当的女人。她教育两个儿子攫取所有东西，把所有人踩到脚下。现在，我不得不对米凯莱说："是的，真的，你母亲很美，她看起来很年轻，真是这样。"我用眼睛的余光看着莉拉，她停止和彼得罗说话，她转过脸来看着我，她的嘴唇半闭着，眼睛眯成一条缝，眉头皱着。我在她的脸上看到了讽刺，我想到，也许是她建议米凯莱让我陷于这样的处境：莱农，这是你妹妹的婆婆，你妹夫的妈妈，妈妈现在六十岁了。我们看看，你会说什么，我们看看，你会不会接着摆架子。我对曼努埃拉说："祝您万福！"没有其他的话。马尔切洛很快插了一句，就好像是为了帮助我，他很感动地大声说："谢谢，谢谢莱农。"他对他母亲说："妈妈，莱农祝福你了。"他母亲这时候满脸痛苦，脸上全是汗，枯瘦的后脖子上有一片片红斑。这时候，坐在曼努埃拉旁边的彼得罗也说："太太，我也祝您长命百岁。"除了吉耀拉和莉拉，所有人都祝福了索拉拉太太，包括几个孩子，他们齐声说：“长命百岁！曼努埃拉，长命百岁，奶奶！”她有些受宠若惊，嘟囔了一句：我老了。她从包里拿出了一把天蓝色的扇子，上面印着冒烟的维苏威火山，还有那不勒斯海湾，她开始慢慢扇了起来，越来越有力。

尽管米凯莱一直在对我说话，但他好像更在意我丈夫的祝福。他很礼貌地和我丈夫说话：“教授，太客气了，您不是这里人，您不知道我母亲的功德。”他用一种很正经的语气说：“我们都是好人家，我的好爷爷，希望他灵魂得到安生，他在一个角落里，经营一家酒吧，赤手空拳开始创业，我父亲把那家酒吧扩建了，因为我丈人斯帕纽洛的好手艺，最后搞成整个那不勒斯都很有名的一家点心房。我丈人的手艺非常棒，是不是？吉耀！”他补充说：“这一切都归功于我母亲——我们的母亲，现在的人都眼红嫉妒，他们都想陷害我们，都在说对她不利的话。但我们都能容忍别人，我们早就习惯于专注自己的生意，而且充满耐心，因为事实真相总会浮出水面。事实上，她是一个非常聪明的女人，性格很要强，她从来都没想过要歇着，什么都不干：她一直在工作，为家人操劳，什么都没有享受到。我们现在拥有的一切，都是她给我们创造的，我们今天做的一切，只是继续了她做的事情。”

这时候，曼努埃拉摇扇子的动作变得缓慢，她高声对彼得罗说：“米凯莱是个特别孝顺的儿子，他从小就会在圣诞节的时候站在桌上背诵诗歌；他的缺点就是太爱说话，喜欢夸大其词。”马尔切洛说了一句：“不是的，妈，什么夸大其词啊！他说的都是真的。”米凯莱继续赞美着曼努埃拉，说她多美，多么慷慨，简直滔滔不绝。直到最后，他忽然朝向我，非常严肃，甚至是庄重地说：“这里只有一个女人，可以和我们的母亲相媲美。”另一个女人？可以和索拉拉太太相媲美？我不安地看着他，尽管在那个熙熙攘攘的晚餐上，他的那句话有些不合时宜，但有那么一刻，大家都不说话了。吉耀拉用不耐烦的眼神看着她丈夫，眼睛里充满了酒精和痛苦。我母亲忽然变得凝重起来：也许她希望那个女人是埃莉莎，米凯莱正在赋予自己的女儿某种权力，让她可以接替索拉拉太太，坐上他家里的第一把交椅。这时候，曼努埃拉停止用扇子扇风，她用食指抹了抹嘴唇上的汗水，等着儿子用一句玩笑话，把之前的话全推翻。

但是，他还是像往常那样肆无忌惮，根本就不顾及自己的妻子、恩佐，甚至也不顾及自己的母亲。他盯着莉拉，这时候，他的脸色有些发绿，他的动作变得很激动，他的话就像钩子一样，试图把莉拉的注意力吸引过来，因为她一直在和彼得罗说话。他说："今天晚上，我们都在这里，在我哥哥的家里，首先是欢迎两位尊贵的教授，还有他们漂亮的女儿；其次是为我母亲祝寿，她是一个非常了不起的女人；第三是祝福埃莉莎，她很快会有一场美好的婚礼；第四，假如允许的话，我要庆祝一项协议的达成，我之前一直担心会无法达成这个协议，莉娜！过来，拜托了。"

**莉娜。莉拉。**

我在搜寻着她的目光。我们目光交织的一刹那，我仿佛看到她在说：现在你明白这场游戏了吗，你记不记得怎么玩？然后，在我震惊的注视之下，这时候，恩佐盯着桌布，她很从容地站了起来，走到了米凯莱跟前。

他没有碰她，也没有触碰她的手，她的胳膊，一点儿都没有，就好像他们之间有一个刀刃，会伤害到他。他倒是把手指在我肩膀上放了几秒，依然对我说："你不要生气，莱农，你很出色，你走得很远，你上了报纸，你是我们这些从小就认识你的人的骄傲。但是我确信你也同意我的看法，你一定也乐意我说出这些话，因为你也很爱她。莉娜脑子里有一种东西是别人没有的，是一种非常强大、有力的东西，跳来跳去，没有任何人能拦住，那是医生也看不到的，我觉得那是她本人也没法认识的东西。尽管她从小都有这个东西，但她没有认识到这一点，她不想认识到这一点，你们看看她现在的表情，多排斥！假如她不称心，可以给人造成很多麻烦，假如她愿意，她会让所有人目瞪口呆。好吧，她的这种特长，我有很长时间都想买了，是的，我想买，这也没什么不好，就像买珍珠、买钻石一样，但一直到目前为止，我都没有实现。但现在，我们已经向前迈了一步，小小的一步。今天晚上，我就是想庆祝迈出的这小小的一步：我聘用赛鲁罗太太在阿切拉建的数据处理中心工作。这是一个非常现代的东西，假如你感兴趣，莱农，假如教授感兴趣的话，明天或者你们出发前的任何一天，我都可以让你们参观一下。你怎么看，莉娜？”

莉拉做了一个很厌烦的表情，她很不高兴地摇了摇头，盯着索拉拉太太说：“米凯莱一点儿也不懂计算机，他觉得我搞的东西特别了不起，但实际上很简单，只要上一个函授班就能行，我只有小学五年级水平，后来都学会了。”然后，她什么都没再说，她没有讥讽米凯莱，讥讽他自己想象出来的东西——就是在她脑子里，活生生的、跑来跑去的那个东西。我以为她会反驳呢，但她没有，她没有讥讽米凯莱说的关于珍珠、钻石的话。尤其是，她没有否认那些恭维话，她反倒让我们一起庆祝她受聘，就好像她真的天赋异禀。她让米凯莱继续赞美她，说明花那么多钱雇她，是很有道理的。这时候，彼得罗——在那些他认为低于自己的人中间，他总是会很自如——问都没问我就说，他很想去看看阿切拉的计算机中心。他让回到座位上的莉拉给他仔细讲讲和计算机有关的事儿。有那么一瞬间，我想，假如我给她时间的话，她会抢走我丈夫，就如同她抢走了尼诺一样，但我一点儿也没吃醋。假如发生这样的事情，那也是为了在我们之间，挖掘一条更深的鸿沟。我觉得，她不会喜欢彼得罗，而且彼得罗也不会因为另一个女人而背叛我。

但这时候，我却产生了另一种更加凌乱、难以厘清的情感。在我出生的地方，大家一直都认为，我是那个最有出息的姑娘，在当时的环境下，我很确信这是一件不容置疑的事儿。但米凯莱，就好像他要专门通过贬低我在城区，尤其是在我娘家的地位，让莉拉完全胜过我。他甚至希望我承认自己的黯淡，公开肯定我朋友那种无与伦比的能力。莉拉自己也很乐意地接受了这个结果，不仅如此，她还表示了配合，推动这个结果的产生，也许这是她自己设计、策划和组织的。假如在前几年，我还是那个小有名气的作家，这件事不会伤害到我，反倒会让我很高兴，但现在一切都结束了，我觉得很痛苦。我和我母亲交换了一下眼神，她皱着眉头，她脸上的表情，看起来好像是强忍着，才没扇我一个耳光。她希望我不要像往常那样，一副息事宁人的样子，她希望我做出回应，展示出我所知道的、一些上档次的东西，而不是阿切拉那里的雕虫小技。她的目光告诉我的就是这些，就像一个无声的命令，但我没有说话。曼努埃拉·索拉拉用一种很遭罪的目光看着周围，忽然说："我觉得很热，你们没觉得吗？"

## - 93 -

埃莉莎就像我母亲一样，她应该也无法容忍我失去自己的地位。我母亲沉默不语，但我妹妹这时候兴高采烈、声情并茂地对我说话，就是让我明白：我还是她最了不起的大姐，那个一直让她骄傲的姐姐。她说："我要跟你说一件事。"她一下子跳到了另一个话题，依然是她常用的欢快语气："你坐过飞机吗？"我说我没有。怎么可能呢？就是这样。结果是，在场的那些人，只有彼得罗坐过几次飞机，但他谈到这件事时，并不认为那是什么特别了不起的事儿。但对于埃莉莎，还有马尔切洛来说，那是非常神奇的体验。

他们去了德国，一方面是为了工作，同时也为了游玩。埃莉莎开始有些害怕，她能感觉到气流的冲击，一股冰冷的空气直冲脑门，最后她透过小窗子，看到了下面白色的云朵，还有上面蔚蓝色的天空。她发现，云朵之上一直都是好天气，从天上向下看，大地是绿色、蓝色和紫色的，经过山峰时，可以看到山顶皑皑的白雪。她问我：

"你猜猜，我们在杜塞尔多夫遇到谁了？"

我有些不悦地嘟囔了一句：

"我不知道，埃莉莎，你说吧。"

"安东尼奥。"

"啊。"

"他交代了几次，让我向你问好。"

"他还好吧？"

"非常好，他让我给你带了一个礼物。"

所以，这就是她要交给我的东西，是安东尼奥的礼物。她站了起来，跑去拿礼物了，马尔切洛饶有兴趣地看着我。彼得罗问：

"安东尼奥是谁啊？"

“我们的一个员工。”马尔切洛说。

“您太太以前的一个男朋友。”米凯莱笑着说，“现在社会风气变了，教授，现在的女人有很多男朋友，她们比男人还爱炫耀。您有过几个女朋友？”

彼得罗非常严肃地说：

“我没有别的女朋友，我只爱过我妻子。”

“说谎，”米凯莱大声地开玩笑说，“我可以告诉您，我有过多少个女朋友吗？”

他站了起来，在吉耀拉非常厌烦的目光的注视下，走到我丈夫身后，对他嘀咕了一句什么。

“太难以置信了。”彼得罗带着一丝戏谑感叹说，大家都笑了起来。

埃莉莎回来了，她把一个用包装纸包得严严实实的包裹递给我。

“打开看看吧。”

“你知道里面是什么吗？”我有些不安地问。

“我们俩都知道，”马尔切洛说，“但我们希望给你一个惊喜。”

我把包装纸打开。我意识到，让我打开包装纸时，所有人的眼睛都看着我。尤其是莉拉，她非常警惕地斜着眼瞄着我，就好像她担心包裹里会跳出来一条蛇。当大家发现，安东尼奥——疯女人梅丽娜的儿子，一个非常暴力的小伙子，索拉拉家的半个仆人，我青春期的男朋友，他几乎是个半文盲——他没有送我什么让人想起过去时光的、令人感动的、美好的东西，而只是一本书时，他们看上去都有些失望，但他们看到我的脸色变了，我带着一种无法掩饰的喜悦看着那本书的封面。那不是随便一本什么书，那是我的书，那是我的小说的德语版本，在意大利语版出版了六年之后才得以出版。我第一次上演了一场精彩的节目——是的，非常精彩的节目——我写的那些话，通过另一种语言出现在我眼皮底下。

“你一点儿都不知道吗？”埃莉莎非常幸福地问。

“不知道。”

“你高兴吗？”

“我太高兴了。”

我妹妹非常自豪地对所有人宣布：

“那是莱农写的小说，是德语版本的。”

我母亲脸色变得通红，她扬眉吐气地说：

“你们看看，她现在多有名？”

吉耀拉拿过那本书，翻阅了一下，充满崇拜地说了一句：唯一能看懂的是埃莱娜·格雷科这个名字。这时候，莉拉把手伸过来，动作有些强硬，示意吉耀拉让她看看。我在她的眼睛里看到了好奇，她渴望触摸到那本书，渴望看看那种把我的话传递到遥远地方的陌生语言。我看到，她热切地想得到那个物件——那种热切我很熟悉，那是她从小都有的，这让我很动情。但吉耀拉非常粗暴地躲开了，让她没能取走那本书。她说：

“等一下，让我先看一下，连德语你也会吗？”莉拉把手抽了回去，她摇了摇头。这时候，吉耀拉大声说：“那别烦人了，让我先看看。我想好好看看莱农的成果，看看她的本事。”在一阵沉默中，她把书拿在手上，很满意地看了起来，她一页一页地翻阅着那本书，非常缓慢，就好像这里看几句，那里看几行。最后，她把书还给我，用一种喝多了酒、含混的声音对我说：“真厉害，莱农，书很好，你丈夫孩子也很棒，恭喜恭喜。我想着，只有我们认识你，但其实德国人都认识你了。你现在拥有的这一切，都是你该拥有的。你吃了苦才得到这些，没有伤害任何人，也没有抢别人的男人，谢谢，现在我该回家了，晚安。”

她喘着气，很艰难地站了起来，她喝了酒，身子更重了。她对两个儿子吼道：“你们快点儿！”但他们不愿意走，大一点儿的孩子用方言说了句什么脏话，她抬起手就是一个耳光，并把他拉到了门口。米凯莱面带微笑地摇了摇头，嘟囔了一句：“你们看，我跟这个烂婆娘过的这啥日子，她总是会毁掉我的好心情。”这时候，他不紧不慢地说：“等一下，吉耀，你要去哪儿？我们先要尝尝你父亲做的甜食，然后再回家。”听到父亲的话，两个孩子一下来了精神，他们挣脱了母亲的手，回到桌子前。吉耀拉继续待在门口，她很气愤地说：“我一个人回去，我不舒服。”但这时候，米凯莱用一种强硬暴戾的声音说：“你马上过来，坐下！”这时候吉耀拉的动作僵住了，就好像他的话让她的腿动不了了。埃莉莎一下子站起来说：“来吧，陪我去拿甜点。”她拉住吉耀拉的一条胳膊，把她拉到了厨房。我用眼睛看着黛黛，想让她不要害怕，米凯莱的吼叫让她很惊恐。这时候，我把书递给了莉拉，我对她说：“你要看吗？”她示意说不用了，脸上带着一副无所谓的表情。

## - 94 -

“这是什么地方啊？我们怎么会跑到这儿来了？”把两个女儿哄睡着之后，我们进到埃莉莎给我们安排的房间里，把门关上，彼得罗半是开玩笑半是震惊地问我。他指的是晚上那些最让人难以置信的时刻，但我对他恶语相向，我们小声吵了一架。我生他的气，生所有人的气，也生我自己的气。在我混乱的情感中，我期望莉拉会生病死去的念头又冒了出来。那不是因为仇恨，我还是最爱她，我没办法对她产生仇恨，但我没法承受她抽身而出之后留下的那种虚空。我对彼得罗说，你怎么能答应他们把行李拿到这里来，说我们要住在这个家里？他说："我不知道他们是什么人。""不知道？"我狠狠地对他说，"那是因为你从来都没听过我说话，我从开始就告诉了你我的出身。"

我们吵了很久，我尽量想平静下来，我说了很多他的不是。我说他脸皮太薄，任人摆布，他只能对付知识分子的环境，还有那些有教养的人。我说我再也不相信他了，我也不相信他母亲了，为什么我的书在德国出版了两年了，出版社什么都没跟我说，说不定在其他国家也出版了，但是我一点儿也不知道，我要把这件事情搞清楚，诸如此类。为了让我消气，他说他同意我的话，让我第二天早上就打电话给他母亲，还有我的出版社。最后他坦白说，他很喜爱我出生和成长的环境——他称之为平民的生活环境。他说，我母亲是一个慷慨而且非常聪明的女性，他还说了我父亲、埃莉莎、吉耀拉和恩佐很多好话。忽然他话题一转，谈到了索拉拉兄弟，他说他们是两个地痞流氓，两个信口雌黄的恶棍。最后他说到了莉拉，他轻声说："她是最让我不安的一个人。"我忍不住爆发了，我说，我发现了你整个晚上都在和她说话。但彼得罗很有力地摇了摇头，让我惊异的是，他解释说，他觉得，莉拉是所有人里最坏的。他说，她根本就不是我的朋友，她其实很痛恨我，她是那么聪明迷人，但她的聪明没用对地方，那是一种邪恶的聪明，会在生活里埋下混乱的种子。她的魅力是最让人难以忍受的，就是那种让人毁灭的力量，真的是这样的。

刚开始，听他说这些，我假装不同意他的说法，但我其实心里很高兴。因此，我刚才看走眼了，在彼得罗面前，莉拉没办法施展她的魅力，他是受过训练的男人：他能在任何文本里看到潜文本，他很容易就能觉察到她的另一面。但很快，我觉得他有些夸张了。他说："我无法明白，你们的关系怎么能这么持久，很明显，你们都在精心经营这段关系，你们把可能毁掉这段关系的事情都隐藏起来了。"他补充说："要么你根本就不了解她，这是最让人担心的事儿。"最后，他说出了最难听的话："她和那个米凯莱简直是天造地设的一对儿，假如他们现在还不是情人，他们迟早会成为情人。"这时候，我受不了了。我说，我受不了他那种资产阶级知识分子的语气。我说，他最好不要再这样说我的朋友，因为他什么都不懂。当我说这些话时，我察觉到了他到那时候为止还没有意识到的事情：莉拉深深地吸引了他。彼得罗已经觉察到了那种与众不同，他现在很害怕，所以急需贬低她。我觉得，他不是担心自己，而是担心我，还有我们的夫妻关系。他担心，即使在远处，莉拉也能把我从他身边夺走，会把我们毁掉。为了保护我，他变得言过其实，他诋毁莉拉，但有些混乱，他想让我讨厌莉拉，让我把她从我的生活中清除出去。我嘀咕了一句晚安，转向另一边睡了。

## - 95 -

第二天，我起得非常早，我收拾好行李，我想马上回佛罗伦萨，但我没能动身。马尔切洛说，他已经答应了弟弟，要把我们带到阿切拉去看看。我想尽一切办法，想让彼得罗明白，我想走了，但他却表示很愿意去。我们让埃莉莎照顾孩子，那个高大健壮的男人开着车子，把我们拉到一栋低矮的黄色建筑前，是一排长长的平房，那是放鞋子的仓库。一路上，我什么都没有说，彼得罗问起了索拉拉兄弟在德国的生意。马尔切洛语焉不详地说了几句："意大利、德国、全世界，教授！我要比那些革命者更加革命，对于我，假如能推翻一切，从头开始，我会是站在最前面的人。"后来，他在后视镜里看着我，想获得我的认可，这些话是说给我听的，他很在意我的反应。

到达了目的地之后，他把我们带到了一间屋顶很低、白炽灯照明的房子里。让我印象最深的是强烈的墨水和尘土的味道，混杂着鞋面和鞋油的味道。马尔切洛说，这就是米凯莱租的那玩意儿。我看了看四周，机器前一个人也没有，"系统 3"很不起眼，像一件家具一样，靠墙放着：金属板子、手柄、红色的开关、木头柜子和一张键盘。我一点也不懂，马尔切洛说，这是莉娜搞的玩意儿，但她没有具体的上班时间，她总是在外面。彼得罗很仔细地看了那些金属板子、手柄还有其他东西，很明显，这个现代的东西让他很失望。尤其是，他每问一个问题，马尔切洛都会回答说："这是我弟弟的事儿，我有其他事儿要操心。"

我们快要走的时候，莉拉才出现了。她和两个年轻女人在一起，她们都拿着一个金属盒子。她看起来很恼怒，她对那两个女人颐指气使。她一看到我们，语气就变了，她用一种佯装的热情和我们说话，就好像她的思路要从急需应付的工作中挣脱了出来。她完全无视马尔切洛，她直接对彼得罗说话，就好像对我说话一样。她用一种热嘲冷讽的语气说，你们怎么会对这些玩意儿感兴趣啊，假如你们真的感兴趣，我们可以换一下位置：“你们在这里工作，我去做你们的事儿，研究小说、绘画和古代文化。”我又一次感到她比我苍老，不仅仅是外表上，还有她的动作、声音和语体的选择，她不太讲究这些，让人感觉有些厌烦。她给我们讲了一下这个系统和机器的运作，那些磁盘、带子、五寸软盘以及其他新事物，比如说，新型的个人电脑正在出现。她不再是电话里的那个莉拉，她用一种非常幼稚的语气，在谈论这份新工作，好像距离恩佐的那种热情很远。她现在表现得就像一个超级称职的职员，被老板委以重任，要像导游一样，给我们介绍这些东西。她从来都不和彼得罗开玩笑，她对我也没用友好的语气。最后，她让那两个姑娘给我丈夫展示打孔机是怎么运作的。后来，我们俩停在走廊里，她说：

“怎么样？你为埃莉莎感到高兴吧？在马尔切洛的家里睡得怎么样？那个老巫婆六十岁了，你很高兴吧？”

我很心烦地回答说：

“假如我妹妹要这样，我有什么办法，我要把她的头打破吗？”

“你看？在童话里，想怎么办就怎么办，但在现实中，能怎么办就怎么办。”

“这不是真的，谁逼着你给米凯莱做事儿了？”

“是我在利用他，而不是他在利用我。”

“那是你的想法。”

“你等着看吧。”

“你想让我看什么，莉拉，算了吧。”

“我再跟你说一遍，我不喜欢你现在这个样子。你根本就不了解我们的事儿，因此你最好闭嘴。”

“你说的是，只有生活在那不勒斯，我才有权批评你？”

“那不勒斯、佛罗伦萨，你在任何地方都搞不出名堂，莱农。”

“谁说的？”

“这是事实。”

“我知道自己该怎么办，而不是你。”

我很冲动，她也意识到了，她做了一个妥协的表情。

“你真让我生气，让我说了我不想说的话。你离开那不勒斯是对的，你做得很好，你知道现在谁回来了？”

“谁？”

“尼诺。”

这个消息让我胸中一阵剧痛。

“你怎么知道的？”

“是玛丽莎告诉我的，他获得了大学的一个职位。”

“他在米兰不好吗？”

莉拉挤了一下眼睛。

“他跟一个住在塔索街上的女人结婚了，她娘家是那不勒斯银行的人，他们的孩子一岁了。”

我不知道我当时是什么感受，难不难过，我只是很难相信这件事情。

“他真的结婚了？”

“是的。”

我看着她，想搞清楚她是怎么想的。

“你要和他见面吗？”

“不想。但假如你遇到他的话，你告诉他，詹纳罗不是他的。”

## - 96 -

后来，她还前言不搭后语地说了这些话。恭喜你，你丈夫很帅，也很聪明。他说话的时候，简直就像一个神父，虽然他不信教，他知道从古到今的所有事情，尤其是关于那不勒斯，他知道得太多了，这让我很羞愧，我作为土生土长的那不勒斯人，却一点儿也不知道。詹纳罗现在长大了，大部分都是我母亲在照顾他，他在学校里表现很好。我和恩佐一切都很好，我们现在都很忙，在一起的时间很少。斯特凡诺亲手把自己毁了：警察在他铺子里发现了一件偷来的东西，我不知道具体是什么，他被警察带走了。他现在虽然被放出来了，但他要特别小心，他一无所有，现在是我给他钱，而不是他给我钱。你看看，世事多无常，假如我现在还是卡拉奇太太，我也毁了，我就和卡拉奇全家人一样，完蛋了。但我现在是拉法埃拉·赛鲁罗，我给米凯莱·索拉拉的数控中心做头儿，我每个月挣四十二万里拉。结果是，我母亲像对女王那样对待我，我父亲已经彻底原谅我了，我哥哥一直从我身上榨钱，皮诺奇娅说她很爱我，他们的孩子叫我小姑姑。这是一个很乏味的工作，和刚开始我的感觉完全不一样，进度很慢，需要很多时间，我希望新机子能赶快研发出来，这样我们就会快一些。噢，也不能这样，速度会吞没一切，就像拍照时，手没拿稳，照片是模糊的。阿方索是这么说的，他当时是说笑的，说这就像他自己一样，出来太快没有清晰的边缘。最近一段时间，他一直跟我谈友情，他特别想成为我的朋友，他想什么都学我，就像复写纸写出来的字那样，他还发誓说，他想成为像我这样的女人。我跟他说：“什么女人，阿方索，你是个男人，你根本就不知道我是什么样子的，尽管我们是朋友，你琢磨研究我，学我，但你最终还是什么都不知道。”那么——他开玩笑说——我怎么办？我做自己很受罪。他跟我说，他一直都很爱米凯莱，是的，就是米凯莱·索拉拉——他想让米凯莱像喜欢我一样喜欢他。你知道吗？莱农，我们会出现什么情况：我们内心有太多东西，这会让我们肿胀起来，会让我们破裂。我对他说，好吧，我们是朋友，但你不要想着成为我这样的女人，你顶多能成为你们男人眼里的那种女性。你可以学我，你可以像艺术家一样，把我的样子惟妙惟肖地临摹出来，但我的烂事儿还是我的，你的还是你的。啊，莱农，我们都是怎么了？我们就像结冰的水管，心里不愉快是多么糟糕的事啊。你记不记得，我们是怎么处理那张结婚照的？我要继续用那种方式。总有一天，我会把自己变成电脑模式，成为一张上面有孔的卡片，那你就找不着我了。

后来她笑了，就这些。在走廊里，我们之间的谈话再一次让我觉得，我们之间的关系已经不再隐秘，只是由一些简短的、缺乏细节的新闻，一些闲言碎语组成，她没有任何只对我倾诉思想或事实。莉拉的生活现在只属于她自己了，没有别的，好像她已经不愿意和任何人分享。问一些这样的问题也没用：你知道现在帕斯卡莱怎么样了？他在哪儿？你和索卡沃的死，还有菲利普被打断腿有没有关系？是什么促使你接受米凯莱的建议？米凯莱非常迷恋你，你是怎么想的？他想从你身上得到什么？莉拉现在什么都不想说，我的好奇和提问已经不能和她形成一种对话。她会对我说：“你是怎么想的？你疯了？米凯莱迷恋我，索卡沃的死和我有关，你在说什么？”现在，当我写下这段回忆时，我发现，我当时没有足够的材料来构建莉拉怎么谋划，怎么行动，遇到什么问题怎么应对。尽管如此，当时坐车回佛罗伦萨时，我感觉在那个夹在落后和现代之间的城区，她还是比我经历了更多的故事。我离开之后，错过了多少事情啊，我原以为自己能过上什么生活呢。莉拉留下了，她现在有一份全新的工作，赚很多钱，她享有绝对的自由，可以按照自己的计划来行事，虽然我不知道她内心深处是怎么想的。她很在意自己的儿子，早年在他身上投入了很多。她现在也一样，但好像也能在她想解放自己时就会解放自己，她儿子不像我的两个女儿那么让人操心。她已经和娘家人断绝关系了，尽管她现在还在承担自己的责任，每次能帮上家人，都会出手帮忙；她照顾陷入困境的斯特凡诺，但并没有靠近他；她痛恨索拉拉兄弟，但还是向他们低头了；她开阿方索的玩笑，但成为了他的朋友。她说，她再也不想见到尼诺，但我知道，事情并非如此，她有机会还是会和他再见。她的生活是动荡的，而我的生活是凝固的。彼得罗默默地开着车，两个女儿在吵架，我一直在想着她和尼诺可能会发生的事情。我琢磨着，莉拉会重新和他在一起，她会想办法和他见面，会用自己的手段，让他远离妻子和儿子，她会利用他，开展一场不知道针对谁的战争，会让他离婚。她会在拿到很多钱之后，甩开米凯莱，离开恩佐，最终决定和斯特凡诺离婚，她可能会和尼诺结婚，也可能不会，但他们的智慧加在一起，谁知道他们会变成什么样的人。

变成——一个我为之着魔的词，这是我第一次用在这种情况下。我想变成——虽然我不知道我想变成什么，但我变成了——这一点是肯定的，只是后面没有宾语。我没有真正的激情，没有一种自发的野心，这就是问题所在。我被动变成了什么，只是因为我担心：莉拉不知道会变成什么人，把我甩在后面。我的那种“变成了”是随着她的，现在我要重新开始，作一个独立的人，摆脱她的影响，成为我自己。

# - 97 -

我一回到家里就给阿黛尔打电话，想知道我的书的德语译本是怎么回事，就是安东尼奥送给我的那本。她也云里雾里的，对此也一无所知，她给出版社打了电话。过了一会儿，她又打过来了，对我说，那本书不仅仅在德国出版了，在法国和西班牙也出版了。这时候我问，那我该怎么办？阿黛尔的声音有些不安，说："你不用做什么，这是一件好事儿。"我有些吞吞吐吐地说，我当然很高兴，但我要做什么具体的事儿吗？比如说，我要出国去推广吗？她很温和地回答我说："埃莱娜，你不需要做什么，不幸的是，那本书在哪儿都没卖出去。"

我的心情变得很糟糕。我给出版社打电话，询问他们关于我的书翻译出版的消息，但让我愤怒的是，没有任何人想过通知我这些事。最后，我对一个无动于衷的职员说："我是从一个半文盲朋友那儿，而不是从你们这里得知：我的书在德国出版了。你们到底是怎么工作的？"后来，我向她道歉，我觉得自己很愚蠢。最后，那些法语、西班牙语还有德语的翻译版本都发到我这里，德语版本不像安东尼奥带给我的那本那样皱巴巴的。那些翻译版本都很粗糙：封面上有穿着黑衣服的女人，有留着大胡子的男人，头上戴着鸭舌帽，还有晾在外面的衣服。我翻阅着这些国外的版本，我给彼得罗看，最后我把它们和其他书一起放在书架上。没用的纸，沉默的纸。

我开始了一段疲惫的、心烦意乱的时光。我每天都给埃莉莎打电话，问她马尔切洛是不是还是那么客气，问他们是不是决定要结婚了。听到我的啰嗦，她会很欢快地笑起来，跟我讲了他们的愉快生活，他们开车或者坐飞机进行的旅行，以及我两个弟弟的发展，还有我们的父亲和母亲现在有多好。现在，我时不时会对她产生嫉妒。我很累，也很心烦，艾尔莎不停地生病，黛黛希望得到关注，彼得罗一直无法完成他的书。我为一些鸡毛蒜皮的事儿发火，我骂两个孩子，和我丈夫吵架，结果是他们三个都很害怕我。最后，两个孩子看到我经过她们的房间门口，都会停下游戏，很警惕地看着我。彼得罗有越来越多的时间都待在大学的图书馆里，而不是家里。他一大早出去，晚上才回来，他回来时，身上好像带着冲突的痕迹。我现在已经完全被排除在公众生活之外，我只能在报纸上看到那些冲突：法西斯分子拿刀子捅人、杀人，那些极左人士也毫不示弱。警察现在获得了法律许可，他们可以开枪，在佛罗伦萨也已经出现这种情况了。最后发生了一件在我预料之中的事：彼得罗成了一桩糟糕事件的核心人物，这事儿在报纸上也激起了各种争论。某次考试，他给一个学生判了不及格，而这个学生是投入战斗的积极分子。这个年轻人当着所有人的面骂了他，并用一把枪对着他——这不是他跟我讲的，而是一个熟人讲的，这个人当时也没在场，也是听人说的——这时候，彼得罗不慌不忙地把不及格的分数写上，把学生证还给那个男生，然后他清清楚楚地说："您要么现在开枪，要么赶紧把武器拿开，因为过一分钟，我一从这个教室出去，就会去告您。"那个男生拿着枪，一直对着他，过了很长的几秒，他把枪放进口袋里，拿起学生证跑开了。过了几分钟，彼得罗去了警察局，那个学生马上被逮捕了。但事情还没结束，那个男生的家长，不是直接和彼得罗，而是直接和彼得罗的父亲沟通，让他父亲说服他收回起诉。圭多·艾罗塔试着说服他儿子，他们通了好多次电话，每次时间都很长。让我吃惊的是，在通话过程中，我听到老艾罗塔教授失去了耐性，抬高了嗓门，但彼得罗毫不让步。直到最后，我很激动地问他：

“你意识到你在做什么吗？”

“那我应该怎么做。”

“不要把关系搞得那么紧张。”

“我不明白。”

“那是你不想明白，你和我们在比萨时的某些教授一模一样，就是那些最让人讨厌的教授。”

“我不觉得。”

“这是事实。你已经忘记了，我们当时多么努力才能通过那些没用、也没意思的考试，简直是白费力气。”

“我的课程并不是没意思。”

“你最好问问你的学生。”

“那要问那些有资格做出回答的人。”

“假如我是你的学生，你会不会问我？”

“我跟那些真正学习的人关系很好。”

“也就是说，你喜欢那些巴结你的人？”

“你喜欢那些狂妄自大的人，就像你那不勒斯的那个朋友？”

“是的。”

“那你为什么一直都在老老实实地学习？”

我一时语塞。

“因为我以前很穷，我能走到这一步，简直就是个奇迹。”

“好吧，那个男孩和你没有任何共同之处。”

“你和我也没有任何共同之处。”

“你想说什么？”

我没有回答，我很慎重地绕开了这个话题。但之后，我的怒火又上来了，我开始批评他一根筋。我对他说："你已经让他不及格了，你再去起诉他，这有什么用？"他嘟囔了一句："这个学生犯罪了。"我说："他想吓唬你一下，他是个孩子。"他冷冰冰地说："他手上拿的是一把手枪，不是一个玩具，那是七年前在洛韦扎诺警察局和其他武器一起被偷走的一件东西。"我说："他没开枪。"他有些恼怒地说："枪上了子弹，假如他开枪了呢？"他没开枪，我喊道。他也抬高了嗓门："我要等着他开枪了，才去起诉他？"我叫喊道："别嚷嚷，你太神经了。"他回答说："你想想你自己吧。"我太激动了，跟他怎么解释都没用。虽然我忍不住和他吵架，但我觉得，当时的情况真的很危险，让我非常担心。我说："我是在为你，为我，还有两个孩子担心。"他不会安慰我，让我放心，而是把自己关到自己的房间里，去写他的书了。几个星期之后，他才告诉我，有两个便衣警察找过他几次，问了他关于几个学生的事儿，而且给他看了他们的照片。他第一次非常客气地接待了他们，没有给他们提供任何信息，就把他们送走了。第二次，他问他们：

"这些年轻人犯罪了吗？"

"没有，现在还没有。"

"那你们调查什么？"

他把警察送到门口，是那种客气的，但拒人千里之外的态度。

## - 98 -

莉拉有好几个月都没给我打电话，她应该非常忙碌。我也没找她，虽然我很需要她。为了减轻我的空虚，我和马丽娅罗莎关系变得密切，但我们之间还是有很多障碍。弗朗科已经在她家里常住了，彼得罗既不喜欢我和他姐姐关系过于亲密，也不希望我见到我之前的男朋友。如果我在米兰多待一天的话，他的心情就会变得极坏，会无事生非，我们夫妻之间的关系就会变得紧张。再加上，现在弗朗科除了看病从来都不出门。他要定期去医院，他也不希望我出现，他受不了两个孩子大声的叫喊，有时候他会从家里消失，让我和马丽娅罗莎都很担心。我的大姑子有很多事要做，她身边总是围绕着各种各样的女人。她的房子已经成了一个据点，会接待所有人：知识分子、有钱人家的太太、躲避家庭暴力的女工、问题女孩，她的朋友太多了，她给我的时间很少，让我难以和她建立某种联系。虽然如此，我在她家里待几天，就会燃起我重新学习或者写作的愿望，说得更准确一点，就是我感觉自己还能学习，还能写作。

我们经常讨论，因为我们都是女人——弗朗科如果不是躲出去，他也会把自己关在房间里——我们很难明白，女人到底意味着什么。我们的每个举动、思想、语言或者梦想，深入分析一下，就好像并不属于我们。这种深入分析会让那些比较脆弱的女人陷入危机，因为她们无法进行深入反思，她们认为，只要把男性清除出去，就能走上自由的道路。那是一段很动荡、起伏的年代。我们中有很多人担心回到之前平静的、死气沉沉的状态，她们都坚持一种极端的观点，她们满怀恐惧和愤怒，站在浪潮的顶端看着下面。当大家知道，“持续战斗”指挥部的保安们曾经攻击过一个分裂组织的女权主义游行，一些女性主义者更加振奋了，以至于那些思想比较强硬的女人，如果发现马丽娅罗莎家里住着一个男人——这件事情她非但没说，而且还极力隐瞒——讨论就变得非常激烈，会变成公然的敌对。

我非常讨厌那种时刻，我是想找到一些创作灵感，而不是冲突和矛盾，我要的是一些研究的可能，而不是教条。或者，至少我对自己是这么说的，有时候我对马丽娅罗莎也这么说，她会静静地听我说。就是在那段时间，我有机会谈论我在比萨高等师范上学时和弗朗科之间的关系，以及这段关系对我的意义。我说，我对他很感激，我从他身上学到了很多东西。他现在对我还有我的孩子很冷淡，这让我觉得很遗憾。我想了一下，继续说："也许男人们的想法有问题，他们想教育我们。我当时很年轻，并没有意识到这一点，他不喜欢我本来的样子，他想改变我，希望我成为另一个人。或者说得准确一点：他并不渴望一个女人，而是一个梦想的女人，就是如果他是女性，他渴望成为的那种女人。我说，对于弗朗科来说，我是他的延伸，是他女性的一面，这构建了他的权力，展示出他不仅仅能成为一个理想的男人，也能成为一个理想的女人。现在，他感觉我不再是他的一部分，他觉得我背叛了他。"

我当时就是这么说的。马丽娅罗莎满怀兴趣地听我说，那是一种发自内心的兴趣，而不是她在所有人面前假装出来的兴趣。她激励我说："你可以写一写这个方面的东西。"她很感动，有些动情地说，我说的那个弗朗科，她还没有机会认识。最后她说："这也许是一件好事儿，我讨厌那些过于聪明的男人，他们会告诉我我应该是什么样儿的，我永远不会爱上那个时候的他；我喜欢现在的这个充满痛苦和反思的男人，我把他接到家里，照顾他。"你把你说的这些东西写下来吧——最后她又说了一遍。

我略带慌乱地点了点头，她表扬了我，我很高兴，但也有些尴尬。我说了我和彼得罗之间的关系，说他如何把自己的观点强加于我。这时候，马丽娅罗莎笑了起来，我们那种一本正经的语气被打破了。她说："把弗朗科和彼得罗放在一起？开玩笑，彼得罗表现出自己的男性气质都很难，更别说要把他对女性的感觉强加到你身上。你想不想知道一件事儿？我当时断定，你不会嫁给他。我当时确信，假如你嫁给他，也会在一年内离开他。我当时确信，你在和他生孩子之前，会慎重考虑。现在你们还在一起，我觉得简直是个奇迹。你真是个好姑娘，真可怜。"

## - 99 -

我们都已经谈到这一步了，我丈夫的姐姐认为，我的婚姻是一场错误，而且她直言不讳地说了出来。我不知道该哭还是笑，我觉得，这是对我很不愉快的婚姻生活一个冷静的评判。但我能怎么办呢？我告诉自己，成熟意味着镇静自若地接受生活的波折，要在实际生活和理论之间划出一道界限。时间一天天过去，我慢慢地平静下来。我的大女儿黛黛提前进入了小学一年级，她已经会读书写字了；我的二女儿艾尔莎很高兴和我待在寂静的家里；我丈夫，尽管他是大学里最黯淡、最沉闷的人，好像他终于要写完他的第二本书了，这让他的地位比之前更高了；我是艾罗塔太太——埃莱娜·艾罗塔，一个顺从但很悲伤的女人，然而却也在她的大姑子的推动下，也在投入战斗，反抗压制，她也开始默默地学习男性对女性的创造，把古代和现在的世界混合起来。我研究这个问题时，并没有一个具体的目的，我只是想对马丽娅罗莎、我婆婆，还有一些认识的人有个交代：我在做事情。

就这样，在苦思冥想中，我从《圣经》的《新约》《旧约》

开始看起，到丹尼尔·笛福的《摩尔·弗兰德斯》、福楼拜的《包法利夫人》、托尔斯泰的《安娜·卡列尼娜》，一直到《最新时尚》杂志、马塞尔·杜尚还有其他的能揭示女性问题的材料。慢慢地，我觉得开朗一点了。我在任何地方都能发现男人们塑造的那些机械呆板的女人。我们女人自己什么都没有，我们提出来的那点东西，很快也成了他们的写作材料。彼得罗去上班了，黛黛在学校里，艾尔莎在距离写字台几步远的地方玩儿，我终于感觉自己有一点儿活力了。我斟词酌句，有时候我想象，假如我和莉拉都参加了升中学考试，我们一起上了高中和大学，我们息息相通，携手共进，那我的生活、她的生活会是什么样子的。我们会是完美的伴侣，会把知识的力量、相互的理解，还有想象的乐趣融为一体。我们会一起写作，签上我们俩的名字，我们会从对方身上汲取力量，我们会肩并肩进行斗争，那些属于我们的，只会属于我们。女性内心深处的孤独很折磨人。我想，把两个人分开是一种浪费，相互没有参照，没有支撑。在这种情况下，我觉得好像自己的思想被切成了两半，很诱人，但有缺陷，我非常迫切地希望得到肯定和发展，因为我的这些思想不是很坚定，没有底气。这时我又想打电话给她，对她说："我想告诉你，我现在反思的一个问题，我们一起谈论一下吧，告诉我你是怎么想的。你记不记得，你跟我说过阿方索的事儿？"但我已经永远失去这个机会了，失去它已经有十几年了，我应该学着自给自足。

后来有一天，我正想着给莉拉打电话，就听见钥匙在锁孔里转动的声音，那是彼得罗回家吃午饭了，他像往常一样，在学校里接了黛黛，两人一起回来。我合上了书和本子，黛黛已经冲进了房间，艾尔莎很高兴地迎接了她。到这个点，她应该很饿了，我知道她会对我喊："妈妈，今天吃什么？"但在放下书包之前，她喊了一句："爸爸的一个朋友和我们一起吃午饭。"我非常清楚地记得那个日子：一九七六年三月九日。我调整了一下心情，黛黛抓住了我的手，把我拉到了走廊里。艾尔莎一听到有外人，她很谨慎地拉住了我的裙子。彼得罗很高兴地说："你看看，我把谁带来了。"

## - 100 -

尼诺已经没有几年前我在书店里见到他时的那一脸大胡子了，但他的头发依旧很长很凌乱。除此之外，他还是以前的样子，不修边幅，又高又瘦，眼睛很明亮。他拥抱了我，他蹲下来，爱抚两个孩子，最后他站起来对我说，对不起，我来得太突然了。我有些茫然地和他寒暄了几句："来吧，请坐，你怎么会在佛罗伦萨呢？"我觉得自己好像喝多了酒，有些上头。我没法相信正在发生的事情：他，真是他出现在我家里。我感觉脑子里一片混乱，整个人里里外外都有些失措，没法应对眼前发生的事。我刚才想象的是什么？现在发生了什么？谁是幻影，谁是真实的？这时候，彼得罗跟我解释说："我们在系里遇见了，我请他来吃午饭。"我微笑了，我说好，一切都准备好了，加一副餐具而已，你们陪着我，我来给大家摆餐具。我表面上看起来很平静，但实际上，我非常激动，我拼命佯装微笑，我的脸很疼。为什么尼诺在这里，这到底是什么情况？彼得罗对我说："我想给你一个惊喜。"他小心翼翼地说，因为他担心自己做错了。这时候，尼诺笑着说：我发誓，我跟他说了好多次，让他打电话给你，但他不愿意。然后他解释说，是我公公让他联系我们的，他在罗马遇到了艾罗塔教授，是在一次社会党的大会上，他们聊着聊着，尼诺说，他要来佛罗伦萨办事儿。艾罗塔教授就提到了彼得罗，以及彼得罗正在写的新书，还有一本他最近才搞到的书要带给彼得罗。尼诺自告奋勇地说，他可以亲自把书带过来，然后，他就来家里吃饭了。我们两个女儿都想获得他的关注，她们在你争我斗，他和她们逗乐，并没冷落谁，他很温和地和彼得罗交谈，跟我没说几句，但语气非常严肃。

“你想想，”他对我说，“我出差来这座城市很多次了，但我不知道，你就住在这里，你们已经有了两个漂亮的千金，还好有这个机缘。”

“你还是在米兰教书吗？”尽管我知道，他已经不在米兰生活了，我还是问道。

“没有，我现在在那不勒斯教书。”

“教什么？”

他做了一个很不高兴的表情。

“地理。”

“也就是说？”

“城市地理。”

“你为什么决定回去？”

“我母亲身体不好。”

“真遗憾，她怎么了？”

“心脏不好。”

“你的弟弟妹妹怎么样？”

“都很好。”

“你父亲呢？”

“还是老样子。时间可以改变一切，一个人会成熟，最近一段时间，我们的关系缓和了。我父亲就像所有人一样，他有缺点，也有他的优点。”

然后，他对彼得罗说：“我们为了反对父亲和家庭，闹了多少事儿，现在我们自己成了父亲了，我们能应付吗？”

“我还好。”我丈夫带着一丝戏谑说。

“毫无疑问，你娶了一个非常了不起的女人，这两个小公主很完美，很有教养，也很优雅。黛黛，多漂亮的裙子啊，太适合你了。还有艾尔莎，你的镶着小星星的发卡，是谁送给你的啊？”

“妈妈。”艾尔莎说。

我逐渐平静下来了。我慢慢适应了正在发生的事情，时间也恢复了之前的节奏。尼诺坐在我身边，吃着我做的面条，他很仔细地帮艾尔莎把排骨切成小块，然后津津有味地吃着自己盘子里的肉。他用鄙夷的语气说到了洛克希德对塔纳斯和古伊的贿赂①。他还说，我饭做得很好。他和彼得罗谈到了社会党的出路。他削了一个苹果，苹果皮儿一直都没断，这让黛黛看得很入神。这时候，整个房子里散发着一种温馨和谐的气息，那是我好长时间都没感受到的一种氛围。两个男人相互认可，相互赞赏，那是多么棒的一件事情啊！我开始默默地收拾桌子，尼诺站了起来，他也要来帮着洗完碗，他还让两个孩子帮他的忙。你坐吧，他对

① 此处指美国航空航天公司洛克希德（Lockheed）为推销自身的C130大力运输机，从20世纪50年代末期至20世纪70年代对意大利部分政客进行贿赂的丑闻。当时受牵连的政客有内阁成员路易吉·古伊（Luigi Gui）和马里奥·塔纳斯（Mario Tanassi）等。

我说。我坐了下来，他和充满热情的黛黛还有艾尔莎洗起碗来，他继续在和彼得罗聊天，时不时会问我，东西该放在哪儿。

真的是他，经过了那么长时间，他出现在我家里。我不由自主地看着他戴在无名指上的戒指。我想，他从来都没提到过他的婚姻，他提到他母亲、他父亲，但从来都没提到他的妻子和儿子。也许，那不是一场出于爱情的婚姻，也许他是因为利益才结婚，也许他被迫结婚。最后，我的所有胡思乱想都消散了。尼诺忽然跟我的两个女儿讲起了他儿子，他儿子叫阿尔伯特，他提到儿子时的口气，就像那孩子是童话里的人物，他的语气一会儿滑稽，一会儿又充满柔情。最后，他把手擦干，从钱包里拿出了一张照片，先是给艾尔莎看了看，然后给黛黛和彼得罗看，彼得罗最后把照片递给了我。阿尔伯特两岁了，非常漂亮，照片里他母亲抱着他，他一脸严肃。我看了几秒那孩子，马上就开始端详孩子的母亲。我觉得她很夺目，眼睛很大，留着黑色的长发，她应该二十岁出头。她面带微笑，牙齿整齐炫目，目光里充满爱意。我把照片还给了他，我说："我去煮咖啡。"我一个人待在厨房里，他们四个都去了客厅。

尼诺还有事儿，他喝完咖啡，抽了一根烟之后，跟我们道歉说，他要走了。他说："我明天走，但我很快回来，下个星期就回来。"彼得罗让他来家里吃饭，而且说了好几次。他答应了。他很热情地和我的两个女儿告别，和彼得罗握了手，和我打了一个招呼就走了。门刚刚在他身后关上，我感觉整个房子又陷入了黯淡之中。虽然彼得罗在尼诺面前很自在，我等着他说一些尼诺的坏话，这是客人走后他惯有的做法，但他很高兴地说："终于遇到了一个值得在一起聊天的人。"不知道为什么，他说的那句话，让我很受伤。我打开了电视，整个下午都和两个孩子待在电视前。

# - 101 -

第二天，我就开始渴望尼诺打电话来，每次电话响，都会让我心惊。但一个星期过去了，他还是没有任何消息。我感觉自己好像患了重感冒，变得很慵懒，我不再读书、做笔记，因为那种没意义的等待，我对自己感到气愤。有一天下午，彼得罗回家时，心情特别好。他说，尼诺来系里找他了，他们俩聊了一会儿，他没能说服尼诺来家里，尼诺不愿意我辛苦做饭，他邀请我们明天晚上出去吃，让我们带上孩子。

我感觉我的血液加速了流动，我对彼得罗忽然变得很殷勤。两个孩子一进到她们的房间里，我就抱住他，吻了他，跟他说了很多情话。晚上我没怎么睡着，或者说得准确一点，我感觉自己一直醒着。第二天，黛黛刚从学校里回来，我就把她和艾尔莎一起放到浴盆里，给她们俩好好地洗了澡。然后我开始收拾自己，我舒舒服服地洗了个澡，把身上的汗毛剃干净，仔仔细细地擦干身子。我试穿了所有的衣服，却越来越不安，因为我不喜欢自己的样子，我对我的头发也不满意。黛黛和艾尔莎都围在我身边，她们在模仿我。她们站在镜子前面，假装对自己的衣服还有发型不满意，她们的小脚踢踏着我的鞋子。最后，我只能接受自己的样子。艾尔莎在临出门前把裙子弄脏了，被我狠狠骂了一顿。我开着车，去大学里接彼得罗和尼诺，他们已经约好了在大学里碰头。我一路上都很心焦，一直在说两个孩子，她们不停地唱着一首她们自己编的儿歌，歌词全是尿尿和便便。我越靠近约好的地方，我就越希望尼诺在最后一刻有什么事儿来不了，但我远远就看见他们俩站在约定的地方，在聊天。尼诺的动作很有感染力，就好像他要让和他对话的人进入一个只为他设置的世界。我觉得，彼得罗像往常一样笨拙，脸上的皮肤有些发红，只有他在笑，在尼诺的面前，他显得有些相形见绌。对于我的到来，他们俩都没有特别的表示。

我丈夫和两个孩子坐在后面的位子上，尼诺坐在我旁边的座位上，给我指路，要把我带到一家好馆子。他转过身，跟黛黛还有艾尔莎说，那里的炸油酥面很好吃。他很仔细地讲了油酥面的味道，两个孩子充满热情。我用眼睛的余光看着他，多年以前，我们手拉手在一起散步，他还吻了我，他的手指多漂亮啊。但现在他只对我说："你向右走，接着向右拐，到了一个十字路口向左。"他对我没有说任何一句恭维的话，没有欣赏的目光。

在餐馆里，我们受到了热烈的、带着敬意的欢迎。尼诺认识那家餐馆的老板和服务员。最后，我坐在了主座上，坐在两个孩子中间，两个男人面对面坐着。我丈夫说起了大学的日子越来越艰难了。我一直都没说话，我在照顾黛黛和艾尔莎，通常她们在餐桌上都很乖，但那次她们一直在闹，在笑，想要吸引尼诺的关注。我很不自在地想，彼得罗话太多了，不给尼诺说话的机会，这会让他厌烦的。我想，我们在这个城市生活了七年，我们从来都没有常去的餐馆——那些菜做得好的餐馆，我们一进去，服务员就能认出我们，可以带朋友去吃饭的地方。我喜欢老板的礼貌，他经常走到我们桌前来招呼，最后，他甚至对尼诺说："今天晚上，我不建议您点这道菜，这不太适合您和几位客人，我建议您点别的。"当尼诺说的油酥面上来之后，两个孩子欢呼雀跃，彼得罗也一样，他们抢着吃。只有这时候，尼诺才对我说：

"为什么后来再也没看到你写东西了？"他语气一本正经，没有通常餐桌上闲谈的那种轻快，我觉得，他是发自内心地想了解我的情况。

我的脸一下子红了，我指着两个孩子说：

“我做了别的。”

“你之前写的那本书很棒。”

“谢谢。”

“这不是恭维话，你一直文笔都很好。你记不记得，你写的那篇关于宗教老师的小文章？”

“你的朋友后来都没刊登出来。”

“投递时出了点儿问题。”

“我当时失去了信心。”

“我很遗憾。现在你在写东西吗？”

“抽空写一些。”

“在写一个长篇吗？”

“我不知道是什么？”

“主题是什么？”

“捏造女人的男人。”

“很好。”

“你会看到的。”

“你要加油啊！我想尽早看到你写的东西。”

让我惊异的是，他对我研究的女性主义书籍非常了解，我当时很确信，男人们不会去看那些书。不仅仅如此，他还提到了，我那段时间看的斯塔罗宾斯基。他说，我可能会用上他书里的东西。他真是无所不知啊，他从小就是这样，对所有问题都充满好奇。他现在提到了卢梭和叔本华，我打断了他，他非常专注地听我说话。这时候，让我心焦的是，两个孩子嚷嚷着还要油酥面，尼诺给老板做了一个手势，让他再加一些。然后，他对彼得罗说：

“你应该给你妻子更多的时间。”

“她有整天的时间啊。”

“我不是和你开玩笑。假如你不给你妻子时间，那你就是一个罪人，不仅仅是做人上，也在政治上。”

“我的罪名是什么呢？”

“是对智慧的浪费，女人如果只投身于照顾孩子和家里，这会压抑她的才智，这个社会在做对自己有害的事儿，但却全然没意识到。”

我默默等着彼得罗回答。我丈夫用一种戏谑的语气说：

“埃莱娜想怎么发挥自己的才智都可以，只要她不占用我的时间。”

“假如我不占用你的时间，那我应该占用谁的时间？”

彼得罗的眉头皱了起来。

“当我们任务紧急，而且充满工作热情时，没有任何事情能阻止我们完成自己的使命。”

我觉得很受伤，强颜欢笑着说：

“我丈夫说的是，我没什么真正的兴趣。”

一阵沉默。尼诺问：

“是不是这样的？”

我随口说我不知道，我什么都不知道。我带着尴尬和怒气说这些时，我意识到，我眼睛里充满了泪水，我低下了头。别吃了！我用一种有些失控的声音对两个孩子说。这时候，尼诺也帮着我，他大声说：“我再吃一个就停了，妈妈也不吃了，爸爸也停了，你们俩呢，也够了吧。”这时候，他叫来了老板，很庄严地说：“过一个月，三十天整，我会和这两位小姐来这里，你们要给我们准备好吃的炸油酥面，要准备一大堆，好吗？”

艾尔莎问：

“一个月是什么时候，三十天是什么时候？”

这时候，我强行咽下了眼泪，我盯着尼诺说：

“是啊，一个月是什么时候，三十天是什么时候？”

黛黛还有我们几个大人，都开艾尔莎玩笑，因为她还没有时间概念。最后，彼得罗想去付钱，但发现尼诺已经付过了。他抗议了一下，然后坐到了方向盘前开车，我和两个昏昏欲睡的孩子坐在后座。我们把尼诺送回宾馆，一路上我都在听他们有些醉意的话，我什么都没说。到达目的地，彼得罗兴致勃勃、非常热情地说：

“你不用浪费钱了，我们家里有一间客房，下次你来的时候，可以住在我们家里，不要客气。”

尼诺笑了：

“不到一个小时前，我们还说，埃莱娜需要自己的时间，现在，你想让我去增加她的负担？”

我用微弱的声音说：

“你来的话，我会很高兴，黛黛和艾尔莎也会很高兴。”

但告别之后，我马上就对我丈夫说：

“在做此类邀请之前，你至少要问一下我。”

他在发动汽车，在后视镜里寻找我的目光，嘟哝了一句：

“我还以为你会很高兴呢。”

# - 102 -

噢，我当然高兴了，我简直太高兴了，但我感觉，我的身体像蛋壳一样脆弱，只要在我的手臂、额头或者在肚子上轻轻摁一下，我的身体就会被打破，里面所有的秘密都会冒出来，那些事情，对于我来说也是秘密。我避免算日子，我专注于看自己的书，我这么做，就好像是尼诺交代我这么做，他再次出现时，我要给他一个比较满意的答案。我想对他说："我听从了你的建议，继续写了下去，这是我写的稿子，你看看，告诉我你的看法。"

这是一个好办法，在我没察觉的情况下，三十天等待的时间，很快就过去了。我忘记了埃莉莎，我从来都没想起过莉拉，我没给马丽娅罗莎打过电话，我没读报纸，也不看电视，完全忽视了两个孩子，还有家。我无视整个意大利，还有这个星球此起彼伏的事件：被捕、冲突、谋杀和战争，我只隐约知道，那段时间意大利充满张力的竞选宣传。我非常投入地埋头写东西。

我苦思冥想，写到一大堆古老的问题，直到后来，我感觉我找到了一个解决方法，至少在文字上。有时候，我会试着和彼得罗谈论我写的东西。他比我想得周全，他一定会让我避免写一些信口开河或者粗鲁愚蠢的东西。但我没和他谈论这些，他会用他的无所不知，衬托出我的无知，会让我觉得不自在，我不喜欢那种时刻。我记得，我非常用功，尤其是在《圣经》上花了很大功夫。我把那些资料按照顺序排列起来，我认为，第一步是对上帝创造万物的总结，第二步是展开来讲述。我讲述了一个跌宕起伏的故事，但从来都没觉得自己不够慎重。我非常确凿地写道："上帝按照自己的样子，创造了'伊始'。他创造了一个男性一个女性。他是怎么创造的呢？首先，他用泥土捏出了伊始的样子，然后给他鼻孔里吹气，使他活过来。然后他制作了'伊始阿'——第一个女人，他用的是已经形成的男性身体，不是最原始的材料，而是活的材料，那是从伊始的肋骨上取下来的，上帝又马上使伊始的肉愈合。结果是，伊始可以说：这个创造物，并不像上帝创造的其他东西，她不是我的身外之物，而是我的肉中的肉，骨中的骨，上帝是用我创造了她。她是上帝从我身上取出来的。我是伊始，她是伊始阿。首先，赐予她的名字，也是从我这里来的，我是上帝仿照自己造的，他将生气吹在我的鼻孔里，我带着他的语言，她只是一个纯粹前缀，附在我的词根上，她只能用我的语言表达自己。”

我就这样一天天往下写，思维一直处于一种兴奋的状态。我唯一的动力是：及时拿出一篇可以让人看的东西。我时不时会让自己也很惊异：我期望获得尼诺的认可，这让我下笔变得容易，也让我思想更加自由。

但是一个月过去了，他没有出现。刚开始，这对我是一件好事儿，因为我有更多时间来完成自己的工作。但后来我开始担忧，我向彼得罗打听，我发现，他们经常在办公室通话，但是这几天没有他的消息。

“你们经常通话？”我觉得很烦。

“是的。”

“为什么你没有告诉我？”

“告诉你什么？”

“告诉我，你们经常通话。”

“我们谈的都是工作上的事儿。”

“好吧，看来你们现在已经是好朋友了，那你给他打个电话，问他什么时候来。”

“有这个必要吗？”

“对你来说没有必要，但操心的是我。我要做好安排，我希望能事先知道。”

他还是没打电话。我只好说：“好吧，我们等等吧。尼诺答应了两个孩子，说他会回来的，他应该不会让她们失望。”后来的确也是这样，他的电话晚了一个星期，是一个傍晚打来的。是我自己接的电话，他好像有些尴尬。他寒暄了几句，然后问：“彼得罗不在家吗？”这一次是我变得尴尬，我让我丈夫来接电话。他们聊了很久，我听见，我丈夫在用一种不常用的语气在说话：他的声音很大，有很多感叹句，还夹杂着笑声，这让我的心情越来越坏。只有在这时候，我才明白，他和尼诺的关系给他提供了保障，让他感觉不再那么孤立，让他忘记学校里的问题，打起精神继续自己的工作。我关在自己的房间里，黛黛在看书，艾尔莎在玩儿，她们俩都等着吃饭。但即使是在房间里，我还是能听到我丈夫的声音，他好像喝醉了一样。最后他沉默下来了，我听见他在屋里走动的声音。他最后露脸了，很愉快地对两个女儿说：

“孩子们，明天晚上，我们和尼诺叔叔一起去吃油酥面。”

黛黛和艾尔莎很热情地欢呼起来，我问：

“他不来这里住吗？”

“不了，”他回答我说，“他和妻子还有儿子一起来的，他们住在宾馆里。”

## - 103 -

我用了很长时间才消化了这句话。我忍不住说：

“他应该提前打个招呼。”

“他们也是临时决定的。”

“真是没礼貌。”

“埃莱娜，有什么问题吗？”

因此，尼诺是和他妻子一起来的，我非常担忧，我害怕自己相形见绌。我有自知之明，我知道自己身体的具体情况，但在我生活的其他时候，我并没有太关注这些。在我成长的那些年，我一般只有一双鞋子，衣服是我母亲缝的，偶尔会化妆。在近些年，我开始关注时尚，在阿黛尔的影响下，我在培养自己的品位，现在我喜欢穿衣打扮。但有时候——不是通常的情况，而是为了一个男人收拾自己时——“捯饬”（这是一个很合适的词汇）我自己让我觉得很可笑，所有精心装扮、描眉画眼的时间，我本可以做些其他事情。那些适合我的颜色，不适合我的颜色，那些让我显得苗条的样式，让我显胖的样式，那些能突出我的美的发型，让我变丑的发型，那是一场漫长、昂贵的准备。那是把我捯饬成一道盛宴，来迎合男性的胃口，就像一道做得很美味的菜肴，让他们看到后会流口水。我担心自己功亏一篑，看起来不漂亮，无法掩盖肉体的庸俗，无法掩盖情绪、气息和变形。无论如何，我这么做过，为了尼诺，近期我也这么做过。我想向他展示出，我现在成了另一个女人，我现在变得更加精致，我不再是莉拉结婚时的那个小姑娘了，也不再是加利亚尼老师的孩子们聚会时的那个女学生，也不再是那个只写了一本书、被高估的女作家——就像当时在米兰，我出现在他面前的样子。现在，够了！他把他妻子带来了，我很气愤，我觉得他是故意的。我痛恨把自己和其他女人放在一起进行对比，更不要说是在一个男人的眼光下。一想到我会和照片里看到的那个漂亮女人同时出现，我就觉得胃里很难受。她会打量我，她会带着塔索街那些大小姐特有的傲慢，研究我的每个细节，她们从生下来就在学习打扮自己。在晚饭结束之后，和她丈夫单独在一起时，她会用非常犀利残酷的话来批判我。

我犹豫了好几个小时，最后我觉得我应该找个借口，晚饭不和他们一起吃，让我丈夫自己带着两个孩子去。但第二天，我没办法抵抗诱惑，我换上衣服，穿了又脱，脱了又穿，一个劲儿地折腾彼得罗。我不停地去他房间，一会儿穿着一件裙子，一会儿又换另一件，一会儿梳一个发型，一会儿又换成另一个发型，还一本正经地问他："你觉得我看起来怎么样？"他漫不经心地看一眼我，说："很好。"我回答说："我穿上那件蓝裙子怎么样？"他点点头。但我自己不喜欢那件蓝色的衣服，那件衣服腰太紧。我穿上蓝衣服，回到他跟前，对他说："穿上太紧了。"彼得罗很耐心地说："是的，那件绿色的、上面有花儿的要好一些。"但穿上那件绿色带花儿的裙子，我不满意，我不想只是看起来好一些，我要看起来非常棒，我要我的耳环、头发、鞋子都很完美。总之，彼得罗没办法给我信心，因为他对我视而不见。我越来越觉得自己长得不好，胸和屁股太大，胯很宽，头发黄不拉儿的，鼻子也大。我的身体和我母亲很像，样子很糟糕，就差坐骨神经痛了，如果那样我就会和她一样，走路一瘸一拐的。但尼诺的妻子非常年轻漂亮，又有钱，她当然知道怎么为人处世，举手投足，那是我永远学不会的。这样，我不断地想放弃，坚持我最初的决定：我不去，让彼得罗带着孩子去，让他说我身体不舒服。但最后我还是去了，我穿了一件白衬衣，下面是一件鲜艳的花裙子，唯一的首饰就是我母亲给我的手镯。我把我写的东西放在包里，我告诉自己，我才不在乎她，在乎他，还有所有人的看法呢。

# - 104 -

我一直在磨蹭，最后我们迟到了，到餐馆时，萨拉托雷一家人已经坐在桌子前了。尼诺跟我们介绍了他的妻子埃利奥诺拉。我的心情马上就变了，是的，她的脸蛋很漂亮，漆黑的头发也很美，和照片上的一模一样，虽然我并不高，但她没我高，她没有胸，虽然她也挺胖的。她穿着一件一点儿也不适合她的火红色衣服。她特别快乐，一张嘴就暴露了她有些刺耳的声音，还有浓浓的那不勒斯口音，就是那些在海湾上的玻璃房子里打纸牌的人的口气。尤其是整个晚上，她表现得非常无知，虽然她学习了法律。她在批判所有人，所有事，表现得非常愤世嫉俗，而且为自己的立场感到很自豪。总之，她非常有钱、任性、粗鲁。她脸上秀美的线条，不断遭到厌烦表情的破坏。她时不时会发出神经质的笑声，嘿！嘿！嘿！这些笑声会打断她的谈话，甚至是句子。她开始针对佛罗伦萨——和那不勒斯相比，这里到底有什么好的；还有吃饭的餐馆——这地方太烂了；还有老板——真没教养；还有彼得罗说的任何话——真是胡说；还有我的两个女儿——我的天，她们真能说，拜托了，让我们耳朵清静一下；自然还有针对我——你在比萨上的学，为什么啊？那不勒斯的文科专业不是更好吗？我从来都没听说过你写的小说，什么时候出版的？八年前，我只有十四岁。只有在尼诺和她儿子面前，她一直很温柔。阿尔伯特很胖，也很漂亮，一脸幸福，他妈妈一直在赞美他。她一个劲儿地赞美自己的丈夫——没人比他好，他说什么她都表示同意，还会抚摸他，拥抱他，吻他。眼前的这个小姑娘，和莉拉，甚至是和西尔维亚有什么共同之处？她们没有任何共同点，那尼诺为什么会和她结婚？

整个晚上，我都在打量他。他对他妻子很客气，任凭她拥抱他轻吻他。她说那些没教养的蠢话时，他会面带微笑地看着她，会漫不经心地逗他儿子。但他对我的两个女儿的态度没有变，他非常关注她们，他也一直很愉快地和彼得罗说话，有时候甚至会和我说几句。我想，他妻子根本不会影响到他。埃利奥诺拉是他动荡生活的一个踏脚石，但不会给他带来任何影响，尼诺会走自己的路，不会在意她。因此，我越来越觉得自在，尤其是他认出了我的手镯，他抓住了我的手腕几秒钟，几乎像是抚摸了我一下；他和我丈夫开玩笑，问他有没有给我一些时间；尤其是，他问我写得怎么样了。

“我写完了第一道。”我说。

尼诺一脸严肃地问彼得罗：

“你看了吗？”

“埃莱娜什么都不让我看。”

“是你自己不想看。”我反唇相讥，但没有怨恨，就像那是我们之间的游戏。

埃利奥诺拉这时候插了一句，她不想被排除在谈话之外：

“什么东西？”她问。但正当我要回答她时，她脑子忽然又想到了别的，她兴高采烈地问我：

“明天尼诺工作时，你能不能陪我逛街啊？”

我装出一副客气的样子，微笑着说，可以啊。她列举了一大串她要买的东西。只有我们从餐馆出去时，我才有机会走到尼诺身边，我小声问他：

“你愿不愿意看一眼我写的东西？”

他带着一种真诚的惊异看着我：

“你真的让我看啊？”

“是的，假如你不厌烦的话。”

我把我写的那些东西匆忙地交给了他，心跳如鼓，就好像我不希望彼得罗、埃利奥诺拉，还有我的两个女儿发现。

## - 105 -

我整个晚上都没合眼。早上我强打起精神去赴埃利奥诺拉的约，因为我们约定早上十点在宾馆楼下见面。我告诉自己，不要干蠢事，不要问她，她丈夫是不是开始读我写的东西了。尼诺很忙，他需要时间。不要想太多了，至少等一个星期吧。

但是，九点整，我正要出门时，电话响了，是他打的电话。

“对不起，”他说，“我现在马上要进图书馆了，今天晚上之前我都没机会打电话给你，你确信我没有打扰到你？”

“绝对不会。”

“我看了你写的东西。”

“啊，这么快？”

“是的，写得真是太好了。你的研究能力很强，条理清楚，创造力也让我很震撼，但最让我嫉妒的，是你的讲述能力。你写了一篇很难界定的东西，我不知道它是论文还是小说。我觉得很棒。”

“这是一种缺点吗？”

“什么？”

“我写的东西没法归类。”

“才不是，这是它的一个优点。”

“你觉得，我应该就这样出版吗？”

“绝对应该。”

“谢谢。”

“谢谢你，现在我要走了。你对埃利奥诺拉要有耐心，她看起来很霸道，但实际上是因为羞怯。我们明天早上回那不勒斯，选举之后我会联系你的，假如你愿意，我们可以聊聊。”

“我当然乐意了。你会来我家里住吗？”

“你确信我不会打搅你？”

“绝对不会。”

“好吧。”

他没挂电话，我听到了他的呼吸声。

“埃莱娜。”

“嗯。”

“关于莉娜，从小我们都错了。”

我感到非常不自在。

“为什么这么说？”

“你把自己特有的能力都归到她身上。”

“那你呢？”

“我更糟糕，我很愚蠢地把在你身上看到的东西，以为是在她身上看到的。”

有几秒钟，我没说话。为什么他要提到莉拉，为什么他要在电话里说这样的话？尤其是，他想告诉我什么？这仅仅是恭维话？或者他想告诉我，从小他就喜欢我，但在伊斯基亚，他错了，他把属于我的品质归到了另一个人身上。

“你快点儿来。”我说。

# - 106 -

我和埃利奥诺拉，还有三个孩子一起逛街，我心里非常舒服，即使是她拿着一把刀子刺我，我估计也不会感到疼。尼诺的妻子看到我那么兴高采烈，而且对她很热情，她对我不再有敌意。她赞美黛黛和艾尔莎，说她们太乖了，她向我坦白说，她很欣赏我。她丈夫跟她讲了所有关于我的事情，我的学业，还有我后来怎么成为一位成功的小说家。她承认说："我有点儿嫉妒你，不是因为你很厉害，而是因为你一直都认识他，而我没有。我希望我在他小时候也能认识他，那我会知道，他十岁是什么样子，十四岁是什么样子，他变声期之前的声音是什么样子，他小时候是怎么笑的。她说，现在幸好我有阿尔伯特，他和他爸爸一模一样。"

我看着那个孩子，但我并没有看出尼诺的影子，可能他以后会显示出来吧。黛黛马上非常自豪地说："我像我爸爸。"艾尔莎接着说："我更像妈妈。"这时候，我想起了西尔维亚的儿子米尔科，他倒是和尼诺一模一样。当时在马丽娅罗莎的家里，我把他抱在怀里，哄他让他停止啼哭时，我是多么愉悦啊！那时候的我离结婚生子还很遥远，我当时想在那个孩子身上，得到什么样的感觉？我还不知道詹纳罗是斯特凡诺的孩子时，我在他身上寻找什么？现在我是黛黛和艾尔莎的母亲，我在阿尔伯特的身上寻找什么？为什么我那么关注地看着他？我觉得，尼诺一定不会想到米尔科，就我所知，他对詹纳罗也从来没表现出任何兴趣。这些男人被快感和高潮冲昏了头脑，他们漫不经心，随处播种，让女人怀孕。他们进入女人内部，然后抽身而出，给女人留下的是他们的幽灵，像遗失的物品一样，埋在肉里。阿尔伯特是他想要的、有意要的孩子吗？或者说，眼前这个年轻的母亲抱在怀里的孩子，尼诺并没有觉得和他有什么关系？心里想着这些，我告诉埃利奥诺拉说，她儿子和他父亲小时候一模一样，我为自己的这句谎言感到高兴。然后，我用一种温情柔和的语气，跟她仔细讲述了尼诺小学时的样子，就是奥利维耶罗老师和校长组织竞赛的那个阶段；还有高中时期，谈到了加利亚尼老师以及我们和其他朋友在伊斯基亚一起度假的事儿。我的讲述在这里就打住了，尽管她就像一个小孩一样，不停地问我："后来呢？"

聊着聊着，她对我越来越友好了，而且越来越信任我。我们进到一家商店里，假如我喜欢一件衣服，试了之后没买，我会发现在出来时，埃利奥诺拉已经买下送给我了。她也想给黛黛和艾尔莎买衣服。在餐厅吃饭时，也是她付钱。她花钱叫了一辆出租车，让司机先把我和两个女儿送回家，然后再送他们母子俩回宾馆，她拎着很多袋子。我们告别了，我和两个女儿一直在招手，直到汽车消失在街角。我想，她代表着那不勒斯的另一面，但距离我的体验很远。她花钱如流水，就好像那些钱没有任何价值，那些钱一定不是尼诺挣的，我排除了这种可能。她父亲是律师，祖父也是，她母亲是一位银行家的女儿。我想，这些资产阶级的财富和索拉拉家的财富有什么差别。我想，那些钱在变成律师的高工资，还有奢华的生活之前，经过了多少秘密的周转。我想起了我们城区的那些男孩子，他们靠装卸走私的货物、在公园里砍树、在工地上劳动来挣口饭吃。我想到了安东尼奥、帕斯卡莱和恩佐，为了挣口饭吃，他们从小就吃尽苦头。那些工程师、建筑师、律师、银行家却都是另一回事儿，他们的钱是从哪儿来的？尽管经过了千层过滤，但那些钱还是来自于黑暗的交易，同样的肮脏，有一些甚至成了我父亲的小费，成了我上学的钱。那些脏钱变成干净的钱，或者相反，其中的界限在哪里？埃利奥诺拉兴致勃勃，她在佛罗伦萨这一天里出手大方，花的钱到底有多干净？她签的支票，给我买的衣服，我带回家的这些礼物，和米凯莱付给莉拉的钱有多大差别？这个下午，我和两个女儿都在镜子前炫耀我们收到的礼物。那些都是好东西，颜色鲜艳，让人赏心悦目。有一件暗红色的、四十年代风格的裙子，尤其适合我，我希望尼诺看到我穿那条裙子的样子。

但是，萨拉托雷全家回那不勒斯去了，离开前，我们没能再次碰面。但时间并不像我想象的那么难熬，相反却很愉快地过去了。尼诺会再回来的，这一点可以肯定，他会和我谈论我写的东西。为了避免发生不必要的争执，我给彼得罗的写字台上也放了一份自己的作品。我确信自己写得不错，我给马丽娅罗莎打电话，用一种自信、愉悦的语气跟她说，我把之前跟她谈到的那些东西整理出来了。她让我马上发给她。在几天之后，她就打电话给我了，她非常热情地问我，她能不能把我写的那些东西翻译成法语，发给一个在南泰尔的朋友，这个法国朋友拥有一家小出版社。我很高兴地答应了，但事情并没有就此结束。几个小时之后，我婆婆给我打了电话，她用一种假装的愠怒对我说：

“现在你写了东西会让马丽娅罗莎看，反倒不给我看了，这是怎么回事？”

“我担心你对这些东西不感兴趣，我就写了七十多页，不是小说，我自己都不知道是什么。”

“当你不知道自己写了什么，那就意味着，你写得不错，无论如何，你要让我决定，我是不是感兴趣。”

我给她也发去了一份，我并没有把这件事儿放在心上。正好就是我把那份稿子发出去的那天，在中午的时候，尼诺出乎预料地从火车站给我打电话，说他已经到了佛罗伦萨。

“我过半个小时，就能到你那儿，我放下行李，然后去图书馆。”

“你不吃点儿东西吗？”我故作自然地问他。在经过那么漫长的历程之后，我们走到这一步，他来我家里住，我感觉很正常。在他洗澡的时候，我给他弄了点儿吃的，然后我们一起吃饭——我、他还有我的两个女儿，这时候，彼得罗在大学给学生考试。

## - 107 -

尼诺足足待了十天。这期间我的状态和我之前有一段时间，狂热地想吸引男人的状态全然不同。我不和他开玩笑，我没有嗲声嗲气和他说话；我没有对他表现出任何殷勤讨好的态度；我没有像我大姑子那样，扮演一个解放的新女性；我没有对他有所暗示；我没有用含情脉脉的目光注视他；我没有在他坐在桌前，沙发上，或者电视前时，靠着他坐下。我没有衣冠不整地出现在家里；我没有创造机会单独和他在一起；我没有用胳膊肘碰着他的胳膊肘，手臂碰到他的手臂，腿碰到腿，或者和他碰个满怀。我当时很害羞，很克制，话很少，照顾他吃好，不让两个孩子吵到他，让他觉得自在。我不是故意这么做的，因为我不可能表现出别的样子。他和彼得罗、黛黛，还有艾尔莎经常开玩笑，但他一转向我，就会变得非常严肃，好像在斟词酌句，就好像我们之间没有那么多年的交情，所以我对他也很严肃。我很高兴能在家里接待他，但我感觉，我没有任何必要做出亲昵的动作和语气。事情正好相反，我喜欢站得远远的，避免和他直接接触。我觉得自己就像一张蜘蛛网上的雨滴，我很小心，避免自己滑落。

我们只深谈过一次，是围绕着我的那篇稿子。他一到我家里，马上就和我说起了我的手稿，说得非常深入，分析很敏锐。尤其是，伊始和伊始阿的那段让他印象很深。他问我："对于你来说，在《圣经》故事里，女人来自于男人，是来自男人本身？"我说，夏娃不能独立存在，也不知道如何独立，她在亚当之外，没有自己存在的支撑。她的好和坏，都是亚当说了算，夏娃是亚当女性的一面。上帝的创造是这么完美，她不知道自己是什么，她的外形是可以塑造的，她不拥有自己的语言，她没有自己的精神和逻辑，她随时都会变形。"这是非常可怕的处境。"尼诺评论说。我非常不安，我用余光瞄着他，想知道他是不是在和我开玩笑。没有，他不是在开玩笑，正好相反，他一点儿讽刺或开玩笑的意思都没有。他提到了几本我不知道的书，讨论的都是相关内容。他又一次强调说，那篇稿子可以出版。我听他说着这些，并没有表现得心满意足，最后我只是说："这篇稿子，马丽娅罗莎也很喜欢。"这时，他问了我大姑子的情况，他赞扬了马丽娅罗莎，无论是从学者的角度，还是她对弗朗科的照顾，说完他就去图书馆了。

除了那次之外，我们都没有深谈。他每天早上和彼得罗一起出去，晚上比他晚回来。有很少的几次，我们所有人一起出去。比如有一次他带我们去电影院，看一场专门给儿童看的电影。尼诺坐在彼得罗旁边，我坐在两个女儿的中间。当我意识到，他笑时我也会笑起来，但我马上就停止笑。中间休息时，他想给黛黛、艾尔莎，当然还有我们几个大人买冰激淋，我柔声责怪了他。我说，我不要，谢谢。他开了几句玩笑，说冰激淋很美味，我不吃，那是我的损失，他让我尝一点，我就尝了。总之，都是一些很细小的事情。有一天下午，我们在散步，我、他、黛黛，还有艾尔莎。我们谈到了很多问题，尼诺一直在和两个孩子说话，但我们走的路线让我印象非常深刻，到现在我还能指出我们当时走过的每条街道，停留过的每个角落。天气很炎热，城里的人很多。他不停地和别人打招呼，有人对他用尊称，他向他的朋友介绍我，用了很多溢美之词。让我惊异的是他的名气，有那么多人认识他。有一个非常有名的历史学家赞扬了我的两个女儿，就好像她们是我和尼诺生的。没发生什么特别的事儿，除了忽然间，因为无法解释的原因，他和彼得罗的关系发生了变化。

## - 108 -

一切都是从一天晚饭时他们的一场对话开始的。彼得罗用欣赏的语气跟尼诺谈到了一位那不勒斯教授，一个当时备受瞩目的人物。这时候，尼诺说："我都敢打赌，你喜欢那混蛋。"我丈夫有些失措，他的微笑有些迷茫，但尼诺加重了语气，他继续取笑我丈夫说，他太容易被表象欺骗了。这种情况仍在持续，第二天早餐时还发生了一件令人不快的事。我不记得事情是怎么开始的，尼诺又提到了我和宗教老师之间因为圣灵问题发生的冲突。彼得罗并不知道这件事情，他表示想知道。尼诺这时候不是对他，而是对着两个小姑娘讲起了她们的妈妈小时候的丰功伟绩。

我丈夫表扬了我，说："你当时真勇敢。"但他对黛黛解释——他采用的语气，就像电视上有人在胡说八道，他感觉有必要向女儿说清楚事情的真相——他跟我们的女儿讲了十二使徒的故事，还有五旬节那天早上发生的事儿：像风一样的声音，像火一样蔓延，让世界上所有人——说任何语言的人都明白了。这时候，我丈夫非常投入地对我和尼诺谈到了那些染了病的使徒，他提到了先知约珥说的话："我会把我的精神传递到所有肉体上"。他说，圣灵是一个必不可少的象征，让我们可以反思，那些不同的东西如何对照，找到共同点。尼诺一直让我丈夫往下说，但是他脸上的表情越来越讽刺。最后，他感叹了一句："我都敢打赌说，你心里藏着一个神父。"他打趣地对我说："你是他的妻子，还是他的圣母？"彼得罗脸红了，他有些不知所措。彼得罗一直都喜欢谈论宗教问题，我觉得他有些难受，最后他说："对不起，我浪费了你们的时间，我们去上班吧。"

类似这样的时刻越来越多了，并没有一个特别明显的原因。我和尼诺之间保持原样，非常注意礼貌、很客气也很疏远，但他和彼得罗之间突破了防线。就像早餐时那样，在吃晚饭时，客人对家里的男主人越来越不恭敬了，几乎到了冒犯的地步，就是那种表面上很友好，但实际上让你很屈辱的做法，他嘴上挂着一抹微笑，让你没有办法反抗，否则会显得很小气。那是我熟悉的语气，就是在我们城区里那些聪明人用在笨人身上的口吻，让他们屈服，让他们无话可说，成为大家取笑的对象。彼得罗很不适应，他觉得很困惑：他和尼诺在一起感觉很好，他欣赏尼诺，因此他没做出反抗。他摇了摇头，装出一副开玩笑的样子，有时候他好像在问：我到底做错了什么。他希望他们之间能恢复到之前的样子，用那种温和投契的语气说话。但尼诺还是不动声色，坚持自己的方式，话的分量越来越重，他转向我，转向两个孩子，想获取我们的认同。这时候，两个孩子会笑着点头，有时候我也会。但我想：他为什么要这么做，假如彼得罗生气，那他们的关系就毁了。彼得罗没有生气，他只是不明白，但一天天地，尼诺越来越惹他心烦，他的脸色看起来很疲惫，那些年刻苦学习的痕迹又出现了，他满眼忧虑，眉头紧皱。我想，我应该采取行动，要马上采取行动，但我什么都没有做，正好相反，我很难抑制我对尼诺的欣赏，还有内心的亢奋——是的，是亢奋。我看到、听到艾罗塔家的人——非常有文化的彼得罗，正在失去自己的领地，他变得迷惘。他在用一些软绵绵的话，来应对尼诺那些轻快、精彩，甚至有些残忍的抨击，而尼诺·萨拉托雷是我的朋友、我的同学，像我一样，一个出生在那不勒斯老城区的人。

## - 109 -

在尼诺回那不勒斯的前几天，发生了两件尤其让人不舒服的事儿。有一天下午，阿黛尔给我打了电话，她对我写的东西非常满意。她让我马上把手稿发给出版社，他们可以加紧做一个小册子，和法语版本同时出版，假如不能同时出版，前后出版也可以。在晚餐时，我谈到了这件事情，尼诺恭维了我，说了很多赞美的话。他对两个孩子说：

“你们有一个非常棒的妈妈。”然后他问彼得罗：

“你看了吗？”

“我没时间看。”

“你最好不要看了。”

“为什么？”

“那不是你看的东西。”

“也就是说？”

“太过于犀利了。”

“你什么意思？”

“你没有埃莱娜聪明。”

他笑了，彼得罗什么话都没有说。尼诺还在刺激他：

“你生气了？”

他还想继续羞辱彼得罗，但彼得罗从饭桌前站了起来。他说：

“对不起，我要工作。”

我嘟囔了一句：

“吃完饭再去吧。”

他不回答。我们在客厅里吃饭，客厅很大。刚开始，他好像真要穿过客厅，把自己关在书房里。但他转了一圈，最后坐在了沙发上，把电视打开了，声音开得很大。当时的气氛让人难以忍受，在短短几天时间里，一切都变得非常复杂，我感觉很不开心。

“你能不能把声音放小一点儿？”我对他说。

他简洁明了地回答说：

“不。”

尼诺笑了一下，他吃完饭，帮着我收拾桌子。

在厨房里，我对他说：

“别生他的气，彼得罗工作很多，他睡得很少。”

他忽然气愤地对我说：

“你怎么能受得了他。”

我很警惕地看着门口，还好电视声音很大，没人听到我们。

“我爱他。”我回答说。他坚持要帮我洗盘子，我说：“你去吧，拜托了，别给我添乱了。”

另一件事情要更糟糕，也是决定性的。我不知道，我自己到底想要什么：我已经开始希望那个阶段尽快结束，我想回到之前的日常生活，完成我的小书。但同时，我喜欢早上进入到尼诺的房间里，把他弄乱的房间收拾整洁，给他铺好床，做饭的时候，想着他晚上会和我们一起吃饭，但同时我又担忧，所有一切正在结束。在下午有些时刻，我觉得自己像一个疯子，尽管两个孩子都在家，我觉得家里空荡荡的。我感觉很空虚，我对自己写的东西失去了兴趣，我觉得那些东西很浮浅，我对马丽娅罗莎、阿黛尔的热情，还有法国和意大利的出版社失去了信心。我想，尼诺离开之后，所有这一切都失去了意义。我当时就处于那种状态：生命在流逝，我无法忍受那种失去的感觉。彼得罗从大学回来，比平时更加阴郁。我们都等着他吃晚饭，尼诺比他早回来半个小时，马上就被两个孩子缠住了。我很温和地问我的丈夫：

“发生了什么事儿？”

他脱口而出：“你再也不要让你娘家的那些人来家里。”

我一下子僵住了，我想，他可能指的是尼诺。这时候，尼诺也探进头来，他身后跟着黛黛和艾尔莎，他应该也觉得彼得罗指的是他，他脸上浮现出一个挑衅的微笑，就好像在等着彼得罗爆发。但彼得罗说的是其他事情，他用那种非常鄙夷的语气——通常他确信，已经涉及一些需要捍卫的基本原则时，他会采用的语气：

“今天警察又来找我了，他们给我看了几张照片，给我说了他们要找的人的名字。”

我深深舒了一口气。我知道，对那个用枪指着他的学生，他没有收回指控，这使得学生和老师当中有更多的积极分子都鄙视他，警察的到访会让他们断定：彼得罗是个告密者。我确信，他是因为这个才变得心情很坏。我打断了他，埋怨他说：

“这是你的错，你不应该那么做，我已经跟你说过了。现在，你没法摆脱这些警察了。”

尼诺插了一句，用很不客气的语气问彼得罗：

“你把谁告发了？”

彼得罗没有回头看他，他是生我的气，他想和我吵架。他对我说：

“我已经尽力了，我今天不得不那么做。我什么话都没有说，因为中间涉及你。”

这时候，我明白问题不在警察身上，而是他们说的话。我嘟囔了一句：

“这跟我有什么关系？”

他的声音变了：

“帕斯卡莱和娜迪雅难道不是你朋友吗？”

我很迷惑地重复了一句：

“帕斯卡莱和娜迪雅？”

“警察给我看的那些恐怖分子的照片，里面就有他们。”

我哑口无言，也说不出话来。所以，我当时想象的事情是真的，彼得罗的话确认了这一点。我的眼前闪过了帕斯卡莱用枪指着吉诺的样子，他打断菲利普的腿，这时候，娜迪雅——是娜迪雅而不是莉拉，她走上台阶，敲了敲布鲁诺的门，进去朝他的脸上开了枪。太可怕了！但我觉得，当时彼得罗的语气很不得体，就好像他要通过这个消息，说明一件我不想说的事儿，让我在尼诺面前下不来台。尼诺马上就插话了，他揶揄彼得罗说：

“这样看来，你真是警察的眼线？你居然干这个？你揭发那些人？你父亲知道这事儿吗？你母亲呢？你姐姐呢？”

我很无力地说了一句：“我们吃饭吧。”我马上对尼诺说：“别这样说，什么眼线！”我用一种客气的方式，也是为了避免他继续提到彼得罗的家庭出身以便刺激他。然后，我有些凌乱地对尼诺说，帕斯卡莱·佩卢索来找我了，我不知道他还记不记得，就是我们城区的一个小伙子，一个好小伙子。因为各种机缘，帕斯卡莱和娜迪雅走在一起了，他一定会记得娜迪雅，是加利亚尼老师的女儿，就是她。这时候，我停了下来，因为尼诺开始笑了起来。他感叹说：“娜迪雅，我的天哪，娜迪雅！”他转向了彼得罗，还是用那种讥讽的语气说：“只有你和那些迟钝的警察，会觉得娜迪雅·加利亚尼是武装斗争队伍里的人，真是太疯狂了。娜迪雅是我认识的最好心、最热情的人，意大利是怎么啦，我们去吃饭吧。现在，对既定秩序的维持，离开你，也没什么大不了的。”然后，他叫黛黛和艾尔莎一起去饭桌边，我开始布置饭菜，确信彼得罗随后会来吃饭。

但他没有出现，我想他可能去洗手了，他在拖延，因为他想平静下来。我坐在我的位子上，很激动，我希望能有一个安静祥和的夜晚，能顺利结束我们共同生活的这些天。但直到两个孩子已经吃完了，他还都没出来。这时候，尼诺也显得很不安：

“吃饭吧，”我说，“要不然饭就凉了。”

“你开始吃，我才吃。”

我有些犹豫，也许我应该去看看我丈夫，看看他在做什么，看看他是否平静下来了。但我不想去，他的表现让我很心烦。通常，他都不说这些事儿，为什么他不把警察到访的事藏在心里。他自己的事情从来都不对我讲。为什么他当着尼诺的面，要对我说出那样的话：你再也不要让你娘家的那些人来家里。他为什么急着把这件事情提出来，他可以等等，他可以在晚些时候，在我们关上房门时，再发泄出来。他生我的气，这是问题所在。他想破坏这个夜晚，他对于我所做的，我想要的根本就不在乎。

我开始吃饭了，我们四个人一起吃，第一道菜、第二道菜，还有我准备的甜点。彼得罗一直都没有出现，我变得出离愤怒。彼得罗不想吃饭吗？好吧，那就别吃了，很明显他肚子不饿。他是不是想自己待着？好吧，房子很大，没他的话，气氛就不会那么紧张。很明显，问题并不在于，在我们家里出现了一次的那两个人，恰好是武装分子。问题在于，他没有足够的智慧，他没办法承受男性之间的那种争斗，他觉得很痛苦，所以生我的气。但你，还有你的猥琐小气，和我有什么关系。我大声说，我待会儿收拾桌子！就好像给自己下令，为了理清头绪。然后我打开电视，和尼诺还有两个孩子坐在沙发上看电视。

经过了漫长、折磨人心的一刻。我觉得尼诺有些不自在，但又觉着很有趣。黛黛说："我去叫爸爸。"她吃饱了肚子，开始操心彼得罗。你去吧，我说。她是踮着脚尖回来的，她在我耳边说："他躺在床上，睡着了。"尼诺也听见了，他说：

"明天我就走了。"

"你工作做完了？"

"没有。"

"你留下来吧。"

"我不能。"

"彼得罗是一个好人。"

"你护着他吗？"

护着他？在谁面前，护着他？我不明白，我几乎要生尼诺的气了。

# - 110 -

两个孩子在电视前睡着了，我把她们放在床上。我回到客厅时，尼诺已经不在那里了，他把自己关在房间里。我很沮丧地把桌子收拾了，洗干净盘子。我让他留下来，这是多么愚蠢的事儿，他还是离开的好。另一个方面，我怎么能忍受没有他的苍白日子，我至少要让他在走之前答应我他会很快回来。我希望他能再回来，住在我家里，我们早上一起吃早餐，晚上在同一张桌子前吃晚饭。他会说一些风趣话，或轻或重。当我想表达自己的想法时，他会在那里听我说，无论我说什么，他都会带着敬意听我说，对我从来都不会用嘲讽的语气。然而我不得不承认，现在这种关系遭到了破坏，我们在一起生活变得不再可能，那是他的错。彼得罗很依赖他，他希望能和尼诺相处，他非常在意这份友谊。但尼诺为什么要伤害他、羞辱他，让他失去权威呢？我卸了妆，洗了脸，换上了睡衣。我把门从里面锁上了，加上保险链子，把煤气关了，把所有百叶窗都放了下来，把灯关了。我去看了一眼两个孩子。我希望彼得罗没假装睡觉，没等着和我吵架。我看了他的床头柜，他已经吃了镇静剂，他完全睡了过去，他让我很心软，我在他脸颊上亲吻了一下。他真是一个难以预料的人：非常聪明，同时又很笨；很敏感，也很迟钝；很勇敢，也很怯懦；有文化，也很无知；很有教养，也很粗鲁，他是艾罗塔家的一个失败者，是一个在半路上跌倒的男人。尼诺那么自信，那么决断，他能帮助彼得罗，让他重新振作起来、提高自己吗？我又一次想，为什么这份友谊变成了单方面的敌意呢。现在，我似乎明白了，尼诺想帮助我看清我丈夫的本来模样。他很确信，我脑子里是一个理想化的丈夫，无论是从精神上，还是从才智上，我都依附于他。他希望能让我看清楚：这个年轻的教授其实什么都算不上，虽然他写出了一篇非常精彩的大学毕业论文，出版了一本备受欣赏的书，正在写一部新书，新书出版之后，他的威望会得到进一步巩固和提升。最近一段时间，就好像是他一直在朝着我叫喊：你在和一个平庸的男人生活在一起，你和一个没用的人，生了两个女儿。他的计划就是通过贬低我丈夫，使我得到解放，通过摧毁他，让我回到我自己。但他这么做时，无论是有意还是无意的，他把自己作为一种标准的男性形象，展示在我眼前，他有没有意识到这一点？

这个问题让我很愤怒。尼诺太冒失了，他把我苦心经营的平衡给打乱了。为什么他没和我商量，就把这一切搞得乱糟糟的？是谁让他帮我睁开眼，拯救我的？他从什么地方推测出我有这个需要呢？他想，他可以随便改变我的婚姻生活，还有我作为母亲的责任？他的目的是什么？他想得到一个什么样的结果？我想，是他自己要想清楚，难道他对我们的友情失去兴趣了吗？现在快放假了，我会出发去维亚雷焦。他说，他会去卡普里岛，他岳父岳母住在那里。我们应该等到假期结束时再见面吗？为什么呢？其实在这个夏天，我们已经有可能加固我们两个家庭的关系。我当然可以打电话给尼诺的妻子，邀请她、她丈夫，还有孩子到维亚雷焦来，和我们一起待几天。我希望他们也能邀请我、黛黛、艾尔莎和彼得罗去卡普里岛，我从来都没去过那里。假如整个夏天我们不能见面，那为什么我们不能写信，来交换我们的想法，或者交流一些可以读的书，谈谈我们的工作计划？

我没办法平静下来，尼诺不应该那么做。假如他在乎我的话，他应该像刚开始那样，他应该重新获得彼得罗的欢喜和友谊，我丈夫不要求别的。他真的以为给我带来这种紧张的气氛是为我好？不，不，我应该和他谈谈，我要告诉他，他那么对待彼得罗是很愚蠢的。我小心翼翼地从床上下来，从房间里出去了。我光着脚，穿过了走廊，敲了敲尼诺的门。我等了一会儿，然后进去了，房间里一片黑暗。

“你决定了。”我听见他说。

我吃了一惊，我没想着要做什么决定，我只知道他说得对，我已经决定了。我飞快地把睡衣脱掉，尽管天气很热，我还是躺到了他身边。

## - 111 -

大约凌晨四点，我回到了自己的床上。我丈夫惊了一下，在睡梦中嘟囔了一句：“发生什么事儿了？”我用坚定平稳的语气对他说：“睡吧。”他平静了下来。我觉得很懵，发生的事情让我感到幸福，但无论我怎么努力，我都没办法把我现在的处境、佛罗伦萨的这个家和刚刚发生的一切联系起来。我感觉，发生在我和尼诺之间的一切，都是在我们城区进行的：他的父母要搬家，梅丽娜发出痛苦的叫喊，把东西从窗子里丢出来；或者在伊斯基亚，我们一起出去散步，手拉着手；或者在米兰，在书店的会面上，他在那个严厉的批评家面前捍卫我。现在发生这样的事情，我觉得自己有些不负责任，也许很无辜，就好像作为莉拉的朋友、彼得罗的妻子、黛黛和艾尔莎的母亲，我和那个一直爱着尼诺，并最终得到他的女孩或者女人，没什么干系。我感到他的手、嘴唇的痕迹，还留在了我身体的每一个部分，那种享受的欲望久久不散。我唯一的想法是：离天亮还很远，我在这里做什么，我应该再次回到他身边。

我渐渐平息下来了，后来忽然惊醒，我重新睁开眼睛时，房子里已经有了天光。在这里，在我的家里，我到底干了什么？真是太愚蠢了。现在，彼得罗会醒来，两个女儿也会醒来，我应该准备好早餐。尼诺会和我们告别，他会回到那不勒斯，回到他妻子和孩子身边，我也会变回我自己。

我起床了，用了很长时间洗了一个澡，我把头发吹干净。我仔细化好妆，穿上了盛装，就好像要出门一样。噢，当然了，昨天夜里，我和尼诺都发誓，我们再也不会失去彼此，我们会想方设法继续相爱。但是我们怎么相爱，什么时候？他为什么要再来找我？我们之间能发生的事情都已经发生了，剩下的只是麻烦。不要想了，我很用心地把早餐摆好，我想让他对于住在这儿的时光、这所房子和日常器物，以及我留下一个好的印象。

彼得罗头发凌乱地出现了，身上穿着睡衣。

“你要去哪儿？”

“不去哪儿。”

他有些不安地看着我，我从来没有在一大早上起来，就打扮得那么用心：

“你看起来很棒。”

“那也不是因为你。”

他走到窗子前，看着外面，嘟哝了一句：

“我昨天晚上很累。”

“也很不礼貌。”

“我会向他道歉的。”

“你应该首先向我道歉。”

“对不起。”

“今天他就走了。”

这时候，黛黛露脸了，她光着脚，我去帮她拿拖鞋。我叫醒了艾尔莎，通常她眼睛还没睁开，就会一个劲儿地亲我，她是多么柔软，身上的味道多么温馨啊。我想，是的，事情已经发生了，这件事情也可能永远都不会发生，还好发生了。现在，我应该严格要求自己，我会打电话给马丽娅罗莎，问问她法国的情况；我会和阿黛尔交谈，会亲自去出版社，问问他们想怎么处理我的稿子，问他们是真的相信这是一本好书，还是只是顺从我婆婆的意思。最后，我听见走廊里有脚步声，那是尼诺。他的动静让我心里翻江倒海，他现在还在，但很快就走了。我把艾尔莎缠着我的手臂打开，说：“对不起，艾尔莎，妈妈马上回来。”我很快跑开了。

尼诺满脸困意地从房间里出来，我把他推到了洗手间，关上了房门。我们接吻了，我又一次忘记了自己身处何处，忘记了这是什么时候。我那么擅长隐藏我的情感，我对他的渴望，让我自己也觉得很惊异。我们拥抱的那种狂热，是我从来都没有体验过的，就好像我们的身体一个撞向另一个，要粉身碎骨一样。快感就在这里：粉碎，混合，再也分不清楚什么是我的，什么是他的，这时候即使是彼得罗和两个女儿出现，也不会认出我们来。我在他嘴边小声说：

“留下来吧。”

“我不能。”

“那你要回来，你发誓说，你会回来。”

“我发誓。”

“给我打电话。”

“好。”

“告诉我，你不会忘记我，告诉我，你不会离开我，告诉我，你爱我。”

“我爱你。”

“再说一遍。”

“我爱你。”

“你发誓，你不是在撒谎。”

“我发誓。”

## - 112 -

尼诺是一个小时之后离开的，尽管彼得罗用一种闷闷不乐的语气让他留下，尽管黛黛哭了起来。我丈夫起身去洗漱了，他再次出现时，已经收拾好自己准备出门了。他垂着眼睛对我说：“我没对警察说，帕斯卡莱和娜迪雅来过我们家里；我没有说，并不是为了保护你，而是我觉得，现在意大利警察已经把不同政见者和犯罪分子混为一谈了。”我当时没明白他在说什么，帕斯卡莱和娜迪雅已经彻底从我脑子里消失了，我很难回过神来想起他们。彼得罗默默地等着我的反应，也许他希望我对他的话表示认可。他希望，我和他是站在一起的，至少有这么一次和他想法一样，支持他，帮他来面对这个考试的、炎热的一天。我只是漫不经心地点了点头。他的政治观点、帕斯卡莱和娜迪雅、乌尔丽克·迈恩霍夫的死、越南社会主义共和国的诞生，还有意大利共产党在选举中赢得的票数——这一切关我什么事儿？我感觉世界在向后退去，我完全沉迷于自我，沉迷于自己肉体，我觉得，那是唯一可以驾驭我的东西，也是唯一值得迷恋的东西。我丈夫——一个秩序和混乱的见证者——把门在他身后关上，我觉得，我再也无法容忍他的目光，我害怕我那被吻过的、痛苦焦灼的嘴唇，夜晚的疲惫，还有像烫伤了一样、非常敏感的身体，忽然间被他清楚地看在眼里。

我丈夫刚一离开，我就确信：我再也见不到尼诺了，也不可能和他通话了。同时，我又产生了另一个念头：我再也不能和彼得罗生活在一起了。我觉得，我们继续睡在一张床上，这是一件让人无法忍受的事。怎么办？我要离开他，我想，我要带着两个女儿离开。但之后需要办理什么手续呢？离开就完了吗？我不认识任何离婚的夫妇，我不知道任何关于离婚的事儿。需要什么样的手续？需要多长时间，才能获得自由之身？孩子们会经历什么？就孩子的抚养问题，我们需要达成一个什么协议？我是否可以把孩子带到另一个城市生活，比如说那不勒斯？为什么要带到那不勒斯，为什么不是米兰呢？我想，假如我离开彼得罗，我迟早都需要一份工作，现在事态不是很好，经济很糟糕，米兰对于我来说是一个合适的地方，因为我的出版社在那里。但黛黛和艾尔莎呢？她们和父亲的关系怎么处理？我是不是应该留在佛罗伦萨？不行，绝对不能留在佛罗伦萨。米兰更好一点儿，彼得罗想什么时候来看孩子都可以。是的，尽管我的心思在那不勒斯，但我不会回我们的城区，我永远不可能再回城区。我想象着自己住在那不勒斯那些炫目的地方，那些我从来没住过的地方，在塔索街，距离尼诺的家不远。他上下班的时候，我要从窗子看着他，每天在路上遇到他，和他交谈，但我不会打扰他，不给他家里惹麻烦，不仅如此，我还要和他妻子埃利奥诺拉加强联系。我默默地生活在他身边就够了，因此我要去那不勒斯，而不是米兰。再说，假如我和彼得罗离婚之后，米兰就会变得不再那么容易融入。我和马丽娅罗莎、阿黛尔的关系虽然不会彻底断绝，但是会冷淡下来。彼得罗的母亲和姐姐都是文明人，虽然她们并不是很欣赏彼得罗。彼得罗的父亲圭多更不用说了。不！我当然不能指望艾罗塔家的任何人，也许我也不能指望出版社。尼诺可能会帮我一把，他到处都有朋友，当然有办法支持我，只要我对他的关注没惹恼他妻子，没有困扰到他。对于他来说，我是一个已婚女人，和家人生活在佛罗伦萨，距离那不勒斯很远，总之，我不是一个自由的女人。匆忙结束我的婚姻，追在他的屁股后面，住在他家附近，我到底在想什么！他会觉得我是个疯子，我表现得像一个没脑子的小女人，就是那种离了男人没办法活的女人，这会让马丽娅罗莎的那些朋友笑死的。尤其是，这对他很不合适，他爱过很多女人，从一张床到另一张床，他漫不经心地播种，留下孩子。他认为婚姻是一种必要，但这不能限定他的欲望，我的这种做法会显得很可笑。我的生活缺少过很多东西，但我一样活了下来，我离了尼诺也一样能活。我会跟我的两个女儿，过我自己的生活，走我自己的路。

但这时候电话响了起来，我跑去接，是他，我听到背景里有高音喇叭、吵闹和喧嚣的声音，我几乎听不见他在说什么。他刚到那不勒斯，就从火车站给我打电话。他说："我只是要和你打个招呼。"他想知道，我现在怎么样了。很好，我回答说。你在做什么？我在和两个孩子吃饭。彼得罗在吗？没有。你喜欢和我做爱吗？是的。很喜欢吗？非常喜欢。我投的币要用完了。好吧，再见，谢谢你打电话来。我待会儿打。什么时候都可以。我对自己，还有我的自控力感到满意。我想，我和他保持了合适的距离。他很客气地给我打了电话，我很客气地接了电话。三个小时之后，他又来电话了，还是用一部公用电话。他语气很不安。为什么你冷冰冰的？我没有冷冰冰的。今天早上，你要我跟你说我爱你，我跟你说了。虽然出于原则，我从来都没对别人说过，就连对我妻子都没说过。我很高兴。你爱我吗？是的。今天晚上你和他睡觉吗？那你觉得，我应该跟谁睡觉？我受不了。你不是一样和你妻子睡觉吗？但那不是一回事儿。为什么？我根本就不在乎埃利奥诺拉。那你回来！我怎么办？离开她。然后呢？他开始非常顽固地给我打电话。我喜欢听电话铃响起，尤其是刚打完，我感觉不知道什么时候才能和他再通电话，但他会在半个小时之后就打过来了，有时候甚至是十分钟之后。他开始抓狂，他问我，在我们在一起之后，我有没有和彼得罗做爱。我跟他说没有，他让我发誓，我发誓了。我问他，他有没有和他妻子做爱，他大声说没有，我也希望他能发誓。就这样，很多承诺，誓言接着誓言，尤其是我庄重地承诺，我会待在家里，让他随时能找到我。他希望我等着他的电话，我偶然出去的时候——我不得不出去买东西——他会让电话一直响一直响，一直到我回来，把孩子放下，把购物袋放下，甚至大门都没有关就跑去接他的电话。我听到他在电话那头非常绝望："我以为，你再也不接我的电话了。"他舒了一口气说："假如你不接我的电话，我会一直打下去，没有你，我会爱上电话的响声，没人接的电话声，让我感觉是我剩下的唯一东西。"他会非常详细重提我们在一起的夜晚——你记不记得这个，你记不记得那个——他不停地说那些事。他列举了他想和我在一起做的事情，不仅仅是做爱：一起散步，旅行，去看电影，去餐馆，和我谈论他正在做的工作，听我讲我的书的进展。这时候，我失去了控制，我一直在说，是的，是的，是的，所有一切，你想要的所有一切。我最后对着他嘶叫着说："再过一个星期，我要出发去度假了，我和两个孩子，还有彼得罗去海边。"我说这些时，就好像我被流放了。他说："埃利奥诺拉三天后会去卡普里岛，她一走，我就来佛罗伦萨，哪怕只待一个小时。"这时候，艾尔莎看着我问："妈妈，你在不停地和谁说话啊？来和我们玩儿吧。"有一天黛黛说："别叫她了，她和男朋友说话。"

## - 113 -

尼诺晚上开着车子出来，他在早上九点到了佛罗伦萨。他打了电话，是彼得罗接的，他把电话挂了。他又一次打电话，我赶忙跑去接，他已经把车停在我家楼下了。你下来。我不能。你马上下来，要不然我就上来了。距离出发去维亚雷焦没几天时间了，彼得罗已经放假了。我让他看着孩子，我说，我要出去买点去海边用的东西，我跑去找尼诺。

我们再次见面，这是一个非常糟糕的做法。我们发现，那种感情不但没有减弱，反倒变得更加强烈了，欲望如同烈火燃烧，越来越迫切，让人急不可耐。假如距离很远，通过电话，通过言语，我们还能通过想象，构建一种让人向往的前景，但同时会建立某种秩序，我们会克制自己，并感到害怕。但现在我们见面了，在拥挤狭小的汽车里，根本就不管天气的炎热，我们疯狂的想法变成了现实，成了一件注定的事情，像兵荒马乱年代的做法，追求那些不可能的事情，和那个时代的现实相吻合。

"你不要回去了。"

“孩子怎么办？彼得罗怎么办？”

“我们怎么办？”

回那不勒斯之前，他说，他不知道整个八月还能不能和我见面，我们非常绝望地告别了。我们在维亚雷焦租的房子没有电话，他给了我卡普里岛他住的地方的电话。他让我答应他，每天给他打电话。

“如果是你妻子接电话呢？”

“那你就挂上。”

“如果你在海边呢？”

“我要工作，可能不会去海边的。”

在我们的想象中，打电话也是为了订个约会日子，在八月十五圣母升天日前后，找机会见一面。他让我找个借口回佛罗伦萨一趟，他也会同样跟埃利奥诺拉撒谎，然后来找我。我们会在我们家里见面，一起吃饭，一起睡觉，这真是一件疯狂的事儿。我亲吻了他，抚摸了他，撕咬了他，我硬生生和他分开，我感到一种不幸的幸福。我跑去胡乱地买了一些毛巾，给彼得罗买了泳衣，给艾尔莎买了小桶和耙子，给黛黛买了一件蓝色泳衣，那段时间，她非常喜欢蓝色。

## - 114 -

我们去度假了。我没怎么关注两个孩子，我几乎完全把她们甩给了彼得罗。我不停地跑去找电话，就是为了告诉尼诺，我爱他。只有一两次，是埃利奥诺拉接的电话，我马上把电话挂上了，单是听到她的声音就让我感到愤恨。我感到很不公平，为什么她白天晚上都可以和尼诺在一起，他们有什么关系。有时候，那种愤恨会帮我战胜恐惧，让我们在佛罗伦萨会面的计划变得可行。我告诉彼得罗——这也是真的——我说意大利的那家出版社尽管很努力，但我的书在明年一月之前出不来，而法语版本会在今年十月末出版，我要马上解决几个疑问，我需要几本书，所以我要回家取一下。

“我去帮你拿。”他自告奋勇。

“你跟两个孩子多待一会儿吧，你从来都不在家。”

“我喜欢开车，你不喜欢。”

“你不能让我清净一下吗？我能不能享受一天的自由？那些女佣都有假期，为什么我就不能有？”

我一大早就开车出发了，天上有一缕缕的白云，风从车窗吹进来，带来了夏天的气息。我进到空旷的房子里，感觉心在怦怦乱跳。我脱了衣服，洗了澡。我看着镜子里我的肚子和胸上的白色印子，感觉很不自在。我穿上衣服，觉得不满意，又换了一套，脱了穿，穿了脱，一直到自己满意为止。

大约下午三点，尼诺来了，我不知道他跟他妻子是怎么说的。我们开始做爱，一直到晚上。第一次，他从容地在我身上投入他的激情，那几乎是一种崇拜的态度，对此我有些不太适应。我试着迎合他，我不顾一切地想表现自己。当我看到他那么投入，那么幸福，忽然间，我脑子里闪过一个糟糕的念头。我觉得，对于我来说，这是独一无二的体验，对于他来说，这是一种重复。他爱女人，他欣赏和迷恋女人的身体。我心里并没有想着我知道的那三个女人：娜迪雅、西尔维亚和马丽娅罗莎，或者说他的妻子埃利奥诺拉。我想的是我最了解的那个女人——莉拉，他为莉拉做的那些疯狂的事情，那种狂热几乎让他走上了自暴自弃的道路。我记得当时她对那份爱情深信不疑，她完全依附于他，研究他读的那些复杂的书，了解他的思想、他的野心，她也在提高自己，改变自己，来适应他的脚步。我记得，当尼诺抛弃她时，她陷得多深，跌得有多重。他知道如何爱一个人，并使别人爱他，总是以一种过火的方式，他不会用别的方式吗？我们现在这种疯狂的爱情，是其他那些疯狂爱情的重复吗？这种不顾一切地想要我的行为，其实是一种模式，就是他要莉拉的那种模式？甚至，他赶到我和彼得罗的家里，是否也像当时莉拉把他带到她和斯特凡诺的家里？我们不是在做爱，而是在重复？

我抽出了自己的身体。他问："你怎么了？""没什么，我不知道该怎么对你说，那些是没法说出口的话。"他把我拉到他怀里，我吻了他，这时候，我尽量想摆脱我脑子里的想法，他对莉拉的爱。但尼诺一直在逼问我，我没法回避这个问题。我抓住了之前他提到的一个问题——也许，我可以对他提到这件事——我用一种佯装开玩笑的语气问他：

"在性方面，我是不是和莉娜一样，也有问题啊？"

他脸色变了，他的眼睛和脸看起来像另一个人，一个让我害怕的陌生人。在他做出回答之前，我匆忙地说了一句：

"我是开玩笑的，假如你不想说，那就算了。"

"我不知道你在说什么。"

"我只是说了你说的话。"

"我从来都没说过这样的话。"

"你说谎，这是你在米兰的时候说的，我们当时正在去餐馆的路上。"

"这不是真的，无论如何，我都不想谈论莉娜。"

“为什么？”

他不回答。我觉得一阵心酸，就转过身去了。他用手指抚摸我的肩膀，我说：“别碰我。”我们一动不动地待了一会儿，什么话都没有说。他又开始抚摸我，轻轻地吻着我的肩膀，我沦陷了。我自己承认，是的，他是对的，我不应该提到莉拉。

晚上，家里的电话铃响了，肯定是彼得罗和两个女儿打来的。我示意尼诺不要吭声，我从床上下来跑去接电话。我努力做出非常温柔、让人放心的声音，但我没意识到，我把声音压得太低了，是一种很不自然的低声细语，我不希望尼诺听到我的声音，他会开我的玩笑，甚至生气。

“你为什么声音那么小？”彼得罗问，“一切都好吧？”

我马上抬高了嗓门，这次我的声音太大了，我尽量用一种热情的语气和艾尔莎腻了很久，又交代黛黛要乖，不要让她父亲太费心，上床前要刷牙。我回到床上时，尼诺说：

“多好的妻子，多好的妈妈呀！”

我回答说：

“你还不是一样。”

我等着紧张的气氛松弛下来，等着我丈夫和两个女儿的声音散去。我和尼诺一起洗澡，我非常开心，这是一种全新的体验，我喜欢给他洗澡，也让他帮我洗。我又为了他精心打扮起来，但这次，在他的眼皮底下，那种不安忽然消失了。他很入迷地看着我试衣服，找一件合适的。他看着我化妆，我时不时会跟他笑着说：“你不要碰我，别挠我痒痒，我要笑起来的话，妆就花了，我又得重新化，小心我的衣服，不要扯破了，放开我。”他站在我身后，亲吻我的脖子，把手从领子里伸进去，或者从裙子下面伸进来。尽管整栋楼里面空荡荡的，大家都放假了，我还是担心有人看到我们走在一起。我收拾好准备出去，我让他一个人先出去，在车里等我。

我们一起吃晚饭，吃很多东西，也喝了很多酒，说了很多话。回到家里，我们又上床了，但我们一直都没睡觉。他对我说：

“十月，我要去蒙彼利埃五天，在那里有个研讨会。”

“希望你玩得开心，你和你妻子一起去吗？”

“我想和你一起去。”

“不可能。”

“为什么？”

“黛黛现在六岁，艾尔莎才三岁，我要照顾她们。”

我们开始讨论我们的处境，第一次提到了诸如结婚、孩子的事情，然后我们从绝望过渡到性，从性到绝望。最后，我嘟囔了一句：

“我们再也不要见面了。”

“就算你能做到，但我做不到。”

“胡说。你已经认识我几十年了，你的生活里一直都没有我，但你过得那么丰富，你很快就会忘记我的。”

“你要答应我，每天给我打电话。”

“不，我再也不给你打电话了。”

“你不打的话，我会疯掉的。”

“如果我继续想你的话，我也会疯掉的。”

我们带着一种自虐的激情，探索了我们现在所处的死胡同，两个人遇到的障碍加在一起，最后我们吵了起来。早上六点，他很烦躁地出发了。我大哭了一场，我把房子收拾了一下，一路上开车时，我希望永远都不要到维亚雷焦。半路上，我发现我没拿任何一本书，而我这趟旅行的借口就是取书。我想：最好如此。

# - 115 -

我回去了，艾尔莎非常高兴，她撅着小嘴儿说："爸爸不会玩儿。"黛黛捍卫了彼得罗，她说妹妹太小太笨了，什么都玩不好。彼得罗心情很坏，盯着我看。

"你没有睡觉。"

"我没睡好。"

"你找到那些书了。"

"是的。"

"在哪儿找到的？"

"你说我在哪儿找到的？在家里，我查了我该查的内容，就这样。"

"为什么你那么生气？"

"因为你让我很生气。"

"昨天晚上，我们给你打电话了，艾尔莎想跟你道晚安，但你不在家。"

"天气很热，我出去走了一圈。"

"一个人去的？"

"我还能跟谁？"

"黛黛说你有一个男朋友。"

"黛黛和你最亲了，她恨不得取代我。"

"或者说，我看不到、听不到的东西，她能看到、听到。"

"你想说什么？"

"就是我刚才说的。"

"彼得罗，我们把话说清楚，你要在你众多的毛病里，再加上爱吃醋这一条吗？”

“我不爱吃醋。”

“希望吧，因为如果是这样的话，我想马上告诉你：加上爱吃醋的话，那就太多了，我受不了这一点。”

在接下来的几天里，这类冲突越来越多了。我对他很留心，我指责他，也很鄙视自己，但同时我也觉得很气愤：你想从我身上得到什么？你要我怎么做？我爱尼诺，我一直都爱他。现在他要我了，我怎么能把他从我的心里、脑子里，还有身体里驱赶出去？我从小就练就了一种自我压抑的完美机制。我的真实欲望，从没有任何一个得到释放，我总能找到办法把所有狂热念想压制下去。我想，现在够了，希望这一切都毁掉吧，从我自己开始。

有几天时间，我没打电话给尼诺，在佛罗伦萨我已经理智地告诉过他这一点了。但是过了几天，我忽然开始每天给他打三四个电话，而且毫不在意我的家人的看法。我甚至也不管黛黛有没有听到，她就在离电话亭几步远的地方。在被太阳炙烤得让人无法忍受的电话亭里，我和尼诺打电话。有时候，我浑身是汗，我受不了女儿监视我的目光，我打开电话亭的玻璃门，对她喊道：“你傻站在那儿干什么，我跟你说过，让你照顾妹妹。”那时候我唯一考虑的事情，就是蒙彼利埃的研讨会。尼诺在折磨我，他越来越像在考验我的情感，我们开始疯狂地吵了起来，然后又相互倾诉，说离开对方无法生活，从那些昂贵的、带着怨气的长途电话，到一大串相互倾诉衷情的、滔滔不绝的情话。一天下午，我已经精疲力竭了，黛黛和艾尔莎在电话亭的外面哼唧：“妈妈，你快一点儿，我们等烦了。”这时候，我对他说：

“只有一种方式，可以让我陪你去蒙彼利埃。”

“什么办法？”

“把所有一切告诉彼得罗。”

很长时间的沉默。

“你真的做好准备了？”

“是的，但条件是：你把一切都告诉你妻子。”

又是一阵沉默。尼诺嘟囔了一句：

“你想让我伤害埃利奥诺拉和孩子吗？”

“是的。难道我不会伤害到彼得罗和我的两个女儿？做决定意味着伤害。”

“阿尔伯特很小。”

“艾尔莎也很小，对于黛黛，这是一件无法忍受的事儿。”

“去蒙彼利埃之后我们再说吧。”

“尼诺，不要和我做戏。”

“我没有做戏。”

“如果没有做戏，那你要承担后果：你和你的妻子说，我和我丈夫说，就现在，就今天晚上。”

“给我一点儿时间，这不是一件简单的事儿。”

“难道对我来说很简单？”

他开始支支吾吾，想对我解释，他说埃利奥诺拉是一个很脆弱的女人，她的生活都是围绕着他和孩子。他说，她小时候有两次尝试过自杀，但他不仅仅说了这些，我感觉，他带着他特有的清醒在全盘托出，说着说着，他最后承认，这不仅仅是伤害他妻子和孩子的问题，而且是把很多便利一脚踢开。因为只有过着富裕的生活，那不勒斯才变得可以忍受。还有很多关系网，可以让他在大学里为所欲为。最后，他自己也为那种毫无保留感到震惊，他说：“你记不记得，你公公很欣赏我，我们的关系如果公开之后，可能我就会和艾罗塔家彻底决裂了。”我不知道为什么，他最后强调的这件事，让我很受伤害。

“好吧，”我说，“我们就此结束。”

“等一下。”

“我已经等太久了，我应该事先做决定。”

“你想做什么？”

“我要采取行动了，我的婚姻已经没有任何继续的意义了，我要走我自己的路。”

“你肯定吗？”

“是的。”

“你会来蒙彼利埃吗？”

“我说我要走自己的路，没有说走你的路，我们之间已经结束了。”

## - 116 -

我流着眼泪挂上电话，从电话亭里出来。艾尔莎问我：“你不舒服吗？妈妈。”我回答说：“我很好，是外婆病了。”我在她和黛黛忧虑的目光注视下，继续抽泣。

在海边假期的余下时光，我不停地在哭，我说我很累，说天气太热了，我头疼，我让彼得罗和两个孩子去海边。我躺在床上，泪水打湿了枕头，我痛恨自己这种过分的脆弱，我从小都没有这样过。无论是我还是莉拉，我们都一直坚持不哭，在一些特殊的情况下，假如实在忍不住哭了，我们也会马上停下来：我们会压抑住抽泣，因为羞耻感太强了。但现在，我像《疯狂的罗兰》[①]里失恋的罗兰一样，眼泪汹涌而出，流个没完没了，即使是彼得罗、黛黛和艾尔莎快要回来了，我赶忙在水龙头下面把脸冲洗干净，我感觉自己的眼泪还是像喷泉一样，迫不及待地从眼睛里喷涌而出。尼诺并不是真的想要我，尼诺说得多，爱得少，他只是想睡我——是的，睡我，就像他睡其他女人那样。拥有我，永远地拥有我，和他妻子断绝关系，好吧，这不在他的计划之中。他有可能还爱着莉拉，可能他一辈子只爱她一个人，就像其他我认识的男人那样爱着莉拉。因为这个缘故，他会一直和埃利奥诺拉生活下去，这对于莉拉的爱会是一种屏障，这样任何女人——不管他多么为之神魂颠倒——也不会让他脆弱的婚姻陷入危机，我就更不用说了。这就是事情的真相。有时候正吃着午饭或晚饭时，我会忽然哭着离开桌子，去洗手间里失声痛哭。

彼得罗在我面前小心翼翼，他觉得，我随时都可能会爆发。刚开始，在和尼诺刚刚分手的几个小时后，我想告诉他一切。我几乎觉得，他不仅仅是一个丈夫，需要对他解释清楚，而且是一个聆听告解的神父。我感觉我有这个需要，尤其是在床上，他靠近我，我推开他的时候。我小声说："不，孩子会醒来。"我常常忍不住想告诉他所有细节，但我总能及时闭嘴，没有告诉他尼诺的事儿。现在，我再也不给我爱的人打电话了，我感觉彻底失去他了，我对彼得罗说这些也没用。我最好要用一句明确的话来结束这个问题：我再也不能和你生活在一起。然而，我也没法做这个决定。在灰暗的卧室里，每次我想要说出我要离开他，我都会对他产生同情，我担心两个孩子的未来，我抚摸着他的肩膀、他的脸颊，小声说："睡吧。"

---

① 意大利文艺复兴时期的史诗。

假期的最后一天，事情发生了变化。那时候已经是半夜了，黛黛和艾尔莎已经睡了。我已经有十几天没给尼诺打电话了。我准备好了行李，我被忧伤、疲惫和炎热的天气折磨得筋疲力尽。我和彼得罗在阳台上，每个人躺在自己的躺椅上，都没说话。潮气很大，我的头发和衣服都很湿，海风带来树脂的味道。

彼得罗忽然问：

“你母亲怎么样了？”

“我母亲？”

“是的。”

“很好。”

“黛黛跟我说，她病了。”

“她好了。”

“我今天下午给她打电话了。你母亲身体一直都很好，没有得病。”

我什么都没说，这个男人多么不合时宜啊！现在，我的眼泪已经要流出来了。噢，我的天呐，我已经厌烦了，厌烦了。我听见他平静地说：

“你以为我是瞎子，我是聋子。你觉得我没有发现，在艾尔莎出生之前，你跟来我们家的那些蠢货卖弄风骚。”

“我不知道你在说什么？”

“你心里清楚得很。”

“不，我不知道。你在说谁呢？几年前，那些来家里吃过几次饭的人？我跟那些人卖弄风骚？你疯了吗？”

彼得罗微笑着摇了摇头。他等了几秒钟，然后盯着阳台的铁栅栏，问我：

“你对那个鼓手没有卖弄风骚吗？”

他并没有让步。我变得警惕，叹了一口气说：

“是马里奥吗？”

“你看，你想起来了吧？”

“我当然想起来了，为什么我不应该想起来呢？在七年的婚姻里，他是你带回家的为数不多的有意思的人之一。”

“你觉得他很有意思？”

“是的，又能怎样？你今天晚上怎么了？”

“我想知道，难道我不应该知道吗？”

“你想知道什么？我所知道的，你也知道。我们上次和那人见面已经是四年前的事了，你怎么现在才想起了这些无聊事儿？”

他不再看着铁栅栏，而是非常严肃地转过脸来，看着我。

“那我们谈谈最近的事儿。你和尼诺之间发生了什么？”

## - 117 -

这是我所料不及的致命一击，他想知道，我和尼诺之间发生了什么。单单这个问题、这个名字，就使我眼睛里的喷泉打开了，我感到眼前一阵模糊。我忘记了我们在户外，晒了一天太阳，泡了一天海水浴的人们在睡觉，我很失控地对他喊道：“你为什么要问我这个问题，你应该把这个问题埋在心里，现在你把一切都毁掉了，已经没有办法挽回了，只要你能保持沉默，我们还可以继续，但你问到了这个问题，现在我不得不走了，我别无选择。”

我不知道他是怎么想的。也许他真的以为自己犯了一个错误，现在因为一些未知的原因，他彻底毁掉了我们之间的关系。

要么他就是忽然间看到了一个粗鲁、不可理喻的女人，正在撕破脸撒泼。唯一可以肯定的是，对于他来说，这是无法忍受的一幕，他站了起来进屋去了。但我跟着他进去了，继续对着他大喊大叫：我对尼诺的爱是从小开始的，他现在给我揭示出新生活的可能，我内心没有得到释放的能量，还有彼得罗使我这些年陷入的黯淡生活，那些责任让我没办法充分生活。

当我的力气用尽了，我颓然地坐在一个角落里。我看到他坐在我的对面，脸颊深陷，两个深紫色的黑眼圈，嘴唇苍白，太阳晒过的黝黑皮肤，现在看起来像一层泥灰。只有在这时候，我才察觉到，这对他是一个致命打击，他问我的问题，并不允许我做出诸如此类肯定的回答：“是的，我和那个打击乐手眉来眼去。不仅如此，是的，我和尼诺是情人。”彼得罗问我这个问题，只是为了得到一个否定答案，是为了推翻他产生的疑问，是为了安心去睡觉。但是，我现在让他陷入一场噩梦里出不来了。他还在寻找出路，几乎像是一句梦呓，他问：

“你们做爱了吗？”

我又一次对他产生了同情。假如我又一次做出肯定的回答，我会叫喊着说：“是的，第一次是你睡着的时候，第二次是在汽车里，第三次是在佛罗伦萨，我们的床上。”我应该带着那种贪婪的愉悦说出这些，但我最后却摇了摇头。

## - 118 -

我们回到了佛罗伦萨，我们的交流仅限于一些最基本的日常对话。两个女儿在场时，我们会采用一种友好的语气。彼得罗在他的书房睡觉，就像黛黛刚出生时晚上不睡觉的那个阶段，我则睡在我们的婚床上。我苦思冥想自己该怎么办。莉拉和斯特凡诺婚姻结束的方式对我没有任何借鉴意义，因为那是另一个年代的事情，而且他们也没有通过法律解决。我期望用一种文明的方式解决这个问题，通过法律的途径，按照符合这个时代和我们的处境的方式。但是，我还是不知道自己应该怎么做，因此我没采取任何行动。再加上，我一回到佛罗伦萨，马丽娅罗莎就打电话给我，说那本小册子的法语版本已经弄好了，她会很快把稿子发给我。这时候，出版社那个严肃的、吹毛求疵的编辑，也通知我修订书里的一些段落。我当时挺高兴的，试着重新打起精神，投入到工作中去，但我发现自己做不到。我感觉，我的文章问题很严重，不仅仅是几个句子阐释有误，或者一些段落不通畅的问题。

后来有一天早上，电话响了，是彼得罗去接的。他说，喂，那边就挂了。我的心开始狂跳，我已经做好了准备，在我丈夫接电话之前冲过去，但电话再也不响了。我尽量想分散注意力，我在拼命看自己写的东西，那不是一个好主意，我感觉我写的全是蠢话。过了好几个小时，我筋疲力尽，一头趴在桌子上，但这时候，电话又响了，还是我丈夫接的电话。他大声叫喊着："喂！"这吓到了黛黛，然后他扔下听筒，就好像要把电话摔碎。

那是尼诺，我知道是他，彼得罗也知道。研讨会的日子一天天在逼近，他当然坚持我跟他去，他的目标就是把我扯进肉欲的旋涡中。他给我展示出，我们的这段私情唯一的出路就是：在恶行和快感中，让它燃烧成灰烬，实现的方式就是背叛，捏造谎言，然后一起离开。我会第一次坐上飞机，飞机起飞，我紧紧挨着他，就像在电视上看到的那样。为什么不呢，蒙彼利埃的会议之后，我们可能会去南泰尔，我们会去找马丽娅罗莎的那个朋友，我会和她谈到我的书，也会把尼诺介绍给她，我们会一起参加活动。啊，是的，一个我爱的男人陪着我，他的力量会支撑着我，没人可以无视他的力量。那种敌意慢慢淡化了，我感觉自己跃跃欲试。

第二天，彼得罗去大学了，我等着尼诺再打电话来，但什么事也没发生。我一时兴起，就打电话给他了。我等着电话响了几声，我一心想听到他的声音，我当时非常激动。之后，我不知道我会怎么办。也许我会咒骂他，会哭起来，或者我会对着他喊："好吧，我和你去，我会做你的情人，直到你厌倦为止。"在这时候，我唯一期望的是：他接我的电话。

我想象着，尼诺正气喘吁吁地跑向电话，但是是埃利奥诺拉接的电话，我及时地控制了我的声音，按捺住了我想要对他说的那些话。我马上用一种欢快的声音说："你好，我是埃莱娜·格雷科，你还好吗？假期过得怎么样？阿尔伯特怎么样？"她默默地听我说完，然后开始破口大骂："你是埃莱娜·格雷科？你这个骚货！虚伪的骚货，不要再骚扰我丈夫，也不要再打电话了。我知道你住在哪儿，你要敢再继续勾引我丈夫，我会到你家里去撕破你的脸。"最后她挂断了电话。

## - 119 -

我在电话前，不知道待了多久，我内心充满了仇恨。我的脑子里涌出这样的句子："好吧，你来吧，你马上来。你这个烂女人，我等着你，你他妈在哪儿？在塔索街？在菲兰杰里街？克里斯皮街？还是桑塔雷拉街？你这愚蠢的烂货！你要跟我斗吗？”另一个自我从我内心升起，那是在我温和的表面下，隐藏了很长时间的另一个我，但她现在冒出来了，用一种混杂着方言的意大利语在和我争辩，让我心乱如麻。我想，假如埃利奥诺拉敢来我家，我会一口啐在她脸上，我会把她从楼梯上推下去，我会拽着她的头发，把她拖到街上，我会把她装满屎的脑袋撞在人行道上。我的胸口很疼，我的太阳穴在跳动。楼下有工人在施工，热气、灰尘和熙熙攘攘的声音，从开着的窗子涌进来，还有不知道什么机器发出的轰隆声，让人非常心烦。黛黛和艾尔莎在另一个房间吵架，黛黛在说："你不要什么都学我，你是一只猴子，猴子就爱学人。"慢慢地，我明白了，尼诺已经决定和他妻子摊牌，她是因为这个原因才骂我的。我的无法遏制的怒火变成了一种难以抑制的愉悦。尼诺是想要我的，他对妻子坦白了我们的事。他毁掉了自己的婚姻，他清醒地放弃了这场婚姻给他带来的好处，他的整个生活都已经倾斜。为了我，他选择让埃利奥诺拉和阿尔伯特受苦，因此他是真的爱我，我高兴地舒了一口气。这时候电话又响了，我马上接了电话。

这次是尼诺，是他的声音，我觉得他很平静，他说，他的婚姻已经结束了，他现在自由了。他问我：

"你和彼得罗说了吗？"

"我开始和他谈了。"

"你还没有告诉他吗？"

"差不多了。"

"你想后退吗？"

"不想。"

"那你快一点，我们马上就要出发了。"

他已经认定我会跟他去了，我们会在罗马碰头，一切都已经预订好了：宾馆、飞机票。

“我有孩子的问题。”我轻轻对他说，但一点儿都不理直气壮。

“让你母亲帮你看几天。”

“想都别想。”

“那你带上她们。”

“你是说真的吗？”

“是的。”

“无论如何，你都会带着我？也会带着我的两个女儿？”

“当然了。”

“你真是爱我。”我喃喃地说。

“是的。”

## - 120 -

我忽然感觉自己充满力量，谁也拦不住我，就像过去曾经有过的一段时光，我觉得一切都是可能的。我天生就是幸运的，甚至是命运看起来很波折的时候，也是为之后做铺垫。当然，我有自己的长处，我很自律，记性好，能吃苦，我讨人喜欢，我学会了男性的语言和思维工具，我能赋予任何碎片化的事物以逻辑。但运气要比什么都重要，我很幸福地觉得：命运像一个忠实的朋友那样，伴随着我，命运又站在了我这一边，让我觉得有恃无恐。我和一个好男人结婚了，而不是和一个像斯特凡诺·卡拉奇，或者更糟糕，像米凯莱·索拉拉那样的男人。我可能会和我丈夫发生冲突，他会痛苦，但最终，我们会找到一个解决方案。可以肯定的是，把婚姻、家庭全抛开，这会是一件极端痛苦的事儿。因为各自不同的原因，我们都不想把这件事告诉亲戚，而且我们会尽量隐瞒，能瞒多久就瞒多久。我们也不期望马上告诉彼得罗的家人，虽然在任何时候，他们都知道该怎么应对这种事情，面对那些复杂的局面，他们知道该去找谁去。我终于平静下来了，我们是两个理性的成年人，我们会面对这个问题，进行讨论，把事情解释清楚。在我内心那几个小时的混乱里，我觉得唯一无法放弃的事情是：去蒙彼利埃。

当天晚上，我和我丈夫谈了这件事情。我对他坦白说，尼诺是我的情人。他无论如何都不愿意相信这是真的。当我一再告诉他，这是事实。他哭了，他恳求我。他发火了，在两个女儿惊恐的目光下，他把茶几上的玻璃杯拿起来，摔向了墙壁。两个女儿已经睡了，但她们被叫喊的声音吵醒，她们站在客厅门槛那里看着我们，这让我觉得很不安，但我没有退缩。我把黛黛和艾尔莎又安置到床上，让她们平静下来，等着她们睡着，我回去面对我丈夫。每一分钟都是一个伤口。再加上，埃利奥诺拉开始不停地给我们打电话，白天打，晚上也打，她对我破口大骂，她也骂彼得罗，说他不知道怎么做男人。她威胁我说，她的亲戚会让我们，还有我的孩子哭都哭不出来。

但这也没让我泄气，我处于一种非常振奋的状态，我一点儿也不感到愧疚。相反的，我觉得我造成的痛苦，我所承受的羞辱和攻击，都对我有利。那种让人无法忍受的体验，不仅仅会促使我成为一个使自己满意的人，而且在最后，出于一些未知的原因，也会对现在那些正在受罪的人带来好处。埃利奥诺拉会明白，在爱情面前，什么办法也没有，对一个要离开的人，说“不要走，你要留下！”这话没什么意义。按道理来说，彼得罗是懂得这一点的，他只是需要时间，通过他的智慧来消化这件事，他会表现出一种宽容的态度。

我觉得，对于我的两个女儿来说，事情会非常艰难。我丈夫坚持要我告诉两个孩子我们吵架的原因。我表示反对，我说孩子还小，她们知道什么。但后来，他对我叫喊说：“假如你决定离开，你要给你的女儿们解释你为什么要走。假如你没有勇气，那你就别走。如果你不说的话，那就意味着，你对自己想做的事情并不确信。”我嘟哝了一句：“我们和律师说。”他回答说：“找律师有的是时间。”他忽然大声叫来了黛黛和艾尔莎，现在她们一听到我们嚷嚷，就会把自己关在房间里，态度非常一致。

“你们的母亲要对你们说一件事儿，”彼得罗开始说，“你们坐下来听吧。”

两个女儿端坐在沙发上，等着我说。

我开始说了：

“我和你们的父亲很相爱，但现在我们没有共同语言了，所以决定分开。”

“这不是真的，”彼得罗不慌不忙地打断了我，“是你们的母亲决定离开我，我们相爱也不是真的：她不想要我了。”

我的情绪变得激动：

“孩子们，事情没那么简单。虽然不生活在一起，两个人也同样也可以相爱。”

他又一次打断我了。

“这也不是真的。要么我们相爱，生活在一起，我们是一个家庭；要么我们不相爱，我们就分开，那就不是一个家庭了。假如你说谎，她们怎么能明白？拜托了，你要说清楚我们分开的真实原因。”

我说：

“我不是要离开你们，你们是我最重要的人，离开你们我没法生活，我只是和你们的父亲出现了问题。”

“什么问题？”他在逼问我，“你说清楚是什么问题。”

我叹了一口气，低声说：

“我爱上了另一个人，我决定和他一起生活。”

艾尔莎用眼睛瞄着黛黛，她想搞清楚，这时候应该做出什么反应，她看到黛黛无动于衷，也就表现得无动于衷。

但这时候，我丈夫失去了耐心，他叫喊着说：

“说名字，告诉她们，这个男人叫什么名字。你不愿意说吗？你害羞吗？我来说，这个人你们认识，他是尼诺，你们记得他吗？你们的母亲要去和他一起生活。”

然后他绝望地哭了起来。这时候，艾尔莎有些担忧地小声问：“妈妈，你会带着我吗？”但不等我回答，她看到姐姐站起来离开了，她也马上跟了上去。

那天夜里，黛黛在梦里叫喊，我忽然惊醒，跑去看她。她睡着了，但她尿床了。我不得不叫醒她，给她换了衣服，又换了床单。我把她放在床上，她哼唧着说要来我的床上睡。我同意了，我让她睡在我身边。她在梦里时不时会惊悸，摸索我在不在她身边。

## - 121 -

现在，已经到了出发的日子，但我和彼得罗的商谈并没有进展，仅仅在去蒙彼利埃这件事上，我们也没法达成协议。他要么说："你走吧！我再也不会让你见两个孩子。"要么就说："假如你把两个孩子带走，我就自杀。"或者说："我要告你遗弃家庭罪。"或是："我们四个人一起出去旅行一趟吧，我们去维也纳。"或是："孩子们，你们的母亲宁可要尼诺·萨拉托雷先生，也不愿意要我们了。"

我开始觉得无法忍受，我记得我离开安东尼奥时他做出的抵抗。但安东尼奥当时很小，他继承了梅丽娜脆弱、不稳定的神经，尤其是，他没有彼得罗的文化背景，他没有从小受训练，学会从混乱中找到规律。我想，也许我太高估了那种对理性的培养、高雅的阅读，讲究的语言和政治倾向，也许面对遗弃，所有人的表现都是一样的，即使是一个非常有序的脑子，也无法承受自己不被爱。我丈夫——真的没办法——他确信自己要不顾一切地保护我，不让我受到欲望的毒蚀。他为了继续做我的丈夫，选择不择手段，包括那种下流手段。他当时提出不去教堂结婚，他一直都支持离婚，现在在他无法理喻的内心，期望我们的关系是永恒的，就好像我们是在教堂结的婚。我坚持想要结束我们的关系，他先是想方设法说服我，然后他摔东西，扇自己耳光，忽然间又开始唱歌。

他变得那么夸张，那么不可理喻，这让我很愤怒，我会骂他。他通常会像一个惊恐的小动物一样跑到我跟前来，向我道歉。他说他不是生我的气，是他脑子出了问题。有一天晚上，他流着眼泪，向我吐露说，阿黛尔一直都在背叛他父亲，那是他小时候就发现的事。在他六岁时，看到她在亲吻一个很高大的男人，当时是在热内亚一间面朝大海的客厅里，那个男人穿着蓝色西装。他记得所有细节：那个男人留着像黑色刀片一样的大胡子，裤子上有一个金属片，看起来像一枚一百里拉的硬币；他母亲身体贴着那个人，像一张打开的弓，好像随时会断开。我默默地听他讲这些，并试图安慰他：“放松一点，这些都是虚假的记忆，你也知道这是假的，不应该我来提醒你。”但他还会继续说：“阿黛尔穿着一件粉色的背心裙，有一条肩带从她晒黑的肩膀上滑了下去，她的指甲看起来像是玻璃的，她的头发编成了一根大辫子，像蛇一样垂在脖子后面。”他的语气从痛苦变成了愤怒，他最后说：“你明白你对我做了什么吗？你明白你让我陷于多么可怕的境地了吗？”这时候，我想：黛黛也会记得这件事情，黛黛长大之后，也会说出类似的话来吗？但我没朝这个方向想，我确信，经过这么多年之后，彼得罗才跟我说起他母亲的事，故意让我产生这样的联想，只是为了伤害我，挽留我。

我度日如年，晚上也无法入睡。我丈夫折磨我，尼诺在这方面也不在其次。当我告诉他我经受的各种压力和忧虑，他非但没有安慰我，反倒变得很厌烦。他说：“你觉得对我来说，事情更容易一点吗，这里和你那儿一样，也是地狱一样。我害怕埃利奥诺拉，我不知道她会做出什么事情来。因此你不要想着，我的处境会比你好，我这里只可能更糟糕。”然后，他感叹了一句：“但我们俩在一起，要比任何人都坚强，我们的结合是任何人无法阻拦的，这一点我是很确信的。你清楚这一点吗？告诉我，我想听你的想法。”他的话对我并没有什么帮助。我倾尽了所有力量来面对这个糟糕的局面，我想到的是我们见面的时刻，我们一起飞向法国的情景。我想，我应该坚持到那个时刻，然后再说。现在，我只是渴望这种剧烈的痛苦能暂时缓解一下，我已经无法忍受了。有一次，当着黛黛和艾尔莎的面，我和丈夫在激烈争吵。

我对彼得罗说:“够了!我就离开五天,等我回来时,我们再看怎么办,好吗?”他对两个女儿说:

“你们的母亲说她只会离开五天,你们相信吗?”

黛黛摇了摇头,艾尔莎也摇了摇头。

“就连她们也不相信,”这时候,彼得罗说,“我们都知道,你要离开我们,再也不回来了。”

这时候,黛黛和艾尔莎不约而同地向我扑了过来,她们抱住了我的腿,恳求我不要离开,要我和她们在一起。我没有崩溃,我蹲下身子抱着她们的腰,我说:“好吧,我不走了,你们是我的好孩子,我要和你们在一起。”听到这话,她们放心了,彼得罗也慢慢放心了。我回到了自己的房间里。

噢,我的上帝!一切都变得那么不正常:我、他们,还有周围的世界。只有通过谎言,才能获得片刻的安生。距离出发还有两天时间,我先是给彼得罗写了一封很长的信,然后给黛黛写了一封简短的信,让她念给艾尔莎听。我准备好行李,我把行李放在客房的床底下。我买了很多东西,塞满了冰箱。晚饭的时候,我给彼得罗准备了他爱吃的东西,他吃得很香,对我充满感激。两个孩子松了一口气,她们又会为一点儿小事争吵起来。

## - 122 -

快要出发的时候,尼诺再也不打电话来了。我试着给他打过去,希望不是埃利奥诺拉接电话,最后是家里的保姆接的电话。我松了一口气,我说,我找萨拉托雷教授。她的回答很干脆,而且毫不客气，她说："我让太太过来接电话。"我挂上了电话，开始等待。我希望我的电话能成为他们夫妻冲突的导火索，希望尼诺知道，我找过他。十分钟之后，电话响了。我马上跑过去接，我当时很确信是他，但这次是莉拉的电话。

我们已经很长时间都没有通话了，我不想和她说话。她的声音让我很厌烦。在那个阶段，即使是她的名字像蛇一样掠过我的脑海，也会让我心乱，让我失去所有的力量，而且这也不是一个聊天的时刻。假如这时候尼诺打过来，他会发现电话占线，我们的联系已经那么艰难了。

"我能待会儿打给你吗？"我问她。

"你有急事儿吗？"

"有点儿。"

她无视我的请求，通常她觉得，她可以自如地出入于我的生活，根本不用任何客套，就好像我们还是一体的，并不需要问："你好吗？怎么样了？我打扰你了吗？"她用一种非常疲惫的声音说，她刚听到一个非常糟糕的消息：索拉拉兄弟的母亲被杀死了。她说得很慢，就好像在斟词酌句，我一直在听她说，没有打断她。她的话引起了我一连串的联想：在莉拉和斯特凡诺的婚礼上，那个穿着盛装，坐在新郎新娘那一桌的女人；我去找米凯莱时，那个给我打开门的幽灵一样的女人；在我们童年的想象里，那个用刀杀死堂·阿奇勒的女人；还有那个头上戴着绢花的年老女人，她摇着一把天蓝色的扇子，有些自说自话地抱怨："我觉得很热，你们不觉得吗？"但现在我没有任何感觉，即使是莉拉列举了一些她听到的消息，绘声绘色地讲给我听，我也没什么感觉：他们把曼努埃拉杀死了，用一把匕首抹了她的脖子；或者开枪打死了她，一共五枪，四枪打在胸脯上，一枪打在脖子上；

或者在她家里，他们扯着她暴打，拳打脚踢致死；或者那些杀手——她是这么叫他们的——他们没进家门，门一开，他们就对她开枪了，曼努埃拉脸朝下倒在楼梯间，而她丈夫当时正在看电视，都没有觉察到发生了什么。莉拉说，唯一可以肯定的是，索拉拉兄弟现在疯了，他们和警察在竞争，看谁先找到杀手。他们找来了那不勒斯里里外外的人，他们停下了所有手上的事，我今天也不上班。这里的气氛很恐怖，都不敢大声喘气。

这些发生在她身上，还有她身边的事情，她是多么擅长赋予它们重要性和厚度：放高利贷的女人被抹了脖子，她的两个儿子变得非常狂躁，他们的爪牙已经做好报复准备，她现在就身处于这动荡的环境中。最后，她才说了她打电话的真实目的：

“明天，我让詹纳罗去你那儿吧。我知道，我不应该给你增添负担，你有自己的女儿要照顾，还有你的事要做，但现在，我不能把他留在这里。他会旷一阵子课，但也没办法，他对你很有感情，他在你那儿过得很好。你是唯一一个我信任的人。”

我琢磨了一下她说的最后一句话：你是唯一一个我信任的人。这让我微笑起来，她还不知道，我现在已经变成一个不可信任的人。她心安理得地认为，我还是像往常一样，用一种最平稳的理性，使自己生活在平静安详之中，所以她会对我提出这样的要求。她好像觉得，我的生活就像假叶树的枝干上结的艳红的果子。我毫不迟疑地脱口而出，对她说：

“我要动身了，我要离开我丈夫。”

“我不明白。”

“我的婚姻已经结束了，莉拉。我见到了尼诺，我们发现，在我们都没有觉察到的情况下，我们一直都很相爱，从小开始都很相爱。因此我要离开这里，我要开始一段新生活。”

她沉默了很长时间，然后问我：

“你是在开玩笑吗？”

“没有。”

她应该觉得，我不可能把自己的家庭和我井然有序的头脑搞乱。现在，她几乎是机械地说起了我的丈夫。她说，彼得罗是一个很棒的男人，他很善良，非常聪明，你离开他，简直就是疯了。你想想，你给你的两个女儿会带来多大的伤害。她说这些话时，从来都没有提到尼诺，就好像这个名字停在了她的耳朵里，并没进入到她的头脑。应该由我来提到他，我说：“不，莉拉，我不能和彼得罗生活在一起，因为我再也离不开尼诺了，无论发生什么事情，我都要跟他走。”还有类似于这样的话，我都说得像是授勋一样庄重。这时候，她开始叫喊：

“你把这一切都抛开了，就是因为尼诺？你毁掉你的家庭，就是为了那个男人？你知道会发生什么吗？他会利用你，会吸干你的血，会让你失去生活的欲望，然后会抛下你。你上那么多年学，是为了什么？我他妈还想着，你会替我享受生活，非常美好的生活。我错了，你简直就是个白痴。”

## - 123 -

我把听筒放下了，就好像它很烫手。我想，这是嫉妒的表现，她很嫉妒，她恨我，是的，这就是事实。经过了非常漫长的几秒，我从来都没想起过索拉拉兄弟的母亲，她已经失去生命的身体，消失在我的脑海里。这时候，唯一让我不安的想法是：为什么尼诺没有打电话，有没有可能，在我把所有一切都告诉莉拉之后，他选择了后退，让我变得非常可笑？有那么一刻，我想到了自己在她眼里的形象：我的渺小的生活，为一件不值得的事毁掉了。这时候电话响了，我坐在那儿盯着电话机，让它响了两三声，时间非常漫长。我抓起了听筒，我已经想好了对莉拉说的话：“你从来都没有想过我，关于尼诺，你应该没权利说什么，让我犯我自己的错吧，你管不着。”但电话不是她打来的，而是尼诺，听到他的声音，我简直太高兴了，语无伦次。我跟他说了彼得罗和两个女儿的情况。我对他说，我们不可能平静理性地达成协议。我跟他说，我已经准备好行李了，迫不及待地想和他相拥。他跟我说了他和妻子之间的猛烈争吵，最后那几个小时是最让人难以忍受的。他嘟哝了一句：“尽管我很害怕，但我没法想象没有你的生活。”

第二天，彼得罗去大学上课了，我让邻居照看黛黛和艾尔莎几个小时。我把我写好的信放在了在厨房桌子上，然后离开了。我想，我在做一件了不起的事儿，我推翻了以前老套的生活方式，我就是家庭解体风潮的一部分。我和尼诺在罗马会合，我们在距离火车站不远的一家宾馆里见了面。我拥抱着他，我想：这具充满激情的身体，我永远都不会对它习以为常，他会不断给我带来惊喜——修长的骨骼，散发着醉人气息的皮肤，他的力量，他灵活的肉体，完全不同于彼得罗，不同于我们之间的那些习惯。

第二天早上，我生命中第一次坐上了飞机。我不会系安全带，是尼诺帮我系的。当飞机在轰隆声中升起时，我紧紧握着他的手，当时我是多么激动啊！飞机蓦然间腾空而起，离开地面，飞机一直在上升，最后开始向前飞行。看到下面的房子变成了平行六面体，道路变成了一条条线，田野成了绿色的一片，大海像一张斜放着的薄板，云彩在向下流淌，像雪崩一样。那些痛苦和不安，还有幸福都融为一体，变得非常明亮。我感觉自己在飞翔，一切都变得容易。我叹息着，想全然忘我。

我时不时会问尼诺："你高兴吗？"他点点头，吻了我。我断断续续地感觉到，我脚下的地板——我唯一可以踩到的地板——在颤抖。